MAYA HUGHES

The Moment I Fell For You

MAYA
HUGHES

THE MOMENT I FELL *for You*

ROMAN

*Ins Deutsche übertragen
von Bianca Dyck*

LYX

LYX in der Bastei Lübbe AG
Dieser Titel ist auch als E-Book erschienen.

Die Bastei Lübbe AG verfolgt eine nachhaltige Buchproduktion.
Wir verwenden Papiere aus nachhaltiger Forstwirtschaft und verzichten darauf, Bücher einzeln in Folie zu verpacken. Wir stellen unsere Bücher in Deutschland und Europa (EU) her und arbeiten mit den Druckereien kontinuierlich an einer positiven Ökobilanz.

FSC www.fsc.org MIX Papier | Fördert gute Waldnutzung FSC® C014496

Die Originalausgabe erschien 2021 unter dem Titel
»The Art of Falling for You«.

Textredaktion: Jana Karsch
Umschlaggestaltung: © Zero Werbeagentur GmbH unter Verwendung von Motiven von © tomertu / shutterstock;
Runrun2 / shutterstock; Elon Tom / shutterstock
Satz: Greiner & Reichel, Köln
Gesetzt aus der Adobe Caslon
Druck und Verarbeitung: GGP Media GmbH, Pößneck

Printed in Germany
ISBN 978-3-7363-1782-6

1 3 5 7 6 4 2

Sie finden uns im Internet unter lyx-verlag.de
Bitte beachten Sie auch: luebbe.de und lesejury.de

Liebe Leser:innen,
dieses Buch enthält Elemente, die potenziell
triggern können. Diese sind:

*Erfahrungen von Tod, Verlust und Trauer;
Gewalt in der Familie; ausgrenzende Erfahrungen
in der Schule*

Wir wünschen uns für euch alle
das bestmögliche Leseerlebnis.
Euer LYX-Verlag

1

Bay

»Wenn du dieses Baby in meinem Zimmer bekommst, verzeihe ich dir das nie.« Ich trug einen weiteren Karton aus dem Flur in mein Zimmer. Das neue Studentenwohnheim war als Vorbereitung für das Sommertrainingslager der Los Angeles Lions frisch gestrichen worden – weiß mit einem marineblauen Streifen in der Mitte.

Felicia legte schützend eine Hand auf ihren gerundeten Bauch, der über Nacht noch größer geworden zu sein schien, und öffnete einen Karton, auf dem mein Name stand. Die Einzimmerwohnung der Wohnheimleitung gehörte jetzt mir, da Felicia mit ihrem Ehemann zusammengezogen war, der gerade seinen Doktor machte.

»Seit drei Generationen ist jedes Franklin-Kind mindestens zwei Wochen zu spät gekommen. Ich denke, du brauchst dir keine Sorgen machen.«

Ich stellte den Karton kurz auf meinem Schreibtischstuhl ab. »Trotzdem bist du in der fünfunddreißigsten Woche, es könnte jeden Moment so weit sein.«

»In dem Fall darfst du meinen Job als Heimleitung übernehmen.«

»Willst du, dass ich schon am ersten Tag kündige?«

»Du bist meine rechte Hand, du kannst nicht kündigen.

Oder, Becca?« Sie streichelte sich über den Bauch und schaute mich mit ihrem Hundeblick an.

»Du zeigst ihr schon im Mutterleib, wie der Hase läuft, was?« Den Karton ließ ich auf dem Boden neben meinem Bett stehen. »Man sollte ja meinen, dass uns wenigstens richtige Betten zustehen würden.«

Sie lachte. »Hier bekommt keiner eine Sonderbehandlung. Nicht mal die Football-Spieler. Bereite dich besser jetzt schon auf eine *Menge* Beschwerden darüber vor, dass sie die ›guten‹ Betten brauchen. Als hätten wir hier irgendwo Kingsize-Betten versteckt.«

»Warum kommen die überhaupt her? Ich hätte gedacht, Profispieler schlafen während ihres Trainings in Fünf-Sterne-Hotels oder so.«

»Nö. Anordnung der Coaches. Auf einem fast leeren Campus gibt's weniger Ablenkungen. So kann man die Spieler besser im Auge behalten, und sie haben keinen Grund, das Gelände zu verlassen, da sich Fitnessstudio, Football-Feld und Verpflegung an einem Ort befinden.« Sie lehnte sich rüber und flüsterte mit viel zu lauter Stimme. »Außerdem ist es billig.« Dann zuckte sie mit den Schultern. »Verhältnismäßig billig.«

»Ich habe noch drei Kartons.«

»Hol dir einen Rollwagen. Warum trägst du die alle einzeln?« Sie öffnete meinen Koffer und fischte einen meiner Slips heraus. »In so was habe ich auch mal reingepasst.«

Ich riss ihr den Slip aus der Hand und stopfte ihn in eine leere Schublade. »Finger weg. Wenn du unbedingt beim Auspacken helfen willst, dann nimm dir die Kartons vor.«

»Hey, ich dachte, ich wär hier der Boss.«

»Ein Boss, der seine Nase in Dinge steckt, die ihn nichts angehen.«

Ich joggte die Steintreppen an der Rückseite des Gebäudes hinab. Wenigstens war ich im Erdgeschoss und musste mein Zeug nicht mehrere Treppen hochschleppen. Der Nachteil daran war allerdings, dass mein Zimmer zum Innenhof rausging, wo sich am Wochenende die Feiernden versammelten. Ich würde mir ein ausgeklügeltes Seilzugsystem ausdenken müssen, um ihnen aus dem Weg gehen zu können. Wobei es in den Sommerferien hoffentlich nicht ganz so schlimm werden würde.

Es war seltsam, hier zu sein, obwohl ich keine Studentin mehr war. Ich arbeitete jetzt hier, wenn auch nur übergangsweise. Mein letzter Sommer auf dem Campus. Die Abschlussfeier war vor weniger als einer Woche gewesen, ich war jetzt eine echte College-Absolventin und offiziell erwachsen. Nun gab es kein Entkommen mehr vor der realen Welt. Aber ich fühlte mich nicht anders als vorher. Na ja, wenn man mal von der erdrückenden Panik absah, ausgelöst von dem Gedanken daran, dass ich jetzt erwachsen war und trotzdem nicht wusste, was zur Hölle ich mit meinem Leben anfangen sollte.

Ich schnappte mir den letzten Karton aus meinem Auto und schloss den Kofferraum. An meinem Rückspiegel hing das Schild, das es mir übergangsweise erlaubte, hier zu parken. Sobald ich die letzte Kiste drinnen abgeliefert hatte, würde ich umparken müssen.

Ein älterer Mann in Windjacke und Khakihose hielt mich auf dem Weg die Treppe hoch auf. Sein gesunder Teint ließ darauf schließen, dass er viel Zeit draußen verbrachte.

»Entschuldigen Sie, ich bin von den L.A. Lions. Man hat mir gesagt, ich soll nach jemandem mit einem hellgrünen T-Shirt Ausschau halten.«

Ich blickte auf mein grünes Mitarbeiter-Shirt herab. »Das bin dann wohl ich. Wie kann ich Ihnen helfen?«

»Soll ich das für Sie tragen?« Er zeigte auf den Karton.

»Der ist nicht schwer. Außerdem hab ich es nicht weit.« Ich nickte in Richtung meiner offen stehenden Tür.

»Einige der Spieler kommen heute schon an, aber wir haben bisher nur die Schlüssel für die Trainer. Könnten wir noch die Schlüssel für die anderen Räume bekommen?«

»Natürlich. Die Wohnheimleitung und ich geben sie Ihnen gerne. Dafür müssen Sie nur ins Büro gehen, das sich genau beim Haupteingang befindet, und dort die Zimmernummern heraussuchen. Die Zimmer sind gestern schon alle vorbereitet und inspiziert worden, es ist also alles bezugsfertig.«

Er nickte und ging.

Ich betrat mein Zimmer.

»Was bedeutet Dare?« Felicia wedelte mit einem Notizbuch mit vergilbten, gewellten Seiten vor ihrem Gesicht herum.

Mir rutschte der Karton aus den Händen und knallte auf den Boden, sodass meine Lehrbücher und der ganze andere Krimskrams herausfiel.

»Warst du früher Fan von Daredevil? Bist du ein Comic-Nerd oder so was?«, neckte sie.

Während sie weiter durch das grün-weiße Heft blätterte, zog sich mein Magen schmerzhaft zusammen. Wäre es doch bloß irgendetwas Albernes oder Peinliches, etwas Belangloses, das man schnell vergaß. Stattdessen enthielt das Büchlein einen Querschnitt meines gebrochenen Herzens. Die Kanten des Papiers waren wellig von all den Tränen, die ich mir geschworen hatte, nie wieder zu vergießen.

Ich sprang über die Box mit den ausgeschütteten Sachen und riss ihr das Heft aus der Hand. »Das geht dich nichts an.«

Sie zuckte zurück.

Jetzt, wo ich das Notizbuch in der Hand hielt, beruhigte sich mein Herzschlag allmählich wieder. Doch mein Atem kam stoßweise, und meine Finger zitterten.

Nun klang Felicia besorgt. »Tut mir leid, Bay.« Sie musterte mich verwirrt, während ich mich zu beruhigen versuchte.

Ich schob das Heft unter einen Stapel Bücher, holte einmal tief Luft und drehte mich dann mit einem breiten Lächeln wieder zu ihr um. »Nein, mir tut es leid. Ist kein Ding.«

Sie griff sich an den Bauch, und ich fühlte mich gleich noch schlechter.

Ein Klopfen durchbrach den unangenehmen Moment.

»Entschuldigen Sie, Miss. Ich habe die Zimmernummern. Einer der Spieler ist schon angekommen, er wird gleich hier sein.« Der Mann mit dem wettergegerbten Gesicht und den freundlichen Augen stand in der Tür.

Ich klopfte mir die Hände an der Hose ab. »Natürlich. Das ist Felicia, die Wohnheimleitung.«

Felicia setzte ein professionelles Lächeln auf. »Freut mich, Sie kennenzulernen.« Sie schüttelte ihm die Hand.

»Ich bin Hank. Ich bin der Assistenztrainer für die Tight Ends. Wie war noch Ihr Name?«

»Bay.« Der Klang der tiefen Stimme durchfuhr mich, als wäre ich von einem Pfeil getroffen worden.

In der Tür stand ein junger Mann, der einerseits so anders aussah als in meinem letzten Jahr an der Highschool und andererseits noch so sehr wie damals, dass es wehtat. Ich spürte einen scharfen Stich in der Brust.

»Dare.«

2

Dare

Sie sah immer noch genauso aus, wie ich sie in Erinnerung hatte. Es war beinahe wie damals, als ich sie zum ersten Mal gesehen hatte, und mir kamen fast die Tränen.

Es war ewig her. Ohne die Zeichnungen von ihr in meinem Skizzenbuch hätte ich geglaubt, dass ich sie mir nur ausgedacht hätte. Dass sie nur ein Produkt meiner Fantasie wäre, das mir geholfen hatte, die dunkelsten Zeiten meines Lebens zu überstehen.

Aber jetzt stand sie wahrhaftig vor mir. Und sie starrte mich mit demselben Hass und derselben Wut an wie beim letzten Mal, als ich sie gesehen hatte. Vor diesem verhängnisvollen Tag, an dem ich ihr und mir selbst das Herz gebrochen hatte, war sie das Mädchen gewesen, von dem ich meinen Blick nicht hatte abwenden können.

Vier Jahre zuvor.

Dumpfer Schmerz pochte in meinem Unterarm. Vermutlich war der Knochen bei dem Schlag, den ich vorhin geblockt hatte, geprellt worden. Er hatte mich erwischt, als ich es am wenigsten erwartet hatte. Ich war nachlässig geworden, viel zu sorglos. Mein eigenes Zuhause war nicht sicher, solange er da war.

Die einzigen Geräusche in der Garage waren das Pendeln der Glühbirne über mir und mein abgehackter Atem.

Der polierte Lack meines Football-Helms reflektierte das Licht und warf wilde Muster an die Wände, sodass der Raum wirkte wie ein abgefuckter Nachtclub. Ich beugte mich vor und packte das Gitter meiner Facemask fester. Dabei starrte ich mein Auto an, dessen Motor noch warm war, und schnappte so schwer nach Luft, als hätte ich mehrere Hundert-Meter-Läufe hinter mir.

Die Schließkassette, in der ich mein Geld aufbewahrt hatte, lag aufgebrochen auf dem ölverschmierten Betonboden, das Metall verbogen und zerkratzt. Anstatt sie wie sonst in meinem Zimmer zu verstecken, war ich nachlässig geworden und hatte sie draußen rumstehen lassen. Mein Blick wurde unscharf und verschwommen. *Dieser verdammte Dreckskerl.*

Das Geld, das ich in den letzten sechs Monaten angespart hatte, um zum Titan Combine in Chicago fahren zu können, das nächsten Monat stattfand – praktischerweise genau dann, wenn er das nächste Mal hätte zu Hause sein sollen –, war futsch.

Ich hatte es zusammengekratzt, indem ich Gelegenheitsjobs und Autoreparaturen erledigt und altes Zeug verkauft hatte, das ohnehin weg musste, wenn ich demnächst aufs College ging. Hätte Aaron Smith mich nicht verarscht, sodass ich mein Geld mit Gewalt hatte eintreiben müssen, wäre ich zu Hause gewesen, um mein Erspartes vor meinem Dad zu verstecken.

Da er seit einiger Zeit vermehrt längere Strecken fuhr, begegneten wir uns immer seltener. Es war, als würde er sich für zunehmend längere Strecken entscheiden, je mehr ich im

Kraftraum an Muskelmasse aufbaute. Dank seiner Truck-Touren quer durchs ganze Land war er kaum noch zu Hause. Und das war gut so. Endlich war er derjenige, der Angst hatte.

Ich hob die Box auf und drehte sie um. Ein Vierteldollar fiel mir in meine Handfläche. Ich schloss die Faust um die Münze und schleuderte die Box quer durch die Garage. Die Werkzeuge an der Wand auf der anderen Seite klapperten und schwankten. Ich hatte beide Hände zu Fäusten geballt.

Die Druckluftbremsen eines Trucks quietschten vor der Garagentür. Mein ganzer Körper verspannte sich. War er zurückgekommen?

Die Eingangstür unseres Hauses wurde laut aufgerissen. Ich schnappte mir einen Schraubenschlüssel von der Werkzeugbank und umklammerte das kalte Metall mit klammen Fingern. Er war kleiner als der Schraubenschlüssel, mit dem mein Vater mich einmal geschlagen hatte. Aber vielleicht würde ich dieses Mal nicht erstarren, nicht wieder zu dem Achtjährigen werden, der die schweren Schritte vor seiner Zimmertür hörte.

Seine stampfenden Stiefel ließen die Wand hinter mir vibrieren. Mein Herzschlag wurde schneller, das Pulsieren erfasste meinen gesamten Körper und drohte, mir den Atem zu rauben. Mir kam die Galle hoch und jede Zelle meines Körpers schrie nach Rache, aber ich saß nur wie erstarrt da und rührte mich nicht. Die Schritte entfernten sich, und dann wurde die Tür zugeschlagen. Draußen hörte ich, wie Reifen über den Kies in der Sackgasse vor dem Haus knirschten.

Ein erdrückendes Gefühl der Scham stieg in mir auf. Ich hätte rauslaufen und ihn zusammenschlagen sollen. Er war immer schon größer gewesen als ich, aber ich war stärker. Und schneller. Außerdem war ich nicht quasi rund um die Uhr sturzbetrunken. Ich hätte ihn k.o. schlagen können, dann hätte er es nie wieder gewagt, mich anzurühren. Stattdessen hatte ich in der Garage gehockt, war nicht einmal in der Lage gewesen, den Türknauf zu drehen.

Auf dem Feld dachte ich nie zweimal darüber nach, wenn ich jemanden umwarf, um den Weg für unseren Quarterback Bennet frei zu machen. Aber mein alter Herr versetzte mich immer noch in Schockstarre.

Heiße Wut vernebelte mir die Sicht und ich stieß einen Schrei aus, von dem ich mir wünschte, er könnte das Dach der Garage sprengen.

Unbändiger Zorn zerschlug, zertrümmerte und vernichtete alles um mich herum. Ein Laut drang durch die Zerstörungswut. Er kratzte an den Rändern des blinden Zorns, in den ich verfallen war und der nichts anderes zuließ außer wilde, urtümliche Instinkte.

Das rhythmische Dröhnen in meinen Ohren wurde langsamer. Ich machte einen Schritt nach vorne und trat mit meinen Schuhen auf Glassplitter. Das holte mich endgültig aus dem Nebel und befreite mich aus den Tiefen meiner Raserei.

Ein Augenpaar schaute mir entgegen, das ich seit über zehn Jahren nicht mehr gesehen hatte. Der Blick meiner Mutter traf meinen durch das gebrochene Glas des zersplitterten Bilderrahmens.

Ich ließ den Helm fallen und rutschte an der Werkbank entlang zu Boden. Brennender Schmerz flammte in meinen Seiten auf.

Ich drehte den kaputten Rahmen um und holte das Bild raus. Eine neue Welle von Scham überkam mich mit voller Wucht. Das dumpfe Pochen meiner geprellten Rippen war nichts im Vergleich zu dem Kloß in meinem Hals.

Ich schüttelte den letzten Rest des Wutrauschs ab und stand auf, als würde ich Wurzeln durchreißen, die mir aus den Füßen gewachsen waren. Ich begutachtete den Schaden. Das Glas glitzerte im Licht, das von der schwingenden Glühbirne ausging, und knirschte auf dem Betonboden unter meinen Füßen.

Selbst in meiner blinden Wut hatte ich mein Auto größtenteils verschont. Es hatte ein paar Kratzer abbekommen, aber keinen Schaden davongetragen, den ich nicht selbst beheben konnte. Ich schnappte mir einen Besen und fegte das Glas, das gesplitterte Holz und das verbogene Metall zusammen. Im Gegensatz zu meinem alten Herrn räumte ich hinter mir auf. Abgesehen von dem Kratzen und Klirren der Glassplitter, die im Mülleimer landeten, war nichts zu hören. Was hatte ich vorhin gehört?

Niemand war verletzt worden. Dieses Mantra wiederholte ich wieder und wieder. Meinen Dad interessierte es nicht, an wem er die Wut über sein Scheißleben ausließ – meistens war ich derjenige, den es erwischte. So ist das, wenn man Schuld daran ist, dass die Frau von jemandem gestorben war.

Zumindest ließ ich meine Wut nur an Gegenständen aus. Die bluteten nicht, aber das interessierte ihn wenig.

Jetzt konnte ich es hören. Musik.

Der Klang ertönte erneut, diesmal lauter. Es war kein Radio. Die Melodie fing an und hörte wieder auf, wie ein Auto, das Probleme beim Anspringen hatte. Als wäre eine Schnur in der Mitte meiner Brust befestigt, zog mich das Geräusch zur Rückseite der Garage.

Ich öffnete die Tür, die in den Garten führte. Da die letzten Sonnenstrahlen mich blendeten, schirmte ich mir die Augen mit der Hand ab und suchte nach dem Ursprung der Musik. Sie kam aus meinem Garten. Nein, aus ihrem Garten.

Bay Bishop saß mit geschlossenen Augen auf ihrer Hintertreppe, während sie mit den Fingern langsam die Saiten ihrer Gitarre zupfte und anschlug, als könnte nichts auf der Welt sie dazu bewegen, die Melodie schneller zu Ende zu bringen. Aber es war nicht das Gitarrenspiel, das mich endgültig von meiner Wut befreite.

Ihr Kinn war Richtung Himmel gestreckt, und ihre Stimme hallte durch unsere Gärten. Sie trug ihr Haar offen und nicht wie üblich zu einem Pferdeschwanz gebunden. Tintenschwarze Wellen fielen ihr über Schultern und Rücken. Ein übergroßes T-Shirt verschluckte die Hälfte ihres Körpers, darunter trug sie Jeans. Die Gitarre thronte auf ihrem Schoß.

Der linke Fuß wippte im Takt, und sie wiegte sich mit der Melodie.

Die Worte verloren sich im Wind, doch die Kraft ihrer Stimme – süß und stark, ausdrucksvoll und verletzlich – traf mich mit voller Wucht. Obwohl sie schon länger in der Stadt wohnte, war sie erst vor Kurzem in das freie Haus neben meinem gezogen. Genau zum Start unseres letzten Schuljahrs.

Ich hatte nicht mehr als ein paar Worte mit ihr gewechselt, obwohl wir seit dem zweiten Jahr an der Highschool jedes Jahr mindestens zwei Kurse zusammen gehabt hatten. Ab und zu hatten wir gemeinsam eine Gruppenarbeit machen müssen, aber solche Dinge liefen meist so ab, dass immer jemand die Kontrolle an sich riss und die ganzen Infos für sich behielt, nur um sich am Ende beschweren zu können, dass keiner mitgeholfen hatte. Nicht dass irgendjemand Hilfe von mir erwartete hätte. Also hatte ich mich immer zurückgelehnt und die anderen die Arbeit machen lassen, während ich im Kopf die Strategie für unser nächstes Spiel durchgegangen war.

Bay hatte mich nie wie einen hirnlosen Idioten behandelt. Sie hatte mich eigentlich auf gar keine Art behandelt. Schließlich hatte sie mich nie direkt angesprochen.

Was zur Hölle sollte das eigentlich? Sechs Kurse in drei Jahren und sie hatte nicht einen einzigen Satz mit mir gewechselt? Die meisten Leute buhlten um meine Aufmerksamkeit.

Doch sie nickte lediglich oder schüttelte ihren Kopf; ich wusste nicht mal, ob sie je ein Wort zu mir gesagt hatte.

Ich lehnte den Besen gegen den Türrahmen und wischte mir die blutigen Knöchel an der Jeans ab. Das Pochen wurde mit jeder Sekunde stärker. Ich sollte die Hand kühlen, aber ich konnte mich nicht bewegen.

Da unsere Gärten ziemlich uneben waren, diente der Zaun dazwischen eher als eine Art Trennlinie und trug nur wenig zur Privatsphäre bei. Ihre Hintertreppe war deutlich sichtbar, fast schon erhöht, so als wollte Mutter Natur ihr eine Bühne für ihre Performance zur Verfügung stellen.

Sie war noch nie hier draußen gewesen. Ihre Stimme wäre mir nicht entgangen. Sie klang warm und voll, umwob mich und traf mich mitten in die Brust. Wie ein Tackle nach dem Abpfiff.

Ich stand in der Tür und hätte sie eigentlich schließen sollen. Meine Finger umklammerten das gesplitterte, verwitterte Holz, aber ich konnte meinen Blick nicht von ihr abwenden. Der Song handelte von Hoffnung und Sehnsucht nach einer besseren Zeit. Einer glücklicheren Zeit. Auch wenn ich solche glücklichen Tage voller Sonnenschein nicht kannte, ließ mich ihr Lied glauben, dass es anders war. In mir kamen Erinnerungen hoch, die ich nie erlebt hatte. Und sie ließen mich hoffen, dass es da draußen irgendwo einen Ort gab, an dem ich doch noch Frieden finden konnte.

Sie lächelte, ja lachte beinahe, während die Worte aus ihr herausströmten. Sie wiederholte den Refrain, einmal, zweimal, während sie versuchte, die nächste Strophe zu finden. Ich hätte mir die Worte für die nächsten hundert Jahre in Dauerschleife anhören können. Sie verstummte, blickte auf das Notizbuch neben sich herab und dann wieder hoch.

Mit geschlossenen Augen setzte sie erneut beim Refrain ein. Ihre Finger zupften die Saiten, wieder und wieder.

Die Pause in der Musik sandte eine Welle der Sehnsucht durch meinen Körper. Meine Fingerknöchel pochten schmerzhaft, genau wie meine Arme und meine Rippen.

Ich sehnte den nächsten Ton herbei. Brauchte ihn wie die Luft zum Atmen.

Plötzlich öffnete sie die Augen und schaute mich wie erstarrt an.

Erwischt. Irgendwie war das schlimmer, als wenn ich in ihr Zimmer geplatzt wäre, während sie sich umzog.

Ein lautes Hupen durchbrach den hypnotischen Ruf der Melodie, die sich tief in meiner Brust festgesetzt hatte. Es kappte die Verbindung, als hätte jemand ein Stromkabel mit einem Bolzenschneider durchtrennt.

Ich schälte die Finger vom Türrahmen und nahm Abstand von den Tönen, die etwas in mir hervorgerufen hatten, das ich nicht benennen konnte.

Ich schlug die Tür zu und schüttelte die Gefühle ab, die von mir Besitz ergriffen hatten, bevor ich mir meine Jacke vom Boden schnappte und nach draußen lief.

»Warum hat das so lange gedauert?« Knox hing mit dem Oberkörper aus dem Fenster an der Fahrerseite und trommelte auf die Motorhaube.

»Was willst du? Du hast erst vor knapp zwanzig Sekunden gehupt.«

»Das sind zwanzig Sekunden weniger, die wir zum Saufen haben.« Er rutschte zurück auf den Fahrersitz und ließ den Motor aufheulen. Knox »immer-für-eine-Party-zu-haben« Knight war nicht gerade für sein Feingefühl bekannt.

»Ich bin mir sicher, das holst du schnell wieder auf.« Ich rutschte auf den Beifahrersitz.

Eine Sekunde nachdem mein Fuß den Boden verlassen hatte, fuhr er bereits los.

»Aber so was von.« Er schlug mit der Faust gegen die Decke und steckte schreiend den Kopf aus dem Fenster.

Ich griff ans Lenkrad, damit wir nicht von der Straße abkamen. »Willst du uns umbringen, bevor wir überhaupt irgendwo ankommen, Arschloch?«

Er plumpste wieder auf den Sitz. »Keine Niederlage diese Saison. Vierfache State Champions. Wir sind Götter!«, brüllte er aus dem Fenster.

»Götter, die kein bisschen unverwundbar sind.« Ich rammte ihm die Faust in die Schulter. Die Prellung, die genau auf den Rippen an meiner linken Seite prangte, würde über Nacht deutlich sichtbar und von Minute zu Minute dunkler werden. Genau wie die restlichen blauen Flecken. Das Adrenalin, das immer noch durch meinen Körper gepumpt wurde, dämpfte den Schmerz zwar, ließ aber allmählich nach. In einer Stunde würde selbst Stehen die Hölle sein. Ganz zu schweigen vom Training morgen.

»Alter.« Er sah mich wütend an und rieb sich die Schulter. »Wir sind nicht mehr auf dem Feld. Die Saison ist vorbei.«

Mein Magen verkrampfte sich schmerzhaft. Es war vorbei. Die Chance, gedraftet zu werden, wurde mit jedem Tag kleiner. Gab es einen besseren Weg, sich darauf vorzubereiten, in die Armut abzurutschen und in Vergessenheit zu geraten, als sich auf einer Party komplett abzuschießen, bei der am nächsten Morgen alle mit dem Wunsch aufwachen würden, vom Tod erlöst zu werden?

Doch das Ende der Saison bedeutete wenigstens, dass das Team sich morgen nicht aufs Feld schleppen musste, um beim Training schon bei den Warm-ups zweimal zu kotzen, weil uns der Coach rückwärts laufen ließ, während wir Gurkenwasser tranken. Nein, das erwartete nur mich.

Der Frühling war für die zukünftigen Seniors, aber ich würde mich ihnen anschließen, um mich am letzten Fünkchen Licht festzuhalten, das am Ende des immer dunkler werdenden Tunnels noch zu sehen war.

Knox legte den Kopf schief und grinste mich an.

»Du bist total irre. Bring uns einfach nur heil zu dieser Party.«

Irgendein Mädchen versuchte, mich von der Couch zu locken, indem es vor mir herumtanzte. Sie kam mir vage bekannt vor, doch es war schwer einzuschätzen, ob ich sie tatsächlich kannte. Hier schienen fast alle Mädels der Schule anzugehören, die das Schminken von Schmolllippen und Highlights als höchste Form der Kunst betrachtete.

Sobald sie herausfand, dass ich in Bezug auf meine Aussichten, gedraftet zu werden, nicht etwa einen auf cool machte, sondern einfach keine hatte, würde sie sich einen neuen Kerl für ihre private Tanzeinlage suchen. Gut, dass ich nicht interessiert war. Sie auszublenden fiel mir nicht schwer. Ich nahm sie mehr als schemenhafte Gestalt mit fuchtelnden Gliedmaßen wahr, allerdings kam sie mir allmählich etwas zu nahe. Ich trank den letzten Schluck meines Biers und schüttelte dann die Flasche vor ihrer Nase herum.

»Hol mir noch ein Bier.« Kein Bitte. Die übliche Herangehensweise – Augenkontakt vermeiden und mit allen reden außer mit ihr – hatte bisher keine Wirkung gezeigt.

Sie lächelte breit, nahm die Flasche und eilte zu dem mit Eis gefüllten Planschbecken, um eine neue zu holen. Innerhalb der letzten Stunde war es hier drinnen ganz schön heiß geworden, und mir lief der Schweiß am Nacken herunter. Warum war ich überhaupt hier? Es würde der ganzen Demütigung noch die Krone aufsetzen, wenn alle Anwesenden wüssten, dass ich hier festsitzen würde, während der Rest einen Platz am College ergattert hatte. Lieber nahm ich in Kauf, nach jedem Übungsspiel zu kotzen, als den Leuten zu offenbaren, wie viel Angst ich davor hatte.

»Sie ist kurz davor, deinen Schwanz rauszuholen und dir vor versammelter Mannschaft einen zu blasen.«

»Mein Schwanz und ich sind uns absolut einig, dass das nicht passieren wird.«

»Wir reden hier von Bethany. Die ist verdammt heiß.«

Sie bückte sich, um ihre Hände auf der Suche nach einem Flaschenöffner durch das Eis wandern zu lassen, obwohl an der Wand vor ihr einer hing. Dabei rutschte ihr Rock so hoch, dass ihr halber Arsch zu sehen war.

Knox' Kinnlade hing ihm praktisch bis auf den Schoß. Sein Schwanz und er waren sich wohl auch absolut einig, wie mit der Bethany-Sache zu verfahren war.

»Dann schlaf du doch mit ihr.«

»Würde ich sofort, wenn das eine Option wäre. Aber sie hat sich total auf dich eingeschossen.«

»Da wird sie aber bitter enttäuscht sein.«

»Du hast nicht das geringste Interesse daran, eins der heißesten Mädchen der Schule flachzulegen?«

Ich stand auf und zuckte vor Schmerzen zusammen. Scheiße, tat das weh. »Kein bisschen.«

Bethany kam vor mir zum Stehen und hielt mir die offene Bierflasche wie eine Opfergabe entgegen. »Wenn das mal nicht mein liebster Tight End mit dem knackigsten Arsch ist.« Sie biss sich auf die Lippe und setzte ihren besten Schlafzimmerblick auf.

»Ich muss mal pissen. Kannst du das Knox geben? Die ganze Sache mit den College-Scouts macht ihm zu schaffen. Selbst jetzt, wo er einen Vertrag unterschrieben hat, sind noch immer so viele Teams an ihm interessiert, dass er nicht weiß, was er tun soll.«

Ihre Augen leuchteten auf. »Klar.«

Auf dem Weg in die Küche schaute ich mich noch einmal um. Knox standen tatsächlich sämtliche Türen offen. Er hatte eine erstklassige Saison abgeliefert und Colleges waren immer auf der Suche nach herausragenden Wide Receivern, um die Passrate des Teams zu verbessern. Er hatte zwar schon einen Vertrag unterschrieben, doch die Angebote anderer Colleges wurden immer besser.

Knox formte ein Danke mit den Lippen, als Bethany sich auf seinen Schoß setzte.

Als Tight End schützte ich unseren Quarterback und schlug mich durch die Defense Line, damit unser Tailback sein Ding machen konnte. Daher dachten die meisten, dass mir die Colleges die Tür einrennen müssten. Aber so war es nicht – nicht mehr. Mir brannte der Magen und meine Knochen pochten. Während meiner gesamten Football-Karriere hatte ich nur ein Spiel verpasst. Ein einziges Spiel vor einem Jahr. Das war jedoch offenbar das einzige Spiel, das zählte. Und ich hatte es damit verbracht, Blut auf den Badezimmerboden zu spucken.

Ich würde für immer in dieser Scheiß-Stadt versauern. Das ganze Gerede davon, dass ich in ein paar Monaten weg sein würde, machte alles nur noch schlimmer. Zu Hause würde ich es nicht mehr lange aushalten, der Drang abzuhauen wurde von Tag zu Tag stärker. Wen interessierte schon ein Highschool-Abschluss? Aber dies waren die letzten Monate, in denen mich ein Scout entdecken konnte. Bei einem Probetraining mitmachen konnte ich auch nicht, da mich kein College angenommen hatte. Ich hatte nur noch eine Chance. Eine einzige Chance, nicht als der Typ zu enden, der in der Highschool mal jemand gewesen war.

Nur so konnte ich beweisen, dass ich kein Möchtegern-Star werden würde, der seine Wut über sein verpatztes Leben an allen ausließ, die in Schlagreichweite waren. Und sich, wenn die anderen Glück hatten, früh ins Grab saufen würde. Ich würde kein verbittertes Arschloch werden, für das sich keiner interessierte. Ich würde einen Weg finden, hier wegzukommen, und beweisen, dass ich nicht war wie er und es auch nie sein würde.

Ich schnappte mir ein Sixpack aus dem Kühlschrank und ging in den Garten.

Die Kältewelle war zurückgekehrt. Der Frühling hatte einen kurzen Moment des Triumphs gehabt, doch der Winter hatte das nicht lange zugelassen. Mein Atem waberte als Dunstwolke vor meinem Gesicht herum und die Kälte kroch durch mein Thermoshirt.

»Die Party findet drinnen statt, Dare.« Bennet kam um die Hausecke, einen Arm um eine Tussi aus dem Football-Fanclub gelegt. Die Haare klebten ihr an der einen Seite des Gesichts und sein Hosenstall war offen. So viel zu etwas Ruhe.

»Ich weiß, brauchte nur ein bisschen frische Luft.« Ich schlug den Deckel der Bierflasche an der Stufe hinter mir ab, sodass er zwischen die Holzplanken fiel.

»Wann feiern wir mal wieder bei dir? Du hast uns die ganze Saison über hingehalten. Allmählich bist du auch mal dran.«

»War beschäftigt.« Ich hatte außerdem die Löcher in den Wänden im Wohnzimmer, Flur und Badezimmer reparieren müssen, bevor ich überhaupt daran denken konnte, wieder jemanden ins Haus zu lassen.

Meine Teilnahme an den illegalen Trinkgelagen war jedoch nicht optional. Vor unserem Abschluss am dritten Juni wurde von mir erwartet, dass ich mindestens eine Party schmiss. Dieses Datum hatte sich in mein Hirn eingebrannt. Der Tag, an dem ich alles verlieren würde.

Wenn der Quarterback der Sohn des Coaches war – der

wiederum meine einzige Chance darstellte, hier rauszukommen –, konnte er sich so einiges erlauben. Bennets Arm war wie ein Granatwerfer, aber sein Mundwerk stand dem in nichts nach. Er war in der Zehnten erwischt worden, genau wie ich. Nur war sein Fluchtweg nicht von einem alkoholkranken Trucker mit einem fiesen rechten Haken versperrt worden.

Die Partys fanden abwechselnd bei allen statt, deren Eltern entweder nie zu Hause waren oder denen es am Arsch vorbeiging. Das hieß, ich hatte meinen Beitrag dieses Jahr schon zur Genüge geleistet.

Ich ging wieder rein. Ein klarer Verstand war gefährlich. Ich ging Spielzüge in meinem Kopf durch, so oft, dass die Bewegungen in Fleisch und Blut übergingen und ich sie im Schlaf ausführen konnte. In ein paar Wochen gab es kein Football mehr für mich. Dann war es vorbei. Mit achtzehn schon am Ende.

Vier Stunden, drei Bier und zwei Tanzpartnerinnen später hatte ich die vorgeschriebene Anwesenheitszeit abgesessen und suchte nach Knox. Ich fand ihn in einem der oberen Zimmer, schlafend mit Bethany im Arm. Wenigstens einer von uns hatte Spaß gehabt.

Draußen vor dem Haus machte ich meine Jacke zu und spähte die Straße hinab. Bis zu mir nach Hause war es nicht allzu weit. Aber der Schmerz in meiner Seite und im Arm würde mich morgen beim Training umbringen.

»Dare, willst du mitfahren?«, rief einer der Jungs aus dem Team mir zu.

Die fünf Kilometer Fußweg erschienen gleich viel länger, wenn eine warme, kurze Autofahrt zur Verfügung stand. »Ja, danke.«

Zehn Minuten später fuhren wir den Hügel zu meinem Haus hoch.

»Ist das nicht die Neue?« Mein Teamkamerad starrte aus dem Fenster.

Bay? Mein Blick zuckte in dieselbe Richtung.

Sie fuhr mit ihrem Fahrrad die Straße herunter, weg von ihrem Haus.

Ich sah auf die Uhr. Wo wollte sie um ein Uhr nachts noch hin? Sicher nicht zu der Party, von der ich gerade kam.

Schließlich hatte ich noch nie beobachtet, dass sie auch nur an einer der Partys vorbeigefahren wäre, auf denen ich gewesen war, seitdem sie in Greenwood wohnte.

Ihr Mantel flatterte hinter ihr im Wind. Die rosa Handschuhe bildeten einen starken Kontrast zur pechschwarzen Nacht.

Die Frage schwirrte mir noch durch den Kopf, als ich schon zu Hause angekommen war. Die Stille im Haus beruhigte mich. Kein Sportkanal, der aus dem Fernseher dröhnte. Keine klappernden Alkoholflaschen oder markerschütterndes Schnarchen. Selbst der Gestank von billigem Fusel, der den kaputten Sessel umgab, verflog langsam. Ich riss die Fenster auf, um zu lüften. Nichts als glückselige Stille.

Mir kam die Melodie von vorhin wieder in den Kopf. Der laute Bass und die betrunkenen Jugendlichen – die ihr Bestes gegeben hatten, in einer Nacht jeden einzelnen Teenie-Film nachzustellen, den sie je gesehen hatten – hatten sie eine Weile übertönt.

Ich sah aus meinem Fenster auf das dunkle Haus hinter meinem. Hatte sie sich rausgeschlichen, indem sie aus dem Fenster geklettert war?

Ein Mädchen wie Bay hätte jetzt ihre Schulbücher zuklappen und schlafen gehen sollen, ohne auch nur an das Chaos zu denken, das der Alkohol am anderen Ende der Stadt verursachte.

Ein Mädchen wie Bay hatte eine Stimme, die Emotionen

in mir hervorrufen konnte, von denen ich nicht einmal gewusst hatte, dass ich sie empfinden konnte. Und jetzt sehnte ich sie herbei wie ein Drogensüchtiger auf der Suche nach dem nächsten Schuss.

Ein Mädchen wie Bay würde nie etwas mit jemandem wie mir zu tun haben wollen. Und ich sollte mich von so einem Mädchen fernhalten.

Was also machte ein Mädchen wie sie so spät noch außerhalb ihres Hauses? Ich lag in meinen Bett und starrte an die Decke.

Sie hielt sich im Hintergrund, wollte nicht bemerkt werden, gleichzeitig besaß sie eine derartige Stimme. Und erst die Melodie, die in meiner Brust vibrierte wie ein perfekter Fünfzig-Yard-Pass. Sie wollte vielleicht nicht auffallen, doch wenn irgendjemand sonst sie singen hörte, würde sie nie vergessen werden. In weniger als drei Minuten hatte sie mich beängstigende Dinge fühlen lassen, vor denen ich weglaufen sollte.

Warum wollte ich nach nur einem Song wissen, welche Geheimnisse sie sonst noch vor der Welt verbarg? Und warum beunruhigte mich das?

3

Bay

Ich schloss die Tür und ließ damit die Wärme unseres Hauses hinter mir. Mit der Martin-Gitarre meines Dads auf dem Schoß setzte ich mich auf die Stufen. Hatten wir nicht eigentlich April?

Zum ersten Mal seit Langem war das Wetter nicht absolut scheiße und ich musste unbedingt nach draußen. Unerwartete Schneestürme, Eisregen, Hagel, peitschender Wind und prasselnder Regen hatten den Winter viel zu lange andauern lassen, während ich sehnsüchtig auf etwas warmen Sonnenschein gehofft hatte.

Aber ich sollte mich nicht beschweren. Wenigstens war der Boden nicht klatschnass.

Als der Song *Mamma Mia* aus meinem Handy plärrte, schrak ich hoch.

»Hey, Mom.«

»Hey, Süße. Meine Schicht fängt gleich an, aber ich wollte dir noch schnell sagen, da ist ein Teller …«

»Für mich im Kühlschrank. Ich weiß, Mom. Wir machen das doch schon seit Monaten so. Auch wenn du kein Abendessen für mich vorbereitet hättest, könnte ich mir selbst was machen. In weniger als sechs Monaten bin ich auf dem College.« Sechs lange Monate noch.

»Warum erinnerst du mich daran? Willst du mich umbringen?«

»Denk nur mal, wie frei du sein wirst, wenn du nicht mehr wegen mir an diesen Ort gebunden bist.«

»Dadurch wird das Haus bloß entsetzlich leer wirken. Hast du Pläne für heute Abend?«

»Nur Hausaufgaben. Vielleicht ein bisschen Fernsehen.« Schuldgefühle ließen mein Herz klopfen, aber meine Stimme blieb ruhig.

»Klingt, als wärst du draußen.«

Verdammt, erwischt. »Ich bringe nur den Müll raus.«

»Okay.« Dabei zog sie das Wort in die Länge, so als würde ich einknicken, wenn sie drei Silben daraus machte. »Pass auf dich auf und denk dran …«

»Abzuschließen, bevor ich schlafen gehe. Natürlich, Mom. Weiß ich. Nächstes Jahr muss ich auf eigenen Beinen stehen. Mach dir keine Sorgen. Ich wünsche dir eine angenehme Schicht und wir sehen uns morgen. Hab dich lieb.«

»Ich dich auch.«

Ihre Stimme klang ein wenig misstrauisch. Vielleicht lag es daran, dass sie mich vor sechs Monaten dabei erwischt hatte, wie ich um drei Uhr nachts nach Hause gekommen war. Ich war selbst schuld gewesen. Seitdem verließ ich das Haus nicht mehr vor elf Uhr. Wenn es Probleme mit ihrer Schicht gab, dann immer vor elf. Die Chance, erwischt zu werden, verringerte sich also, wenn ich einfach etwas wartete. Das hieß allerdings auch, dass ich manchmal total fertig aussah und kaum geradeaus denken konnte, wenn ich in der Schule saß. Zum Glück hatte mich bis jetzt noch keiner meiner Lehrer zu einem Gespräch mit dem Schulpsychologen geschickt.

Mom und ich hatten beide unsere Schwierigkeiten, uns an ein Leben ohne Dad und in einem anderen Staat zu gewöhnen. Selbst jetzt noch. Die nicht enden wollende Herausforderung herauszufinden, wie genau wir dieses Leben leben sollten, hatte kein bisschen nachgelassen. Vier Umzüge in vier Jahren. Wenigstens hatte ich bei den letzten Umzügen quer durch die Stadt an derselben Schule bleiben können – auch wenn ich mir nicht sicher war, ob das ein Segen oder ein Fluch war. Zumindest brauchte ich vom neuen Haus aus nur noch vierzig Minuten, wenn ich mich rausschlich. Ich hatte zwar schon zweimal Hausarrest bekommen, doch das hielt mich nicht davon ab. Vor allem, weil ich das Gefühl hatte, kurz vor dem Durchbruch zu stehen. Ich war so nah dran, die Töne rauszubringen, die stets in meiner Kehle stecken blieben, bevor ich sie dann doch wieder herunterschluckte.

Trotzdem nagten Schuldgefühle an mir wie ein Marder an Autokabeln. Meine Finger strichen über die Saiten, wodurch dieser typische quietschende Ton entstand.

Ich zog die Ärmel so weit herunter, dass sie meine Hände fast komplett bedeckten. Jetzt wo die Sonne hinter dem Haus verschwunden war, fuhr mir die abendliche Kälte noch stärker ins Mark.

An der Wand neben der Tür hingen Bilderrahmen. In diesem Haus gab es genug Platz, um sie alle aufzuhängen, und der Vermieter hatte nichts dagegen, dass wir Nägel in die Wand schlugen.

Im ersten Rahmen aus Kirschholz waren meine Eltern und ich zu sehen. Sie hatten mich gezwungen, einen spitzen rosa Partyhut zu tragen, obwohl ich dreizehn geworden war. Seitdem hatten wir das Bild jedes Jahr nachgestellt. Das Foto darunter zeigte nur Mom und mich mit zwei gigantischen Kuchen in der Form einer Eins und einer Acht. Die Regisseurin des Theater-Clubs hatte sich darüber lustig gemacht, dass ich mit einem riesigen Kuchen in Form einer Acht angekommen war. Aber alle von der Bühnen-AG und dem Theater-Club hatten ihn innerhalb weniger Minuten verschlungen.

Ich starrte das letzte Foto in der unteren Reihe an. Es war eins der letzten Fotos von uns dreien zusammen. Er wäre heute einundvierzig geworden. Mom und ich hatten zu seinem Geburtstag immer einen Kuchen und irgendein schreckliches Geschenk ausgesucht, meistens war es etwas mit der Aufschrift »Bester Dad«. Beim Auspacken hatte er immer so getan, als wäre es das beste Geschenk, das er je bekommen hatte.

Mom hatte in den letzten Tagen mehrere Zwölf-Stunden-Schichten gearbeitet. Noch mehr als normalerweise. Das tat sie immer, wenn das Winterwetter dem Jahreszeitenwechsel nachgeben musste und dieser eine Tag näher rückte, so langsam, aber unaufhaltsam wie der tauende Frost.

Nach ihrer Dusche fiel sie immer sofort in tiefen Schlaf. Wenn wir doch nur alle so viel Glück hätten haben können. Das Einschlafen fiel mir immer schwerer. Ständig spürte ich ein unangenehmes Kribbeln im Hinterkopf, so als hätte ich das Garagentor offen gelassen oder vergessen, den Herd auszumachen. Also hatte ich kurzerhand meinen Schrank geöffnet und den einzigen Gegenstand herausgeholt, der dieses Rauschen in meinem Kopf beruhigen konnte. Das vertraute Gefühl des abgenutzten Griffs des Gitarrenkoffers ließ es leiser werden, allerdings nicht ganz verstummen.

Ohne das Ganze zu hinterfragen, hatte ich mir die Gitarre geschnappt und war rausgegangen. Die dunkle Maserung des Holzes bildete einen starken Kontrast zu dem hellen, glatten Korpus. Die mahagonifarbenen Seiten hatten ein paar Dellen und Kratzer von der Zeit, als mein Dad das Instrument von Gig zu Gig und Studio zu Studio geschleppt hatte. Manchmal hatte ich mitkommen dürfen, dann hatte ich immer über die Saiten gestrichen und gelächelt, wenn sie dieses Quietschen von sich gegeben hatten, bevor er mich auf seinen Schoß gesetzt und mir das Spielen beigebracht hatte. Ich lehnte meine Stirn gegen das glatte Holz der Gitarre. Meine Finger fanden sofort ihre Positionen auf dem Griffbrett. Das Metall der Saiten schnitt mir ins Fleisch. Die Hornhaut, die ich mir über die Jahre hart erarbeitet hatte, war in den letzten sechsunddreißig Monaten weicher geworden. So lange war es her, seit ich seine Gitarre – nun war es meine Gitarre – wieder in die Hand genommen hatte.

Ich füllte meine Lungen mit Luft und ließ alles los. Mein Fokus lag nur noch auf meinem Herzschlag, den zirpenden Grillen und dem Vibrieren der Saiten. Ich verlor mich im Rhythmus der Musik, die Noten transportierten mich in eine Zeit, in der ich nicht gewusst hatte, was es bedeutete, jemanden zu verlieren. Nach drei Jahren hatte ich mich endlich dazu durchgerungen, das Instrument wieder anzufassen. Jetzt musste ich einfach spielen.

In der Dunkelheit wurde meine Stimme von der sanften Brise davongetragen. Ich war ein wenig eingerostet, doch die Worte strömten aus mir heraus wie ein unaufhaltsamer Wasserfall. Fangen spielen im Garten. Sonntagsfrühstück mit Marky-Maus-Pancakes, dem leicht entstellten Cousin von Micky. Die Mickys gerieten immer etwas schief, und man konnte nie so recht erkennen, ob es sich um eine zweiköpfige Maus mit nur einem Ohr handelte oder zwei schrecklich unterschiedliche Ohren auf dem Kopf einer Maus. All die Stunden, in denen er mir das Spielen beigebracht hatte, ohne je ungeduldig zu werden oder aufzugeben.

Hab dich lieb, Dad.

Die Worte durchfluteten mich. Durch meine leicht geöffneten Augen nahm ich eine Bewegung wahr. Ich konnte die Hitze eines Blicks auf mir spüren. Normalerweise versagten mir in solchen Fällen die Stimmbänder, dieses Mal machte ich jedoch einfach weiter, konzentrierte mich auf die Worte und die schattenhafte Gestalt, die mich beobachtete. Als der letzte Laut ertönte, öffnete ich die Augen komplett, um zu sehen, wer diesen Moment gestört hatte. Seit Jahren hatte mich niemand mehr spielen gehört.

Ich blinzelte die Tränen weg, die sich in meinen Augenwinkeln gebildet hatten. Der Damm war nicht gebrochen, doch zumindest fühlte es sich an, als hätte jemand ein Ventil aufgedreht, wodurch der tobende Sturm in meinem Kopf nachgelassen hatte, sodass ich wieder atmen und denken konnte.

Über den Zaun hinweg sah ich, wie sich jemand rührte. Die Bewegung durchbrach den Schatten, der ihn vorher wie einen Teil der Garage hatte wirken lassen. Er stand still und konzentriert da.

Ruckartig setzte ich mich aufrecht hin und starrte der Gestalt entgegen, die mich in der Dunkelheit beobachtete.

Dare.

Seine Gestalt wurde vom Licht einer Glühbirne in der Garage hinter ihm beleuchtet. Dadurch war seine Statur deutlich erkennbar, die durch die kurzen Ärmel seines T-Shirts nur noch mehr betont wurde. Mit dem angespannten Bizeps gegen den Türrahmen gelehnt stand er da. Er würde hervorragend in das College-Team passen, das ihn sicherlich bereits angeworben hatte. Hätte man ihn neben einen College-Senior gestellt, wäre kaum ein Unterschied zu erkennen gewesen. Von den Bartstoppeln bis hin zu seinem durchdringenden Blick war Dare noch nie einem Gegner begegnet, dem er nicht gewachsen gewesen war.

Er war attraktiv, auf eine Ich-verführe-dich-mit-blutigen-Knöcheln-Art. Er war der Inbegriff eines Bad Boys, nur dass er kein Motorrad, sondern ein Muscle-Car fuhr.

Wir waren schon seit sechs Monaten Nachbarn, doch das war das erste Mal, dass er mich ansah. Also, nicht das erste Mal. Das allererste Mal hatte er mich wesentlich intensiver angeschaut, hart und ablehnend. Dieses Mal war es ganz anders …

In meinem Bauch kribbelte es. Aber die Flügelschläge darin gehörten nicht zu Schmetterlingen, eher zu Kolibris oder Spatzen – viel größer als die sanften Schwingen eines zarten Tagfalters.

Sein eindringlicher Blick brannte sich quer über unsere beiden Gärten hinweg in meine Augen. Und dann war er fort. Der Knall der Garagentür hallte in unserer stillen Nachbarschaft nach.

Dir auch ein freundliches Hallo, Nachbar. Er hatte sich nicht verändert, seitdem ich ihn das erste Mal gesehen hatte.

Mit meiner Gitarre in der Hand blickte ich hinauf in den Nachthimmel. Er war tintenschwarz, aber auch wolkenverhangen, also würde es vermutlich jede Sekunde zu regnen anfangen. Ein passendes Ende für einen aufwühlenden Tag.

Drinnen holte ich mein Abendessen aus dem Kühlschrank und ging in mein Zimmer.

Dort kritzelte ich schnell ein paar Zeilen in mein Notizbuch. Während ich sie noch einmal durchging, wartete ich darauf, dass die Gefühle von vorhin zurückkehrten.

Ich hatte für Dare gesungen. Also, nicht direkt für ihn, aber während er zugehört hatte. Tief im Inneren hatte ich gewusst, dass er es war. Schon bevor ich ihn richtig gesehen hatte. Warum hatte ich vor ihm singen können?

Ich träumte davon, Musik zu machen. Aber Träume waren alles, was ich hatte, solange ich vor anderen Leuten einfach nicht singen konnte. Jedes Mal wenn ich es versuchte, versagte meine Stimme – bis heute. Ich hatte so gehofft, meinen Dad stolz machen zu können, indem ich seinen Traum lebte, stattdessen war ich dazu verdammt, genau wie er dem sicheren Weg zu folgen.

Ich starrte die Bilder auf meinem Tisch an. Unsere fröhliche kleine Familie bewegte sich nur noch schleppend durchs Leben. Und in ein paar Monaten würde auch ich fortgehen.

Das schrille Plärren meines Weckers riss mich abrupt aus dem Schlaf. Ich schoss aus dem Bett hoch und wühlte nach meinem Handy. Schnell oder effizient waren nicht die Worte, mit denen ich beschreiben würde, wie ich den Alarm abstellte.

Ich beugte mich zu hastig nach vorn und fiel dumpf zu Boden. Mein Handy rutschte unter das Bett, als hätte es jemand an einer Schnur daruntergezogen, nur um lustig zu sein. Ich griff danach und stellte es ab. Ohne das Krächzen, das an das Geräusch von Nägeln erinnerte, die über eine Tafel kratzten, senkte sich Stille über mein Zimmer. Während ich mir den Schlaf aus den Augen rieb, gähnte ich und begann meine übliche Routine.

Anziehen. Einen Zettel hinterlassen, auf dem stand, dass ich bei Piper übernachtete, für den Fall, dass Mom früher nach Hause kommen sollte. Warme Klamotten anziehen.

Jedes Klicken und Klacken meines Fahrrads klang in meinen Ohren wie ein Donnerschlag. Dabei schlich ich mich nicht einmal richtig raus. Mom war schließlich gar nicht da.

Ich setzte meinen Helm auf und sprang aufs Rad. Mit dem Rucksack auf den Schultern begann ich, die Straße hinabzuradeln. Oben auf dem Hügel fuhr ein Auto an mir vorbei, und mein Herz setzte einen Schlag aus. Aber es war nicht Moms grauer Wagen. Das fremde Fahrzeug nahm die Kurven äußerst effizient und segelte förmlich über die Kreuzungen.

In den etwa achtzehn Monaten, seit ich angefangen hatte, mich rauszuschleichen, war ich nur zweimal erwischt worden.

Der Wind blies mir ins Gesicht, und meine Wangen wurden taub, aber in meiner Brust hämmerte es vor Aufregung.

Mit einem Ohrstöpsel im Ohr fuhr ich die fast lautlose Straße entlang. Die Häuserblöcke wurden dichter und weniger weitläufig. Kurvige Straßen wurden zu geraden Linien, die von einem Stadtplaner entworfen worden waren. Ich sauste an dunklen Ladenfassaden vorbei. Die einzigen beleuchteten Geschäfte waren Schnapsläden und Apotheken.

Dann erreichte ich mein Ziel: eine unauffällige Treppe, die hinab zu einer grünen Tür führte.

Ich sprang von meinem Fahrrad und packte es an Rahmen und Lenker, um es die Stufen hinunterzutragen.

Als ich auf der letzten ankam, wurde die Tür geöffnet, und ein Schatten ragte vor mir auf.

»Ich habe mich schon gefragt, ob du heute noch kommst.« Freddy verschränkte die Arme. Sein graumelierter Bart reichte ihm fast bis auf die Brust.

»So schnell wirst du mich nicht los.«

»Wäre ja auch zu schön.« Er hielt mir die Tür auf, nahm mein Rad mit einer Hand, als wäre es nur eine Broschüre, und hing es an der Halterung an der Wand auf, die er für mich dort angebracht hatte.

»Singst du heute, oder arbeitest du?«

In meiner Brust wurde es eng und heiß, als hätte ich ein Stück glühende Kohle verschluckt. Er hatte mich schon mal singen gehört, als mein Dad noch gelebt hatte. Jedes Mal stellte er die gleiche Frage, und jedes Mal wollte ich antworten: »Ich singe. Ich werde mir die Seele aus dem Leib singen, so wie früher.« Aber ich konnte es nicht. Die Töne blieben mir im Hals stecken, außer wenn ich alleine sang. Und was brachte mir das, wenn ich doch unbedingt auf die Bühne wollte, um dort vor Publikum zu singen? Seit mein Dad gestorben war, hatte ich vor niemandem mehr gesungen. Außer vor Dare. Als er mich beobachtete hatte, hatte sich mir nicht die Kehle zugeschnürt, als würden sich unsichtbare Finger um meinen Hals legen und mir die Luft aus den Lungen pressen. Ich hatte einfach weitergemacht, fast als wäre es unmöglich aufzuhören. Aber das war vor einer Weile gewesen und jetzt war jetzt.

»Ich arbeite.« In meinem Magen breitete sich ein ungutes Gefühl aus, sobald ich nur daran dachte, vor jemandem aufzutreten. Na ja, vor jemand anderem. Schließlich hatte ich schon vor Dare gesungen und wollte das Ganze nicht sofort wiederholen. Ich schluckte den Kloß in meinem Hals herunter.

Kopfschüttelnd ging Freddy tiefer ins Gebäude hinein. Ich folgte ihm und winkte den anderen Tontechnikern und Produzenten im Vorbeigehen zu.

Goldene und Platin-Schallplatten aus mehreren Jahrzehnten hingen an den Wänden.

»Sollte dich das nicht freuen?«

Er schnaubte. »Nein, ich muss dich ja dafür bezahlen.«

Ich tätschelte ihm die Schulter. »Dafür musst du aber auch weniger arbeiten.«

»Wohl eher mehr. Schließlich muss ich alles prüfen, was du machst.« Er drückte die Tür zum kleinsten Raum im Studio auf.

Jetzt war ich an der Reihe zu schnauben. »Und wie oft habe ich schon einen Fehler gemacht?«

Als Antwort grummelte er nur.

Auf der anderen Seite der doppelt verglasten Scheibe saß ein Kerl, der sich mit Mühe und Not hinter ein Klavier geklemmt hatte, und kritzelte etwas auf das Notenblatt vor sich. »Ist sein erstes Mal. Sei nett zu ihm.«

»Bin ich doch immer.«

Freddy verschränkte erneut die Arme vor der Brust und blieb im Türrahmen stehen. »Weiß deine Mom diesmal, dass du hier bist?«

Ich hielt meinen Blick starr auf die Regler und Schalter vor mir gerichtet. »Klar.«

»Mein Gott, bist du eine verdammt schlechte Lügnerin. Wenn sie die Bullen ruft, sage ich denen, du bist hier eingebrochen.«

»Ich bin eingebrochen, um Demotapes für Künstler zu mixen, die dafür bezahlt haben?«

Er zuckte mit den Schultern. »Die Kids heutzutage sind verrückt.« Er schloss leise die Tür.

Ich zog meinen Mantel aus und legte ihn auf die Couch hinter mir. Auf jeder freien Oberfläche standen Bierflaschen und Aschenbecher mit alten Joints. Home, sweet home.

Ich betätigte den Schalter der Sprechanlage. »Bist du so weit?«

Der Kerl mit dem Beanie und der Jeansjacke schreckte hoch. Er schirmte seine Augen ab, damit er besser durch die Scheibe in den dunklen Raum sehen konnte, in dem ich saß.

Ich schaltete das Licht ein und winkte.

Sein Kopf zuckte überrascht zurück. »Wie alt bist du? Zwölf?«

»Achtzehn, das versichere ich dir. Du hast für zwei Stunden bezahlt, die Zeit läuft. Sollen wir anfangen?«

Sein Blick verengte sich, und er nickte skeptisch.

Ich machte das Licht auf meiner Seite wieder aus und überprüfte noch einmal mein Soundboard. »Wenn du bereit bist, kann es losgehen.«

4

Bay

Das Wochenende ging viel zu schnell vorbei – was nicht daran lag, dass ich keine Lust auf die Schule hatte. Die war zwar nicht mein Lieblingsort, aber ich hasste sie auch nicht. Vielmehr blickte ich dem Montag mit gemischten Gefühlen entgegen, weil es unmöglich sein würde, Dare aus dem Weg zu gehen, da wir drei Kurse zusammen hatten. Außerdem litt ich unter Schlafentzug wegen meiner Ausflüge zum Tonstudio. Beim letzten Mal wäre ich sogar beinahe wieder erwischt worden: Mom hatte auf dem Festnetz angerufen, genau in dem Moment, als ich die Haustür schließen wollte. Das war ziemlich knapp gewesen. Sie rief eigentlich nie so spät an, jedenfalls hatte sie das die letzten achtzehn Monate nicht getan. Aber ab und zu tat sie es dann doch und behauptete, dass sie mich auf dem Handy nicht hatte erreichen können. Ich hatte anschließend noch zwanzig Minuten mit klopfendem Herzen neben dem Telefon gesessen, für den Fall, dass sie noch mal anrief.

So müde wie ich war, konnte ich es nicht verhindern, dass meine Gedanken ständig zu Dare schweiften.

Hatte er mich spielen gehört? Lachte er sich darüber kaputt, wie schlecht ich gewesen war? Mein Magen krampfte sich schmerzhaft zusammen.

Ich schob mir das letzte Stück Pop Tart in den Mund und

setzte mir den Helm auf. Brauner Zucker, Zimt und ich hatten jeden Tag ein Frühstücksdate.

Essen war schließlich Treibstoff für den Körper, nicht wahr?

Wenigstens konnte ich seit dem Umzug mit dem Fahrrad zur Schule fahren. Von unserem alten Haus aus hatte ich immer den Bus nehmen müssen, was außer mir sonst kein anderer Schüler im Senior-Jahrgang gemacht hatte. Piper, meine beste Freundin – so ziemlich meine einzige Freundin –, und ich waren anscheinend die Einzigen, bei denen kein cooles neues Auto im Führerschein mit inbegriffen gewesen war. Daher mussten wir andere Wege finden, zur Schule zu gelangen. Wir hatten beide ein Problem mit der bescheuerten Hackordnung an der Highschool und hatten uns daher direkt angefreundet. Vielleicht lag es auch daran, dass wir in dieser seltsamen Hierarchie irgendwie keinen Platz hatten.

Auf dem letzten Stück bergab drückte mir der Wind meine Brille gegen das Gesicht.

Unten wartete Greenwood Senior High, ein nicht sonderlich strahlender Tempel des Wissens, vor dessen Einfahrt die Autos Schlange standen.

Ich schlängelte mich zwischen den Fahrzeugen hindurch, die auf den Schulparkplatz wollten. Vom Fahrrad abgestiegen bahnte ich mir einen Weg über den Fußgängerübergang, als jemand hupte und den Motor aufheulen ließ.

»Mach hin, Neue«, rief ein Typ mir durch das Fahrerfenster zu. Er und seine Freunde lachten. »Oder hast du wieder einen Kloß im Hals?« Er legte sich die Hände an die Kehle und gab erstickte Laute von sich.

Meine Hände verkrampften sich am Lenker. Noch drei Monate. Ich musste diesen Mist nur noch drei Monate lang ertragen. Aus irgendeinem dämlichen Grund hatte ich in meinem ersten Jahr hier gedacht, ich könnte am Talentwettbewerb der

Schule teilnehmen. Einen Song für meinen Dad singen. Um ihm zu zeigen, dass er sich nicht in mir getäuscht hatte. Dass ich es draufhatte.

Der Plan war gewesen, dass ich mich einfach auf die Bühne schwingen und die Töne aus mir herauspressen würde. Das war so was von nach hinten losgegangen, und ich spürte noch drei Jahre später die Hitze der Demütigung am Nacken.

Natürlich war ich von der Bühne gerannt. Und niemand hier ließ mich das vergessen. Dabei hatte sich mein Spitzname »Die Neue« etabliert, nachdem irgendjemand das auf meine Intro-Karte geschrieben hatte.

Die Cliquen der coolen Kids hingen immer bis zum letzten Klingeln bei ihren Autos herum, um anzugeben. Ich hatte verschlafen, in der Hoffnung, heute nicht zur Schule zu müssen, weil ich mir einen Virus eingefangen hatte … oder vielleicht auch Ebola.

Vor dem Unterricht musste ich noch an meinen Spind. Das bedeutete, ich würde mich dem Gedränge im Gang stellen müssen, bis sich alle erinnerten, warum wir uns eigentlich an einem Montagmorgen in diesem Betonklotz aus den Siebzigern befanden, der nicht einmal funktionierende Heizungen besaß.

Noch immer strömten nagelneue Autos und alte Klapperkisten auf den Parkplatz. So wie es aussah, war ich nicht die Einzige, die heute zu spät kam. Die hinterste Reihe an Stellplätzen war für das Football-Team reserviert. Am weitesten vom Schulgebäude entfernt, aber dem Football-Feld am nächsten.

Die Spieler lachten, gaben sich High Fives und warfen sich einen Football zu, als würden sie nicht schon bei den Spielen und beim Training genug Zeit mit diesem Ball verbringen. Meine Augen zuckten in ihre Richtung und huschten über die Gruppe, dabei raste mein Herz aus Angst, dass Dare meinem Blick begegnen könnte. Aber warum sollte jemand wie er in

Kauf nehmen wollen, dass einer seiner Kumpels ihn dabei ertappte, wie er die Neue ansah?

Ich stellte mein Fahrrad ab und ließ das Schloss mit einem Klicken einrasten. Dann ging ich ins Gebäude und ließ die Greenwood Grizzlies hinter mir zurück. Der Gang war mit Bannern und Flyern für alle möglichen Veranstaltungen dekoriert, die zum Schuljahresende anstanden. Ausflug der Abschlussklasse, Frühlingsmusical, Abschlussball, Talentwettbewerb. Aber die größten Banner gehörten zum Bedlam-Bowl-Football-Spiel, bei dem die Juniors gegen die Seniors antreten würden. Es nahm mehr Platz ein als jedes andere Event an der Schule, obwohl es nur ein Übungsspiel innerhalb unseres eigenen Teams war. Das zeigte, wie sehr Football unsere Schule regierte. Selbst das Training der Mannschaft stand an erster Stelle.

Ich öffnete das Zahlenschloss an meinem Spind, als plötzlich jemand von hinten gegen mich stieß und mein Kopf dabei gegen das Metall knallte.

Ich trat zurück und rieb mir die Stirn. Als ich mich umdrehte, konnte ich nicht erkennen, wer es gewesen war, weil die Person bereits in der Menschenmenge untergetaucht war. War das Absicht gewesen oder war ich so unbedeutend, dass man mir nicht mal ausweichen musste? Ich wusste nicht, was schlimmer gewesen wäre.

Als ich genervt meinen Spind aufriss, teilte sich gerade die Menge am Ende des Gangs. Keine Verbeugungen oder Wedeln mit Palmenblättern? Welch Überraschung. Kleinstädter liebten ihren Sport, aber Gewinnerteams? Eigentlich war es ein Wunder, dass sie nicht konstant mit Rosenblättern und Glitzer beworfen wurden. Selbst nach drei Jahren in dieser Stadt verstand ich diese Heldenverehrung immer noch nicht.

Allen voran marschierte Dare mit einer Selbstsicherheit

durch den Korridor, die nicht mal die Lehrer besaßen. Er war nicht der Quarterback – Bennet sorgte dafür, dass niemand vergaß, wer diese Position innehatte –, aber das hielt die Leute nicht davon ab, Dare anzuhimmeln.

Ich drehte mich wieder zu meinem Spind um und wühlte darin herum. Die Mathehausaufgaben, die ich letzte Woche gemacht und hier gelagert hatte, waren nicht in meinem Matheordner. Eine Ecke des Blattes ragte aus der kaum vorhandenen Lücke an der Seite meines Spinds hervor. Mit spitzen Fingern und konzentriert herausgestreckter Zunge versuchte ich, den Zettel herauszuziehen, ohne ihn zu zerreißen. Die Aufgaben vor dem Unterricht noch mal neu zu machen war keine Option. Dafür blieb nicht genug Zeit. Warum bekamen wir eigentlich noch richtige Hausaufgaben? Hatten alle nicht schon längst ihre Bewerbungen losgeschickt?

»Letterman-Jacken für die Parade heute, was?« Die Spinde wankten, als Piper ihren Platz neben mir einnahm. Die Parade der Football-Spieler war eine inoffizielle Tradition an der Greenwood Senior High. Jeder Spieler bekam zum Saisonanfang eine Letterman-Jacke, also eine Art Fliegerjacke aus Baumwolle in Marineblau und Gelb. Mit so einer kletterte man auf der Leiter der sozialen Rangordnung mindestens zehn Stufen höher. Die Spieler ließen nicht mal ihre Freundinnen die Jacken tragen.

An meinem ersten Tag hier hatte ich den Fehler begangen, in die Show der arroganten Pfauen zu platzen, und wäre fast von den Cheerleaderinnen über den Haufen gerannt worden. Das war allerdings nicht der schlimmste Moment meines ersten Schultages gewesen, drei Tage nach der Beerdigung, als ich mit geschwollenen Augen hergekommen war und mir fest vorgenommen hatte, mich von meiner neuen Realität abzulenken, die mir zu fremd erschienen war, um sie richtig zu begreifen.

Die Greenwood Cheerleader hatten ihren Ehrenplatz am Ende der Parade, ein kleines Stück hinter den Kerlen, eingenommen. Dabei posierten sie wie auf dem Laufsteg. Genau wie bei den Aufwärmspielen setzten sie ihr Plastiklächeln auf, um zu verbergen, dass sie eigentlich allesamt fiese Reptilienmenschen waren.

»Auch noch brandneu.« Piper schob ihre Brille hoch und linste durch die Gläser, die ihre Augen vergrößerten und sie wie eine Anime-Figur wirken ließen. Sie machte immer Scherze darüber, dass meine Brille neben ihrer richtig flott wirkte.

»Woran erkennst du das?« Ich verstaute meine Hausaufgaben sicher in ihrem Ordner.

»Das sind die Championship-Jacken, die gerade noch rechtzeitig für die Siegerehrung in ein paar Wochen bestellt worden sind. Letztes Jahr haben sie nach der Championship doch auch neue bekommen. Wo warst du in letzter Zeit? Auf dem Mond?«

»Sorry, bin wohl nicht ganz up to date, was den Greenwood-Sporttratsch angeht.« Ich schnappte mir den Rest meiner Bücher aus dem Spind und knallte ihn zu, bevor ich das Schloss verriegelte. »Du verlässt die Bühnen-AG jeden Tag mit dreißig Splittern, weil du Sperrholzplatten aus den Achtzigern für das Bühnenbild wiederverwenden musst. Und ich riskiere jedes Mal einen Stromschlag, wenn ich das Soundboard für die Aufführungen benutze. Aber die dreißig Typen vom Football-Team verdienen es, zweimal im Jahr neue Letterman-Jacken zu bekommen.«

Ihre Finger bohrten sich in meinen Arm. »Dare guckt in unsere Richtung.«

»Nein, tut er nicht.« *Bitte lass ihn nicht zu uns herübergucken.* Ich sandte ein stilles Gebet an die Götter, die für das Überleben an der Highschool zuständig waren.

»Oh doch, das tut er.« Ihr Griff wurde fester.

Wollte sie meine Knochen zermalmen?

»Piper, verdammte Scheiße.« Ich japste und riss meinen Arm los.

»Er hat definitiv hierhingeschaut.« Ihr Blick war auf die Menschenmenge hinter mir gerichtet.

Meinte sie damit, dass er mich angeschaut hatte? Warum sollte er das tun? Wegen der Musik? Das war doch bestimmt schon längst Schnee von gestern. *Die Neue, die hinter mir wohnt, macht Musik. War grauenvoll, aber auch lustig, wie sie fast geheult hat. Es war so schrecklich, dass ich die Tür zuknallen musste, um es auszublenden.* Was war schlimmer? Wenn er über mich lachte oder wenn er nicht mal wusste, dass ich existierte?

Langsam drehte ich mich um, so als stünde ein Serienkiller mit erhobenem Messer hinter mir. Das dumpfe Stampfen ihrer Schuhe auf dem glatten Linoleumboden verriet mir, dass die Parade bei meinem Spind angekommen war.

Ich sah, wie seine Schulter an mir vorbeizog, ohne dass er auch nur in meine Richtung blickte oder mir zunickte.

Piper richtete den Gurt ihres Rucksacks. »Ich schwör's, er hat dich angeguckt.«

»Wahrscheinlich hat er sich gefragt, wo er mich schon mal gesehen haben könnte.«

»Hast du wirklich noch nie mit ihm geredet?«

Nach dem, was an meinem ersten Tag auf dem Gang passiert war? Ich war froh, wenn ich ihm aus dem Weg gehen konnte. »Warum sollte ich? Mich überrascht es, dass du mit ihm sprichst. Ich werde immer noch ›die Neue‹ genannt.«

Sie runzelte die Stirn. »Das bist du ja auch.«

»Ich bin seit über drei Jahren hier! Wie kann ich da immer noch neu sein?«

»Du bist neu*er* als die meisten.« Sie zuckte mit den Schultern. »Kleinstädte sind halt seltsam.«

»Ohne Scheiß. Außerdem ist mein richtiger Name auch noch kürzer als ›Die Neue‹. Man sollte meinen, dass die Leute weniger Zeit verschwenden wollen, um jemanden zu schikanieren, und nicht mehr.«

Sie spähte über die Schulter in meine Richtung und fuchtelte mit ihrem Einhorn-Stift herum. »Seltsam oder nicht, Dare hat dich jedenfalls angeguckt.«

»Ja und? Vielleicht gefällt ihm mein T-Shirt.« Ich zog am Saum des Hamilton-T-Shirts, das Piper mir zum Geburtstag geschenkte hatte, und vollführte eine knappe Pirouette.

»Du hast recht. Er hat bestimmt nach Modetipps Ausschau gehalten.«

Ihre Stimme klang dabei so ausdruckslos, dass ich lachen musste.

»Er hat Aaron Smiths Auto am Wochenende total zu Schrott geschlagen.«

Das verschwommene Gesicht eines Typen flitzte durch meine Gedanken. »Ach, echt?«

»Ja, anscheinend hat er ihm Geld geschuldet und wollte nicht bezahlen.« Sie schloss ihren Spind.

»Was für ein Arsch.«

»Absolut. Wer ist denn bitte so dreist, seine Schulden nicht zu bezahlen?«

»Ich habe Dare gemeint.«

Ich lachte über ihre fassungslose Miene, während sie ihre Tasche zumachte.

»Ist ja nicht so, als würde Dare ihnen nicht vorher seine Bedingungen mitteilen«, sagte Piper.

»Bedingungen für was?«

»Ich glaube, er repariert Autos oder so.«

Die ganze Zeit, die er in seiner Garage verbrachte, ergab plötzlich Sinn. »Der Typ hat nicht bezahlt, also hat Dare sein

Auto geschrottet.« Sie zuckte mit den Schultern, als wäre es total logisch, dass man die Sachen anderer Leute kaputt machte, weil die nicht zahlen konnten. Darüber zu reden und eine Lösung zu finden klang doch nach einem wesentlich besseren Plan.

»Hat die Rückspiegel entfernt, ein paar Dellen mehr reingemacht und vielleicht die Luft aus einem der Reifen gelassen. Hab nicht alle Details mitbekommen.«

»Das war nur die Kurzversion?«

»Ich hab hier und da was aufgeschnappt. Aber ich bin sicher, beim Mittagessen werden wir mehr erfahren.«

Mein Unterleib begann, den altbekannten zerstörerischen Kriegspfad einzuschlagen, aber ich hatte alles Nötige dabei, um einen Notfall-Klamottenwechsel zu verhindern.

Der Rest des Tages verlief wie jeder andere. Unterricht. Schulglocke. Mittagspause. Sportunterricht, praktischerweise direkt im Anschluss an die zwanzig Minuten, in denen wir uns alle unser Essen reingestopft hatten, bevor wir aus der Cafeteria geschmissen worden waren. Und noch mehr Unterricht.

Drei von meinen Kursen hatte ich mit Dare, Sport mit eingeschlossen. Ich war nie eine von denen gewesen, die beim Anblick von heißen Typen in Ohnmacht fielen. Das waren doch sowieso alles Arschlöcher vom Feinsten, und ich glaubte nicht, dass er anders wäre. Doch jetzt konnte ich meinen Blick nicht von ihm abwenden. Er war der einzige Mensch, der mich je hatte singen hören, abgesehen von meinen Eltern und Freddy. Was er wohl davon gehalten hatte? Fand er es schrecklich? War er mit blutenden Ohren schreiend ins Haus gelaufen?

Wollte ich überhaupt wissen, was er davon hielt? Warum war mir das eigentlich wichtig?

5

Dare

»Travis Maze 81!«, rief Bennet laut, um über den Radau der Band und das dumpfe Klacken der aneinanderschlagenden Schulterpads hinweg gehört zu werden. Wir drängten uns an der Line of Scrimmage. Es waren noch siebenunddreißig Sekunden der zweiten Hälfte übrig. Die zukünftigen Seniors und Juniors waren zusammen mit mir die Einzigen, die für Ruhm und Ehre spielten. Wohingegen der Rest nur spielte, um durch das zusätzliche Training Verletzungen vorzubeugen oder Reflexe zu schulen.

Es war ein Nachsaisonspiel, ein Freundschaftsspiel, könnte man sagen. Aber das würde mich nicht davon abhalten, alles zu geben. Die meisten hier hatten schon ihr goldenes Ticket, aber meins war noch nicht ausgestellt worden.

Ich grub meine Fingerspitzen in das nasse, eiskalte Gras. Vom tintenschwarzen Horizont wehte der Wind zu mir herüber und blies mir kalt ins Gesicht. Ich zog den Kopf ein und bereitete mich auf den Zusammenstoß vor.

Während ich Zorn und Wut bündelte, hatte ich nur ein Ziel vor Augen: jeden aus dem Weg zu räumen, der kein rotes Trikot trug. Ich presste meine Stollen in den Boden und machte mich bereit, mein Gewicht einzusetzen, um unseren Arsch von Quarterback vor der Vernichtung zu bewahren.

Wir riskierten unsere körperliche Gesundheit für Kleinstadtehre und College-Träume. Manche auch für Geld und Ruhm. Ich würde beides nicht ausschlagen, besonders das Geld nicht, doch vor allem wollte ich verdammt noch mal wissen, dass mein gesamtes Leben nicht ein einziger Fehler war. Dass es eine Sache gab, die ich gut genug draufhatte, um groß rauszukommen.

Adrenalin raste durch meine Adern. Ich fletschte die Zähne. Niederreißen. Vernichten. Zerstören. Das Blut trommelte mir in den Ohren wie die Drums auf einem Heavy-Metal-Konzert.

Ich atmete tief ein, stürmte vor und prallte gegen den Wall aus Körpern vor mir. Ich würde jeden plattmachen, der mir im Weg stand, um so viele Yards wie möglich gutzumachen, damit wir unseren Spielzug zu Ende bringen und den Weg für Bennets Wurf frei machen konnten.

Der Ball landete in Knox' Händen, der schon in der Endzone stand. Über uns tickte die Uhr auf der Zähltafel. Die letzten Sekunden liefen ab. Und es war geschafft.

Ich musterte Arschlöcher am Boden, die ernsthaft geglaubt hatten, dass sie an mir vorbeikommen könnten. Das war schon Grund genug, dass ich ihnen den Kopf abreißen wollte. Schwer atmend stand ich über ihnen.

Trompeten plärrten. Jemand rannte mit voller Wucht in mich hinein. Ich holte mit meinen Ellbogen aus und rammte ihn in die Polsterung meines Gegners.

»Fuck, Dare. Ich bin's. Dein Teamkollege.« Bennet versetzte mir einen Stoß gegen die Schulter.

In der Mitte des Feldes schloss ich die Augen und beruhigte meinen Atem. Langsam kam ich wieder zu mir und wurde nicht länger von dem puren Instinkt geleitet, der mich dazu brachte, fast die Kontrolle zu verlieren.

»Was habe ich dir über Tackles nach einem Spiel gesagt?«

»Immer so verdammt launisch.« Bennet funkelte mich an und schlenderte zur Seitenlinie hinüber.

Ich stützte die Hände in die Hüften und beobachtete, wie alle anderen sich an der Seitenlinie auf einen Haufen warfen. Menschenmengen und Schläge außerhalb eines Spiel jagten mir ein Gefühl des Unbehagens über den Rücken. Ich brauchte Abstand, vor allem nach einem brutalen und hart erkämpften Spiel wie heute. Es dauerte eine Weile, bis der Impuls zu zerstören in mir nachließ.

Knox kam zu mir herübergejoggt. Seine Miene wirkte unsicher, so als wäre er bereit, jederzeit aus dem Weg zu springen.

Ich sog scharf die Luft ein. Dass er ernsthaft dachte, ich könnte ihn angreifen, bereitete mir Magenschmerzen. »Guter Fang, Mann.«

Seine Schultern entspannten sich, und er zog den Helm aus. »Denkst du, dass so spät in der Saison noch Scouts unterwegs sind?« Er spähte zur Tribüne hoch.

»Spielt das jetzt noch eine Rolle?« Wenn welche da waren, hatte ich noch nichts von ihnen gehört. Nach mir krähte schon lange kein Hahn mehr. Es war dumm, sich noch Hoffnungen zu machen.

»Es gibt immer irgendwo ein besseres Angebot.« Er grinste und warf seine Handschuhe in den Helm.

Wir verließen das Spielfeld und gingen in die Umkleidekabine. Allerdings hatte der Raum diese Bezeichnung kaum verdient, denn er war kaum mehr als eine Abstellkammer, um unsere Ausrüstung und Taschen aufzubewahren. Keine Duschen und nicht mal genug Platz zum Umziehen. Im Vergleich dazu waren die Umkleiden der Colleges, die ich mir angesehen hatte, Paläste. Mit eigenen Fitnessräumen, Saunen, Support-Teams, Cafeterien.

Freiheit.

Zu schade, dass ich das alles nicht erleben würde.

Verschwitzt und erschöpft stiegen wir in den Bus zurück nach Greenwood.

Eine Hand landete auf meiner Schulter. »Machst du gleich noch was?« Knox lehnte sich von hinten über meinen Sitz.

»Hast du nach diesem Spiel echt noch Energie übrig?«

Er hüpfte auf und ab wie ein hyperaktiver Welpe. »Bethany und die anderen Cheerleader gehen noch zur After-Party. Sonst bist du doch auch immer für ein bisschen mündliche Anerkennung zu haben.«

»Ich bin müde. Ich gehe nach Hause. Stell nichts Dummes an.« Mein Magen grummelte.

»Du kennst mich doch.« Er plumpste zurück auf seinen Sitz.

»Ganz genau.« Ich steckte mir meine Kopfhörer wieder in die Ohren und lehnte den Kopf an die eiskalte Fensterscheibe. Der gleichmäßige Takt, in dem die Straßenlaternen am Fenster vorbeizogen, und das stetige Schaukeln des Busses lullten mich in einen tiefen Schlaf. Vielleicht fiel ich auch einfach vor Erschöpfung in Ohnmacht. Mich auf dem Spielfeld unter Kontrolle zu halten war genauso anstrengend wie der Kampf gegen die gegnerischen Spieler. Aber ich wollte auf keinen Fall die letzte Chance aufs Spiel setzen, doch noch einen Anwerbungsvertrag und damit ein College-Stipendium zu ergattern.

Nach der Busfahrt ging ich zu meinem Auto. Ich schaltete das Licht ein und holte mein Portemonnaie raus, aus dem genauso gut auch Motten hätten emporfliegen können. Ich stöberte im Handschuhfach und in der Mittelkonsole. Nichts.

Mein Magen knurrte wütend. Angepisst, weil ich meinen Körper bis an seine Grenzen gepusht hatte, ohne ihn mit Treibstoff zu versorgen. Vielleicht gab es zu Hause ja noch irgendetwas zu essen.

Mein Magen rückte jedoch in den Hintergrund, als ich die Kreuzung vor meinem Haus erreichte. Anstatt in meine Straße einzubiegen, nahm ich den langen Weg und fuhr an Bays Haus vorbei. Kein Licht drang aus dem Inneren und die Einfahrt war leer. War ihre Mutter nicht zu Hause? Oder war Bay feiern? Vielleicht hatte die Neue ja eine wilde Seite, die in den letzten drei Jahren noch keiner gesehen hatte. Womöglich radelte sie bis in eine der umliegenden Städte, um dort so richtig die Sau rauszulassen.

Ich schüttelte den Kopf. Was hatte dieser Song nur mit mir gemacht? Und warum fuhr ich überhaupt nach Mitternacht noch an Bays Haus vorbei?

Als ich zu Hause ankam, war es still im Haus. Ich öffnete den Kühlschrank, doch mir starrte nichts als gähnende Leere entgegen. Mist. Ich hätte doch mit Knox mitgehen sollen. In den Schränken war auch nicht viel mehr zu finden. Ich entdeckte eine einsame Packung Cornflakes, die genauso gut von Spinnweben hätte bedeckt sein können. Also dann, trockene Frühstücksflocken ahoi.

Als ich mir gerade einen Liter Wasser reinzog, um meinen Magen zu beruhigen, klopfte es.

Ich öffnete die Tür.

Ein junger Typ, der mir so gar nicht bekannt vorkam, trat einen Schritt zurück und starrte mit angsterfüllten Augen zu mir hoch.

»Was?«, fragte ich, während ich mir die letzten Cornflakes in den Mund schob.

Sein Blick huschte die Straße entlang.

»Mir wurde gesagt, du kannst mir helfen.«

»Ich hab keine Drogen.« Ich wollte die Tür wieder zumachen. Natürlich war der Typ, der um Mitternacht noch Frühstücksflocken aß, ein Drogendealer.

»Nein, es geht um mein Auto. Moms Auto, eigentlich. Sie wird mich umbringen, wenn sie die Delle sieht.« Er warf einen Blick über die Schulter zu dem Auto, das in der Einfahrt stand. Auf dem Beifahrersitz saß ein Mädchen.

Ich klopfte mir die Hände an der Hose ab und kniff die Augen zusammen. »Lass mal sehen.«

Als ich den Wagen begutachtete, stieß ich einen lang gezogenen Pfiff aus und griff mir an den Hinterkopf. Dann hockte ich mich hin und schüttelte den Kopf. »Wow, da hast du ganz schön was angerichtet.«

»Fuck, ich bin so was von geliefert. Sie wird mir den Kopf abreißen.« Er rieb sich mit den Händen über das Gesicht und das Mädchen umarmte ihn.

»Ich krieg das hin, aber das wird dich ganz schön was kosten.«

»Wie viel? Ich bezahl dir alles, was du willst.«

»Fünf extragroße Pizzen von Gitano.«

»Fünf!« Seine Stimme hallte durch die stille Straße.

»Das ist der Preis, wenn du das erledigt haben willst, bevor deine Mutter aufwacht.«

»Na gut. Du kriegst sie, wenn du fertig bist.«

»Vorkasse. Oder ich mach's nicht.« Ich verschränkte die Arme vor der Brust und funkelte ihn an.

»Okay«, stotterte er, bevor er ins Auto stieg.

Und so kam ich an eine Wochenration Pizza für einen Job, der mich drei Minuten Zeit kostete.

Ich erklomm die Stufen zum ersten Stock und fischte dabei meinen Zimmerschlüssel aus der Tasche. Mein Zimmer lag direkt neben der Treppe und der Blick ging nach hinten raus. Bevor ich den Türknauf drehte, öffnete ich das Vorhängeschloss. Das hatte ich an der Tür befestigt, nachdem ich das erste Mal heimgekommen war und mein Zimmer komplett verwüstet vorgefunden hatte. Seitdem schloss ich immer ab, selbst wenn ich wusste, dass er unterwegs war. Ich brauchte diese Absicherung, um mir nicht ununterbrochen den Kopf darüber zerbrechen zu müssen, ob er meine Sachen zerstörte, während ich nicht zu Hause war.

In der Dusche lehnte ich die Stirn an die Fliesen und ließ das Wasser über meine angespannten Muskeln fließen. Schweiß und Schmutz vom Spiel wurden in den Abfluss gespült. Diese Schmerzen waren so viel einfacher wegzuwaschen als die blauen Flecken, die ich mir zu Hause zuzog – die nicht von Schlägen stammten, die durch Polster gedämpft wurden und aufhörten, wenn jemand in eine Pfeife blies. Auf die war ich vorbereitet. Sie kamen nicht mitten in der Nacht oder dann, wenn ich nicht auf Dads Wut eingestellt war.

Mit einem Handtuch um die Hüften öffnete ich das Fenster in meinem Zimmer. Kalte Luft strömte herein und ich fluchte. Warum hatte ich das gemacht? Die Antwort darauf verbarg sich tief in meinem Unterbewusstsein, wo selbst ich sie kaum wahrnehmen konnte.

Ich ließ mich auf mein Bett fallen und dehnte die Finger. Wasser tropfte von meinen Haaren auf die Decke. Alle paar Sekunden driftete mein Blick zu dem Haus hinter meinem. Plötzlich ging dort das Licht an.

Ich schoss vom Bett hoch und zwang mich dazu, nicht zu lauschen, ob ich etwas anderes hören konnte als vorbeifahrende Autos.

Ich schnappte mir ein paar Boxershorts und zog sie an, bevor ich an die Decke starrte und mich fragte, ob jemand seinen Helm zu stark an meinen geschlagen hatte. Das war die einzige Erklärung dafür, warum ich nicht draußen war und unseren Sieg feierte. Stattdessen war ich …

Ich war ein verdammter Idiot und in meinem Zimmer war

es arschkalt. Ich sprang auf und hatte die Hände schon am Fenster, um es zuzuschlagen.

Doch dann wurde ein Ton mit der eiskalten Luft hereingeweht. Ich erstarrte. Mein Puls beschleunigte sich, als wäre ich wieder auf dem Feld und das Spiel wäre gerade unterbrochen worden. Ich hörte den Refrain auf der Gitarre. Es klang nicht so flüssig wie beim letzten Mal, aber es war definitiv sie. Sang sie auch? Ich lehnte mich halb aus dem Fenster, doch selbst so konnte ich ihre Stimme kaum hören. Meine Füße waren noch nass und rutschten weg, sodass ich unvermittelt aus dem Fenster katapultiert wurde. Mit einem Gefühl im Magen wie in der Achterbahn sah ich, wie der Boden rasant näher kam.

Mit den Händen hielt ich mich hastig an der Hauswand fest, während ich die Füße am Fensterrahmen einhakte. Was würde wohl in der Zeitung stehen, wenn man in ein paar Tagen meine verschrumpelte Leiche fand und ich nur meine Boxershorts trug? *Teenie-Sex-Ritual schiefgelaufen: Wissen Sie, was Ihre Kinder so treiben?* Ich schauderte und wanderte mit den Händen an der Hauswand hinauf, bis ich die Fensterbank erreichte. Ich war knapp davor gewesen, mich umzubringen. Ich zog mich wieder ins Innere, nachdem ich mir fast das Genick gebrochen hatte, nur um jeden Ton hören zu können.

Was zur Hölle stimmte nicht mit mir? Ich schüttelte den Kopf. In den Tod zu stürzen, nur um ihre Stimme zu hören, war definitiv eine neue Stufe des Wahnsinns. Trotzdem wünschte ich mir nach wie vor, dass sie auf ihrer Hintertreppe saß und sang.

Die Prahlerei auf dem Parkplatz war Tradition an der Greenwood Senior High. Menschen mit zu viel Geld und zu viel Zeit gaben vor denselben Leuten an, mit denen sie schon zur

Schule gingen, seit sie fünf Jahre alt waren. Wir wussten alle, dass Andy Phillips sich in der Dritten in die Hose gemacht hatte, also musste er das jedes Jahr mit einem neuen Lexus kompensieren. Gary DiNotti war der Erste gewesen, der im Geschichtsunterricht der achten Klasse mit einem Ständer erwischt worden war. Mrs Greene war extrem heiß gewesen, aber seit dem Vorfall betrieb Gary dermaßen extremen Muskelaufbau, dass er kaum noch den Kopf drehen konnte.

Alle kamen auf den Parkplatz und hingen dann bei ihren Autos ab. Es wurden Motorhauben aufgemacht und Bälle geworfen. Und das Posieren der Cheerleader ließ jeden zweimal hingucken. Waren wir hier in Pennsylvania oder bei der Fashion Week in Paris?

»Tolles Spiel, Dare.« Eins der Senior-Mädels lehnte sich gegen die Motorhaube meines Autos. Hatte sie einen Lolli im Mund? Ihrem Vater – der Zahnarzt war – hätte das bestimmt nicht gefallen.

»Hey.« Mehr als ein desinteressiertes Nicken konnte ich nicht aufbringen.

Mein Auto wippte auf und ab, als Knox, der einen Ball aus dem Kofferraum geholt hatte, die Klappe zuschlug. Er warf ihn mir zu, und ich hielt den Ball vor mich wie einen Schild aus Schweinsleder, der mich vor einer Viper schützen sollte.

»Ich hab dich auf Bennets Party vermisst.«

»Du hättest nach mir suchen müssen, um mich vermissen zu können.« Ich schob die Hände in meine Hosentaschen und starrte über ihren Kopf hinweg. Mein Desinteresse war anscheinend nicht bei ihr angekommen.

Sie lächelte breit und kam näher. »Ich hab nach dir gesucht.«

»War das bevor oder nachdem du Bennet auf der Veranda einen geblasen hast?« Ich legte den Kopf schief. »Du kannst machen, was du willst – mir ist das wirklich egal. Aber tu nicht so, als hättest du tatsächlich Interesse an mir.« Das hatte ich nun davon, dass ich in diesem ganzen Football-Spieler-regieren-die-Schule-Scheiß drinsteckte, seitdem ich Teil des Teams geworden war. Es war schwer, sich davon zu distanzieren, wenn man dazugehören wollte.

Die Seniors waren Götter, und ich tat alles, was in meiner Macht stand, um Mitglied des Teams zu bleiben. Geprellte – vermutlich sogar gebrochene – Knochen hielten mich nicht davon ab, jedes verdammte Mal dabei zu sein. Außer das eine Mal, und ich hatte meine Lektion diesbezüglich gelernt.

Das Team war die einzige Familie, die ich hatte. Und keine Wellen zu schlagen machte den Unterschied, ob man auf der Bank saß oder rausgeschmissen wurde. Mir den ganzen Mist anzuhören, der so geredet wurde, und so zu tun, als müsste ich mich ebenfalls mit solchen Problemen herumschlagen, gehörte dazu. Anders als die Tatsache, dass ich mir Geld für Lebensmittel und Heizkosten verdienen musste, indem ich anderer Leute Autos reparierte, damit ihre Eltern nicht herausfanden, dass sie Scheiße gebaut hatten. Stattdessen glaubten die Leute, ich würde das tun, um genug Geld zu haben, damit ich die großen Brüder von Mitschülern bitten konnte, Bier für mich zu kaufen.

Ich hatte früh gelernt, nicht über die Dinge zu reden, die zu Hause passierten. Das führte nur zu mehr Fragen. Und dazu, dass Leute herumschnüffelten, was das Risiko mit sich brachte, dass ich weggeschickt wurde. Dann hätte ich nicht mal mehr meine Football-Familie. Aber jetzt, knapp zwei Monate vor dem Abschluss, fiel mir die ganze Heuchelei immer schwerer. Der Abgrund zwischen ihnen und mir wurde größer und größer.

Bay sauste auf ihrem Rad an den ganzen Autos vorbei. Ihr knallgelber Helm war unverwechselbar. Sie interessierte sich kein Stück für die ganze Verlogenheit. Sie radelte nicht langsam an allen vorbei, um abzuchecken, wer so da war und wer nicht. Wenn überhaupt, dann passierte sie die Leute auf dem Parkplatz mit derart rasantem Tempo, als wäre das hier der letzte Ort, an dem sie gerade sein wollte. Manchmal beneidete ich sie darum. In die Anonymität abzudriften klang herrlich. Aber ich musste entweder jemand sein oder mir einen Namen machen, um aus der Masse hervorzustechen. Andernfalls würde mir das entgehen, was als Nächstes dran war – das College. Und der nächste Schritt, um ein Profispieler zu werden.

Ich warf den Ball zurück zu Knox. »Schnapp dir meine Tasche aus dem Auto. Wir sehen uns drinnen.«

»Wo gehst du hin?« Seine Stimme dröhnte über den Parkplatz.

»Und schließ ab«, rief ich über die Schulter, während ich mich zwischen den Parkplätzen der Juniors hindurchschlängelte.

Ich hatte mehr in meiner Garage herumgehangen, als ich sollte, nur um sie singen zu hören. Aber der Singvogel war verstummt.

Sie schloss ihr Rad an den Fahrradständer neben der Tür an.

»Bay, warte mal.«

Sie wirbelte herum, stolperte und wäre fast über den Fahrradständer gefallen.

Ich streckte die Hände aus, um sie an den Schultern zu packen und wieder auf die Füße zu stellen.

Sie blies sich das Haar aus dem Gesicht und starrte mich mit großen Augen an, bevor sie sich umschaute.

»Ich bin okay. Du kannst jetzt reden, mit wem auch immer du reden wolltest.« Sie zuckte mit den Schultern und ich ließ die Hände sinken.

»Mit dir.«

»Was ist mit mir?« Sie blickte nach unten und fummelte an den Gurten ihres Rucksacks herum, um ihren Helm an dem Karabinerhaken zu befestigen, der an einer Seite hing.

»Ich wollte mit dir sprechen.«

Sie kniff ein Auge zusammen und spähte durch das andere zu mir hoch. Dann rümpfte sie die Nase, wodurch die Sommersprossen darauf stärker zur Geltung kamen. »Warum?«

»Brauche ich einen Grund dafür?«

Sie antwortete mit einem Schnauben.

»Ich mache keine Hausaufgaben gegen Bezahlung. So sehe ich ohne die hier aus.« Sie nahm ihre Brille ab und blinzelte mich an. Sie hatte braune Augen, aber nicht einfach irgendein Braun. Die Farbe erinnerte mich an Brownies oder Schokoladenkuchen. Sie schob die Brille zurück an ihren Platz.

»Ja, ich bin noch Jungfrau. Nein, ich plane nicht, meine Jungfräulichkeit beim Abschlussball zu verlieren. Ich bin auch keine Lesbe. Das sollte dann alles sein.« Ich versperrte ihr den Weg. Sie brauchte drei Schritte in verschiedene Richtungen, um das zu bemerken.

Mit verschränkten Armen grinste ich sie an. »Bist du fertig?«

Ihr Blick war scharf wie ein Laser. Kühl und klar, was allerdings nicht hieß, dass sie den verwirrten, stechenden Blick nicht ebenfalls draufhatte. »Du nicht? Warum redest du überhaupt mit mir?«

»Darf ich das nicht?«

»Du hast noch nie mit mir geredet.« Ihre Miene wurde so skeptisch, dass sich zwischen ihren Augenbrauen Falten bildeten.

Das stimmte, doch nachdem ich sie singen gehört hatte, konnte ich nicht aufhören, sie anzusehen und darauf zu hoffen, mehr zu hören.

»Vielleicht wollte ich ja mal was Neues ausprobieren.«

Bay kniff sich in den Nasenrücken. »Wer hat dich dazu angestiftet?« Sie klopfte mit dem Fuß auf den Boden, als würde sie mit einem zu groß geratenen Kleinkind reden. Nun ja, manchmal war ich das auch, also konnte ich ihr kaum einen Vorwurf machen. Und diese Art von Aufmerksamkeit war immer noch besser als ein Nicken oder schlimmer noch, wenn ihr Blick an mir vorbeihuschte.

»Warum kann ich nicht einfach mit dir reden, ganz ohne irgendwelche Hintergedanken?«

»Niemand redet mit mir.«

»Das bezweifle ich.«

Der Seufzer, den sie ausstieß, war so schwer, dass er die Kapazität ihrer Lungen vollends ausschöpfen musste. »Na gut, es gibt ein paar wenige Leute, die regelmäßig mit mir reden, und du gehörst ganz sicher nicht dazu.« Wenn sie sprach, war ihre Stimme höher, als wenn sie sang. Nicht so rau und verwegen, doch auch nicht weniger kraftvoll. Mir taten die Wangen weh, weil ich verzweifelt versuchte, nicht zu lächeln.

Vielleicht wollte ich gern zu diesen wenigen Leuten gehören, die mit ihr redeten. »Bist du mal auf die Idee gekommen, dass das eine Nebenwirkung deiner schillernden Persönlichkeit sein könnte? So wie du auf ein einfaches Hallo reagierst, wundert es mich sehr, dass dir die Leute nicht die Tür einrennen, um dich kennenzulernen.«

Ihr fiel die Kinnlade runter. »Und das Football-Fieber muss wohl dein Hirn zersetzt haben, wenn du denkst, dass alle sich vor Freude überschlagen, wenn du mit ihnen sprichst.«

»Aber du hast dich fast überschlagen. Ist nur drei Minuten her, erinnerst du dich? Ich hab dich aufgefangen und dich davor bewahrt, auf der Nase zu landen.«

Sie ballte die Hände vor sich zu Fäusten und kniff die Augen zusammen, als könnte sie mich einfach wegwünschen.

Ein Auge ploppte wieder auf. »Verdammt, ich hatte gehofft, das Ganze hier wäre nur Einbildung.« Sie wich zurück, wobei sie gegen den Fahrradständer prallte. »Hör mal.« Sie fuhr sich mit den Fingern durch die Haare – nicht um sie zu richten, sondern aus purer Verzweiflung. »Ich habe noch was zu erledigen, und was auch immer das hier ist«, sie wedelte mit den Händen zwischen uns hin und her, »es übersteigt meine Kapazitäten. Also gehe ich jetzt einfach.« Sie kletterte über den Fahrradständer, formte rasch Pistolen mit den Händen und tat so, als würde sie damit in meine Richtung schießen.

»Rede ruhig weiter, und tu einfach so, als wäre ich noch da.«

Und dann war sie weg. Verschwand einfach hinter den knallgelben Türen des Schulgebäudes und ließ mich verblüfft zurück.

»Klaust du jetzt Fahrräder, oder was?« Knox kam neben mir zum Stehen und rammte mir meinen Rucksack gegen die Brust.

»Nein.« Ich schaute von Bays Rad zu der Tür, durch die nun alle Leute vom Parkplatz strömten. Ich wickelte ihr Fahrradschloss um das Rad und ließ es einrasten, bevor ich mich kopfschüttelnd dem Rest meines Teams anschloss. »Wollte nur kurz mit jemandem reden.« Ich hing mir meinen Rucksack über eine Schulter. Das ganze Team hatte die Spinde im selben Gang, also gingen wir zusammen an allen anderen vorbei. Flyer waren an den Wänden und einigen Spinden verteilt – der ganze Mist zum Ende des Schuljahres, der viel mehr kostete, als ich mir leisten konnte. Vor allem wenn ich die ganzen Rechnungen für das Haus zahlen musste, damit ich Wasser und Strom hatte. Wer hatte bloß ein paar Hunderter für den Abschlussball?

Spinde wurden zugeschlagen. Zettel flatterten auf dem Boden herum, darunter Flyer für das Frühlingsmusical. Gab es dazu nicht einen Film mit Kevin Bacon?

Mitschüler lachten und alberten noch ein wenig herum, bevor wir für die nächsten sieben Stunden wieder an unsere zu klein geratenen Tische gefesselt sein würden. Alle traten zur Seite, wenn wir vorbeikamen. Ich musste zugeben, dass es sich nicht absolut schrecklich anfühlte, wenn Leute an mir interessiert waren. Sie schauten mich an, als wäre ich jemand, zu dem sie aufsahen und den sie verehrten. Nicht als wäre ich nur ein Ärgernis, das ihnen aufgebürdet wurde und das sie gerne loswerden würden.

Ich drehte mich zu Knox um. »Hast du mein Auto abgeschlossen?«

Er machte abrupt halt und stand einen Augenblick da wie ein Fels in einem Fluss, während alle anderen an ihm vorbeiströmten. »Scheiße.« Er wirbelte herum und kämpfte sich durch die Menschenmenge nach draußen.

Ich lachte und lehnte mich gegen die Spinde an der Seite.

Knox rief über die Köpfe der anderen hinweg: »Kommst du, Dare?«

»Ich komme gleich nach.« Die Parade würde ohne mich weitergehen.

Am Ende des Korridors unterhielten sich Bay und ihre Freundin. Sie drückten sich dicht an die marineblauen und gelben Spinde, während die Leute an ihnen vorbeizogen.

Wie oft war ich an ihr vorbeigegangen, ohne sie zu bemerken? Warum wollte ich so unbedingt, dass sie mit mir sprach?

6

Bay

Die Woche war vorbei, und ich hatte es geschafft, unnötige Zusammenstöße mit Dare zu vermeiden. Nicht dass er überhaupt mit mir zusammenstoßen wollte, aber ich wollte auf Nummer sicher gehen. Ich war jeden Tag früher als sonst zur Schule gefahren und während der Musicalprobe immer in der Aula geblieben, um Audio- und Mikrofonkabel zu sortieren. Am Freitag war ich direkt nach der Schule nach Hause gekommen und hatte mit Mom Cookies gebacken. Zumindest bis sie zur Arbeit hatte fahren müssen. Danach hatte ich so viele davon gegessen, dass ich mit Bauchschmerzen ins Bett gegangen war. Doch vielleicht würde ich heute Morgen noch ein paar erbeuten können, bevor sie nach Hause kam. Sie musste ja nicht wissen, wie viele Cookies bei der vierfachen Teigmenge ursprünglich herausgekommen waren.

Als die Haustür geöffnet wurde, hörte ich Mom reden. Telefonierte sie?

Ich würde vorsichtig sein müssen, wenn ich vor dem Frühstück noch ein paar Cookies ergattern wollte, ohne mir eine Moralpredigt darüber anhören zu müssen, dass sie kein geeignetes Frühstück waren.

Die Tapete an den Wänden entlang der Treppe, die ich nun hinablief, stammte noch aus den Achtzigern. Wir hatten versucht, sie zu entfernen, aber nachdem wir zwei Tage lang mit Tapetenschnipseln, Dampf und uraltem Tapetenkleister bedeckt gewesen waren, hatten wir aufgegeben und alles so gelassen, wie es war. Wir wollten ohnehin nicht länger als ein Jahr hier wohnen, also lohnte sich der Zeitaufwand einfach nicht.

Auf den letzten zwei Stufen rutschten mir die Füße weg. Ich konnte förmlich hören, wie die Zimt-und-Zucker-Köstlichkeiten aus der Küche meinen Namen riefen. Mit einer Hand am Geländer landete ich mit dem Hintern auf der untersten Stufe. Ich warf einen wütenden Blick auf meine Finger, die immer noch das glatte Holz umklammerten. *Das war ja mal nichts! Wir hängen da zusammen drin, wisst ihr?*

»So elegant. Fast wie eine Ballerina«, hörte ich eine klangvolle Stimme sagen, die mir Gänsehaut über die Arme jagte.

Hastig wuchtete ich mich hoch und starrte den Eindringling mit offenem Mund an. Ein Einbrecher wäre mir ehrlich gesagt lieber gewesen.

Stattdessen stand Dare in unserem Wohnzimmer. Er lehnte mit verschränkten Armen und Beinen an der Wand, als wäre es völlig normal, dass er hier war. Mich überkam ein seltsames Gefühl, fast als wäre ich der Eindringling und dies wäre der Ort, wo die coolen Kids nach der Schule abhingen und rauchten.

»Was … Was zur Hölle machst du hier?« Ich konnte mich gerade noch davon abhalten, mir mit den Fäusten die Augen zu reiben. Stand ich unter Zuckerschock und halluzinierte?

Mit seinem verschlafenen Blick und dem eng anliegenden grauen Thermoshirt war er gleichermaßen Traum wie Alptraum. Seine Jeans schmiegte sich an seine schmalen Hüften. Ihn in meinem anstelle seines natürlichen Lebensraums zu sehen brachte mich aus dem Gleichgewicht. Mit zwei Metern Abstand oder einem Meer an Mitschülern zwischen uns konnte ich so tun, als hätte seine Anwesenheit keine Wirkung auf mich. Aber zu Hause hatte ich keine Mauer aufgebaut, mit der ich Dare abwehren konnte.

»Danke vielmals für deine Hilfe, Dare.« Mom kam mit einer Tupperdose – überladen mit *meinen* Zimt-Cookies mit Schokoladenstückchen – aus der Küche gerauscht. »Ich lasse das Auto zur Werkstatt bringen, sobald der Abschleppdienst geöffnet hat.«

Mom sah mich mit einem strahlenden Lächeln an, als hätte sie nicht gerade eine Zwölf-Stunden-Schicht hinter sich. »Dachte ich doch, dass ich dich gehört habe. Du bist früh wach.«

»Ich dachte, ich ... hätte dein Auto gehört.« Mit spitzen Fingern versuchte ich, unauffällig den Saum meiner Shorts etwas herunterzuziehen, aber das war ein vergebliches Unterfangen, da der ausgeleierte Flanellstoff kaum meinen Po bedeckte. War ja nicht meine Schuld, dass es in meinem Zimmer so höllisch heiß war.

»Dare war gerade hinter mir, als das Auto schlappgemacht hat. Er hat es bis nach Hause geschoben, deshalb belohne ich ihn mit cin paar von denen hier.« Sie legte noch eine Handvoll Kekse oben auf den Stapel.

»Ein paar? Sieht eher aus, als wären das fast alle.« Auf gar keinen Fall würde ich zulassen, dass er hier antanzte und meine Cookies klaute.

Dare zog einen Mundwinkel hoch, angelte sich einen Keks aus der überfüllten Dose und biss hinein. »Molly, die sind ja hervorragend.« Er sprach sie mit Vornamen an. Wie unverschämt dreist von ihm. »Du musst den Abschleppdienst nicht rufen – zumindest nicht sofort. Ich guck mir das Auto heute Nachmittag an, vielleicht kann ich es ja reparieren.«

Ich kniff die Augen misstrauisch zusammen und ballte die Hände zu Fäusten. Warum war er so nett zu meiner Mom?

War das Ganze hier ein abgekartetes Spiel? Und warum wollte ich beim Anblick seiner zerzausten Haare mit den Händen hindurchfahren? Ob sie wohl weich wie Seide waren? Fühlte sich sein Kiefer so kräftig an, wie er aussah? Und was zur Hölle dachte ich da überhaupt? Ich schüttelte den Kopf, um die Pheromone, die er ausstrahlen musste, zu vertreiben.

»Dann lass mich wissen, was das kosten würde, und ich gebe dir das Geld.«

»Für die Arbeit musst du mir nichts geben. Aber wenn ich ein Ersatzteil bestellen muss, sag ich Bescheid.« Er nahm sich noch einen Cookie und summte zufrieden. Auf seinen Fingern sammelten sich Zimt und Zucker. Er leckte sie sauber, nachdem er sich noch eine meiner köstlichen Leckereien in den Rachen geschoben hatte.

»Wie nett von dir.« Mom tätschelte ihm den Bizeps. »Ist er nicht ein Gentleman?« Sie lächelte und bedachte mich mit einem Blick, der besagte: ›Ist er nicht entzückend?‹. Aber nein, das war nicht unbedingt das Wort, das ich benutzt hätte.

»Vielleicht kann Bay dir als Dankeschön noch mehr davon backen.«

»Das wäre großartig.« Dare lächelte breit. Er aß meine Cookies mit einem selbstgefälligen Grinsen, das mich, nachdem Mom das Zimmer verlassen hatte, dazu ermutigte zu zischen: »Was soll das, Dare? Gib mir meine Cookies zurück.« Ich hielt ihm eine Hand entgegen.

»Deine Mom hat sie mir geschenkt. Was für ein Arsch würde so was denn bitte abschlagen? Backst du auch so gut?«

»Das wirst du nie erfahren.« Er musste ja nicht wissen, dass ich vorgehabt hatte, diesen Keksberg da aufzuessen, sobald Mom zur Arbeit fuhr. Das ging ihn gar nichts an.

»Oh doch, das werde ich bestimmt.« Sein Grinsen gab dem Wort Überheblichkeit eine ganz neue Bedeutung. Ich hatte noch nie jemanden schlagen wollen, aber er stellte die Grenzen meines Anstands wirklich auf die Probe.

»Bis später, Molly.«

»Vielen Dank, Dare«, rief sie aus der Küche.

»Gib sie mir.« Ich hielt beide Hände ausgestreckt und tippte mit einem Zeigefinger auf die Fläche der anderen Hand.

Er lachte und wich zwei Schritte zurück, während er weiterhin unverschämt grinste. »Netter Schlafanzug.«

»Ich …« Ich blickte an mir hinunter. Nackte Beine, nackte Arme und zwischen meinem Top und den Boxershorts war ein Streifen Haut zu sehen. Instinktiv wollte ich schreiend aus dem Zimmer laufen. Stattdessen blieb ich standhaft und funkelte ihn wütend an, als er durch die Fliegengittertür trat.

»Leck mich doch!«

»Das lässt sich einrichten, Bay. Jederzeit«, sagte er lachend, als die Tür hinter ihm zufiel.

Er hatte es gewagt, in meinem Wohnzimmer rumzuhängen. Meine Cookies zu stehlen. Meine Mom beim Vornamen zu nennen. Er mochte es noch nicht wissen, doch Dare stand auf meiner schwarzen Liste nun definitiv ganz oben. Nicht dass er das nicht vorher schon getan hätte, aber die Dinge, die er auf dem Kerbholz hatte, wurden von Tag zu Tag mehr.

Damit war er folgenden Gefahren ausgesetzt: Dass ich genervt vor mich hinmurmelte, ihm wütende Blicke zuwarf, eventuell Arbeitsblätter unterschlug, die er nach vorne weitergeben musste, und … wem wollte ich eigentlich etwas vormachen? Es gab absolut nichts, was ich Dare antun konnte. Trotzdem musste ich an dieser verdrießlichen Wut festhalten. Streichen wir das, ich meinte natürlich: an meinem gerechten Zorn.

Wenn ich das nicht tat, dann würde die süße Geste meiner Mom gegenüber wie ein magischer Zauberspruch wirken und die Erinnerung an unser erstes Treffen auslöschen. Und das würde nur für Probleme sorgen. Er wollte also so tun, als wäre er ein netter Kerl? Ich spielte meinen ersten Tag an der Greenwood Senior High noch einmal in Gedanken durch. Die lebhaften Details riefen mir ganz genau in Erinnerung, was für ein Typ er wirklich war. Auch wenn er sich nicht daran erinnerte, ich hatte es nicht vergessen.

Wenn die ganze Sache damit doch bloß ein Ende gehabt hätte. Aber nein, natürlich kehrte er am Nachmittag zurück, und Mom bestand darauf, dass ich ihm ein Glas Limonade brachte.

Ich trat gegen sein Bein, und er rutschte auf einem Rollbrett unter dem Auto hervor. Ölflecken zierten seine Wangen und Hände, was ihn leider nur noch heißer machte.

Und das zeigte doch deutlich die Ungerechtigkeit des Universums. Dare sah aus wie ein Cover-Model, obwohl er gerade unter Moms Schrottkarre hervorgekommen war. Während ich es gerade mal auf eine Seite im Katalog geschafft hätte, wenn ein Team aus Stylisten und Visagisten mich zurechtgemacht hätte. Er war so heiß wie ein Supermodel, ohne sich anstrengen zu müssen.

»Von meiner Mom.« Ich hielt ihm das Glas entgegen.

»Nicht von dir? Hast du die selbst gemacht?« Er legte den Schraubenschlüssel beiseite und zog die Knie an, während er den Rücken an die Seite des Autos lehnte. Sein Blick traf meinen und ließ mich nicht mehr los.

Mein Puls beschleunigte sich, und mein Magen schlug Saltos wie ein Zirkuskünstler. »Nimm einfach das Glas.«

»Ist da Gift drin?« Er hob eine Augenbraue.

»Klar, ich habe eine der Zyanidkapseln reingeworfen, die ich für nervige Nachbarn aufbewahre.«

Darauf erwiderte er nichts. Er ließ mich einfach mit ausgestrecktem Arm stehen und machte keinerlei Anstalten, das Glas zu nehmen.

Meine Hand fing an zu zittern. Ich zog sie zurück und nahm einen Schluck. »Siehst du, kein Gift.« Ich trat einen Schritt näher und hielt ihm das Glas wieder hin.

Seine grauen Augen funkelten belustigt. Er schoss hoch, sodass sein Körper flüchtig meinem berührte, während er aufstand. Er gab sich keine Mühe, mir Platz zu lassen. Seine Finger legten sich um meine, bevor er mir das Glas abnahm.

Anstatt von seiner Seite zu trinken, drehte er das Glas und trank von meiner Seite des Glases. Der Abdruck meiner Lippen wurde von seinen verschlungen. Dabei blieb sein Blick unverwandt auf mein Gesicht gerichtet.

Vor Schreck erstarrt stand ich einfach nur da, wie das Kaninchen vor der Schlange.

»Köstlich.«

Das löste den Bann der Hypnose, und ich taumelte rückwärts, wobei ich fast über nichts als die Luft stolperte.

Er streckte die Hand aus, um mich zu fangen, aber ich schlug sie weg. Ich behielt ihn im Auge, als ich die Stufen hoch ins Haus lief.

»Danke, Bay.«

Wie er meinen Namen sagte. Seine Stimme jagte mir einen Schauer über den Rücken. Diese einzelne Silbe ließ mich schon erbeben.

Ich blieb in meinem Zimmer, bis er zusammenpackte und ging. Warum hatte er das gemacht? Was zur Hölle sollte das?

Wollte er mich verwirren, mich heiß machen, und dann was? Sich hinter meinem Rücken über mich lustig machen, wenn ich mich ihm an den Hals warf? *Ratet mal, was die Neue gemacht hat?* Und dann würden sie alle lachen, bis ihnen die Tränen kamen.

Als die Luft rein war, sprang ich auf mein Rad und fuhr zur

Schule. Die Wochenendproben fingen immer einen Monat vor der Premiere an, was Mrs Tripp noch mehr Gelegenheiten gab, den Verstand zu verlieren und aus dem Raum zu stürmen.

Das Frühlingsmusical fand in zwei Wochen statt, und das Wetter wurde langsam wärmer, also würden wir garantiert nicht mehr als acht Leute sein, wenn überhaupt. Nicht dass irgendjemand kam, um die Mitglieder der Bühnen-AG zu sehen.

Ich schloss mein Fahrrad ab.

Auf dem Weg ins Gebäude kam mir eine Gruppe Mitschüler entgegen und rannte mich einfach um, als hätte ich die Hauptrolle in einem Film über ein unsichtbares Mädchen.

»Hab dich nicht gesehen, Neue.« Einer der Jungs ging rückwärts Richtung Parkplatz.

Ich verzog das Gesicht. Wenn das doch bloß nicht die Norm wäre. Vielleicht wäre es wirklich besser, komplett unsichtbar zu sein.

Ich betrat die Aula. Der Raum hatte einen beruhigenden Geruch: Farbe, muffige Kostüme, Isolierband, Sperrholz und Blut, Schweiß und Tränen eines Geschwaders an engagierten Highschool-Schülern. Allerdings überwogen die Tränen momentan offenbar ein wenig.

Auf der Bühne – zu allem Übel auch noch mitten im Scheinwerferlicht – saß jemand auf dem Deck des Kreuzfahrtschiffs aus Sperrholz und schluchzte. Ich gesellte mich zu Piper, die gerade Kabel von der Tonkabine zum Mischpult in der Mitte der Aula verlegte.

»Was ist denn mit Faye los?« Ich drückte das letzte Stück Tape fest.

Die kleine Gruppe um sie herum umarmte sie und streichelte ihr den Rücken. Sie schluchzte, wie es nur jemand aus der Theatergruppe konnte.

Piper gab mir die Rolle Isolierband und schob ihre Brille hoch, die ständig ins Rutschen geraten zu schien. »Ihre Eltern haben ihr gesagt, dass sie mit ihrem Bruder nach Chicago zu so einem Football-Trainings-Ding gehen, anstatt zur Aufführung zu kommen.«

»Ihr Bruder spielt Football?«

»Jap.«

»Ist er auch Senior?«

»Nein, er ist Student. Außerdem hat er die komplette Saison über auf der Bank verbracht, aber sie wollen ihn trotzdem begleiten, statt Fayes Aufführung zu sehen.« Unsere Theaterlehrerin erlaubte Ersatzdarstellern, die in ihrem letzten Jahr an der Highschool waren, bei einer Aufführung mitzuspielen, da es ihre letzte Gelegenheit war aufzutreten.

»Hast du *Training* gesagt? Es geht nicht mal um ein richtiges Spiel?«

Piper nickte mit verschränkten Armen.

Wow, das war ja mal ein Schlag ins Gesicht. Er saß nicht bloß auf der Bank, sondern es ging nicht mal um ein richtiges Spiel. Und trotzdem schaffte es das Football-Team wieder einmal, alle in ihren Bann zu ziehen und auch noch den letzten Tropfen an Verehrung aus den Leuten herauszupressen, bevor das Jahr endete.

»Arme Faye.«

»Das kannst du laut sagen. Hier sind doch alle Football-Fanatiker.«

Zusammen mit dem Rest der AG verlegten wir die restlichen Kabel und bauten das andere Equipment auf. Anschließend nahm ich meinen Platz vor dem riesigen Mischpult ein.

»Du bist die Einzige, die weiß, was man mit alldem hier macht, oder?« Jon, der ebenfalls Senior war, saß neben mir und starrte die Regler und Knöpfe an, als könnte eine falsche Bewegung von ihm eine Atombombe zünden. Er war der Bühnen-AG im selben Jahr beigetreten wie Piper, am Anfang meines ersten Jahres hier an der Highschool. Ruhig, bescheiden, aber nett. Wir hatten nicht viele Kurse zusammen, doch er bot mir immer an, schwere Kisten für mich zu tragen.

»Ich könnte dir fünf andere Leute nennen, die genau das Gleiche können wie ich.«

»Aber sie sehen dabei nicht halb so gut aus wie du.« Das sagte er so beiläufig, dass es mir fast entgangen wäre. »Ich würde behaupten, dank dir und Piper haben wir vermutlich die attraktivste Bühnen-AG im ganzen Staat.«

Mit zusammengezogenen Augenbrauen hielt ich inne. Ein nervöses Lachen, das in meinen Ohren viel zu laut klang, drang aus meinem Mund und überraschte uns beide. Flirtete er etwa mit mir? Nur einen Tag zuvor hätte diese Aussage eine völlig andere Wirkung auf mich gehabt. Bevor ich vom Dare-Effekt getroffen worden war. Jetzt fühlten sich die Worte irgendwie süß und nett an, aber nicht so überwältigend wie ein Vulkanausbruch.

Ich drehte mich zu schnell um und stieß mir die Hüfte an der Konsole an, bevor ich auf der anderen Seite herumfummelte. Ich riss ein zusätzliches Stück Klebeband ab und strich die Kabel glatter, als sie es je zuvor gewesen sind.

Hatte jemand Flyer verteilt oder gab es eine Wette, wer mich am ehesten dazu bekam, mit ihm auszugehen? Über meine Schulter hinweg musterte ich die Leute in der Aula. Die Mitglieder der Bühnen-AG liefen mit Teilen des Sets, Elektrogeräten und Mikroports durch den Raum. Die Schauspieler gingen ihre Zeilen und Positionen durch. Niemand schaute in meine Richtung. Keine verstohlenen Blicke. Ich suchte die Decke nach Eimern mit Schweineblut ab.

Schließlich packte ich Piper am Arm, zog sie mit mir in

die Tonkabine und schloss die Tür. »Irgendwas stimmt hier nicht.«

»Ich hab gleich gesagt, wir sollten die Mikroports und nicht die Headsets benutzen, aber du kennst ja Ted.« Sie schüttelte den Kopf und starrte durch das große Fenster direkt vor uns.

»Das meine ich nicht. Obwohl du recht hast, weil wir mehr davon haben und nicht alles austauschen müssten, falls wir einen Totalausfall haben.« Ich schüttelte den Kopf. »Darum geht's aber nicht.« Ich zog an ihrem Arm und beugte mich vor. »Ich glaube, Jon hat mit mir geflirtet.«

»Was?« Ihr schriller Schrei sorgte dafür, dass alle sich zu uns drehten, obwohl wir uns in der schalldichten Kabine befanden.

»So krass ist das auch wieder nicht.«

»Dein Ernst?« Sie verrenkte sich fast den Hals auf der Suche nach dem ahnungslosen Jon. »Hat er dich nach einem Date gefragt? Warum hast du mir das nicht erzählt? Was genau hat er gesagt?« Sie packte mich an den Schultern und schüttelte mich.

Ich war kurz davor, ihr von der anderen Hälfte meines seltsamen Vormittags zu erzählen, allerdings wäre ihr Kopf dadurch vermutlich explodiert. Wenn ich ihr erzählte, dass Dare mit mir geflirtet hatte, wäre ich sofort von Hirnmasse bedeckt. Falls das überhaupt ein Flirtversuch gewesen war, den er da unternommen hatte. Es konnte sich auch um eine schulweite Verschwörung handeln, bei der alle versuchten, die Neue reinzulegen.

»Er hat gesagt, dass ich am Mischpult süß aussehe.«

Sie keuchte und schlug die Hände vor die Brust. »Was noch?«

»Das war's.«

Sie hatte den Rücken gegen die Wand gelehnt und legte sich in ihrer besten Scarlet-O'Hara-Imitation die Hand an die Stirn. »Warum bin ich nur nicht ein Mischpult-Genie wie du?«

Piper starrte Jon weiterhin durch das Fenster an, das uns vom Treiben draußen trennte.

»Stehst du auf Jon?« Ich stellte mich vor sie, sodass ich ihr die Sicht versperrte.

»Nein.« Sie gab ein herablassendes *Pff* von sich. »Natürlich nicht. Ich baggere doch nicht deinen Kerl an.«

»Erstens ist er nicht mein Kerl. Zweitens weiß ich, dass du das nie tun würdest. Und drittens, wenn du ihn magst, solltest du dich mit ihm verabreden.«

»Nicht wenn er ganz offensichtlich auf dich steht.«

»Er hat *eine* nette Sache gesagt. Das heißt wohl kaum, dass er auf mich steht.«

Sie fuhr sich mit einer Hand über die Schulter und massierte sie. »Ich werde mal drüber nachdenken.«

»Wenn ich das nächste Mal mit ihm spreche, lenke ich das Gespräch in deine Richtung und checke mal seine Reaktion.«

Sie blinzelte mich an. »Das würdest du für mich tun? Stehst du wirklich nicht auf ihn?«

Ich legte mir die Hand auf das Herz. »Ich schwöre es. Besorgen wir dir ein Date für den Abschlussball.«

Nach der Probe dankte ich den Sternen, dass ich Piper nicht von dem Limonaden-Vorfall mit Dare erzählt hatte. Sie hatte jede Silbe aus mir herausgequetscht, die Jon von sich gegeben hatte. Außerdem musste ich ihr jede kleinste Veränderung seines Gesichtsausdrucks, seiner Atmung und seines Herzschlags beschreiben.

Mein Heimweg war wunderbar ruhig, so ohne Flirt-Verhör. Die Sonne war untergegangen, und die kühle Luft sorgte dafür, dass es nicht so schrecklich war, den letzten Hügel hinaufzuradeln, wie es im Frühling sein würde.

»Deine Kette ist locker.«

Mein Lenker wackelte. Als ich ihn wieder im Griff hatte,

wandte ich den Kopf zum Auto neben mir. Die Silhouette, die das zerzauste braune Haar kreierte, war fast wie ein Markenzeichen. Ich schwor, dass einige Mädchen in der Schule sie sich am liebsten auf den Arsch tätowieren lassen würden. Ganz toll.

»Stalkst du mich?«

»Ist ja nicht so, als wären wir Nachbarn.« Er grinste und fuhr weiter neben mir her.

»Fünf Straßen weiter und dann rechts. Für den Fall, dass du dich verfahren hast.«

Das Einzige, was man auf der von Straßenlaternen beleuchteten Straße hören konnte, war das langsame Knirschen der Räder.

Ihn schien diese unangenehme Situation bei Weitem nicht so sehr zu stören wie mich. »Danke, dass du meiner Mom geholfen hast.«

»Gern geschehen.«

»Ist sonst noch was?«

Er legte den Arm auf den Rand des Autofensters und stützte den Kopf in die Hand, als würde er nicht gerade ein zwei Tonnen schweres Gefährt neben mir herfahren. »Nein.« Er lachte. »Bis später, Bay.«

»Hoffentlich nicht, Dare«, rief ich dem knallroten Muscle-Car hinterher.

Zu Hause angekommen las ich die Notiz, die auf der Anrichte lag.

Ich hoffe, du hattest Spaß bei der Probe. Habe dir Nachschub an Hygieneprodukten gekauft und unters Waschbecken im Badezimmer gelegt. Im Ofen steht Hackbraten mit Kartoffelbrei. Iss nicht zu viele Cookies, und lass mir noch welche übrig. Pass auf dich auf, und vergiss nicht abzuschließen!
Hab dich lieb, Mom

Ich schnappte mir den Teller, eine Dose Limo, Ibuprofen und Verpflegung für die Nacht, die aus Milch und einem Dutzend Cookies bestand. Morgen waren meine Tage vorbei, aber das hieß ja nicht, dass ich mich heute nicht noch mit Zucker vollstopfen konnte. Und ich weigerte mich, die Treppe mehrmals hinauf- und wieder hinunterzulaufen. Warum sollte ich also so tun, als hätte ich nicht vor, ein Dutzend Cookies zu essen? Im Dunkeln die Treppe hinabzugehen jagte mir jedes Mal eine Heidenangst ein, aber das würde ich Mom nie erzählen. Das war nur ein Grund mehr, warum ich so gerne ins Tonstudio fuhr. Wenn Menschen Musik machten, war es immer laut und lebendig. Ich wusste, dass es an der Zeit war, mich nicht mehr vor Monstern zu fürchten, die im Dunkeln lauerten. Die Schatten, die die hohen Treppenstufen warfen, sobald ich das Licht anschaltete, waren da allerdings anderer Meinung.

Ohne die Ablenkung des turbulenten Tags spürte ich, wie die Schmerztabletten allmählich nachließen. Ich nahm mir meine Wärmeflasche und rollte mich auf dem Bett zusammen. Eingewickelt in eine Decke schaltete ich den Fernseher an und war bereit, ins Zuckerkoma zu fallen.

Sobald ich mit dem Abendessen fertig war, würde ich mich an die Geschichtshausaufgaben setzen müssen, doch mein Blick driftete immer wieder zu Dads Gitarre. Ich hatte den Koffer nicht wieder geöffnet seit der Nacht, in der Dare mich beobachtet hatte. Aber in meinem Kopf hörte ich eine Melodie und Worte. Rasch griff ich nach meinem Notizbuch und kritzelte die Zeilen hinein, bevor ich sie wieder vergaß.

Heute Nacht würde Freddy mich wieder mehr Demos aufnehmen oder ein Studio aufräumen oder für morgige Sessions vorbereiten lassen. Er hatte immer einen Platz für Miles' Tochter. So kannten mich dort alle. Und in der Schule war ich nur die Neue. Würde ich je einfach *ich* sein?

Ich warf einen Blick zu dem Haus hinüber, in dem der Typ wohnte, der meine Gedanken allmählich vor lauter Gefühlen übersprudeln ließ. Wie konnte ich diese Gefühle nur wieder loswerden?

7

Dare

Der Assistenztrainer steckte den Kopf in den Trainingsraum und klopfte gegen das Holz. »Dare, Coach will dich sehen.« Mir rutschte das Gewicht aus der Hand und fiel auf den Boden.

»Oooh.« Knox' wenig hilfreiche Äußerung hallte durch den unangenehm stillen Raum, in dem die Luft nach Metall und Schweiß schmeckte. Er leistete mir bei meinen Buße-Workouts Gesellschaft, um in Form zu bleiben, damit die Saisonvorbereitung nicht so brutal für ihn werden würde. Aber er musste nicht hier sein, das wussten wir beide.

Mehr als die Hälfte der Juniors waren am Trainieren, als ich rausging. Alle Blicke waren auf mich gerichtet.

Ich biss die Zähne zusammen und ballte die Fäuste an meinen Seiten.

Der Gang zum Büro des Coaches kam mir länger vor als der Weg zum Büro des Direktors. Jetzt wurde es ernst. Das hier war wichtig. Mit den Jungs, mit denen ich aufgewachsen war, auf dem Feld Football zu spielen und zu gewinnen, war eine der wenigen positiven Erfahrungen in meinem Leben. Und das nahm jetzt ein Ende. Blanke Angst packte mich im Nacken, kroch mir den Rücken entlang, was wiederum das rasende Monster in mir zum Vorschein rief, das immer dann auftauchte, wenn ich Gefahr lief, dass mir etwas weggenommen wurde.

Ich rieb mir mit meinem Handtuch über das verschwitzte Gesicht, stellte mich in den offenen Türrahmen und räusperte mich. »Hey, Coach Greer.«

Er schaute auf und legte die Papiere beiseite, die er in den Händen hatte. »Dare, komm rein und setz dich.«

Er zeigte auf den Stuhl, auf dem ein Stapel mit alten Spielbüchern lag.

Ich räumte sie auf die Fensterbank, auf der noch mehr Notizbücher und Papierstapel thronten. Der komplette Raum wirkte, als würde ein einziger achtlos weggeworfener Zigarettenstummel reichen und die ganze Schule wäre ein Haufen Asche.

»Sie wollten mich sprechen?« Ich blähte die Nasenflügel auf und grub die Finger in die Oberschenkel.

Der Coach lehnte sich in seinem Stuhl zurück, verschränkte die Hände hinter dem Kopf und bedachte mich mit einem abwägenden Blick.

Die Uhr hinter ihm tickte lauter als das sekundenlange Pfeifen eines Schiedsrichters. »Ich hab einen Anruf von einem Scout erhalten.«

»Soll ich noch mehr Drills mit Knox oder Bennet durchlaufen? Oder Übungen für den Bedlam Bowl in zwei Monaten?« Ich war in den letzten Jahren ein paarmal darum ›gebeten‹ worden, wenn ein College Interesse an einem Trainingstape der Jungs gehabt hatte.

»Sicher.«

Ich nickte und stemmte mich aus dem Stuhl hoch, während ich die Wut in meiner Brust zu unterdrücken versuchte.

»Sie wollen dich sehen.«

Ich ließ mich zurück in den Stuhl fallen. Dabei rutschte er ein paar Zentimeter nach hinten und erfüllte den vollgepackten Raum mit einem unangenehmen Quietschen. »Mich?«

»Dich. Hast du gedacht, ich hätte den Versuch aufgegeben, dir noch einen Platz zu ergattern?«

»Das … Ich wusste nichts davon.« Ich hatte angenommen, die Hoffnung, an die ich mich geklammert hatte, wäre nichts weiter als ein Traum, der mich über Wasser hielt, wenigstens bis zum Abschluss. Die meisten der Jungs, die schon einen Vertrag hatten, hatten engagierte Eltern, die zu sämtlichen Spielen erschienen und dem Coach auf die Nerven gingen, damit ihr Kind auf jeden Fall einen Platz im Rampenlicht bekam. Knox' Eltern schienen während der Saison jeden Monat ein Meeting mit Mr Greer zu haben, um zu besprechen, was das Beste für ihren Sohn wäre. Ein paar Jungs hatten direkt nach dem Championship-Sieg Angebote bekommen, aber ich hatte nichts.

»Ich will ehrlich sein. Mir rennt wegen dir niemand die Bude ein, nicht nach der letzten Saison. Selbst nachdem die Ohio State University ihr Angebot zurückgezogen hatte, gab es noch ein paar Interessenten. Aber dann kam die Schlägerei letztes Jahr in die Zeitung. Jeder, der ein Auge auf dich geworfen hat, muss zwangsläufig darauf stoßen.«

Ich hatte gedacht, die Wut darüber wäre mittlerweile verebbt, aber als Coach die Schlägerei erwähnte, bei der ich fast verhaftet worden war, stieg sie sofort wieder in mir hoch. Am liebsten hätte ich dem Kerl direkt noch einmal die Fresse poliert.

»So eine billige Nummer gegen einen meiner Teamkollegen konnte ich nicht einfach so hinnehmen.« Ich lehnte mich in meinem Stuhl vor.

»Und du hast es ihm während des Spiels gezeigt. Der Junge hat wahrscheinlich eine Woche lang Blut gepisst, so wie du ihn in den Boden gerammt hast. Und das hätte genug sein sollen. So was klärt man auf dem Spielfeld, aber du musstest ihn an dem Abend noch angreifen.«

»Archers Unterarmknochen war nach dem unzulässigen Tackle an drei Stellen gebrochen, und die haben nur eine Fünfzehn-Yards-Strafe bekommen. Er konnte die komplette Saison nicht mehr spielen. Der Typ hätte Archers gesamte Highschool-Karriere zerstören können und hat auch noch darüber gelacht.«

Ich hatte ihm bei ihrer Verlierer-Feier an dem Abend das dumme Grinsen mit meinen Fäusten aus dem Gesicht geschlagen. Knox hatte mir geholfen. Beziehungsweise war er mitgekommen, um zu verhindern, dass ich zu viel Scheiße baute. Ich hatte keine Ahnung, ob ich bei einer gebrochenen Nase und ein paar ausgeschlagenen Zähnen Halt gemacht hätte, wenn er nicht dabei gewesen wäre.

Coach seufzte kopfschüttelnd. »Ich weiß. Das war nicht richtig, aber du kannst nicht dein Leben wegen so einem Idioten kaputt machen. Archers Verletzung ist gut verheilt, und er konnte diese Saison wieder spielen.«

»Es hätte auch anders ausgehen können.«

»Ist es aber nicht. Und deswegen hast du nur noch diese eine Chance übrig.« Er hielt einen Finger hoch. »Du musst dein Temperament zügeln.«

Meine Züge verhärteten sich, und ich lehnte mich mit verschränkten Armen zurück. Ich würde mich nicht dafür entschuldigen, jemandem das gegeben zu haben, was er verdient hatte.

»Ein Team hat Interesse an dir. Es hängt alles von deiner Leistung beim Bedlam Bowl in sechs Wochen ab.« Jetzt hielt er sechs Finger empor.

»Von Anfang an warst du einer meiner zuverlässigsten Spieler. Tight Ends wie dich gibt es nicht oft. Mit deinen speziellen Fähigkeiten und deinem Talent …« Er schnalzte kopfschüttelnd mit der Zunge. »Bleib bei deinen Workouts und dem

Training. Es ist zwar nur Touch Football, aber du kannst alles zeigen, was du draufhast. Ich gebe mein Bestes, dir ein Ticket für ein Vollstipendium zu besorgen. Du solltest das auch tun.« Er bedachte mich mit einem eindringlichen Blick.

»Welches College?« Ich lehnte mich im Stuhl nach vorne und stützte die Hände auf den Lehnen ab. College-Football zu spielen war ein Traum, von dem ich angenommen hatte, dass er niemals wahr werden könnte. Nun schien er allerdings wieder zum Greifen nahe.

»Du solltest nicht gleich ein Flugticket buchen. Ich lass es dich wissen, wenn das Ganze in etwas trockeneren Tüchern ist.« Er blätterte durch ein paar Papiere auf seinem Schreibtisch. »Jedes Team braucht einen sechsten Mann an der Line of Scrimmage, und du könntest dieser Mann für jedes Team sein, das gewinnen will. Willst du das Ganze mit deinem Dad besprechen?«

»Ich bin achtzehn.« Meine Stimme klang bissig, aber ich konnte den harschen Tonfall nicht unterdrücken.

»Natürlich bist du das, aber solche Dinge sind oft wichtige Familienangelegenheiten.«

Ich sprang aus meinem Stuhl auf. »Das ist meine Entscheidung. Sagen Sie mir, was ich tun muss, und ich tue es.«

»Halt dich einfach von jeglichem Ärger fern. Bis du einen Vertrag unterschrieben hast, will ich keinen Mucks über dich hören, außer bei Übungen und Trainingsspielen.«

Ich nickte und verließ das Büro.

Meine Noten waren in Ordnung. Mittelmäßig und damit genug, um alle meine Kurse zu bestehen, aber nicht herausragend. Stipendien für Colleges der zweiten Liga deckten nur Teile der Ausgaben. Colleges der dritten Liga konnten mir gar kein Geld anbieten. Die meisten Colleges der ersten Liga, die Vollstipendien zu vergeben hatten, konnten sich allerdings die besten Spieler der USA aussuchen, die alle ihre eigenen siegreichen Saisons und Rekorde vorweisen konnten. Genau deshalb hatte es mir derart den Boden unter den Füßen weggezogen, dass ich als schwierig galt.

Aber ich hatte noch eine Chance.

Ich hatte nie wirklich an Hoffnung geglaubt, doch als ich in der Umkleide ankam, war ich von Kopf bis Fuß davon erfüllt. Wieder erklang Bays Song in meinem Kopf. Ich hatte ihn nur einmal gehört, allerdings schien es beinahe so, als hätte er die Möglichkeit aus dem Nichts heraufbeschworen, dass ich meinen Traum doch noch verwirklichen konnte.

Ich verließ das Sportgebäude und lief geradewegs zu meinem Spind. Als ich ihn aufmachte, hallte das Poltern der kleinen Metalltür durch den leeren Gang und wurde von den gestrichenen Betonwänden zurückgeworfen.

Am Ende des Korridors wurden Stimmen lauter. Die Leere, die hier herrschte, wirkte wie ein Megafon und verstärkte jeden Laut um das Zehnfache.

»Sie arbeitet heute Nacht, also kann ich mich spätestens um Mitternacht aus dem Staub machen.«

Diese Stimme erregte meine Aufmerksamkeit.

»Ich könnte vor meinen Eltern nie so gelassen bleiben. Hast du keine Angst, erwischt zu werden?«

»Ich mache das jetzt schon seit fast zwei Jahren. Es besteht keine Gefahr. Ist ja nicht so, als würde ich mit Drogen dealen oder so.« Das war Bay.

Sie kam mit ihrer Freundin um die Ecke. Jede von ihnen trug eine Brille auf der Nase und einen Stapel Bücher auf dem Arm. Es fehlten nur noch Tellerröcke, und sie wären der Inbegriff anständiger Schülerinnen gewesen, egal welcher Epoche. Wenn man von den tödlichen Blicken absah, die Bay mir zuwarf – und von ihrer Neigung, sich rauszuschleichen, um irgendwelchen nächtlichen Aktivitäten nachzugehen, die nichts mit Drogen zu tun hatten und an denen ihre Freundin anscheinend nicht teilnahm.

Bay wurde immer interessanter. Wie sie mich angesehen hatte, als ich die Limonade getrunken hatte. Ihr fruchtiger Geruch, der in der Luft gelegen und sogar den penetranten Gestank des Öls überdeckt hatte.

Die Cookies hatten meinem leeren Magen gutgetan, genau wie die Limonade. Auch wenn ich mich deswegen wie ein Arsch gefühlt hatte, würde ich kostenloses Essen auf keinen Fall ablehnen – niemals.

Die beiden gingen zu ihren Spinden, die ein gutes Stück von meinem entfernt waren, und senkten die Stimme.

Ich konnte nur noch einzelne Wörter aufschnappen, dem Gespräch jedoch nicht mehr folgen. Bays zartes Profil stand in starkem Kontrast zum harten Umriss der Spinde. Ich konnte nicht aufhören, ihre Lippen anzustarren, voll und rosa. Das Licht der Deckenlampen ließ sie leicht glänzen. Ihre Wimpern berührten fast die Gläser ihrer Brille, als sie diese hochschob.

»Ruf mich an, wenn du Bio noch mal durchgehen willst«, rief ihre Freundin und lief mit hüpfendem Rucksack durch den Flur davon.

Ihre Schritte, die allmählich in der Ferne verhallten, waren das Einzige, was zu hören war. Abgesehen von dem gedämpften Knirschen von Metall, das Bay verursachte, während sie sich mit ihrem Spind abmühte.

Ich schloss meinen Spind, der die letzten Minuten völlig ohne Grund offen gestanden hatte, und ging zu ihr hinüber.

Ihre Schultern spannten sich an, doch sie ließ nicht von ihrem Kampf mit dem Spind ab. Ein metallenes Objekt hatte sich offenbar im Inneren verkeilt. Sie hatte die Lippen zusammengepresst, und ihre Unterarme waren angespannt, während sie an dem Ding herumzerrte, in dem Versuch, es zu befreien.

»Brauchst du Hilfe?«

Sie erstarrte für eine Sekunde, bevor sie weitermachte.

Ich lehnte mich gegen den Spind neben ihr.

Ihr Blick zuckte kurz in meine Richtung, bevor sie sich wieder ihrem erfolglosen Unterfangen widmete.

»Auch wenn du mich ignorierst, löse ich mich nicht einfach in Luft auf. Also, brauchst du Hilfe?«

Auf ihrer Stirn glänzte Schweiß. Der Lärm nahm zu, als sie sich noch mehr ins Zeug legte. Sie knurrte und zog einmal kräftig, dann flog sie plötzlich mit dem Stück Metall in der Hand nach hinten. Was auch immer es war, sie hatte es mit roher Gewalt rausbekommen und sich selbst dabei nach hinten katapultiert.

Ich schoss vor und griff nach ihrer Hand, um sie davor zu bewahren, auf ihrem Hintern durch den Gang zu schlittern.

Aber sie riss die Hand weg und vollendete ihre Bruchlandung. Sie fluchte murmelnd vor sich hin und kam wieder auf die Beine.

»Das habe ich zu verhindern versucht.« Ich zeigte in Richtung der Stelle, wo sie gelandet war.

Sie rieb sich den Hintern und verzog das Gesicht. »Ich habe nicht um deine Hilfe gebeten.«

»Nur weil jemand nicht nach Hilfe fragt, heißt das nicht, dass man sie nicht anbieten kann.«

Sie knallte ihren Spind zu und schwenkte dabei das Ding aus Metall wie eine improvisierte Waffe. »So langsam wirst du echt unheimlich.«

»Wieso das?«

»Du führst doch was im Schilde.«

»Ich führe gar nichts im Schilde.«

Sie warf einen Blick hinter mich und dann einen über ihre eigene Schulter. »Oh doch, das tust du.« Während sie ihren Spind abschloss, musterte sie mich misstrauisch aus dem Augenwinkel.

»Das Gleiche könnte ich über dich sagen. Wohin warst du letztens um zwei Uhr nachts unterwegs?«

»Woher weißt du …« Sie schloss kurz die Augen und straffte die Schultern. »Ich weiß nicht, wovon du sprichst.«

»Das grün-weiße Huffy-Rad. Du hattest diesen Mantel an, als ich dich darauf gesehen habe.« Mit meinen Fingern fuhr ich über den Kragen ihres marineblauen Mantels.

Ihr Blick verengte sich kurz, aber dann trat sie einen Schritt zurück und erwiderte mit ausdrucksloser Miene: »Muss jemand anders gewesen sein.«

Ich griff an den Gurt meines Rucksacks, der über meiner rechten Schulter hing. »Möglich, aber sie hat dir verdammt ähnlich gesehen. Vielleicht hast du ja einen verloren geglaubten Zwilling.«

»Und vielleicht solltest du dich um deinen eigenen Mist kümmern«, schnauzte sie schlagfertig.

Mein Mund zuckte amüsiert. »Ich meine, wenn du wirklich einen Zwilling da draußen hast, dann sollte ich der Sache wohl auf den Grund gehen. Das wären doch krasse Neuigkeiten. Würdest du sie nicht treffen wollen?«

Ein tiefes Grollen entrang sich ihrer Kehle. »Was auch immer du vorhast«, sagte sie und wedelte mit einer Hand auf und ab, »ich will damit nichts zu tun haben. Lass mich und meine Zwillingsschwester in Ruhe.« Sie machte auf dem Absatz kehrt und stakste davon.

»Hat sie auch einen Namen?«

»Klar.« Während sie sich von mir entfernte, hob sie eine Hand über die Schulter und streckte den Mittelfinger aus.

Ich lachte und rief ihr nach: »Sehr nett, Bay.«

»Bye, Dare.« Die Art, wie ihr einfach alles am Arsch vorbeiging, war wirklich erfrischend.

Sie verschwand durch die Tür am Ende des Korridors.

»Bis später, Bay.« Ich hätte sie einholen können, da sie ein paar Minuten brauchen würde, um ihr Fahrrad aufzuschließen. Stattdessen kehrte ich in den Trainingsraum zurück.

Es fühlte sich an, als wäre es das erste Mal, dass ich schwitzend und lächelnd zu Hause ankam. Die Ruhe tief in mir löste die Anspannung, die ich jedes Mal verspürte, sobald ich den Schlüssel ins Türschloss steckte. Ich joggte die Treppe hoch und schloss mein Zimmer auf.

Dort ging ich direkt auf meinen Schreibtisch zu, öffnete das Schloss an der untersten Schublade und zog mein neuestes Skizzenbuch raus. Mit schmerzenden Fingern zückte ich meinen Bleistift und verewigte Bays Rücken und den erhobenen Finger über ihrer Schulter auf dem Papier. Ihren wippenden Pferdeschwanz. Das Achtzigerjahre-Shirt. Die eng anliegende Jeans.

Allmählich ging es bergauf mit meinem letzten Schuljahr. Ich war davon ausgegangen, dass es nur der Anfang von einer dieser vielen Geschichten über jemanden sein würde, der sich einen Namen machen wollte und sich stattdessen für den Rest seines Lebens an die guten alten Zeiten in der Highschool klammerte. Jetzt hatte ich die Chance auf ein Stipendium und vielleicht auch auf etwas mit Bay. Was genau dieses Etwas war, beziehungsweise was ich mir eigentlich erhoffte, wusste ich nicht. Doch es fühlte sich gut an. Es fühlte sich richtig an, und davon brauchte ich definitiv mehr in meinem Leben.

8

Bay

»In dieser Szene gibt es drei Lichtzeichen für die Einsätze.« Mrs Tripp reichte Jon ihr Skript, damit er sich aufschreiben konnte, wo er die Lichteffekte ändern musste. »Die Mikrofone für Res und Ariel müssen an sein, bevor die beiden auf die Bühne kommen, Bay.«

Sie zeigte auf die Mikros, und ich notierte mir alles. »Es ist immer so aufregend, diese Stücke mit allen zu teilen, die nicht die Möglichkeit hatten, sie am Broadway zu sehen, so wie ich.« Mit dem Skript an die Brust gepresst seufzte sie und ließ den Blick wehmütig über die Bühne schweifen.

Wenn ich der Bühnen-AG mit Produktionen half, hatte ich eine gute Entschuldigung, noch spät unterwegs zu sein, falls Mom doch einmal nachfragen sollte. Hinzu kam, dass niemand jemals auf die Idee kommen würde, die AG für einen verrückten, wilden Haufen zu halten. Technik-Nerds wie ich wurden größtenteils in Ruhe gelassen, und ich arbeitete gerne am Mischpult. Es gab mir die Möglichkeit, alles, was ich bisher gelernt hatte, in der freien Wildbahn anzuwenden.

»Vielleicht sollte ich beim Talentwettbewerb mitmachen. Das könnte doch seine Aufmerksamkeit auf mich ziehen.« Piper drehte sich in ihrem Stuhl. Sie hörte auf, als sie mein Gesicht sah. »Sorry, ich wollte nicht schon wieder damit anfangen.«

»Mit welchem Talent würdest du auftreten? Und wessen Aufmerksamkeit?« Ich kritzelte Einsatznotizen auf Tape, riss es ab und klebte es an die Seite des Pults. Ich hatte wirklich keine Lust, mich an das Desaster meines eigenen Auftritts beim Talentwettbewerb damals zu erinnern.

Piper schaute mich vielsagend an.

Und ich nickte. »Ach, verstehe. Also, womit willst du ihn verzaubern?«

»Ich will ihn nicht verzaubern. Ich brauche ein Date für den Abschlussball, und er ist genau der Richtige dafür.«

»Warum fragst du ihn nicht?«

Noch so ein Blick. »Wo bleibt da der Spaß? Ich gebe ihm lieber ein paar subtile Hinweise, die er dann einfach nicht wahrnimmt. So kann ich wenigstens ein bisschen Aufregung in mein Leben bringen.«

Piper schwieg einen Augenblick. »Du solltest am Talentwettbewerb teilnehmen, schließlich willst du sowieso nicht zum Abschlussball. Du bist wie so ein missmutiges, cooles Mädchen, das Spaß hasst. Du bist so was von Julia Stiles in *10 Dinge, die ich an Dir hasse*.«

Ich warf ein Knäuel aus Klebeband in ihre Richtung. Es blieb an ihrem Shirt hängen. »Ich bin nicht halb so wortgewandt wie sie.«

Sie schnipste es fort. »Aber einer der heißesten Jungs der Schule steht auf dich.« Sie grinste und stieß sich vom Mischpult ab, um sich wieder auf ihrem Bürostuhl im Kreis zu drehen.

»Und damit bin ich fertig für heute.« Ich schnappte mir meinen Rucksack und ging, bevor noch mehr Fragen zu Teenager-Traditionen für das letzte Schuljahr kamen, die Dare beinhalten könnten. Lieber wäre ich splitternackt durch die ganze Schule gerannt, als bei dem Talentwettbewerb mitzumachen. Es sei denn, Tonmischen zählte als Talent.

Im Studio am Mischpult zu arbeiten war zu Anfang ziemlich einschüchternd gewesen. Da waren einfach so viele Knöpfe, Regler und Schieber. Aber mit der Zeit und nach einigen Fehlern, die bis jetzt noch nicht zu blutenden Trommelfellen geführt hatten, hatte ich den Dreh raus. Daher wirkte ich für die meisten hier wie ein magisches Wesen, weil es mir so leichtfiel.

Ich war Dare den ganzen Schultag aus dem Weg gegangen. Warum tauchte er auch plötzlich überall auf? War das wie dieses Phänomen, wenn man sich einen neuen Mantel, ein Rad oder ein Auto gekauft hatte, und plötzlich sah man diese Dinge überall? War mir bisher einfach nur nie aufgefallen, wie oft wir uns über den Weg liefen? Oder sorgte er dafür, dass es jetzt häufiger dazu kam?

Warum sollte er das tun? Warum sollte er sich überhaupt für mich interessieren?

Allerdings hatte er gesehen, wie ich zum Studio gefahren war. Wollte er mich erpressen oder diese Info irgendwie gegen mich verwenden?

Je mehr die Wut in mir hochkochte, desto deutlicher hörte ich eine Melodie. Sie brauchte definitiv eine starke Schlagzeug-Begleitung und einen Metal-Sound bei der Gitarre. Glaubte er wirklich, ich würde einfach nachgeben und zulassen, dass er mir meinen Nebenverdienst versaute? Da täuschte er sich aber gewaltig. Ich würde mit lyrischen Kanonenkugeln auf ihn schießen, wenn er vorhatte, gegen mich in den Krieg zu ziehen.

Die Hintertreppe rief nach mir, und ich konnte nicht widerstehen, die Gitarre mit nach draußen zu nehmen.

»Wo willst du hin?«, fragte eine Stimme und brachte mich abrupt zum Stehen.

Ich fuhr zusammen, die Finger an der Gitarre verkrampften sich. Ich schob den klobigen Korpus hinter mich.

Mom stand in ihrer Arbeitskleidung neben der Eingangstür, ihre Lunchbox in einer Hand und die Schlüssel in der anderen.

»Du bist noch hier.«

Ihr Blick verengte sich und ihr Misstrauen wuchs ins Unermessliche. »Ja, ich habe meine Tasche vergessen.«

Ich zog die Gitarre hervor und hielt sie vor mich. »Ich wollte draußen etwas spielen.« Dare würde mir nicht das Spielen verderben. Aus irgendeinem Grund konnte ich draußen besser denken und atmen. Und dadurch auch besser spielen. Die Vordertreppe kam nicht in Frage, also musste der Garten herhalten.

Ihr Blick wurde weicher. »Du spielst wieder.« Ihre Stimme klang jetzt emotional. »Ist das Dads Gitarre?«

Ich hatte einen Kloß im Hals und nickte nur.

Sie strich mit einem Finger über den Ehering, den sie immer noch trug. Ihren Verlobungsring verwahrte sie sicher in ihrer Schmuckschatulle. »Er hat sie so geliebt. Manchmal … glaube ich, sogar zu sehr.«

Sie kam zu mir herüber und küsste mich auf die Stirn, während sie die Arme um mich legte. »Hab dich lieb, Bay Leaf.«

»Ich dich auch, Mom.«

Sie ging, und der Song setzte erneut ein. Der, der in meinem Bauch anfing und jetzt fest in meiner Brust verankert war.

Ich trat durch die Hintertür ins Freie. Der eisige Wind hatte nachgelassen, aber der Winter wollte seinen Griff noch nicht lösen. Ich konnte sehen, wie mein Atem in Wölkchen dem Nachthimmel entgegenschwebte, während sie sich auflösten, und wickelte meinen Pullover fester um mich, bevor ich mich auf die Stufen setzte. Die Kälte kroch durch meine Jeans, sodass mein Hintern in Sekundenschnelle taub war.

Über den Zaun hinweg konnte ich sehen, dass Dares Garagentür offen war. Ein Teil von mir hoffte, dass ich ihm nicht mehr persönlich beweisen musste, dass ich mich nicht von ihm abschrecken ließ. Musste er nicht vielleicht bei irgendeiner Party oder einem Football-Spiel sein? Ich hätte mich dafür treten können, dass ich die Antwort darauf kannte.

Das Spiel zwischen den Juniors und den Seniors war erst nächste Woche. In der Schule hingen in sämtlichen Fluren Banner. Es war ein dämliches Spiel, das auch noch völlig unwichtig war. Es gab nichts zu gewinnen. Keine tatsächlichen Verlierer, außer den Schülern, die sich nicht für Football interessierten.

Uns blieb kaum Platz, um unsere Theaterflyer aufzuhängen, weil jeder Zentimeter an den Wänden mit Football-Dekoration zugekleistert war.

Meine Finger wurden langsam taub, also ballte ich ein paarmal die Faust und klappte dann mein Notizbuch auf, um die richtige Stelle zu finden. Die Zeilen ergossen sich über die ganze Seite bis zum Rand. So viel hatte ich schon lange nicht mehr geschrieben. Und ich hatte noch nichts davon gesungen, bis jetzt.

Doch dieser eine Song tobte in meiner Brust wie ein eingesperrtes Tier, scharrte und kratzte an der Pforte meiner Kehle, um zu entkommen. Wenn ich die Worte nicht laut heraussang, würde mein Kopf vermutlich platzen. Er war einfach zu voll, zu chaotisch. Ich musste das Entlastungsventil öffnen.

Also legte ich die Hand um den Gitarrenhals, und meine Zunge testete zaghaft die Worte. Meine Finger bewegten sich ohne zu zögern über die Saiten, doch meine Stimme klang noch dünn und schwach. Ich atmete tief ein und zwang sie nach draußen. Keine Zurückhaltung mehr.

Nach den ersten paar Zeilen erschien er im Durchgang. Er

hatte die Arme über dem Kopf gegen den Türrahmen gestützt, sein Bizeps spannte sein schwarzes T-Shirt.

Aber ich lief nicht weg. Mir war egal, was er dachte. Ich sang entschlossen und starrte ihm dabei herausfordernd entgegen.

Dachte er, ich hätte Angst? Dass ich weglaufen würde, weil er zusah? Dieses Mal nicht, nie wieder. In der Schule vielleicht, aber nicht hier, wo meine Stimme so sehr an Kraft und Stärke gewann, dass niemand sie aufhalten konnte. Nicht einmal ich. Mit der Gitarre auf dem Schoß und den Fingern auf den Saiten fühlte ich mich so furchtlos wie nie zuvor.

Unsere erste Begegnung. Die hasserfüllten Worte, die er mir entgegengeschleudert hatte. Wie er mich angesehen hatte.

In meinem Magen brannte ein Feuer, das diesen Moment einfing und sich die ganzen Emotionen zunutze machte, die Dare in mir hervorrief. Sie mussten raus.

Ich wusste nicht, wie lange er mich beobachtete. Aber ich konnte seinen Blick spüren. Konnte er meine Worte hören? Wusste er, was sie bedeuteten?

Als meine Finger schließlich kurz davor waren, vor Kälte abzufallen, nahm ich meine Gitarre und verschwand ins Haus, ohne aufzusehen. So sehr ich mir auch einreden wollte, dass er mir egal war, ich drehte mich trotzdem um. Dare hatte die Tür offen gelassen. Ich sah, wie er sich bewegte, während er an dem Auto schraubte, eine ehemalige Rostlaube, die er letztes Jahr gefunden und restauriert hatte. Widerwillig musste ich mir eingestehen, dass ich ein wenig Respekt für den knallroten Camaro empfand, den Dare aus dem alten Haufen Schrott gezaubert hatte. Er hatte ihn nicht von seinen Eltern geschenkt bekommen, sondern viel Zeit und Arbeit hineingesteckt, um ein wunderschönes Auto daraus zu machen.

Aber das hieß nicht, dass er nicht trotzdem ein Arschloch war.

In meiner Hosentasche klingelte mein Handy und ich schrak aus meinem Stalker-Modus auf.

»Hey, Bay.«

»Freddy, was gibt's?«

»Kannst du heute früher kommen? Der Gitarrist für die heutige Session kann nicht. Willst du es mal versuchen?«

Ich beäugte das Instrument, das an der Wand lehnte. Ein Schwall von Aufregung stieg in mir hoch.

Mom musste mittlerweile ihre Schicht begonnen haben.

»Soll ich meine Martin mitbringen?« Auf dem Weg in mein Zimmer nahm ich immer zwei Stufen auf einmal und hielt den Gitarrenhals fest umklammert.

»Wenn du möchtest, aber wir haben hier auch einen ganzen Haufen an elektroakustischen Gitarren, die du benutzen kannst.«

Ich knabberte an meiner Unterlippe. Mit der Gitarre Fahrrad zu fahren wäre riskant.

»Wann kannst du hier sein, Kleines?«

»In einer halben Stunde?« Ich ließ die Gitarre in ihren Koffer rutschen und schloss ihn. »Ich benutze eine deiner Gitarren.«

»Klingt gut. Muss los. Bis gleich.«

Ich zog mich um und packte mich warm ein. In den Handschuhen spreizte ich ein paarmal die Finger und setzte dann meinen Helm auf. Als ich die Tür öffnete, blies der kalte Wind mir entgegen. Würde es jemals wieder warm werden?

Ich ließ das Licht im Haus angeschaltet und prüfte dreimal nach, ob ich abgeschlossen hatte. So oft, wie ich über meine Schulter schaute, wirkte es wahrscheinlich so, als wollte ich einbrechen.

Ich radelte schnell die Straße hinunter, in der Hoffnung, dass sich niemand wundern würde, warum ich so spät noch draußen war. Es war allerdings wesentlich weniger seltsam, wenn man um neun Uhr abends mit dem Fahrrad unterwegs war als um ein Uhr nachts. Aber mich sah ja ohnehin keiner.

Ich kam beim Studio an, und Freddy nahm mein Rad, um es auf die Halterung zu hängen. »Singst du heute, oder arbeitest du?«

»Hast du mich nicht zum Arbeiten hergerufen?« Nicht zum Singen. Auf keinen Fall singen. Ich hatte beobachtet, wie die Musiker hier ein und aus gingen und sich Woche für Woche die Seele aus dem Leib sangen. Doch ich sang nicht.

»Ja, aber fragen kostet nichts.« Er zuckte die Schultern. »Dann komm mal mit. Du hast die Wahl zwischen drei verschiedenen Gitarren. Es wird nur eine Hintergrundbegleitung gebraucht. Kriegst du das hin?«

Ich nickte. Mein Herz klopfte irre schnell, und ich wischte mir die Hände an der Hose ab. Während ich meinen Mantel aufknöpfte, folgte ich Freddy den Flur entlang.

»Du brauchst nicht nervös zu sein. Du rockst das, Kleines.« Er schob die zweite Doppeltür auf, die in den Bereich mit den Tonkabinen führte.

»Hier ist sie.«

Mir blieb der Mund offen stehen, als ich in der Tür erstarrte. Die unverwechselbare Beanie von Logan, die verwaschene Jeansjacke von Vale, die Lederhose von Elias und Camdens klare blaue Augen, die ihn fast wie aus einer anderen Welt wirken ließen. »Heilige Scheiße.«

Alle jubelten. Grinsten und lachten. Geld wechselte den Besitzer. Es wurde einer Frau mit fließenden schwarzen Haaren in die Hand gedrückt. »Ihr habt einfach alle keine Ahnung von Frauen.« Die Frau, die nicht viel älter aussah als ich, lachte und steckte sich die Scheine in die Tasche. »Ich bin Maddy. Nach dem lauten Hallo nehme ich an, du kennst die Jungs hier.« Sie zeigte in ihre Richtung.

»*W… Without Grey.*«

Sie nickte mit dem Kinn in meine Richtung. »Genau. Wir müssen heute einen Track aufnehmen und könnten noch eine Rhythmusgitarre dafür gebrauchen.«

»Ich soll mitspielen?« Ich zeigte auf meine Brust und schaute mich im Raum um. Lockwood und sein zerrissenes T-Shirt fehlten.

»Nur für den Testlauf.«

»Wo ist Lockwood?«

Noch nie zuvor hatte ich die Aussage ›Man hätte eine Stecknadel fallen hören können‹ so gut verstanden wie in diesem Moment.

»Er hat heute keine Zeit. Freddy hat gesagt, ihr kennt euch schon lange. Dein Vater hat tolle Dinge geleistet, und du könntest das auch. Hast du Lust, und kannst du uns den Gefallen tun und das Ganze hier geheim halten?« Maddy bedachte mich mit einem eindringlichen Blick, um den Ernst der Lage deutlich zu machen und zu zeigen, was für eine Gelegenheit dies für mich war. Nicht nur sie vertrauten meinem Können, sondern auch Freddy.

»Ich …«, quiekte ich unbeholfen. Dann räusperte ich mich und klopfte mir auf die Brust. »Das kann ich. Danke für das Vertrauen.«

»Mist, fast hätte ich das vergessen.« Sie wühlte sich durch einen Stapel Papiere in einem mitgenommenen schwarzen Rucksack, bevor sie ein paar davon herauszog. Beim Durchblättern der Seiten murmelte sie: »Ich vertraue dir, aber leider musst du das hier trotzdem unterschreiben.« Sie legte ein Dokument mit der Aufschrift ›Verschwiegenheitsvereinbarung‹ in Fettschrift auf das Mischpult. Mit den Zähnen öffnete sie einen Stift und hielt ihn mir hin. »Im Namen der Jungs ein Arsch zu sein gehört leider zum Job.«

»Verstehe schon. Du beschützt nur die Leute, die dir wichtig sind.«

Sie zog die Mundwinkel nach oben.

Camden stupste sie an. »Die Zeit im Studio ist nicht gerade billig. Lasst uns anfangen. Maddy, hör auf, unsere neue Freundin zu bedrängen.« Seine eisblauen Augen funkelten, und er nickte Richtung Tür. »Folge mir, Tochter von Miles. Ich gehe den Song mit dir durch. Kannst du Noten lesen?«

Camden geleitete mich aus dem Raum mit dem Soundboard und durch die Doppeltür neben der, durch die wir eben gekommen waren. Freddy folgte uns in den Raum nebenan.

»Natürlich.« Mein Magen vollführte unaufhörlich Saltos. Heilige Scheiße, ich würde gleich vor – oder vielleicht sogar mit – *Without Grey* spielen. Vorausgesetzt, ich verbockte es nicht. Meine Hände kribbelten, und ich spürte, wie sie taub wurden. Also rieb ich sie an meiner Jeans.

»Sorry, wollte dich nicht beleidigen.«

Freddy zeigte auf eine Reihe von Gitarren an der Wand. »Bay, von denen kannst du dir eine aussuchen. Sag Bescheid, wenn irgendwas ist.« Er verließ den Raum und tauchte auf der anderen Seite der Glasscheibe wieder auf, sodass ich mit Camden in dem schalldichten Raum zurückblieb. Mein Herz hämmerte so laut, dass es mich nicht gewundert hätte, wenn das Mikrofon es aufgezeichnet hätte.

Camden schnippte den Daumen gegen seine Zähne. Es erinnerte mich an die Aufführung von Romeo und Julia des Theaterclubs. *Biss er sich meinetwegen auf den Daumen?*

»Was ist mit Singen? Kannst du singen?«

Ich zuckte zusammen, als hätte er mir ein Bein gestellt.

Die Sprechanlage klickte, und Freddys Stimme hallte laut durch den Raum: »Sie kann si…«

Ich unterbrach ihn: »Nein.« Ich konnte nicht, und ich würde

mich vor *Without Grey* nicht vollkommen blamieren. Ich warf Freddy einen Blick über die Schulter hinweg zu und ging zu den Gitarren.

Er ließ es gut sein.

Ich schluckte meine Aufregung runter und nahm mir eine Gitarre – das gleiche Modell hatte ich nur wenige Stunden zuvor mit zitternden Fingern gespielt. Wie oft hatte mein Vater wohl genau dasselbe getan? Wie oft hatte er bei solchen Sessions mitgemacht, aber nie die Gelegenheit gehabt, seine eigenen Songs zu spielen? Ich schob diese schmerzhaften Gedanken beiseite und atmete tief ein.

»Eine Martin. Bin beeindruckt.« Camden hob seine eigene Gitarre an und setzte sich auf den Hocker neben dem Klavier. »Bist du bereit?«

Wir gingen den Song zweimal durch. Das erste Mal spielte er ihn mir vor, das handgeschriebene Notenblatt lag auf den Tasten des Pianos. Beim zweiten Mal spielte ich die Begleitung dazu.

Meine Finger flogen förmlich über die Saiten, angespornt durch die Tatsache, dass ich mit jemandem zusammenspielte. Für jemanden. Ich hatte eine Riesenangst, doch die schob ich beiseite und zog es durch. Ich überließ mich einfach der Musik und versuchte, Lockwoods Stil so gut es ging zu imitieren.

Die Musik wurde leiser, und meine Finger kamen auf den Saiten zur Ruhe. Camden zupfte noch die letzten Noten. Er ließ die Saite vibrieren, um den letzten Ton hinauszuzögern. Dann klopfte er mit den Fingern gegen das Holz der Gitarre und legte den Kopf schief. Mit einem breiten Lächeln sah er mich an. »Mann, Bay. Freddy hat echt nicht übertrieben. Du hast es voll drauf.«

Die Sprechanlage klickte. »Seid ihr dann so weit?«

»Absolut. Sie rockt das. Los geht's.« Camden schwenkte eine Hand über dem Kopf, als wollte er das Signal geben, um eine Kuhherde zusammenzutreiben.

»Du solltest sie mal singen hören.« Freddy lachte.

Ich warf ihm einen strengen Blick zu.

»Du singst auch?« Camden lehnte seine Gitarre an seinen Hocker.

»Nicht wirklich«, murmelte ich.

Er musterte mich eingehend. »Irgendwie bezweifle ich das, aber das hier ist kein Verhör, also lassen wir es gut sein.«

»Verhörst du regelmäßig Leute?«

Er schmunzelte. »Gelegentlich.«

Der Rest der Band kam durch die Tür. Alle nahmen ihre Plätze ein, und ich war kurz davor, mich zu kneifen. Ich saß mit *Without Grey* in einem Raum und würde gleich mit ihnen jammen. Meine Finger juckten und kribbelten vor Erwartung.

Ich holte tief Luft. Der irrationale Teil meines Hirns wollte, dass ich aus dem Zimmer floh. Sie würden mich gleich spielen hören – obwohl ich natürlich wusste, dass sie schon während der Probe gerade eben auf der anderen Seite der Glasscheibe gestanden und mich gehört hatten.

Eine Hand landete auf meinem Knie. Camden duckte den Kopf, damit er mir in die Augen sehen konnte. Er strahlte Freundlichkeit und Ruhe aus.

»Tief durchatmen. Tu einfach so, als würdest du in deinem Zimmer sitzen und das Lied von der CD mitspielen. Du schaffst das.«

Er setzte sich wieder aufrecht hin und zählte den Takt an.

Ich schloss die Augen und stellte mir vor, auf der Hintertreppe zu sitzen. Warum fiel es mir so leicht, vor ihm zu spielen? Meine Finger huschten über die Saiten. Ich hatte mir jede der Noten gemerkt, und sie flossen aus mir heraus. Meine Hand dämpfte die Saiten ab, als Camden den letzten Ton hielt.

»Verdammte Scheiße!« Alle sprangen auf. Die Jungs von *Without Grey* begruben mich unter ihrem Ansturm von Umarmungen.

Die Sprechanlage klickte, und von der anderen Seite kam: »Verdammt gute Arbeit, Bay.« Maddy stand mit verschränkten Armen da und lächelte breit. »Wenn du so gut singst, wie Freddy behauptet, und gerne einen Plattendeal hättest – ich kenne da ein paar Leute.«

Ich ließ den Kopf hängen und schüttelte ihn. Gitarre spielen war eine Sache, aber singen? Ich würde vermutlich hyperventilieren und umfallen, wenn ich es nur versuchte. »Ich bleib lieber bei der Gitarre.«

»Wie du willst.«

Freddy meldete sich zu Wort. »Noch ein Take, und dann können wir mit den Vocals anfangen, Camden.«

»Klingt gut.« Er ließ sich wieder auf seinen Hocker fallen. »Noch mal von vorne.«

Als ich nach Hause fuhr, hatte ich das Gefühl, ich würde sicher tagelang nicht schlafen können. In meinen Adern trommelte der Puls wie der Beat von Elias' Schlagzeug. In drei Stunden fing die Schule an, aber das war mir egal. Ich konnte nicht schlafen. Ich nahm drei Stufen auf einmal und riss mein Notizheft auf. Die Worte strömten aus mir heraus wie Wasser aus einem überlaufenden Waschbecken. Jedes einzelne handelte von ihm. Vielleicht konnte ich die Gedanken an Dare mit Worten aus mir herausschreiben. Ich hatte keinen blassen Schimmer, ob das wirklich klappen würde, aber ich würde es verdammt noch mal versuchen. Alles andere war einfach viel zu gefährlich.

9

Dare

Die Tische in den Klassenzimmern wurden mit jedem Jahr kleiner. Doch wenigstens schwitzten wir uns dank des kühleren Wetters nicht zu Tode. Sonst schmorten wir um diese Jahreszeit immer bei geöffneten Fenstern in der schwülen Hitze des Spätfrühlings, während uns die gigantischen Ventilatoren alle fünfundvierzig Sekunden Luft ins Gesicht pusteten, ohne viel auszurichten. Uns wurde eine Galgenfrist gewährt, und alle trugen noch ihre Mäntel – außer den Kids, die einfach nie ihre Shorts und Flip-Flops ablegten, nicht mal im tiefsten Winter.

Ich hockte mit offenen Augen an meinem winzigen Tisch und starrte nach vorne, zu mehr konnte ich mich in diesen Tagen einfach nicht aufraffen. Mein Durchschnitt war in Ordnung. Und es war schließlich nicht so, als würde ich versuchen, in Harvard angenommen zu werden – die Anforderungen an Sportler waren im Allgemeinen lasch. Außerdem hatte meine Leistung nicht nachgelassen, denn ich wusste, was mit den Noten und SAT-Scores von Football-Spielern passierte, wenn man in einer Blase lebte. Nach all dem Training, den Spielen und Trips zu Colleges hatte ich jedoch langsam genug davon, ein Senior zu sein. Die Senioritis hatte mich schon früh und hart getroffen. Das bedeutete, dass der Teil meines Hirns, der normalerweise dafür zuständig war, Schularbeiten zu erledigen und mittelmäßige Leistungen zu erbringen, mit anderen Gedanken beschäftigt war.

Eigentlich hätten mir diese Schlafshorts nicht immer wieder in den Kopf kommen sollen. Ich hatte schon Frauen gesehen, die weniger anhatten. Um einiges weniger. Aber aus irgendeinem Grund war der Anblick von Bay, wie sie mit zerzaustem Haar in ihrem Wohnzimmer stand und mich wütend anfunkelte, so ziemlich das Heißeste, was ich je gesehen hatte. Die Cookies waren auch nicht schlecht gewesen. Sie waren an dem Tag sowohl mein Frühstück als auch mein Mittagessen gewesen.

Gepaart mit dem Song, den ich einfach nicht aus dem Kopf bekam, war Bay zu einer Ablenkung geworden, mit der ich nicht gerechnet hatte. Dieses Jahr hätten mir nur drei Dinge wichtig sein sollen: mein Abschluss, aus dieser Stadt abzuhauen und meinen Dad nie wiederzusehen.

Ich kippelte mit dem Stuhl, bis die Vorderbeine in der Luft waren. Bay saß ganz vorne. In den drei Kursen, die wir gemeinsam besuchten, war ihr Platz immer in den ersten drei Reihen. Ob sie in den fünf Kursen, die wir nicht zusammen hatten, wohl auch vorne saß? Wo wollte sie nach dem Abschluss hin? Die Leute aus unserem Jahrgang würden in alle möglichen Teile des Landes verschwinden. Es gab ein paar, die an Elite-Unis angenommen worden waren, einige gingen an renommierte staatliche Colleges, und dann gab es natürlich noch die Athleten, die Stipendien an Unis mit Sportteams der ersten Liga ergattert hatten. Wann würde Bay abreisen? Oder würde sie hierbleiben? So viele Fragen und keine Antworten. Ich hatte noch keine Gelegenheit gehabt, sie zu fragen. Das würde ich ändern müssen. Der Drang, sie noch mal anzusprechen, wurde immer stärker, bis er kaum noch auszuhalten war.

Sie hatte schon eine Weile nicht mehr Gitarre gespielt, und ich sehnte mich danach, ihre Stimme wieder zu hören. Um ein

Ständchen zu bitten war nicht gerade meine Art. Aber zu sehen, wie sie wegen der Sache mit dem Limonadenglas aus der Fassung geraten war, war den Schnitt Wert gewesen, den ich mir zugezogen hatte, als mir der Schraubenschlüssel aus der Hand gerutscht war.

»Dare?«

»Mrs Franklin?« Ich kippte den Stuhl wieder nach vorne, und der Knall ließ die Fenster wackeln.

»Kannst du uns bitte mitteilen, wie der Abgeordnete aus Massachusetts hieß, der an dem Kontinentalkongress teilgenommen hat?«

»Sam Adams.« Ein Hoch auf Pub-Quiz-Spiele.

Sie runzelte die Stirn. Fragen zum Unabhängigkeitskrieg waren bei ihr Standard, wenn sie dachte, dass jemand nicht aufgepasst hatte – was bei mir natürlich zutraf. Nein, mein Kopf war voll mit anderen Dingen: Spielstrategien, die ich in Gedanken durchging. Überlegungen, wo Dad sich auf seinem Trip durch sieben Staaten wohl gerade befand, um abzuschätzen, wann er wieder zu Hause sein würde. Und die Melodie, die sich in meinem Stammhirn festgesetzt hatte und immer wieder von vorne anfing, sobald die letzte Note verklungen war.

Bay spähte unauffällig zu mir herüber. Ihr Blick huschte nur kurz über ihre Schulter, damit es so aussah, als würde sie lediglich etwas aus ihrem Rucksack holen. Allerdings stand ihr Rucksack nicht so weit hinten, und es war jetzt schon das vierte Mal in zwanzig Minuten, dass sie mich verstohlen musterte. Ohne so tun zu müssen, als würde ich aufpassen, hatte ich eine klare Sicht.

Sie machte jedes Mal genau das Gleiche: rollte ihren Stift dreimal auf ihrem Tisch hoch und runter. Dann hob sie ihn an und tippte sich damit gegen die Lippen, als würde sie über etwas nachdenken oder versuchen, sich an etwas zu erinnern.

Schließlich folgte das Zögern, das vorgetäuschte Durchsuchen ihrer Tasche und der flüchtige Blick nach hinten. Dieses Mal war ich vorbereitet und tat nicht so, als hätte ich sie nicht gesehen.

Unsere Blicke trafen sich.

Bays Kopf zuckte ruckartig wieder nach vorne.

Ich wühlte in meinen Erinnerungen, um herauszufinden, warum sie mir gegenüber so schreckhaft war.

Nachdem sie vor ein paar Jahren hergezogen war, war sie auf unsere Schule gekommen und seither größtenteils für sich geblieben. Das Mädchen, das bei den Spinden bei ihr gewesen war, war die einzige Person, mit der ich sie bisher hatte sprechen sehen.

Warum war sie letztes Jahr in diese miese Gegend gezogen, in der ich wohnte?

»Vor eurer Prüfung wird es noch ein Gruppenprojekt geben.«

Alle stöhnten genervt. Keiner hatte Bock auf ein Gruppenprojekt, bloß weil Mrs Franklin keine Lust hatte, fünfundzwanzig Hausarbeiten zu korrigieren. In jeder Gruppe gab es eine Person, die sich um nichts scherte, und eine, die so tat, als ginge es bei jedem Wort um Leben und Tod.

Die meisten von uns waren sowieso bereits an einem College angenommen worden oder hatten zumindest schon alle Bewerbungen abgeschickt und warteten nur noch auf die Last-Minute-Antworten der Finanzierungshilfen. Das Ganze hier war nichts weiter als völlig unnötige Plackerei, bevor wir endlich die Freiheit des Sommers genießen konnten. Noch zwei Monate.

Es schellte, und Bay schoss aus ihrem Sitz hoch, als hätte ihr jemand einen Stromschlag verpasst. Der kurze Blick, den sie mir zuwarf, bevor sie aus der Tür verschwand, entging mir nicht.

Ich sammelte mein Zeug ein und ging zu meinem Spind, um meine Bücher zu tauschen.

»Noch ein Monat bis zum Bedlam Bowl.« Knox warf sich auf mich und stützte sein volles Gewicht auf meine Schultern.

Ich grunzte und warf ihn ab. »Warum glaubst du, dass du irgendjemanden hier daran erinnern müsstest?« An der Wand hing ein gigantisches Banner mit Zahlen zum Abreißen. Aktuell prangte dort eine große Sechs in Marineblau mit goldenem Umriss. Für die Leute hier waren Trainingsspiele außerhalb der Saison wie Championship-Spiele für andere.

»Hing das schon die ganze Zeit da?« Knox warf sich seine Tasche über die Schulter und kratzte sich am Kopf.

»Nur seit Anfang der Nachsaison.« Ich holte den Ordner und das Buch vom letzten Kurs aus meinem Rucksack.

»Scheiße, echt?«

Mein durchdringendes Lachen dröhnte angenehm in meiner Brust. Knox besaß viele Talente, eine ausgeprägte Beobachtungsgabe gehörte jedoch nicht dazu.

»Was ist jetzt mit nächstem Jahr?«

Das dünne Metall meines Spinds ächzte und quietschte, während ich ein paar Bücher zur Seite schob, um alles herauszuholen, was ich für den nächsten Kurs brauchte. Alle gingen davon aus, dass ich schon einen Vertrag in der Tasche hatte. »Es kommt noch ein Scout. Vielleicht kann ich ja einen noch besseren Deal herauskitzeln.« Mein Magen ballte sich zu einem schmerzhaften Knoten zusammen.

»Mann, die lassen sich echt Zeit, was?«

»Ich muss doch alle auf Trab halten.« Ich knallte meinen Spind zu.

»Ich kann noch immer nicht glauben, dass du nicht mit mir nach Alabama kommst.« Seine Stimme klang beinahe, als würde er schmollen.

»Du findest schon einen Neuen, dem du das Essen klauen kannst. Keine Sorge.«

Wir gingen zu unserem Klassenraum und setzten uns ganz nach hinten auf unsere gewohnten Plätze.

»Wohl eher einen neuen Wingman.« Er sog die Luft ein, um sich hinter seinen Tisch zu quetschen, wobei er das ganze Ding ein gutes Stück nach hinten beförderte, bevor er es mit einem ohrenbetäubenden Quietschen wieder nach vorne schob.

Nachdem die Schulglocke das Ende des Unterrichts verkündet hatte, füllten sich die Gänge. Das Schuljahr neigte sich dem Ende zu und die Ausschüsse für den Abschlussball, das Jahrbuch und andere Clubs waren fleißig damit beschäftigt, diverse Projekte zu planen, die bald anstanden. Alle anderen freuten sich darauf, endlich in die Freiheit entlassen zu werden. Für mich bedeutete das Ganze allerdings den Verlust eines Zufluchtsorts. Und wenn ich nicht doch noch einen Vertrag ergattern konnte, würde ich einer der Typen in der Bar werden, die nie ohne Bierflasche in der Hand anzutreffen waren und unentwegt darüber faselten, welch glorreiche Zeiten sie in der Highschool verbracht hatten.

Die Zeit, die mir noch in diesen vier Wänden geblieben war, würde bald zu Ende gehen. Wenn ich meine Abschlusskappe in die Luft warf, würde das nicht nur das Ende meiner Zeit an der Greenwood Senior High einläuten, sondern auch das Ende meiner Zeit in Greenwood. Oder das Ende meines Verstands, wenn ich es nicht schaffte, von hier wegzukommen.

Die Türen der Aula flogen auf, und zwei Personen traten in den Gang. Bay war ganz in Schwarz gekleidet und stand neben dem Kartenschalter, der nur bei der Vorstellung des Theaterstücks im Herbst und bei der des Frühlingsmusicals benutzt wurde. Ihre Haare ergossen sich über ihren Rücken. Ein Typ war bei ihr. Sie standen eng beieinander und unterhielten sich angeregt. Der Anblick weckte ein düsteres Gefühl in mir, das unerwartet aus der Tiefe hochstieg.

Bay öffnete die Tür des Häuschens und verschwand darin, bevor ihre Arme mit lauter zusammengewickelten Kabeln wieder herausschossen. Der Typ nahm sie ihr ab. Sie lud eine Rolle nach der anderen auf ihm ab, bis der Stapel so hoch war, dass der Typ aussah wie ein vollgepackter Kellner, der kurz davor war, alles fallenzulassen.

Ich schlug gegen Knox' Brust. »Mit wem redet Bay da?« Mit dem Kinn nickte ich in die Richtung der beiden.

»Bay?« Knox' Blick huschte suchend den Korridor entlang und einfach an ihr vorbei. Ich wusste, dass sie keine Kurse zusammen hatten, aber er hatte wirklich keine Ahnung, wie sie hieß? Sie war seit drei Jahren hier.

Mein Kiefer verkrampfte sich. »Die Neue.« Den Namen hatte ich nie gemocht. Wenn irgendjemand – abgesehen von Lehrkräften – über sie sprach, wurde sie immer die Neue genannt. Und das, obwohl nach ihr noch andere hier angefangen hatte. Oder etwa nicht? Solange keine neuen Leute zum Team dazukamen, interessierte mich das eigentlich nicht. Dieser Spitzname brachte allerdings ein Gefühl in mir hervor, das ich nicht einordnen konnte. Wie ein dumpfes Hämmern in meinem Hinterkopf, das wie durch einen seltsamen Nebel zu mir herüberhallte.

»Oh.« Knox hob den Kopf, als hätte er die beiden nicht gesehen, obwohl sie weniger als drei Meter von uns entfernt standen. Er zuckte mit den Schultern. »Jon.« Er schnippte mit den Fingern, so als müsste er seine Synapsen erst mal in Gang bringen. »Das ist Jon … Jon Morgan. Theater-Nerd. Wir haben als Kinder zusammen Football gespielt, weißt du nicht mehr? Du hast ihn beim Training in der Vierten ausgeknockt, und dann hat er seine Stollen an den Nagel gehängt.«

Diese Info half mir auch nicht weiter. Jon redete immer noch mit Bay und ich nicht.

Er sagte etwas, woraufhin sie frustriert die Arme hochwarf und zurück in die Aula stürmte. Bevor die Tür zufallen konnte, hielt er sie auf und schlüpfte kopfschüttelnd hindurch.

Beziehungsprobleme? Oder was anderes? Was auch immer dafür gesorgt hatte, dass sie genervt von ihm war, machte mich glücklich.

Ein schwerer Rucksack wurde mir gegen den Rücken geknallt. »Dare, kommst du? Ich mache das mit dem Training nur für dich und ich bin zu müde, um Extrarunden zu laufen.«

»Ja, ich komme.«

Die Tür wurde wieder geöffnet, und diesmal kam Bay alleine raus. Knox würde die Energie für die Extrarunden wohl irgendwo auftreiben müssen.

Sie entriegelte die Tür des Kartenhäuschens und ging hinein.

Ich stellte mich in den Türrahmen und lehnte mich dagegen. »Was machst du?«

Sie japste erschrocken und schlug sich den Kopf am Tresen an, bevor sie von einer Staubwolke bedeckt wurde. Während sie unter dem Tresen hervorkam und aufstand, rieb sie sich den Kopf. Ihr Blick war genauso giftig wie an dem Tag, als ich ihre Cookies gegessen hatte.

Sie tippte eine Rolle Klettband gegen ihre Hand. Ihre Mundwinkel waren in perfekter Symmetrie nach unten gezogen. Nicht der kleinste Hinweis auf ein Lächeln.

»Ich hacke das Pentagon – was denkst du denn?« Halb geöffnete Kartons standen überall auf dem Boden verteilt, außer an der Stelle, an der sie gehockt hatte. Darin befanden sich

Kabel, Klebeband und anderes Zeug. Sie duftete nach Himbeershampoo, vielleicht war es auch Bodylotion. Ähnlich wie das Zeug, das Knox' Mom immer für Gäste bereitstellte, aber ich war nicht sonderlich wählerisch.

»Brauchst du Hilfe?«

»Was willst du von mir, Dare?« Es sah aus, als wollte sie mit den Schultern zucken, doch stattdessen breitete sie ratlos die Arme aus.

»Darf ich nicht meine Hilfe anbieten?«

»Erst Moms Auto, dann mein Spind und jetzt willst du mir helfen, Zeug für die Probe zu schleppen?« Sie nahm ihre Brille ab und inspizierte sie. Sie war voller Staub, genau wie ihre Haare und Schultern, was ihr den Anschein verlieh, als hätte sie ein gewaltiges Problem mit Kopfschuppen. »Entschuldige bitte, wenn ich verwirrt davon bin, dass du nach drei Jahren plötzlich anfängst, ständig in meiner Nähe aufzutauchen, um mit mir zu reden.« Obwohl sie sich alle Mühe gab zu flüstern, schrie sie beinahe, sodass ein Hauch ihrer Singstimme durchkam. Sofort wünschte ich mir, dass sie weiter so mit mir sprach.

»Ich darf nicht mal mit dir reden?«

»Du darfst machen, was immer du willst. Nur nicht in meiner Nähe.« Sie setzte sich mit einem Ruck in Bewegung, als wollte sie mich niedertrampeln, blieb dann jedoch wenige Zentimeter vor mir stehen. Ich versperrte ihr den Weg.

»Es hat dir nichts ausgemacht, in meiner Nähe zu sein, als du mir Limonade gebracht hast. Und gestern auch nicht.« Mein Atem wirbelte die Haare auf, die ihr Gesicht einrahmten.

»Jetzt aber schon.« Sie kniff die Lippen zusammen und schluckte. »Lass mich durch, Dare.«

Ich trat beiseite, ließ ihr dabei jedoch gerade genug Platz, damit sie sich zwischen mir und dem Türrahmen hindurchquetschen konnte.

»Bis später, Bay.«

»Ich Glückspilz«, murmelte sie und verschwand wieder in der Aula.

Knox tauchte hinter der Ecke auf. »Was zur Hölle, Alter? Los jetzt.«

Ich schnappte mir meine Tasche vom Boden und folgte Knox aufs Spielfeld. Die drei Strafrunden für die Verspätung gingen schneller herum als sonst. Meine Gedanken kreisten um Bay, darum, ihr Stirnrunzeln auf Papier festzuhalten und sie wieder singen zu hören.

10

Bay

In der abgehängten Decke über uns waren Löcher. Dieses Klassenzimmer wurde auch fürs Nachsitzen benutzt, daher begann so gut wie jeder Morgen damit, dass ein Stift, der von einem genervten Nachsitzenden an die Decke geworfen worden war, klappernd auf dem Tisch von jemandem landete.

Mrs Franklin stand vor der Klasse und teilte uns mit, dass wir zehn Minuten hatten, um mit unseren Gruppenprojekten zu starten.

Ich hatte Schule nie gehasst. Es war nicht unbedingt mein Lieblingsort, aber ich hatte nichts gegen Lernen, Bühnenarbeit und Abhängen mit Piper. Manche Dinge waren jedoch auch unangenehm, wie etwa die Kältewelle, die über die Stadt hereingebrochen war und dafür gesorgt hatte, dass ich heute Morgen fast an meinem Fahrrad festgefroren war. Sollte der Frühling nicht eigentlich längst im Anmarsch sein?

Dass mich die anderen Schüler behandelten, als wäre ich unsichtbar, hatte mich am Anfang getroffen, doch mittlerweile hatte ich mich daran gewöhnt. Ich rückte einfach in den Hintergrund. Die meisten machten sich nicht mal die Mühe, meinen Namen zu lernen – ich blieb die Neue, auch wenn nach mir noch andere Schüler dazugekommen waren.

Das Gefühl, im Mittelpunkt des Interesses von jemandem zu

stehen, war deshalb mehr als befremdlich für mich. Besonders wenn dieser Jemand Dare war. Er hörte nicht auf zu starren.

Geschichte in der dritten Stunde war zu dem Kurs geworden, vor dem ich mich am meisten fürchtete. Steckte er Mrs Franklin heimlich Geld zu?

Nachdem sie das Abschlussprojekt erklärt hatte, las sie die Gruppeneinteilung vor. Am Ende der Stunde gab sie uns zehn Minuten, um unsere Tische zusammenzuschieben und zu besprechen, wie wir die Arbeit und die Präsentation in zwei Wochen planen wollten. Und so war ich auf dem unliebsamen Platz in Dares Nähe gelandet – nur dreißig Zentimeter von ihm entfernt anstelle der von mir bevorzugten drei Meter.

Jetzt wo er mir so nah war, nahm seine Präsenz meine ganze Aufmerksamkeit ein. Seine Jeans spannte sich um seine muskulösen Oberschenkel. Er wirkte, als würde er kaum in den Klassenraum passen, und zum ersten Mal spürte ich diesen Funken, den all die anderen Mädchen vermutlich fühlten, wenn sie ihn auf dem Spielfeld oder im Gang sahen. Mein Körper wurde von seinem angezogen, und ich lehnte mich unmerklich in seine Richtung.

Ich ballte die Hände unter dem Tisch zu Fäusten, ließ den Kopf hängen und schüttelte ihn. Ich weigerte mich, eins dieser Mädchen zu werden. Ich würde ihn nicht anhimmeln und schon gar nicht sprachlos und kichernd in seiner Gegenwart erröten.

Dare, Michelle, Brian und ich waren in einer Gruppe gelandet, und wenn ich mir die Gesichter der anderen so ansah, war niemand glücklich darüber.

Michelle übernahm die Führung, so wie immer. Was man eben so als Jahrgangsbeste tat.

»Wir können uns nach dem Unterricht zum Arbeiten in der Bibliothek treffen.«

»Da habe ich Training.«

»Du drückst dich doch nur davor, etwas für die Schule zu tun.« Dare gab ein abfälliges Zischen von sich und kippelte nach hinten, sodass er seinen Stuhl nur auf den Hinterbeinen balancierte. Er schaute mich an, als wären wir die einzigen Menschen im Raum. Aber diesmal flatterten keine Schmetterlinge in meinem Bauch. Stattdessen verkrampfte sich mein Magen, als würde er sich auf einen Vulkanausbruch vorbereiten.

»Wir haben in zwei Wochen Premiere, und ich sitze da am Soundboard. Außerdem bin ich mir sicher, dass wir schon alle unsere Zusagen vom College haben.« Ich wandte mich an Brian, unser viertes Gruppenmitglied, doch der schien sich lediglich darüber zu ärgern, dass er sich kein Popcorn mitgenommen hatte. Von ihm war also keine Hilfe zu erwarten.

»Ich habe Training, also geht es nach der Schule bei mir nicht«, blaffte Dare. Er starrte Michelle an. Anscheinend erinnerte er sich doch daran, dass noch andere Menschen im Raum waren.

»Wir müssen die Arbeit nächsten Dienstag abgeben und am Dienstag darauf präsentieren. Ich werde ganz bestimmt nicht alles alleine machen.« Ihre ohnehin piepsige Stimme wurde eine Oktave höher, und sie krallte die Hände um ihren Notizblock.

»Du hast doch einen Stock im A…«

»Hey, Michelle«, warf ich schnell dazwischen, bevor er zu Ende bringen konnte, was auch immer er sagen wollte. »Ich bin mir sicher, wir kriegen die Arbeit so aufgeteilt, dass niemand mehr als seinen eigenen Teil leisten muss.«

»Diese Gruppenarbeit macht fünf Prozent unserer Note aus.«

Dare starrte auf sein Blatt, in dessen Ecke er irgendwas kritzelte. »Ganze fünf Prozent? Wow, dann sollten wir wohl besser den ganzen nächsten Monat unseres letzten Jahres an der Highschool dieser Aufgabe widmen.«

Michelles Griff verkrampfte sich an ihrem Stift. »Manche von uns interessieren sich eben für ihre Schullaufbahn. Manche von uns halten ihre Verpflichtungen ein. Manche von uns sind keine egoistischen Arschlöcher.« Mit jedem Satz erhob sie sich ein Stückchen weiter aus ihrem Stuhl, bis sie die Hände auf dem Tisch abstützen musste.

Dares Blick huschte zu ihr und dann zu mir. Er folgte meinem Blick und – wenn ich mir das nicht komplett einbildete – röteten sich seine Wangen ganz leicht. Er drehte sein Blatt um und lenkte seinen Fokus wieder auf Michelle. Die Hände verschränkte er hinter dem Kopf, dabei streckte er die Ellbogen zur Seite und sein Bizeps zeichnete sich deutlich unter seinem engen schwarzen T-Shirt ab. »Kannst du vielleicht ein bisschen leiser kreischen, Chelle?« Er machte eine Handbewegung, als würde er einen Lautstärkeregler drehen.

Michelle packte die Kante ihres Tischs so fest, dass es aussah, als stünde sie kurz davor, darüber hinwegzuspringen und ihm an die Gurgel zu gehen.

»Danke.« Er zwinkerte ihr zu und lachte.

Chelle? War mal was zwischen den beiden vorgefallen? Ich hielt mich schön vom Highschool-Tratsch fern, außerdem war es ja nicht so, dass irgendjemand versuchte, mich mit einzubeziehen.

Sie stammelte vor sich hin und funkelte ihn wütend an, bevor sie etwas in ihr Notizbuch schrieb.

Mir Dare und Michelle zusammen vorzustellen war genauso seltsam wie die Vorstellung von ihm und mir.

Unmerklich ließ ich die Schultern hängen. Und genau das war der Grund, warum ich eine Idiotin mit Wahnvorstellungen war.

Dare schnappte sich das Blatt, auf dem unsere Namen standen, von meinem Tisch und überflog es.

Ich griff danach, aber er wich meinen Händen aus. »Ich war dabei, das zu lesen.«

»Das macht er immer so«, zischte Michelle, während sie sich zu mir herüberlehnte.

»Er klaut die Zettel von anderen Leuten?«

»Nein, er macht, was er will.« Sie verschränkte die Arme vor der Brust.

Er drehte das Papier und riss es in der Mitte durch.

Michelle japste und schnappte danach, wobei sie sich so weit über ihren Tisch lehnte, dass sie beinahe auf der Nase gelandet wäre.

Brian blieb ungerührt sitzen.

Dare riss die beiden Hälften noch einmal in der Mitte durch und legte dann jedem ein Viertel der Seite auf den Tisch. Michelles Stück flatterte zur Seite und landete einen Meter weiter auf dem Boden.

»Jetzt wissen wir alle, was wir zu tun haben. Wir können unsere Teile alle einem Dokument hinzufügen oder sie dir direkt schicken, Michelle. Da ich mir sicher bin, dass dein Hirn platzt, wenn du nicht alles überprüfst, bevor wir es abgeben. Für die Präsentation brauchen wir nur eine Person, die sich vorne hinstellt und alles abliest.«

»Ich mache das.« Sie sprang auf und hätte dabei um ein Haar ihren Stuhl umgeschmissen.

»Bis Samstag müssen wir alle unseren Teil fertig haben. Das gibt uns etwas Zeit, alles zu verbinden. Dann können wir uns auf die Präsentation konzentrieren.«

»Musst du nicht in zwei Wochen am Titan Combine teilnehmen?« Das war das Erste, was Brian gesagt hatte, seitdem wir unsere Tische zusammengeschoben hatten.

»Vielleicht.« Dare zuckte die Schultern. »Ich komme schon klar.«

Michelle schob ihre Papiere zusammen und klopfte damit auf den Tisch. »Perfekt. Ich erstelle ein Dokument und lade alle zum Bearbeiten ein.«

Es schellte und wir waren befreit.

Ich schob schnell alles von meinem Tisch in meine Tasche, wobei mir ein Stift herunterfiel, den ich in meiner Hast zurückließ. Ich warf mir den Rucksack über die Schulter und schob meinen Tisch an seinen Platz zurück, um Dare den Weg abzuschneiden.

Ich hatte es gerade mal um die Ecke geschafft, als er mich einholte.

»Ich musste mich noch nie so anstrengen, um mit jemandem zu reden.«

»Das lässt sich ganz einfach lösen. Hör auf damit.« Ich hielt an, um ihn anzusehen. Anscheinend würde er nicht einfach mit dem aufhören, was auch immer er vorhatte.

»Warum willst du nicht mit mir reden?« Ich blieb stehen und verschränkte die Arme, statt meine Flucht fortzusetzen. Egal, wie schnell ich lief, mit seinen langen Beinen wäre es für ihn ohnehin nur ein bequemer Spaziergang.

»Warum willst du mit mir reden?« Ich starrte ihn an und versuchte, ihn mit meinem sengenden Blick zu verscheuchen, doch er grinste nur noch breiter.

»Warum so abweisend?«

»Warum weichst du aus?«

Er hob die Mundwinkel auf eine Art, die wahrscheinlich die meisten Mädchen in die Knie gehen ließ, während sie sich in eine schmalzige Pfütze aus Hormonen und nervösem Augengeklimper verwandelten. Hier und da war ich schon in diese Gefilde abgedriftet, aber er würde mich nicht kleinkriegen.

»Du erinnerst dich nicht, oder?« So wie sich seine Pupillen weiteten, hatte mein Versuch, sinnlich zu klingen, wohl gefruchtet.

Im Angesicht seines intensiven Blicks blieb mir fast die Luft weg. Seine grauen Augen blieben fest auf meine gerichtet.

Er stützte sich mit einem Arm an der Wand ab, so als würde er sich darauf vorbereiten, dass ich mich ihm an den Hals warf, sobald ich damit aufhörte, so zu tun, als wäre ich schwer zu haben. Sein laszives Grinsen glühte regelrecht. »Nicht im Geringsten.«

Ich beugte mich dicht zu ihm hinüber, da ich wollte, dass er jedes Wort hörte, das ich zu sagen hatte. »Vielleicht, weil ich mich gut genug für uns beide erinnere.«

Er runzelte kurz die Stirn, bevor er sich wieder fing und sich ebenfalls nach vorne lehnte. Bei wie vielen anderen Mädchen hatte er diese Methode wohl bereits angewandt?

»Es war zwischen der dritten und vierten Stunde an meinem ersten Tag hier. Ich hatte mich verlaufen und wusste nicht, wo ich hinmusste.« Dass ich es so lange ausgehalten hatte, war ein Meilenstein für mich gewesen. Ich war nur einmal spontan in Tränen ausgebrochen, und da hatte ich es noch rechtzeitig zu den Toiletten geschafft, sodass es niemand mitbekommen hatte. Damals waren die Wogen der Trauer noch heftig gewesen und hatten mich manchmal so plötzlich überkommen, dass ich kaum noch hatte atmen können. Wenn ich jedoch von anderen Leute umgeben gewesen war, hatten sich die Wellen abgeschwächt, anstatt wie ein Tsunami über mich hereinzubrechen. Zur Schule zu kommen hatte sich gut angefühlt – bis es das nicht mehr getan hatte.

»Du bist durch diese Tür da geplatzt.« Ich zeigte über seine Schulter. Den sexy Unterton meiner Stimme hatte ich inzwischen aufgegeben. »Dein Rucksack muss nicht richtig zu gewesen sein, denn er ist am Türgriff hängen geblieben und alles ist rausgefallen. Bücher, Stifte, Zettel sind in alle Richtungen geflogen. Dein Herumfluchen hat zwar dafür gesorgt, dass sich einige zu dir umgedreht haben, aber niemand hat dir geholfen.« Sie hatten alle gewusst, was mir nicht bewusst gewesen war. Alle hatten Abstand gehalten, nur ich Idiotin hatte nicht damit gerechnet, dass ich mich selbst hätte schützen sollen.

»Also hab ich mich zu dir gehockt, um dir zu helfen. Ich habe ein Buch aufgehoben, das durch den Gang gerutscht und gegen die Spinde geknallt war, und habe es dir hingehalten.«

Meine fröhliche Lass-uns-Freunde-sein-Naivität bereitete mir im Nachhinein Bauchschmerzen.

»Du hast mich angestarrt, als hätte ich dich geschubst. Alle haben sich zu uns umgedreht, als du geschrien hast: ›Nimm deine Scheißhände von meinen Sachen.‹« Ich gab meine beste Dare-Imitation zum Besten. Die Worte und sein Tonfall hatten sich in mein Gehirn eingebrannt.

Sein breites Grinsen stockte und verschwand, als hätte jemand es weggewischt.

»Deine Lippe hat geblutet, und ich habe mir gedacht, du musst einen beschissenen Morgen gehabt haben. Du hast mir das Buch aus der Hand gerissen und mich wütend angestarrt. Ich hab gelächelt, weil ich dachte, du merkst, dass du dich wie ein Arschloch benimmst. Es hat geschellt, und alle Leute kamen aus den Klassenräumen in den Flur.« Meine Kehle wurde eng.

»Und du hast gesagt: ›Wer bist du überhaupt, die Neue? Regel Nummer eins der Greenwood Senior High lautet: Fass meine verdammten Sachen nicht an. Tipp des Tages für die Neue.‹«

Er riss den Kopf ruckartig zurück. In seinem Blick lag Unbehagen, aber kein Anzeichen davon, dass er sich an den Vorfall erinnerte. Er nahm den Arm von der Wand und schluckte schwer, während er zurückwich und den Blick senkte.

»Du erinnerst dich nicht?«

Er fuhr sich mit den Fingern durch das Haar. »Nein.« Sein Nacken wurde knallrot, und er trat von einem Fuß auf den anderen, als würde er sich in seiner eigenen Haut plötzlich nicht länger wohlfühlen.

»Ich werde jeden Tag daran erinnert, wenn mich jemand ›Neue‹ nennt. Also, was immer du auch vorhast«, ich fuchtelte mit der Hand zwischen ihm und mir hin und her, »ich will damit nichts zu tun haben.« Ich zog den Reißverschluss an meinem Rucksack ruckartig zu und schwang ihn mir über die Schulter.

»Ich habe nichts vor.« Er atmete so schwer aus, als hätte er seit Tagen den Atem angehalten. »Ich habe gehört, wie du auf der Hintertreppe Gitarre gespielt hast. Und der Song hat mir gefallen, das ist alles. Die Art, wie du spielst …« Der Griff um seinen Rucksackgurt wurde noch fester. »Das war wunderschön.«

Seine Worte klangen ehrlich und aufrichtig, sie rissen den Schutzwall ein, den ich um mich herum aufgebaut hatte, wenn es um Dare ging. Wie sich herausstellte, hatte er bloß aus Pappmaschee bestanden.

Ich schluckte schwer, meine Kehle war so eng, dass es sich anfühlte, als würde ich durch einen Strohhalm atmen. Damit löste sich die Hoffnung, dass ich nicht laut genug gespielt hatte, in Luft auf. »Du hast mich gehört?«

»Deine Stimme.« Seine Miene blieb ernst. Kein Lächeln, oder Grinsen, kein Necken oder Flirten. »Sie … dafür gibt es keine Worte.«

Mein Herz raste so schnell, dass es mir fast aus der Brust sprang. Jetzt war ich an der Reihe, die Farbe eines Flamingos zu imitieren. »Keine große Sache«, sagte ich schulterzuckend.

»Du hast mich spielen gehört – und jetzt? Tauchst du überall auf, wo ich bin?«

»Sorry, dass ich versuche, eine neue Freundin zu gewinnen.« Er ließ sich mit dem Rücken gegen die Wand fallen und starrte die Spinde auf der anderen Seite an, als würde er jedes Wort glauben, das er von sich gab.

»Es sind nur noch zwei Monate bis zum Abschluss. Ich bin seit drei Jahren hier, Dare. Warum ausgerechnet jetzt?« Ich breitete die Arme aus.

»Vielleicht habe ich dich vorher nicht gesehen.«

Ein harscher Laut entrang sich meiner Kehle. »Da wärst du nicht der Einzige.«

Er drehte den Kopf, und sein Blick kollidierte mit meinem. Seine grauen Augen strahlten Bedauern aus.

Ich konnte nicht wegsehen.

»Was ich getan habe, tut mir leid, Bay. Ich hätte dich nicht anschnauzen sollen, das war falsch. Ich habe Scheiße gebaut, und ich werde dafür sorgen, dass alle aufhören, dich ›die Neue‹ zu nennen.«

Und einfach so verpuffte sie: die Last, die ich mit mir herumgetragen hatte. Der innere Konflikt, den ich gespürt hatte, wenn ich an ihn dachte, wurde mit nur drei Sätzen von ihm beendet. »Ich vergebe dir.«

»Das musst du nicht.«

Der Groll, den ich ihm gegenüber gehegt hatte, fühlte sich jetzt albern an. Ich war wütend wegen etwas gewesen, an das er sich nicht einmal mehr erinnerte. »Der Abschluss steht so kurz bevor, und dann bin ich hier weg. Ich werde eh nie wieder zurückblicken, es ist also egal.«

»Mir ist es nicht egal.« Seine Augen schienen zu glühen.

Mein Atem bebte. »Vergeben und vergessen. Alles okay, mach dir keine Gedanken.«

Dare kniff die Lippen zusammen und nickte grimmig. Er hatte die Hände in den Hosentaschen vergraben und starrte auf den Boden. »Was ist mit deinem Lied?«

»Ich weiß nicht mal, ob ich es zu Ende bringen kann. Könnte also sein, dass du lange darauf warten musst.«

»Warum? Warum kannst du es nicht beenden?« Es klang, als würde er sich wirklich Gedanken darum machen, warum ich den Song, den ich auf meiner Hintertreppe gesungen hatte, nicht fertig schreiben konnte.

»Warum interessiert dich das so?«

»Warum weichst du aus?«

Ich wand mich im Rampenlicht von Dares Blick. Weshalb musste ausgerechnet er derjenige sein, der mich sah? Konnte es nicht jemand anders sein, jemand, der weniger gefährlich war?

»Hat dich die Langeweile gepackt? Hast du schon alle flachgelegt, die leicht zu haben sind, und suchst jetzt nach einer Herausforderung?«

Nun kehrte sein Lächeln zurück, seine Miene nahm einen frechen Zug an. »Das ist jetzt schon das zweite Mal, dass du mir gegenüber Sex erwähnst. Warum läuft es bei dir immer darauf hinaus? Irgendwas sagt mir, dass du wesentlich mehr über Sex nachdenkst als ich.«

»Warst du nicht gerade erst dabei, dich dafür zu entschuldigen, dich wie ein Arsch zu verhalten?«

»Nur weil ich auf deine eigenartigen Gesprächsthemen hinweise, bin ich doch kein Arsch.« Die Art, wie er da an der Wand lehnte, zeugte kein bisschen mehr von Anspannung.

»Ich habe für so was keine Zeit. Musst du nicht zum Training?«

»Das kann warten.«

»Tja, meine Probe nicht. Danke, dass wir diese Sache endlich abschließen konnten. Ich lass es dich wissen, wenn ich den

Song fertig habe.« Ich hätte in diesem Moment alles getan, um ihn endlich loszuwerden und wieder zu Atem kommen zu können. Der Dare-Effekt war mit voller Wucht zurück, und meine vorübergehende Immunität ließ langsam nach.

»Bis später, Bay.« Er trat einen Schritt zurück.

Die Art und Weise, wie er das sagte, machte deutlich, dass es kein beiläufiger Abschied war. Es war ein Versprechen. *Fuck.*

11

Dare

Mit dem Skizzenblock auf meinem Schoß lehnte ich mich in meinem Stuhl zurück. Das rhythmische Kratzen des Bleistifts auf dem rauen Papier beruhigte meine Nerven. Ich war früh aufgewacht und senkrecht im Bett hochgeschreckt.

Ich hatte meine Tür entriegelt und nachgesehen, ob ich alleine im Haus war. Früh am Morgen von einem Betrunkenen geweckt zu werden fand ich immer extrem unangenehm. Aber ich war allein.

Anschließend hatte ich mich wieder in meinem Zimmer eingeschlossen und viel zu lange an die Decke gestarrt, bevor ich dann doch dem Drang nachgegeben hatte, den Block aus der verschließbaren untersten Schublade des Schreibtisches zu holen, den ich vor ein paar Jahren am Straßenrand gefunden und hochgeschleppt hatte.

Ich strich mit den Fingern über die glatte, helle Oberfläche des Skizzenbuchs, für das ich extra in die Nachbarstadt gefahren war. Ein Stapel alter Skizzenhefte mit vergilbten, abgegriffenen Blättern lag darunter. Sie waren mit der Zeit ganz wellig geworden, und die Buchdeckel aus Pappe hatten sich verbogen.

Mein Kopf wurde leer, und ich füllte das Papier mit Linien, die zusammenkamen und eine Form bildeten. Zuerst wirkte das Ganze noch abstrakt, doch nach und nach kamen Details und Schattierungen hinzu, die dem Bild Leben einhauchten.

Bays Song spielte sich in solchen Momenten in Dauerschleife in meinen Gedanken ab. Solange sie ihn nicht beendete, würde ich nicht in der Lage sein, ihn loszulassen.

Durch die Musik in meinem Kopf drang Gelächter.

Ich ließ den Block und den Stift auf meinem Bett liegen und trat ans Fenster.

Schnee überzog die Nachbarschaft und ließ sie wie eine lebendig gewordene Weihnachtskarte aussehen. Alles war von makellosem, unberührtem Weiß bedeckt, außer Bays Garten. Dort befanden sich Fußabdrücke, Pfade führten durch den Schnee und gaben die Sicht auf das junge Gras frei.

Molly musste von ihrer Schicht heimgekommen sein. Bay sprang vor und zurück, ihre Wangen waren feuerrot, und die kleinen Wölkchen, die ihr Atem bildete, waberten vor ihrem Gesicht umher. Sie hatte regenbogenfarbene Handschuhe an, mit denen sie Schneebälle formte.

Die OP-Hosen von Bays Mom waren unten dunkler als oben, feucht vom losen Schnee. Auch sie formte Schneebälle, die sie dann in Bays Richtung schleuderte. Sie zerstoben in der Luft und überschütteten sie beide mit Flocken. Die beiden ließen sich davon nicht beirren, sondern warfen weiter unförmige Schnellbälle nacheinander.

Dann ließen sie sich in den Schnee fallen und bewegten Arme und Beine hin und her, um Schneeengel zu machen. Bay war von oben bis unten weiß, ihre Nase war so rot, dass ich sie von hier aus sehen konnte. Schnee haftete an ihrem Mantel und ihren Haaren. Der Anblick erschien so perfekt, als wäre sie am Set eines Films.

Ohne darüber nachzudenken, was ich tat, fischte ich meine Stiefel aus dem Schrank und schnappte mir meinen Mantel.

Ich sprang auf den Stufen auf und ab, um meine Füße einen nach dem anderen in die warmen Stiefel zu zwängen. Meine Handschuhe waren noch in meinen Jackentaschen, ich zog sie mir hastig an und half mit den Zähnen nach, bis sie richtig saßen. Dann schlüpfte ich kurz in die Garage, um die Schaufel zu holen. Auf halbem Weg um den Block herum wiederholte ich noch einmal die Geschichte, die ich mir unterwegs ausgedacht hatte.

Warum tat ich das? War das besser oder schlimmer, als wie ein Stalker in meinem Zimmer zu hocken und sie zu beobachten, wie sie im Garten herumrannte und spielte? Schnee bedeutete normalerweise eiskaltes Training mit durchnässten Pads oder während eines Spiels auf dem Feld kaum etwas sehen zu können und sich bereits vor dem Moment zu fürchten, wenn man wieder hinein ins Warme musste. Denn schlimmer als das Gefühl in den Fingern und Zehen zu verlieren, war nur, wenn es wieder zurückkehrte.

Aber heute gab es kein Training. Kein Spiel. Nur Bay, die lachend herumrannte und schnaufte und lächelnd im Schnee spielte.

In meiner Eile, den Häuserblock zu umrunden, rutschte und schlitterte ich über den Gehweg. Es war noch niemand sonst zum Schaufeln oder Salzstreuen draußen.

Je näher ich ihrem Haus kam, desto lauter wurde ihr schallendes Lachen. Sie waren also noch nicht wieder hineingegangen. Meine Schritte wurden langsamer. Ich hatte sie nicht verpasst.

Molly hatte ihr Auto am Straßenrand abgestellt. Der Schnee hatte sich auf der Steigung ihrer Einfahrt so hoch aufgetürmt, dass sie dort nicht parken konnte.

Ich senkte die Schneeschippe, kratzte damit über den Betonboden und warf den Schnee zur Seite. Bay und Molly kamen mit rosigen Wangen und schwer atmend hinter dem Haus hervor.

Als sie mich und die Schaufel entdeckten, blieben sie stehen.

»Dare, wie schön, dich zu sehen.« Molly zog die Handschuhe aus und schob sie in ihre Jackentaschen.

»Hey, Dare.« Die Art, wie Bay meinen Namen sagte, war nicht mehr so argwöhnisch und misstrauisch wie früher – der Klang jagte mir ein Kribbeln über den Rücken. Sie sagte es, als wären wir Freunde, keine Nachbarn, die sich gerade erst kennengelernt hatten und sich nicht sonderlich mochten.

»Ich habe eine Schaufel.« Ich verzog das Gesicht und hielt mich mit den Händen am Stiel fest, um mich davon abzuhalten, mir selbst für meine Unbeholfenheit eine Hand vor die Stirn zu schlagen. »Ich kann eure Einfahrt freischaufeln.« Dabei zeigte ich auf den Schneehaufen und den Fortschritt, den ich schon gemacht hatte.

»Das ist aber nett. Ich hole nur schnell meine Tasche aus dem Auto.«

»Lass mich das machen.« Ich winkte sie zurück und bahnte mir einen Weg durch den Schneematsch. Dabei rutschten mir die Füße weg, ich knallte gegen die Seite des Autos und hielt mich am Dach fest.

»Dare«, rief Bay und klang dabei unerwartet besorgt.

Da mein Gesicht gegen das kalte Metall gepresst wurde und die beiden meine Züge nicht sehen konnten, gönnte ich mir ein Schmunzeln. Während ich mich mit den Händen am Dach festhielt, öffnete ich die Tür und angelte Mollys Tasche heraus.

Auf dem Rückweg über den heimtückischen Pfad zum Haus starrte Bay mich mit großen Augen an, als würde ich einen Fluss aus Lava überqueren. Stolz schwellte meine Brust und ich konnte mich gerade noch davon abhalten, die Tasche triumphierend hochzuhalten, als ich bei den Stufen ankam, wo sie auf mich warteten.

»Habt ihr Streusalz?«

»In der Garage. Danke, Dare. Ich hab gar nicht gemerkt, dass es so rutschig geworden ist.«

»Die Sonne lässt den Schnee schmelzen, aber weil der Boden noch immer so kalt ist, gefriert er direkt wieder. Ich hole das Salz und kümmere mich darum.«

»Du bist ein Lebensretter, Dare.« Molly ging ins Haus.

Bay blieb noch einen Augenblick auf der Vordertreppe stehen. Dann nickte sie kurz und verschwand ebenfalls im Inneren.

Ich nickte und schaufelte weiter.

Die Tür wurde sanft geschlossen, nicht zugeknallt, wie ich es gewohnt war.

Es dauerte nicht lange, bis der Song in meinem Kopf von Neuem begann, so nah an ihrem Haus war er allerdings lauter. Als ich mit der Einfahrt fast fertig war, hörte ich, wie die Fliegengittertür quietschte.

Bay stand mit verschränkten Armen im Eingang und rieb sich mit den Händen über die Arme, wobei sie auf und ab hüpfte, um der eisigen Kälte entgegenzuwirken.

»Mom hat heiße Schokolade gemacht, wenn du welche möchtest. Ist selbst gemacht. Aber du musst ni…«

»Sehr gerne.« Mein Magen knurrte. Ich war nicht hergekommen, um Essen zu schnorren, aber ich würde das Angebot sicher nicht ablehnen.

Sie nickte. »Komm einfach rein, wenn du fertig bist.«

»Habt ihr noch mehr Salz?«

»Vielleicht? Vermutlich eher nicht.«

»Ich hab noch welches zu Hause. Kann ich später vorbeibringen, aber es wird schon wärmer, also sollte es so in Ordnung sein. Ich will nur nicht, dass es heute Nacht wieder gefriert, wenn deine Mom bei der Arbeit ist.«

»Das würde sie sehr zu schätzen wissen.«

Bay verschwand wieder und ließ mich in der Einfahrt zurück, während mein Atem in der morgendlichen Stille weiße Wölkchen bildete.

Als ich fertig war, lehnte ich die Schaufel gegen die Garage.

Mit tauben Fingern öffnete ich die Eingangstür. Während ich mit den Füßen stampfte und meine Stiefel gegen die oberste Betonstufe kickte, pustete ich mir in die Hände. Nach der eiskalten Schaufel kam mir sogar der Türgriff warm vor.

Durch die gemütliche Wärme, die mich begrüßte, fühlte ich mich hier innerhalb von drei Minuten mehr zu Hause als in dem Haus, in dem ich lebte, seitdem ich denken konnte. Unter meinen Füßen bildeten sich Pfützen, und ich fluchte leise.

Molly kam gähnend aus der Küche und hielt sich eine Hand vor den Mund, während sie in der anderen eine Tasse heiße Schokolade hielt.

Ich drückte den Rücken gegen die Tür. Mist. »Soll ich die draußen lassen?« Die Feuchtigkeit meiner Stiefel breitete sich aus.

»Mach dir darum keine Gedanken, mein Lieber. Zieh deine Stiefel ruhig aus. Wir klauen sie nicht, versprochen.«

Ich zog sie aus und stellte sie neben ihre.

»Komm in die Küche. Da wird dir wieder warm.« Sie winkte mich zu sich herüber.

Die Küche war so klein wie meine, aber man erkannte, dass sich in den Jahren jemand darum gekümmert hatte. Die Schränke und Arbeitsfläche waren alt, aber gut gepflegt. In der Ecke stand ein Tisch für vier, an dem aus Platzmangel nur drei Leute sitzen konnten. Und einer der Stühle war besetzt.

Bay saß am Tisch, die Hände um eine Tasse geschlungen, auf der *Ja, dafür musst du zahlen* stand. Sie hatte sich umgezogen und trug nun ein langärmliges Band-Shirt von *Queen* und Flanell-Schlafshorts. Diesmal waren keine Cartoon-Figuren darauf abgebildet. Die feuchten Haare hatte sie sich auf dem Kopf zusammengesteckt.

Ich zog mir den Stuhl ihr gegenüber heraus. Bei dem köstlichen Geruch im Raum lief mir das Wasser im Mund zusammen, und ich fürchtete fast, ich könnte eine Pfütze bilden wie der tauende Schnee an meinen Stiefeln.

Sie schob mir die Tasse zu, die in der Mitte des Tisches stand. »Es gibt auch Zimtschnecken.« Ihre Stimme klang gedämpft, weil sie gleichzeitig einen Schluck Schokolade nahm.

Ich drückte die Hände auf die Oberschenkel, um nicht sofort nach dem Essen zu greifen. Ich hatte es schon viel länger ohne ausgehalten.

Während ich langsam auftaute, beobachtete ich die vertraute Art, mit der die beiden miteinander umgingen. Ich hatte das schon öfter beobachtet, aber nicht aus nächster Nähe.

Molly holte die Zimtschnecken aus dem Ofen und Bay nahm drei Teller aus dem Schrank. Sie musste sich dafür auf die Zehenspitzen stellen, wodurch ihre Shorts an ihren Oberschenkeln hochrutschten und einen Teil ihres runden Pos entblößten.

In diesem Moment war ich verdammt froh, noch halb gefroren zu sein. In unangemessenen Situationen einen Ständer zu kriegen war in meinem Alter vermutlich nicht mehr entschuldbar.

»Magst du keine heiße Schokolade?« Molly schob mir einen Teller mit einer Zimtschnecke zu, die großzügig mit Zuckerguss übergossen war.

Bei dem warmen, leckeren Duft, der meine Lungen füllte, lief das Wasser in meinem Mund beinahe über.

»Doch, sehr gern. Aber ich hab noch auf die Zimtschnecke gewartet.« Ich hatte bisher noch nicht einmal an meiner Tasse genippt, denn ich war damit beschäftigt gewesen, Bay zu beobachten und mich nicht wie ein Neandertaler auf das Essen zu stürzen. Die Tasse war noch warm und der vollmundige Geschmack bedeckte meine Zunge. Die Gewürze ließen mich an Weihnachten denken, wie ich es aus dem Fernsehen kannte, wo die Familien Pyjamas im Partnerlook trugen und lachten, während sie vor dem beleuchteten Hintergrund eines wunderbar nicht perfekten Baums ihre Geschenke auspackten.

»Das ist köstlich.« Ich trank die Tasse viel zu schnell leer und trug als Strafe eine pelzige Zunge davon. Der Geschmack und mein leerer Magen hatten den Schmerz der Verbrennung verdrängt.

»Hier, es gibt noch mehr.« Molly schenkte mir nach, bevor sie wieder gähnte. »Ich gehe mich aufs Ohr legen. Danke noch mal, Dare. Und da ist noch mehr heiße Schokolade, falls du noch welche mitnehmen möchtest. Ich bin mir sicher, Bay kann auch ein paar ihrer Zimtschnecken entbehren.« Sie drückte Bay einen Kuss auf den Kopf und ließ uns beide allein in der Küche zurück.

»Du hast die gebacken.« Ich nahm noch einen Bissen der zuckrigen Schnecke.

Bay wurde rot und zuckte die Schultern. »Ich habe vor ein paar Monaten einen Haufen davon gemacht und ein paar eingefroren. Sie sind schrecklich aufwendig.« Sie rollte eine der Schnecken auseinander und riss ein Stück ab, bevor sie es sich in den Mund steckte. »Aber ich mache gerne welche für Mom, wenn sie von der Arbeit kommt.«

Für mich hatte noch nie jemand etwas so Nettes getan.

»Sie sind sehr lecker.«

»Aber sie haben etwas Gefrierbrand. Ich muss sie aufessen, bevor sie ungenießbar sind.«

»Ich glaube nicht, dass sie das jemals sein könnten.«

»Du kannst so viele mitnehmen, wie du willst. Ich hole dir schnell eine Dose.« Sie sprang auf und wühlte in einer Schublade.

Im einen Moment unterhielten wir uns nett, und im nächsten versuchte sie schon, mich loszuwerden.

»Kann ich noch mehr heiße Schokolade haben?« Ich schüttelte meine Tasse.

Mit einem Pfannenwender in der Hand blieb sie vor dem Ofen stehen und beförderte drei der Zimtschnecken in eine Frischhaltedose.

»Klar.« Sie streckte die Hand aus.

Die Stuhlbeine schabten über das Linoleum, als ich aufstand. Ich brauchte weniger als zwei Schritte, um durch die Küche zu ihr hinüberzugehen. Ihre Haare waren nicht länger feucht. Zurück blieb ein unordentlicher Dutt, aus dem ein paar Haarsträhnen herausgefallen waren, die sich an ihren Ohren und im Nacken kräuselten.

Als sie sich umdrehte, japste sie, weil sie mir fast gegen die Brust gelaufen wäre.

Vielleicht stand ich ein bisschen zu nah, doch ich bewegte mich keinen Zentimeter.

Sie roch jetzt nach in Schokolade getränkten Himbeeren. Gab es so etwas überhaupt? Wenn nicht, sollte man es erfinden.

»Hast du deinen Teil der Gruppenarbeit schon eingereicht?« Sie nahm mir meine Tasse ab und füllte sie auf. Dabei nutzte sie sie wie einen Schild zwischen uns, bevor sie sie mir entgegenhielt und wieder ihren Platz am anderen Ende des Tisches einnahm.

»Schon erledigt. Eine kreischende Michelle entspricht nicht gerade meiner Vorstellung von Spaß.«

»Meiner auch nicht.«

Langsam nippte ich an meiner heißen Schokolade, entschlossen, mehr über Bay herauszufinden.

»Was ist dein Plan fürs College?«

Ihr Kopf schoss hoch, und sie schob sich noch ein Stück Gebäck in den Mund.

»Aufs College gehen ist der Plan.«

»Schon klar. Aber wo?«

Sie musterte mich abschätzend, bevor sie ein weiteres Stück in die Pfütze aus Zuckerguss auf ihrem Teller tunkte. Was auch immer der Test gewesen war, ich hatte ihn anscheinend bestanden. »Ich warte noch auf den Brief für das Stipendium für meine erste Wahl. Ich möchte auf ein College in Kalifornien.«

Ich pfiff leise. »Das ist weit weg.«

»Dort gibt's alle Kurse, die ich gerne belegen möchte. Aber wenn das Stipendium nicht reicht, bleibe ich im Staat. Und du?«

Nun bedachte sie mich mit einem herausfordernden Blick, als würde sie damit rechnen, dass ich nicht vor ihr blankziehen würde, obwohl ich das Gleiche gerade von ihr verlangt hatte. Oh, ich würde definitiv vor ihr blankziehen. Dennoch schüttelte ich den Kopf, denn es gab nichts zu erzählen. Ich stand mit leeren Taschen und einer leeren Zukunft da. Es waren noch zwölf Tage bis zum Titan Combine.

»Mir bleiben noch ein paar Wochen, bis die Entscheidungsfrist abgelaufen ist. Ich muss entscheiden, welche Schule mir die besten Möglichkeiten für eine Profi-Karriere bietet.«

»Das ist eine wichtige Entscheidung. Ich weiß nicht mal, ob mir mein Abschluss später bei der Jobsuche hilft.«

»Was willst du studieren?«

»Rechnungswesen und Tonproduktion – Musikproduktion.« Sie räusperte sich.

»Du willst Sängerin werden.«

»Nein … Nein, ich will Musik produzieren. Singen ist eine ganz andere Kragenweite, und ich bin nicht mal sicher, ob ich dafür überhaupt aufs College gehen sollte. Wahrscheinlich bräuchte ich dafür eher einen alten Van, mit dem ich durch die Gegend fahren könnte, um bis zu meinem großen Durchbruch in versifften Kneipen zu spielen. Danach wäre ich für fünf Alben an eine Plattenfirma gebunden, bei der ich kaum einen Cent meines Geldes sehen würde, bevor ich sie verklagen und endlich mein eigenes Ding machen könnte.« In ihrer Stimme lag ein Hauch von Sehnsucht, bevor sie den Kopf schüttelte und lachte.

»Du lässt die Musikindustrie ja richtig positiv erscheinen.«

»Sorry, hab zu viele Musikdokus gesehen.« Auf der Arbeitsplatte vibrierte ihr Handy. »Piper ist auf dem Weg hierher«, sagte sie in einem Also-verschwinde-Tonfall.

»Ich muss los.« Ich sah auf meine nicht vorhandene Uhr. »Es ist schon zehn.«

Noch ein wohlverdientes Schmunzeln. »Elf, um genau zu sein. Danke fürs Schaufeln.«

»Ich bringe später noch das Streusalz vorbei, damit über Nacht nicht wieder alles zufriert.« Beim Anziehen meiner Stiefel stützte ich mich an der Wand ab. So hatte ich wenigstens einen Grund, wieder vorbeizukommen.

»Das musst du nicht. Nach dieser Kältewelle soll es morgen auf die fünfzehn Grad zugehen, also dürfte bald alles schmelzen. Du hättest heute wahrscheinlich gar nicht schaufeln müssen. Wir hätten es einfach aussitzen können.«

Während ich versuchte, Gründe zu finden, sie zu sehen, suchte sie nach Gründen, mich loszuwerden. Was tat ich da nur und warum quälte ich mich selbst so?

12

Bay

Die Blasmusik plärrte durch die geschlossene Sporthalle. Ohrenbetäubender Lärm ließ das Holz unter meinem Hintern vibrieren, sodass ich leicht nach rechts geschoben wurde. Wenn das noch länger anhielt, würde es nicht mehr lange dauern, bis ich von der Bank auf den abgenutzten Boden der Halle rutschte. Dem Basketballplatz wurde nicht die gleiche Liebe zuteil wie dem Football-Feld, aber das Aufwärmspiel mitsamt der dazugehörigen Feierlichkeiten unserer Schule war vom Regen nach drinnen verbannt worden.

»In den nächsten sechs Monaten findet nicht mal ein Spiel statt.«

Piper saß neben mir und wedelte so enthusiastisch mit ihrem Cheerleader-Pompon wie eine Schildkröte, der man ein starkes Beruhigungsmittel verabreicht hatte. »Du vergisst den Bedlam Bowl. Letztes Jahr haben danach vier Juniors einen Vertrag unterschrieben.«

Ich musterte sie mit zusammengekniffenen Augen.

Sie zuckte lediglich mit den Schultern. »Was denn? Ich bekomme so was halt mit. Außerdem solltest du mittlerweile wissen, dass die Vorstellung der Startformation für die nächste Saison inzwischen genauso viel Aufmerksamkeit bekommt wie das Homecoming oder jede andere Football-Aktivität.« Der

Elan in ihrer Stimme war genauso fake wie die Sonnenbräune von mindestens der Hälfte der Leute in dieser viel zu lauten, überfüllten Sporthalle. »Das Equipment der Bühnen-AG wird buchstäblich von Isolierband zusammengehalten.« Sie klemmte sich den Pompon unter den Arm.

»Ohne Scheiß, ich habe mindestens fünfmal eine gewischt gekriegt, während ich euch beim Aufbau geholfen habe. Aber wenn es um Events wie dieses geht, scheint es nie einen Engpass bei den finanziellen Mitteln zu geben.« Ich konnte die Augen kaum aufhalten, weil ich letzte Nacht weniger als drei Stunden geschlafen hatte.

»Wenigstens mussten wir uns heute nicht umziehen und zum Sportunterricht gehen?«

»Immer nur das Positive sehen.« Ich lachte und schrieb eine Antwort in die letzte Spalte meiner Hausaufgaben. Nach der Schneeballschlacht und den zwei Tassen heißer Schokolade mit Dare war nicht mehr genug Zeit für alle meine Hausaufgaben gewesen.

»Du musst jetzt ganz cool bleiben.« Piper krallte die Finger in meinen Unterarm.

»Was soll der Todesgriff?« Ich funkelte sie an.

»Bleib cool! Dare guckt dich an.«

Die Finger, mit denen ich den Textmarker hielt, verkrampften sich unwillkürlich, wodurch die Linie, die ich ziehen wollte, wie ein wild gewordenes Diagramm über den Rand des Notizblocks hinausschoss. Ohne aufzusehen, blätterte ich die Seite um. Das Letzte, was ich jetzt gebrauchen konnte, war, dass Piper mitbekam, das da mehr los war, als sie ahnte. Sie war wie ein Bluthund, wenn es um die Highschool-Hierarchie ging, und es hatte definitiv eine Erschütterung der Macht gegeben.

»Tut er nicht.« *Bitte, lass ihn nicht in diese Richtung schauen.* Vielleicht saß ja jemand hinter mir.

»Doch, tut er.« Sie starrte weiterhin nach unten in die Mitte der Turnhalle. »Läuft hier irgendwas? Er hat niemanden so lange angeguckt wie dich.«

»Piper.« Ich legte den Textmarker in die Mitte meines Blocks und ließ die Seiten zuklappen. »Er guckt nicht …«

Unser Platz auf der Tribüne war perfekt für Leute, die zu spät kamen oder so früh wie möglich von dieser Pflichtveranstaltung abhauen wollten. In der Mitte des Spielfelds war die ganze Mannschaft aufgereiht, und dahinter stand der Coach, der aussah, als wäre er kurz davor, ein Aneurysma zu bekommen. Sein Gesicht war knallrot, und die Adern an seinem Hals und der Stirn erinnerten an eine topografische Karte der Rocky Mountains.

Er stellte die Startaufstellung des Teams vor und pries die Tradition des Bedlam Bowls, in dem die Juniors gegen die Seniors spielen würden, wobei er die Bedeutung des Ganzen maßlos übertrieb und sogar erzählte, dass jedes Jahr mindestens acht Juniors nach dem Bowl innerhalb einer Woche ein Vertragsangebot bekämen.

Dare schaute mit hinter dem Rücken verschränkten Händen geradewegs in meine Richtung. Sein Blick machte deutlich, dass er diesen ganzen Zirkus total satthatte.

Mein Magen vollführte Saltos in meinem Bauch. Mein letztes Jahr an der Highschool war gerade um einiges länger geworden, da ich offensichtlich einen Crashkurs in ›Wie gehe ich Dare aus dem Weg?‹ nötig hatte.

Das katastrophale Football-Brimborium mit radschlagenden Cheerleadern und der ohrenbetäubenden Interpretation der Blaskapelle von ›Hey Look Ma, I Made It‹ von *Panic! At The Disco* wollte unterdessen kein Ende nehmen. Hörte denn nie jemand bei den Strophen zu, statt nur auf den Refrain zu achten? In seiner zehnminütigen Rede merkte der Coach mindestens zehnmal an, dass dieses Team in die Geschichte der Greenwood Senior High eingehen würde.

Er erwähnte außerdem, dass in etwa einer Woche mehr als die Hälfte des Teams beim Titan Combine mitmachen würde, wo sie den Scouts ihr athletisches Talent vorführen konnten. Dares Blick schnellte zum Coach hinüber. Würde er auch dabei sein? Wo würde er nächstes Jahr aufs College gehen? Als ich ihn am Samstag danach gefragt hatte, war er mir ausgewichen.

»Wie viele von diesen selbstgefälligen Reden müssen wir noch über uns ergehen lassen, bevor man uns erlöst?«

»Die offizielle Trophäe ist noch nicht angekommen. Wir haben also noch mindestens zwei vor uns«, antwortete Piper wenig hilfreich.

Wir standen auf. Nicht etwa weil wir uns von der aufgeregten Stimmung hatten anstecken lassen, sondern weil wir schnell fliehen mussten, bevor wir im Gedränge der überfüllten Flure festsaßen.

Wir sprangen – oder eher stolperten – von unseren Plätzen hoch und schafften es, der Menge mit ihren wedelnden Plastikpompons und Wimpeln zu entgehen, und eilten aus der Sporthalle. Flyer für den Talentwettbewerb lösten sich flatternd vom Schwarzen Brett neben der Tür, als alle in die Freiheit stürzten.

Mit geschicktem Ducken und Ausweichen gelang es uns, dem Meer an Menschen zu entkommen. Die meisten würden noch in der Schule abhängen, bis sich die Karawane mit der Championship-Trophäe in drei Stunden zum Lagerfeuer in der Waldlichtung aufmachte.

Ich musste das Soundboard für die Kostümprobe einrichten und um neun im Studio sein. Es war zwar riskant, so kurz nachdem Mom zur Arbeit ging, schon das Haus zu verlassen, nachdem ich allerdings mit anderen Musikern gespielt und sie nicht nur durchs Glas beobachtet hatte, war etwas in mir geweckt worden, das ich vorher so nicht gefühlt hatte. Mir kamen unaufhörlich Lieder in den Kopf. Noch hatte ich nicht den Mut gehabt, sie jemandem vorzusingen, doch mit jedem Tag hielt ich die Möglichkeit für wahrscheinlicher.

Vor Dare zu singen war mit jedem Mal leichter geworden. Ich musste nicht so tun, als wäre er nicht da oder dass es mir egal wäre, ob er zuhörte oder nicht. Ich wollte, dass er zuhörte. Er war der einzige Mensch, vor dem ich seit Dads Tod hatte singen können. Draußen auf der Hintertreppe hätte ich eigentlich ungestört sein sollen. Die Häuser waren alle dunkel, aber er war da gewesen, hatte mir gelauscht. Und ich hatte weitergemacht. Meine Kehle war nicht wie zugeschnürt gewesen, meine Stimmbänder nicht vor Schreck erstarrt. Ich hatte ein paar Zeilen singen können und jetzt wäre ich sogar zu mehr bereit gewesen.

Er wollte sich unterhalten und sein seltsames Spielchen mit mir spielen, ich würde ihm jedoch nicht in die Falle gehen. Ich würde ihm deutlich machen, dass er mich nicht verunsicherte. Aber ich wusste auch, dass er etwas in mir freigesetzt hatte. Und dabei war mir ganz und gar nicht wohl.

Ich brauchte seine Nähe, um die Blockade meiner Finger an den Saiten zu lösen und die Worte aus meiner Brust emporzulocken.

Piper und ich platzten in die Aula, während der Rest der Bühnen-AG und die Musical-Besetzung durch die anderen Türen in unsere schallgedämpfte Zuflucht gestürmt kamen.

»Leute.« Unsere Regisseurin Mrs Tripp klatschte, um die Aufmerksamkeit von allen zu bekommen. »Da draußen ist einiges los, aber wir müssen uns auf das konzentrieren, was hier drinnen passiert.« Sie atmete tief ein und drückte sich ihr Klemmbrett an die Brust.

»Es sind noch weniger als zehn Tage bis zu unserer Premiere. Die erste komplette Kostümprobe wird in einer Woche stattfinden, und das Orchester wird bis dahin ebenfalls hier sein. Ihr müsst alle eure Einsätze kennen. Andrea, wie ich sehe, trägst du deine Strümpfe nicht. Bitte zieh sie an, sonst siehst du da oben aus, als würdest du auf rohen Hühnerbeinen herumstaksen.

Bühnen-AG: Der Wechsel der Bühnenbilder muss etwas schneller gehen.« Sie ballte die Fäuste und spannte den ganzen Körper an, hielt jedoch ihr knallrotes Lächeln aufrecht. Mrs Tripp schrie selten, doch wir alle warteten nur darauf, dass sie explodierte und aus der Aula rannte, während sie verkündete, dass alles abgesagt war – nur um dann kurz darauf von Mr Rourke, unserem Regieassistenten und Chef der Bühnen-AG, zur Rückkehr überredet zu werden.

Ich trat durch die Hintertür ins Freie. Obwohl ich sofort seinen Blick auf mir spüren konnte, als ich die Tür aufmachte, hielt mich das nicht auf. Er tat nicht mal so, als hätte er nicht darauf gewartet, mich spielen zu hören. Genau wie ich nicht so tat, als hätte ich nicht darauf gewartet, spielen zu können. Ein Privatkonzert fiel mir wesentlich leichter, wenn ich ihm nicht in die Augen sehen musste.

Als ich mich dem Zaun näherte, der unsere Gärten trennte, verschwand er allmählich aus meinem Blickfeld. Mit jedem Schritt wollte ich am liebsten losrennen und gleichzeitig wieder umdrehen. Es gab kein Zurück mehr, ich konnte nicht mehr so tun, als würde ich nicht für ihn spielen. Er kannte die Wahrheit.

Ich lehnte mich mit dem Rücken an den Zaun. Er wackelte und schwankte, doch mein Gewicht stabilisierte ihn wieder. Der Boden war noch immer kalt und feucht, aber ich spielte trotzdem. Solange ich die Finger in Bewegung hielt, konnte ich verhindern, dass sie taub wurden.

Sie flogen über die Saiten. Es entstand eine neue Melodie. Mein Notizbuch lag neben mir, und ich schrieb ein paar Worte und Zeilen auf, strich sie durch und ordnete sie neu an, bis sich ein Refrain ergab.

Der Zaun erbebte kurz, und ich wusste, dass er sich auf der anderen Seite dagegengelehnt hatte. Ob ich es mir nun einbildete oder nicht, ich konnte seinen Rücken an meinem fühlen, die Hitze seines Körpers und das Schlagen seines Herzens. Ein neuer Rhythmus ergriff von mir Besitz, und die Worte quollen über, flossen aus mir raus, auf das Notizbuch und in meine Fingerspitzen.

Ich hörte kurz auf, um eine ganze Strophe aufzuschreiben, dabei klemmte ich mir die Gitarre an die Seite und benutzte meinen Oberschenkel als Schreibunterlage. Die Worte anderer Leute zu singen beflügelte meine eigenen Gedanken und eröffnete mir Wege, die vorher dunkel und verschlossen gewesen waren.

»Hör jetzt nicht auf, Bay.«

Die Art, wie er meinen Namen sagte, hinderte mich daran aufzustehen. Mein Körper schwankte mit dem Zaun, als noch mehr Gewicht von der anderen Seite dazukam.

»Irgendwelche Wünsche?« Meine Stimme war kaum mehr als ein leises Flüstern.

»Spiel das Lied vom ersten Mal.«

Ein einfacher Wunsch. Aber die Strophen blieben mir im Hals stecken.

»Das habe ich vergessen.«

»Du hast es vergessen? Es ging so.« Er summte mir die Melodie vor.

Ob es nun daran lag, dass er sich erinnerte, oder an dem sanften Klang seiner Stimme, mein Herz und mein Magen stritten sich darum, was mir zuerst aus dem Körper springen wollte.

Ich schluckte, meine Kehle war so eng wie ein Strohhalm. »Ich versuche, mich dran zu erinnern. Das Lagerfeuer findet gerade statt.« Ich ließ den Hinterkopf gegen den Zaun sinken, der daraufhin leicht wackelte.

»Ich weiß.«

Ich kämpfte dagegen an, mir die Hand an die Stirn zu schlagen, und überlegte, was ich sonst sagen konnte. Natürlich wusste er das.

»Solltest du nicht auch mit allen anderen im Wald abfeiern oder so?«

»Wohl eher ›oder so‹. Ich würde mein Auto lieber nicht irgendwo im Wald abstellen, wo Besoffene irgendwas damit anstellen könnten. Normalerweise gehe ich bei so was nur mit, um Knox davon abzuhalten, Scheiße zu bauen.«

»Wird er sich wieder den halben Kopf rasieren und den Rest der Haare blau färben?« Knox war jemand, der stets aus der Masse hervorstach. Seine Nase sah aus, als wäre sie mal das Opfer eines fiesen Tackles geworden, aber er ließ sie lieber so, anstatt sie richten zu lassen. Trotz seines wilden Äußeren besaß er glatte, polierte Kanten. Im Gegensatz zu Dare, dessen Kanten uneben und scharf waren.

»Das weißt du noch?«

»Er ist kaum zu übersehen.«

»Mit den blauen Haaren schon. Die halbe Schule hat mitgemacht.«

»Du nicht.«

»Blau ist nicht meine Farbe.«

Ich lachte. Dares trockener Humor überraschte mich. »Ich bin sicher, du könntest alles tragen, was du willst.«

Der Zaun geriet ins Wanken, als er sich bewegte, so als wäre ihm das Kompliment unangenehm. »Warum bist du nicht beim Lagerfeuer?«

»Ist nicht so mein Ding.« Ich strich mit den Fingern über die Saiten. Nach nur wenigen Minuten war das Metall kalt geworden. Schadete die Kälte Dads Gitarre? Sie könnte das Holz beschädigen, vielleicht verziehen. Ich spähte zu den Treppenstufen hinüber und biss mir auf die Lippe.

»Genau wie Football-Spiele.« Seine Stimme holte mich aus meinen Gedanken.

»Besonders Football-Spiele.« Ich lachte leise. Ich war stolz darauf, dass ich bei keinem einzigen dabei gewesen war.

»Was hast du gegen sie?« Der Zaun wippte erneut.

Ich zuckte mit den Schultern, auch wenn er es nicht sehen konnte. »Nicht mein Ding.«

»Warum?«

Ich warf einen Blick über die Schulter. Durch einen Spalt konnte ich sein Flanellhemd und einen Teil seines Nackens inklusive Haaren sehen. »Warum interessiert dich das? Nicht genug bewundernde Fans, die deinen Namen schreien?«

»Nicht alle Schreie sind gleich viel wert.« Er lachte schnaubend.

»Du würdest meine nicht mal raushören.«

»Doch, würde ich.« Sein Blick traf meinen durch den Spalt, direkt und intensiv.

»Dare, wir gehen seit Jahren auf dieselbe Schule. Und plötzlich bist du an mir interessiert. Also sag ich es jetzt mal geradeheraus: Es fühlt sich an, als würdest du mich reinlegen wollen.« Ich riss meinen Blick los und starrte das Instrument auf meinem Schoß an.

»Was soll das heißen?«

»Was du tust, macht doch gar keinen Sinn. Warum bin ich plötzlich die interessanteste Person auf der Welt? So interessant, dass du sogar die guten alten Traditionen der Greenwood High links liegen lässt, um hier mit mir abzuhängen.«

»Vielleicht haben die mich von vornherein nie interessiert.«

Ich ließ die Finger über die Saiten gleiten.

Eine Stimme durchbrach die Stille zwischen uns. »Dare, was zur Hölle? Ich war kurz davor, dich zurückzulassen.«

Der Zaun knarrte, als Dare sich abstieß. »Warum hast du nicht angerufen?«

»Habe ich doch. Das Lagerfeuer wartet auf niemanden. Was machst du überhaupt hier draußen?«

Ich setzte mich aufrecht hin, sodass mein Rücken sich vom Zaun löste. Die losen Holzlatten klapperten.

Es war kurz still, und ich hielt den Atem an.

»Nichts, Mann. Lass uns hier abhauen.«

Warum tat das so weh? Was hatte ich erwartet? Etwa: »Hab nur mit meiner verrückten Nachbarin abgehangen, solange ich auf dich gewartet habe, damit wir zum Lagerfeuer gehen können, zu dem ich angeblich gar nicht gehen wollte …« oder irgendetwas in der Art?

Ich blieb am Zaun stehen, bis das Grollen von Knox' Motor in der Ferne verklungen war. Dann trug ich meine Gitarre in mein Zimmer, ließ mich aufs Bett fallen und starrte an die Decke. Das Kribbeln in meinen Fingern wanderte an meinen Armen hoch bis hin zu meiner Brust. Mein Puls wurde schneller und lauter, bis ich ihn nicht mehr ausblenden konnte. Ich schnappte mir mein Notizbuch vom Tisch und blätterte bis zur ersten leeren Seite. Ich würde diesen Moment verewigen – bis ich mich entschied, die Seite zu zerreißen.

Vielleicht morgen.

Vielleicht würde ich in der Schule auftauchen und diesen Song vor allen singen.

Vielleicht konnte ich ihn dazu zwingen, das zu fühlen, was er mich fühlen ließ.

13

Bay

Nachdem die Probe zu Ende war, fuhr ich auf den matschigen, mit Streusalz überzogenen Straßen nach Hause. Der meiste Schnee war geschmolzen, aber die grau-braunen Berge am Straßenrand sahen aus wie der widerlichste Slushy der Welt. Ich fühlte mich wie eine Eule, der man zu viel Kaffee gegeben hatte, damit sie den Tag durchstand.

Auf halbem Weg den Hügel hoch bewegte sich mein Fahrrad nicht mehr vorwärts, obwohl ich in die Pedale trat. Bevor ich die Füße auf dem Boden abstellen konnte, kippte ich und der Boden kam mir entgegen. Ich konnte mich gerade noch mit den Händen abstützen, die das meiste vom Sturz abfederten und dafür einige Schrammen kassierten.

Die Fahrradkette war gerissen. Ich trat mein Rad weg und hielt meine Hände an meine Brust. Mist! Stechender Schmerz schoss durch meine Handflächen, aber das Adrenalin, das durch meine Adern pumpte, verwandelte ihn rasch in ein dumpfes Pochen. Allerdings war es nur eine Frage der Zeit, bis das Brennen wieder einsetzen würde.

Einige Zettel waren aus meinem Rucksack auf das nasse Gras gefallen. Während ich auf der schmutzigen Straße gelandet war, hatten sie es sicher auf die andere Seite geschafft. Wenn das mal nicht genau mein Leben beschrieb.

Ich zuckte zusammen, als ich die losen Blätter einsammelte. Schmerz fuhr mir durchs Bein. Meine Jeans war am Knie zerrissen, und ein roter Fleck verfärbte den Stoff. Verdammt, das war meine Lieblingsjeans. Ich atmete tief durch und weigerte mich nachzusehen, wie es unter dem Stoff aussah. Noch war der Schmerz nicht so stark, aber der Heimweg würde die Hölle werden.

Ich hörte, wie eine Autotür geöffnet wurde. »Alles okay?«

»Ja, ich …« Ich schob die Zettel in meinen Rucksack und sog scharf die Luft ein, als der Schmerz dabei in meine Handflächen schoss.

»Scheiße, du bist verletzt.« Seine Stimme bereitete mir Gänsehaut.

Ich schirmte meine Augen gegen die Nachmittagssonne ab.

Dare umrundete eilig sein Auto und ging vor mir in die Hocke. »Das sieht übel aus.«

»Ist nicht so schlimm. Alles gut.« Ich entzog ihm meine Hände und drückte mich mit den Fingerspitzen vom Boden ab, um meine Schrammen zu schützen.

Er legte mir die Hände um die Taille und hob mich hoch, als wäre ich ein leerer Kartoffelsack.

Dabei ignorierte er, dass ich versuchte, ihn mit meinen Ellbogen wegzuschieben. Ich schaute überallhin, nur nicht zu ihm. »Danke.« Meine Stimme klang scharf und abgehackt.

Er legte den Kopf schief und musterte mich.

Mein Körper pochte im Takt mit den Schnitten und Schrammen auf meiner Haut. Gleichzeitig stieg Ärger in mir hoch.

Dare hob mein Fahrrad auf und packte es in seinen Kofferraum. Ich hatte gar nicht mitbekommen, dass er ihn geöffnet hatte.

»Was machst du da?«

»Hast du vor, dein Fahrrad nach Hause zu schieben? Du bist

verletzt. Ich bring dich heim.« Er schloss den Kofferraum, so weit es möglich war, und kam auf die Beifahrerseite. »Kommst du jetzt, oder was?«

»Nein. Gib mir mein Rad zurück.«

»Das werde ich nicht tun. Es ist kaputt. Steig ins Auto.«

»Fick dich.«

»Was ist das denn für eine Ausdrucksweise, Bay? Und was ist dein Problem? Ich dachte, wir hätten gestern Waffenstillstand geschlossen.«

»Du meinst, bevor du zum Lagerfeuer gegangen bist, obwohl du ja gar nicht hinwolltest? Bevor du Knox erzählt hast, dass du da draußen nichts gemacht hast?« Die Worte schmeckten in meinem Mund wie alte Kupfermünzen, bitter und kleinlich. Was war er mir denn schuldig? Gar nichts. Genau wie ich ihm nichts schuldete.

Sein Blick war gen Himmel gerichtet, und seine Lippen bewegten sich, als würde er still um Beistand einer höheren Macht flehen. Willkommen im Club.

Er sah mich abschätzend an. »Ich habe nie gesagt, dass ich nicht hingehe, nur dass ich nicht dort war. Und ich habe mir gedacht, du willst vermutlich nicht, dass ich Knox erzähle, dass du für mich gesungen hast. Scheint nicht so, als wüssten viele, dass du singst.«

Der Asphalt wirkte auf einmal furchtbar interessant. »Da hast du recht.«

»Ich weiß.« Mit einem Handgriff öffnete er die Beifahrertür und hielt sie auf. »Und ich wäre viel lieber geblieben und hätte dir weiter zugehört, als mit ihm dahin zu gehen. Aber er neigt dazu, sich in Schwierigkeiten zu bringen.«

Meine Füße bewegten sich, bevor mein Gehirn ihnen davon abraten konnte. Eigentlich sollte ich ihn nicht so schnell und einfach davonkommen lassen.

Er ließ den Arm vor der geöffneten Tür herabschnellen wie die Schranke einer Zollbrücke. Und ich hatte gerade kein Wechselgeld.

Ich nahm meinen Helm ab und gab ihm damit einen kleinen Schubs, damit er mir Platz machte.

»Keine Sorge, Bay. Ich kümmere mich um dich.« Sein Flüstern an meinem Ohr setzte diese chemische Reaktion in Gang, die nur in seiner Gegenwart stattfand.

Als ich saß, schloss er die Tür und joggte ums Auto herum zur Fahrerseite.

Nach wenigen stillschweigenden Minuten standen wir in meiner Einfahrt.

»Du kannst mein Rad vor der Garage abladen. Ich kümmere mich morgen drum.«

»Nein.« Er stellte den Motor ab.

»Gut, dann hole ich es eben selbst raus.« Ich öffnete ruckartig die Tür. Dieses Spielchen machte mich allmählich verrückt.

Er stieg aus, erreichte das Heck des Wagens mit zwei großen Schritten und hielt den halb geöffneten Kofferraum zu.

»Was soll das, Dare? Gib mir mein Rad.« Mein Versuch, die Klappe zu öffnen, wurde durch seine locker aufliegende Hand und die dreißig Kilo Muskelmasse, die er mir voraushatte, vereitelt.

»Nein.«

»Spielen wir jetzt das Nein-Spiel?«

Er lachte. »Nein.«

»Kannst du dann auch was anderes sagen?«

Sein Grinsen wurde breiter. »Nein.«

Diese Schmetterlinge in meinem Bauch fühlten sich gefährlich an. So wie er mich anlächelte, würde es sicher nicht mehr lange dauern, bis sie mich vom Boden abheben und über eine

Klippe springen ließen. Er lächelte, als wären wir schon ewig Freunde und hätten unsere eigenen Insider-Witze.

»Hat dir schon mal jemand gesagt, dass er dich hasst?«

Ein Schmunzeln. »Nein.«

»Das bezweifle ich aber. Gib mir mein Fahrrad, und dann kannst du dich davonmachen. Du hast deine gute Tat für heute erledigt.«

Er kam auf mich zu, nahm meine Hände in seine und drehte die Handflächen nach oben.

Mein Puls schoss dramatisch in die Höhe.

Sein Ausdruck wurde ernst, und er senkte den Blick auf meine lädierte Haut. »Nein.«

Sanft folgte er den blutigen Schrammen auf meiner Handfläche mit seinem Finger.

Ich zuckte. Der tiefste Schnitt auf meiner Hand war halb getrocknet, sodass sich dort ein schöner feuchter Klumpen aus Kies und Blut gebildet hatte.

»Lass uns reingehen.« Er sagte das, als wäre das sein Haus und nicht meins. Ich folgte ihm trotzdem und reichte ihm meinen Schlüssel, damit er aufschließen konnte.

»Wo ist euer Verbandskasten?«

Ich zeigte auf den Schrank neben dem Waschbecken.

Er holte den Kasten heraus und wühlte darin herum, bis er fand, was er suchte.

»Verdammte Scheiße«, zischte ich. Das Brennen des alkoholgetränkten Wattepads trieb mir die Tränen in die Augen.

»Da ist sie ja.« Er tupfte mit dem Pad, das sich wie ein säuregetränkter Topfkratzer anfühlte, über meine Haut.

»Wer?« Ich biss die Zähne zusammen und zwang mich, die Finger stillzuhalten.

Dare hielt meine Handrücken fest, damit sie nicht zuckten.

»Die knallharte Frau in dir.« Dare pustete sacht auf meine Handflächen. Das brennende Antiseptikum verdunstete, und die Nähe seiner Lippen zu meiner Haut lenkte mich zusätzlich ab.

Meine schlagfertige Antwort blieb mir im Hals stecken.

Er sah zu mir hoch und mein Herz setzte einen Schlag aus.

»Besser?« In seinem Blick lag Besorgnis, aber auch Belustigung. So als könnte er sich erst entspannen, wenn ich ihm geantwortet hatte.

Ich würde wohl ein Starthilfekabel brauchen, um mein Hirn wieder in Gang zu bringen. Ich nickte und versuchte, meine Hände aus seinem Griff zu befreien, bevor er meinen alarmierend hohen Puls spürte.

»Ja, ist okay.« Die Schnitte pochten, aber das Brennen hatte nachgelassen. Ich entzog ihm meine Hände und ließ sie in meinen Schoß fallen.

»Ich suche dir noch ein paar Pflaster raus.« Erneut wühlte er in dem weißen Metallkasten herum. »Perfekt.« Er wedelte mit zwei übergroßen Bandagen, die noch verpackt waren.

»Das sind ungünstige Stellen, da würden Pflaster schnell abgehen. Aber hiermit sollte das nicht so schnell passieren.« Er hielt das medizinische Klebeband hoch, das Mom immer in ihrer Hosentasche hatte, wenn sie von der Arbeit kam. Neunzig Prozent des Klebebands in unserem Haus stammte von diesen Rollen.

Ich öffnete und schloss die Hände. Die Innenflächen brannten etwas, allerdings musste ich mir wenigstens keine Sorgen um eine Schneematschinfektion machen. »Du bist ziemlich gut darin, Wunden zu verarzten.«

Sein Lächeln verblasste. »Football ist kein Gesellschaftstanz.« Er zog den Kopf ein und räumte die Verpackungen und blutverschmierten Wattepads weg.

»Benutzt du immer SpongeBob-Pflaster für deine Verletzungen?«

Er lachte. »Nein, mein Verbandskasten sieht nicht annähernd so farbenfroh aus wie deiner. Ich hätte auch das Pflasterband mit den Disney-Prinzessinnen nehmen können, also sei froh.«

»Mein Dad war der unumstößlichen Meinung, dass ich immer noch acht Jahre alt wäre, und hat ständig Pflaster gekauft, als würde uns die Apokalypse bevorstehen. Wusstest du, dass Pflaster irgendwann ablaufen? Das tun sie nämlich.«

Dare schluckte schwer. »Wann ist er gestorben?«

»Kurz bevor ich an der Greenwood Senior High angefangen habe. Wir sind zwei Wochen danach hierhergezogen.«

»Was ist passiert?« Sein Knie streifte meins. »Sorry, du musst nicht antworten.«

Er zog sich zurück und veranstaltete den üblichen verlegenen Sorry-dass-ich-deinen-Dad-erwähnt-habe-Tanz.

Ich legte ihm eine Hand aufs Knie.

Seine Muskeln spannten sich unter meiner Berührung an, und ich riss die Hand zurück.

Dann atmete ich tief ein und fuhr mit den Fingern über die ordentlich gewickelten Bandagen. »Es war ein Aneurysma«, platzte es aus mir heraus. »Im einen Moment war er noch auf der Arbeit in seinem Büro, und im nächsten wurde schon der Krankenwagen gerufen. Die Ärzte meinten, es wäre schnell gegangen, wie wenn man einen Lichtschalter betätigt. Erst war er noch da, und dann war er fort. Keine Schmerzen.« Ich zuckte mit den Schultern, um zu versuchen, die aufkommenden Gefühle in den Griff zu bekommen. Ich hatte einen Kloß im Hals und atmete schwer. Das hier war jetzt normal. Ein Leben ohne ihn. Selbst nach drei Jahren fühlte es sich manchmal ganz frisch an.

»Für ihn war es das Beste, und ihr beide musstet ihm nicht beim Sterben zusehen. Meine Mom hat wohl nach meiner Geburt einige Tage lang unter ziemlichen Schmerzen gelitten. Und dann ist sie einfach gestorben.«

Mein Kopf schnellte hoch. »Ich wusste nicht, dass deine Mom gestorben ist.« Warum war ich da nicht schon früher draufgekommen? Für mich war Dare einfach da, so als wäre er ausgewachsen der Erde entsprungen, aber natürlich hatte er eine Familie. Eine Mom und einen Dad.

»Keine große Sache.« Er zuckte mit den Schultern. »Ich kenne ja nichts anderes, da kann ich sie auch nicht vermissen.«

Mein Herz zog sich schmerzhaft zusammen. Was war schlimmer? Einen Elternteil zu verlieren, den man geliebt hatte, oder nie die Gelegenheit gehabt zu haben, ihn kennenzulernen?

»Was sind wir für ein Paar.« Ich streckte die Hand nach seiner aus, zögerte jedoch kurz. Die Trauer, die von ihm ausging, zwang mich dazu, seine Hand zu halten.

Ich schob meine Finger unter seine und verschränkte unsere Daumen. »Es tut mir leid, dass du sie nicht kennenlernen konntest.«

»Tut mir leid, dass dein Dad gestorben ist.« Er griff meine Hand fester, achtete allerdings auf meine Verletzungen. »Hat er dir das Gitarrespielen beigebracht?«

»Er hat mich jeden Abend in den Schlaf gespielt. Bis ich zwölf war und mich für zu cool dafür gehalten habe.« Dads Gesichtsausdruck, als ich meinen Kopf geschüttelt hatte, während er sich an mein Bett setzte … Damals hatte ich dem keine Beachtung geschenkt, aber heute hätte ich alles für ein weiteres Schlaflied gegeben.

»Dann hat er mir das Spielen beigebracht.«

Dare hob das Kinn. »Du solltest deine Hose ausziehen.

Mein Blick zuckte hoch, und ich stammelte: »Bist du immer so direkt?«

Er lachte. »Die Jeans von den Schrammen zu schälen, wenn sie erst mal getrocknet sind, wird nicht lustig. Glaub mir.« Traurigkeit huschte durch seinen Blick.

Ich blickte auf mein Bein hinunter. Der Bereich um den Riss war rot gefärbt. Das Ganze sah klebrig und entzündet aus. Meine Wangen und mein Nacken waren heiß vor Scham. »Klar. Bin gleich zurück.«

Langsam erklomm ich die Stufen und zog mir oben die Hose aus. Vielleicht war sie noch irgendwie zu retten. Anstelle meiner Pyjamashorts wählte ich eine locker sitzende Hose, bei der ich die Beine hochkrempeln konnte. Unten angekommen verarztete Dare mich weiter.

»Du spielt also Gitarre, seitdem du zwölf warst?« Er spähte mit sanften Augen zu mir hoch. Das Grau darin war klar und tiefgründig.

»Man sollte meinen, ich müsste inzwischen besser sein.«

Seine Finger strichen seitlich über mein Knie.

Mein Herzschlag raste, als wäre ich auf der Flucht.

Ich witterte eine Gelegenheit, der Situation zu entkommen, und sprang auf. »Willst du sie sehen?«

»Klar doch.«

Ich lief in mein Zimmer und versuchte dabei, einen klaren Kopf zu behalten. Immer wenn ich Dare nahe war – ganz zu schweigen davon, wenn wir uns berührten –, dann arbeiteten meine Neuronen nicht mehr ordnungsgemäß, und ich fing an, mich in seine Richtung zu lehnen, ihn länger anzusehen und mehr zu wollen. Ich holte den Gitarrenkoffer aus meinem Schrank und hastete nach unten.

Dare war gerade dabei, den Verbandskasten wieder im

Schrank zu verstauen. Sein Blick fiel auf den Koffer in meinen Händen.

»Komm mit ins Wohnzimmer.« Die Küche war zu klein – nicht genug Platz, um Abstand zu ihm zu halten.

Im Wohnzimmer setzte ich mich auf das kleine Sofa und legte den Koffer auf den Sitz neben mir. Ich öffnete ihn und hob den glänzenden, glatten Korpus aus dem Samtfutter heraus.

Anstatt sich mir gegenüber zu setzen, nahm Dare vorsichtig den Koffer und legte ihn auf das andere Sofa.

Das Polster unter mir wippte, als sein schweres Gewicht neben mir Platz nahm.

Ich drehte mich so, dass ich meinen Rücken an die Armlehne stützen konnte und die Gitarre auf meinem gebeugten Bein ruhte.

»Er hat es geliebt, Gitarre zu spielen. Er hat sich damals bei meiner Mom unters Fenster gestellt und für sie gespielt, um sie dazu zu überreden, mit ihm auszugehen, als sie im College waren.«

»Klingt, als hätte er auch deine Mom geliebt.«

»Das hat er. Sie sind immer so glücklich gewesen. Haben viel gelacht und nie davor zurückgeschreckt, albern zu sein. Vor allem dann nicht, wenn sie gesehen haben, wie peinlich mir das war.«

»Sing etwas für mich.« Er lehnte sich zurück und legte einen Arm auf die Rückenlehne der Couch. Seine Fingerspitzen waren nur Zentimeter von meinem Arm entfernt.

Warum hatte ich das nicht kommen sehen? Er hatte nicht ›*Spiel* etwas für mich‹, sondern ›*Sing* etwas für mich‹ gesagt. Niemand holte eine Gitarre raus, nur um sie anzusehen. Natürlich wollte er, dass ich etwas sang. Mein Magen war ohnehin schon so verknotet, dass er vermutlich wie eines dieser Luftballontiere vom Jahrmarkt aussah. Und jetzt kamen noch zwei Knoten im Schwanz des Pudels dazu.

»Nein, das willst du gar nicht.« Meine Flucht zum Gitarrenkoffer auf dem anderen Sofa wurde durch seine Hand an meiner Schulter vereitelt. Er hielt mich nicht fest, es war nur eine sanfte Berührung.

»Bitte, Bay.« Seine Augen strahlten mich ermunternd an – doch da lag noch etwas anderes in seinem Blick.

Meine Finger zitterten auf dem glatten Holz in meinem Schoß. Ich räusperte mich. »Klar.«

Mein Lächeln war dünn und unsicher. »Was möchtest du hören?«

»Das, was du für mich spielen möchtest.«

Ich leckte mir über die Lippen. Inzwischen war ich an einem Punkt angekommen, an dem ich lieber einen Striptease vor ihm hingelegt hätte. Meine Brüste wären eine willkommene Ablenkung von den Fledermäusen gewesen, die in meinem Bauch verrücktspielten. Ich räusperte mich noch einmal und riss meinen Blick von Dare los, um mich auf das kühle Metall zu konzentrieren, das gegen meine Fingerkuppen drückte.

Mein Puls dröhnte, wärmte die Saiten.

Ich schloss die Augen. In Gedanken zog ich die ausgefransten Ränder einer Decke zu mir und wickelte mich in einen Kokon aus musikalischer Schönheit. Ich blendete alles aus, außer der Musik und Dare.

14

Dare

Sie sang für mich. Ich hatte angenommen, sie würde aus dem Wohnzimmer flüchten, sich vielleicht sogar in ihrem Zimmer einschließen, bevor sie auch nur in Betracht zog, hier neben mir auf der Couch zu spielen. Aber sie schloss die Augen, holte tief Luft und fing an zu spielen.

Ich vermied plötzliche Bewegungen und atmete kaum, während ich sie beobachtete.

Mit geschlossenen Augen wiegte sie ihren Oberkörper und wippte mit dem Fuß, der von der Couch hing, im Rhythmus, den sie in die Melodie einwob. Sie sang eine Akustikversion des Songs ›Use Somebody‹ von *Kings of Leon*, die die Originalversion wie ein Cover wirken ließ. Ihre Version war langsamer, trauriger, kraftvoller. Zum ersten Mal hörte ich bewusst die Lyrics und merkte, dass die volle Begleitung im Hintergrund überflüssig war. Die Worte hatten Bays Stimme verdient, mehr war gar nicht nötig.

Ihre Finger bewegten sich über die Saiten, ließen Töne erklingen und brachten das leise Quietschen der Metallsaiten hervor.

Meine Finger juckten und sehnten sich nach meinem Skizzenblock. Ich nahm ihn nie mit, sondern verwahrte ihn immer in der verschlossenen Schublade in meinem Zimmer. Aber genau jetzt wünschte ich mir eine lebensgroße Leinwand, um diesen Moment festzuhalten. Während ich dasaß und den Nachhall des letzten anhaltenden Tons genoss, verlieh sie der letzten gezupften Note noch ein kurzes Vibrato und weckte erneut das Verlangen danach, ihren eigenen Song zu hören, tief in meinem Inneren.

Ich wollte ihre Worte hören. Ihre Gefühle kennen. Wissen, was sie im Herzen trug.

Plötzlich befand sich genau das neben mir, was ich immer gesucht hatte: das Mädchen von nebenan. Und das machte mir eine Scheißangst. Da gab es so viel, was ich ruinieren könnte. So viel zu verlieren.

Ich sprang von der Couch auf.

Bays Lächeln verschwand, und ihr Ausdruck trübte sich, bevor er ganz leer wurde.

»Ich muss gehen. Hab ganz vergessen, dass ich gleich mit Knox verabredet bin.«

Sie stand auf und nickte nur, bevor sie sich wegdrehte und die Gitarre in den Koffer packte. »Klar. Danke für deine Hilfe mit meinem Rad. Du musst dich nicht darum kümmern, ich repariere es selbst.«

Ich wich zurück. Dabei stieß ich mit der Wade an den Kaffeetisch und wäre fast drüber gestolpert.

Ihre Hand schnellte nach vorne, um mich zu stützen. Allein der Hauch einer Berührung jagte mir einen Schauer den Arm entlang.

Ich sprang über den Tisch, um ihren ausgestreckten Fingern zu entgehen. »Nein, ich mache das schon. Ich bringe es dir bis sieben zurück. Vielleicht auch später oder morgen früh.«

Sie zog die Hand zurück und klemmte sie sich unter den Arm.

Ich war gerade im Begriff, alles zu vermasseln, aber sie war einfach zu viel. In diesem stillen Haus brachte sie mich mit einem verdammten Popsong dazu, meine Gefühle zu offenbaren. Ich musste hier weg, damit ich atmen konnte. Also platzte ich durch die Eingangstür und hechtete den Weg zur Einfahrt hinunter.

»Okay. Bis bald.« Ihr fragender Tonfall traf mich wie ein Stich in die Flanke. Sie spähte durch die Gittertür nach draußen.

Ich rannte zu meinem Auto und riss die Tür auf, als hätte ich etwas gestohlen. Ohne aufzuschauen, manövrierte ich den Wagen mit quietschenden Reifen aus der Einfahrt. Mir hämmerte das Herz in der Brust, und ich nahm den langen Weg nach Hause.

Als ich schließlich in meiner Einfahrt stand, schlug ich mit der Hand auf das Lenkrad, bevor ich den Kopf auf die glatte, harte Oberfläche sinken ließ.

Die ganze Zeit hatte ich sie dazu bringen wollen, sich mir zu öffnen. Hatte geschubst und gedrängt, um das Lied noch mal zu hören und sie besser kennenzulernen. Und sobald sie etwas mit mir teilte, indem sie mir die Gitarre ihres Dads zeigte und sang – für mich sang –, ergriff ich die Flucht und ließ sie verletzt und verwirrt zurück.

Warum war ich nur so ein Versager? Warum machte Bay es mir unmöglich, mich ihr gegenüber nicht wie ein Idiot zu verhalten?

»Fuck!«, schrie ich aus vollem Hals und hoffte, mein Auto würde den Schrei so stark dämpfen, dass er nicht bis zu ihr hinüberschallte.

»Was ist los mit dir, Mann?« Knox joggte bei unserem Warmup neben mir her. Das Titan Combine fand in in acht Tagen statt, und ich hatte gerade genug Geld zusammengekratzt, um meinen Platz im Mannschaftsbus zu bezahlen.

»Nichts.« Das katastrophale Solokonzert mit Bay spielte sich in haarsträubenden, qualvollen Details immer wieder in meinem Kopf ab. Ich war aus dem Haus gerannt, als hätte sie damit gedroht, mir Nadeln unter die Fingernägel zu schieben. Ihr Rad hatte ich um zwei Uhr nachts abgeliefert, im Schutz der Dunkelheit und vier Stunden nachdem das Licht in ihrem Zimmer ausgegangen war.

Sie hatte die Vorhänge zugezogen gelassen. Ihre Silhouette hatte sich in stillem Hohn dahinter hin und her bewegt.

Dass ich jetzt, wo ich für den Trip nach Chicago bezahlt hatte, jeden Cent zweimal umdrehen musste, um mir etwas zu essen leisten zu können, half nicht gerade. Das Mittagessen in der Schule reichte bei all diesem Training einfach nicht aus. Deshalb trank ich umso mehr Wasser, um meinen Magen irgendwie zu füllen.

»Du bist extrem seltsam drauf.«

»Sind wir nicht alle seltsam?«

»Auch wieder wahr.« Er nickte, als hätte ich etwas Weises gesagt. Dabei versuchte ich lediglich, von dem Shitstorm abzulenken, der in meinem Kopf tobte und absolut nichts mit meinen Zukunftsängsten zu tun hatte.

Das Spiel, auf dem meine ganze Hoffnung basierte, war nur noch wenige Tage entfernt. Fehler konnte ich mir praktisch nicht erlauben, und ich weigerte mich, derjenige zu sein, der das ganze Team im Stich ließ und allen die Chance auf College-Football versaute. Der Gedankte daran, wie mein alter Herr sich lallend über meine Niederlage freuen würde, pushte mich vorwärts.

Aber Bay … Sie hatte heute Morgen im Gang nach mir Ausschau gehalten. Wie sich das Blatt gewendet hatte. Jetzt war ich derjenige, der geduckt durch die Flure schlich und Umwege zu den Klassenräumen nahm, in denen ich während des Unterrichts stur auf die Tafel starrte. Was machte ich da eigentlich? Warum hatte ich mich für so einen Drahtseilakt entschieden, wenn ich mich eigentlich darauf hätte konzentrieren sollen, um jeden Preis aus dieser Stadt rauszukommen?

Weil ich keine Wahl gehabt hatte. Schon mit dem ersten Ton hatte sie sich um einen Teil meiner Seele geschlungen. Sie hatte mich aus dem Nebel ins Licht geholt.

Was würde in weniger als zwei Monaten passieren, wenn wir unseren Abschluss in der Tasche hatten und sie mir das Herz aus der Brust riss, indem sie ans andere Ende des Landes zog? Natürlich würde sie das Stipendium erhalten. Wer würde sie nicht auf seinem College haben wollen?

»Dare, brauchst du eine Extraeinladung?«, rief der Coach, der von meinen knienden Teamkollegen umgeben war.

»Sorry, Coach.« Ich joggte zu dem Platz zwischen Knox und Bennet hinüber.

Helme wurden aneinandergeschlagen, und wir gingen die Spielzüge dieser Saison durch, die sich längst in unser Gehirn eingebrannt hatten. Wir prüften die zukünftigen Seniors auf Herz und Nieren, bevor wir ihnen beim Bedlam Bowl in den Arsch treten würden. Jeder Pass, jede Finte, jeder Wurf musste so fest sitzen, dass wir sie im Schlaf ausführen konnten.

Als unsere Übungspads mit Grasflecken, Schmutz und Schweiß überzogen waren, verließen wir das Feld. Ich schob meine Ausrüstung in den Spind. Normalerweise beeilte ich mich mit dem Duschen, um schnell nach Hause zu kommen. Aber heute trödelte ich, wohl wissend, dass Bay zu Hause sein würde. Oder war sie bei der Probe? Mit Jon?

Ich packte die Kante meines Spinds fester. Das Metall quietschte und verbog sich. Hastig zog ich die Hand wieder weg und warf einen Blick über die Schulter. Beim Schließen drückte ich meine Schulter dagegen, um die Metalltür wieder zu begradigen.

»Bennet will dich sehen.« Knox beugte sich nach vorn, um seine Stollen auszuziehen.

Ich zog mir das Shirt über den Kopf. Meine Klamotten rochen übel, wahrscheinlich hätten sie alleine schon als Defensive ausgereicht. Mörderisches Training gehörte zum Spiel, aber ich freute mich extrem auf die Saisonpause und würde jede Gelegenheit für Entspannung nutzen, bevor es mit der richtigen Arbeit losging.

»Jetzt ist nicht der richtige Zeitpunkt für mich, um Gastgeber für Partys zu spielen.« Ich schnappte mir Handtuch und Seife und ging duschen. Mein Magen gab ein unmenschliches Knurren von sich, er verlangte verdammt noch mal nach Nahrung.

»Wer schmeißt die letzte Party?«, rief Bennet, während er sich mit einem Handtuch den Kopf rubbelte.

Ich schlich mich an ihm vorbei und drehte das Wasser voll auf, bevor ich mich darunterstellte.

Dieses Mal würde die Party nicht bei mir stattfinden, doch ich zweifelte nicht daran, dass ich noch vor dem Abschluss gezwungen werden würde, eine Siegesfeier oder eine Wir-ertränken-unseren-Frust-Party zu schmeißen.

Während ich an Bays Haus vorbeifuhr, kam ich mir vor wie ein Stalker – was ich vermutlich auch war. Es stand kein Auto in der Einfahrt, also war ihre Mom wohl arbeiten, und Bay war zu Hause. Oder? Vielleicht hatte sie auch ein Date oder hing mit ihrer Freundin ab.

Ich fuhr auf das Ende meiner Straße zu. Beim Anblick des Trucks, der in meiner Einfahrt geparkt war, drehte sich mir der Magen um.

Er war zurück. Warum zur Hölle war er so früh wieder da? Wie lange war er schon hier? Der Kasten Bier war inzwischen vermutlich halb leer. Ich könnte entweder jetzt reingehen und hoffen, dass er bewusstlos war, oder ich könnte später wiederkommen und ebenfalls hoffen, dass er bewusstlos war, sodass ich unbemerkt hineinschlüpfen und wieder abhauen konnte, bevor ich morgen zum Training musste. Fuck, ich hatte gerade gar keine Lust, mich damit herumzuschlagen. Und mit blauen Flecken bei einem zweistündigen Workout im Kraftraum aufzutauchen entsprach nicht gerade meiner Definition von Spaß. Ich konnte nicht mal mein eigenes verdammtes Haus betreten.

Meine Finger krampften sich so stark um das Lenkrad, dass es wehtat. Ich konnte jeden meiner Herzschläge bis in die Finger spüren. Am liebsten wäre ich ins Haus geplatzt und hätte ihn k.o. geschlagen. Aber ich hatte morgen ein Workout und ein Training zu absolvieren. Er würde mir nichts mehr wegnehmen.

Vor unserem Spiel verhaftet zu werden oder mir etwas zu brechen oder zu prellen würde lediglich einen weiteren Sieg für ihn bedeuten. Das wäre bloß wieder etwas, das er in meinem Leben ruiniert hätte. Ich wendete und steuerte den einzigen anderen Ort an, an dem ich meine Ruhe hatte.

Ich fuhr die kurvige Nebenstraße entlang, vorbei an den zurückgelassenen Baggern und Baugeräten. Mitten in der Woche war hier niemand, am Wochenende jedoch war für gewöhnlich alles voller Autos, Kisten mit illegalem Bier und anderen noch schlechteren Entscheidungen. Meine Frontscheinwerfer beleuchteten die Erdhügel, bevor sie sich in der Dunkelheit verloren, die hinter dem Abgrund wartete.

Die Cops hatten es längst aufgegeben, den Bereich mit Zäunen abzusperren, noch bevor ich überhaupt gelernt hatte, Auto zu fahren.

Ich stellte den Motor ab und schaltete die Scheinwerfer ab, sodass alles in Finsternis getaucht und nur noch von Mondlicht erhellt wurde.

Der Vollmond hing am Himmel wie ein Suchscheinwerfer, der nicht wusste, wohin.

Kies knirschte unter meinen Füßen, als ich zum Rand der Grube ging.

Kräne ragten aus dem Wasser auf, das sich tief unten im Steinbruch gesammelt hatte. Niemand wusste, wie tief das Ganze eigentlich war. Fünf Meter? Fünfzehn? Dreißig? Oder war es bodenlos?

All die Hoffnungen und Pläne, die ich für meine Zukunft hatte, waren von einem kaputten, alten Truck am Ende meiner Straße aus meinen Gedanken verbannt worden. Obwohl ich in ein paar Monaten hier weg sein würde, fühlte es sich manchmal so an, als würde er mich ewig verfolgen und mit einem betrunkenen Lächeln über mir stehen, um mir zu sagen, dass ich mit dem Jammern aufhören sollte.

Aber wenigstens atmete ich noch. Die Stille der Nacht rauschte mir in den Ohren.

Ich ging auf den verrosteten, ehemals gelben Kran zu, den die meisten nutzten, um ins Wasser zu springen. Von der Farbe waren nur noch Flecken übrig, die innerhalb eines Jahres verblassen würden. Mit zur Seite ausgestreckten Armen trat ich auf das Metall. Das leise Knirschen und Quietschen erinnerte mich an Bay, wie sie auf ihrer Couch gesessen und für mich gespielt hatte.

Ich erstarrte. Nur noch ein Schritt und ich würde den sicheren Untergrund hinter mir lassen und direkt über dem Abgrund stehen.

Scheinwerfer erhellten alles um mich herum. Ich sah über die Schulter nach hinten.

Eine ramponierte Karre hielt neben meinem Auto.

Knox kletterte halb aus dem Fenster und setzte sich auf die Fahrertür. Er trommelte auf das Dach. »Wusste ich doch, dass ich dich hier finde. Hast du den Verstand verloren? Den Scheiß kannst du abziehen, wenn die nächste Woche überstanden ist. Beweg deinen Arsch in das verdammte Auto.«

Ein Lachen bahnte sich seinen Weg aus meiner Brust. Natürlich ließ Knox nicht einfach zu, dass ich den Verstand verlor.

Ich setzte mich in mein Auto und folgte ihm bis zu seinem Haus.

Beide Autos seiner Eltern parkten davor. Es waren makellose Mercedes-S-Klasse-Modelle, die neben Knox' Karre nur noch perfekter wirkten. Sie hatten ihn für sein Auto arbeiten lassen, und das war alles, was er sich hatte leisten können.

Seine Eltern waren vermutlich die nettesten Menschen, die ich kannte, doch heute Abend war mir nicht danach, höflich zu sein.

»Keine Lust auf Gesellschaft, Mr Sympathisch?«

Ich schob die Hände in die Hosentaschen, spannte den Kiefer an und schwieg.

»Schon okay. Gehen wir rein.« Wir gingen ums Haus herum und nahmen die Treppe, die von außen in den Keller führte. Drinnen erklomm Knox die Kellertreppe, seine stampfenden Schritte über mir klangen, als versuche er, durch den Boden zu springen.

Der Geruch von Käse, Tomaten, Oregano und würzigem Fleisch wehte bereits die Stufen herab, noch bevor Knox überhaupt die Kellertür geöffnet hatte.

Er platzierte die extragroße Pizza auf dem Tisch. »Ist von Antonio's. Sie haben extra eine mehr bestellt.« Hatte dieses Arschloch seine Eltern etwa von unterwegs angerufen? Er war wirklich die allerbeste Nervensäge, die man sich wünschen konnte.

Das Essen hätte genauso gut aus der Mülltonne stammen können, und es hätte mich nicht interessiert. Ich verschlang zwei Stücke Pizza, ohne wirklich Luft zu holen. Danach waren meine Hände fettig, und mein Magen war endlich nicht mehr so wütend auf mich.

Eine kalte Dose wurde mir vor die Nase gehalten. Knox zuckte mit den Schultern. »Sah aus, als könntest du einen Schluck vertragen.«

Ich blickte hoch an die Decke, so als könnten seine Eltern mich durch den Boden sehen, und rollte die Dose zwischen den Händen hin und her.

Auf das Zischen und Spritzen einer Dose, die geöffnet wurde, folgte ein Schlucken. »Lass mich nicht alleine trinken.«

In der Familie Knight gab es eine Regel: Wenn man im Haus Alkohol trank, durfte man erst am nächsten Morgen wieder Auto fahren. Was erwartete mich zu Hause? Wollte ich das überhaupt wissen? Wollte ich gezwungen sein, mit geprellten Rippen, einer kaputten Hand oder Schlimmerem zu spielen? Mein Magen drohte zu rebellieren.

Ich tippte auf die Bierdose. Das kalte Metall in meiner Handfläche beruhigte meinen rasenden Puls.

Auch wenn Knox nicht in meine Richtung schaute, beobachtete er mich aus dem Augenwinkel. Er kannte die Details nicht, aber er wusste, dass ich keine so warme, freundliche Beziehung zu meinem Dad hatte wie er zu seinen Eltern. Und mehr sollte er auch nicht wissen. Ich hatte es bis hierher geschafft, ohne als eines dieser vernachlässigten Kinder an der Schule bekannt zu werden. Ich würde es auch jetzt nicht so weit kommen lassen.

Ich zog an der Lasche meiner Bierdose und trank alles in einem Zug aus.

Wir spielten bis Mitternacht Videospiele. Der Fernseher badete uns in seinem nostalgischen Licht, und ich fühlte mich, als wären wir wieder zwölf und versuchten, in den Sommerferien so lange wie möglich wach zu bleiben.

Knox' Mom brachte das Dare-Paket aus extragroßen Kissen und Decken herunter. Das Sofa hier im Keller war bequemer als mein eigenes Bett.

Wir räumten alles auf, und Knox machte sich auf den Weg zur Treppe.

»Danke, Mann.«

»Kein Ding.« Er machte das Licht aus und ging hoch.

Allein im Dunkeln und ohne wachsam sein zu müssen, drifteten meine Gedanken wieder zu Bay. Vielleicht war es das Beste für sie, wenn ich sie nicht in mein abgefucktes Leben hineinzog. Ihr den ganzen Ärger mit mir zu ersparen, bis wir in zwei Monaten unseren Abschluss hatten, war vermutlich das größte Geschenk, das ich ihr machen konnte.

Es war das einzige Geschenk, das ich irgendwem machen konnte – mich fernzuhalten.

15

Bay

Die Seiten meines Notizbuchs füllten sich. Dare war aus meinem Haus geflüchtet, als wäre ich ein frischgebackener Zombie. Nachdem er mich mit seiner Hartnäckigkeit und seinem ständigen Drängen endlich dazu gebracht hatte, dass ich für ihn sang, war er einfach abgehauen. Was zur Hölle? Da würde doch jedes Mädchen einen Komplex bekommen. Und ich war keins dieser Mädchen, die sich eine dicke Haut zugelegt hatten und genau wussten, was für Spielchen sie spielen mussten, damit ein Typ ihnen seine Aufmerksamkeit schenkte.

Die meiste Aufmerksamkeit, die ich bekam, wurde mir eher unabsichtlich zuteil – beispielsweise wenn jemand über mich stolperte oder gegen mich lief. Oft lag das nur daran, dass sie nicht genug auf ihre Umgebung achteten und mich grundsätzlich nicht auf ihrem Radar der wichtigen Leute hatten.

Aber Dare hatte mich glauben lassen, dass sich das vielleicht änderte. Und dann war er schreiend vor mir weggelaufen. Okay, vielleicht nicht schreiend, doch viel hatte sicher nicht gefehlt. Damit würde ich ihn nicht davonkommen lassen.

Ich stürmte um die Ecke und hinaus aus dem Schulgebäude, während Wut in Wellen von mir auszugehen schien.

Er hatte Geschichte geschwänzt, obwohl unser Projekt Ende nächster Woche fällig war. Das hatte Michelle fast einen

Krampfanfall beschert, und ich hatte sie beruhigen müssen. Wenigstens hatte er seinen Teil hochgeladen, er hatte allerdings nicht mal den Anstand besessen, irgendwem Bescheid zu sagen.

Die Luftfeuchtigkeit ließ meine Haut kribbeln. Innerhalb weniger Tage war der Winter einem trüben, viel zu feuchten Wetter gewichen, das mich an triste Moorlandschaften denken ließ. Bewölkt und trostlos drohte der Tag sogar noch schlimmer zu werden. Ein Regentropfen landete auf meiner Wange. Ich sollte mich beeilen, bevor ich am Ende in einen Platzregen geriet. Ein Wutanfall hatte nicht den gleichen Effekt, wenn man dabei aussah wie eine ertrunkene Ratte, aber der Sturm und die düsteren Wolken am Himmel verliehen meinem Vorhaben, Dare zusammenzustauchen, den perfekten Hintergrund. Es war, als hätte ich meine Superkräfte genutzt, um Mutter Natur zu beeinflussen.

Heute Morgen hatte ich ihm zugewunken, und er hatte mich ignoriert, als wäre ich wieder unsichtbar. Nicht mit mir. Ich war das Ganze bereits mehrmals im Kopf durchgegangen, und es gab einfach keine einleuchtende Erklärung.

Ein riesiger Truck stand am Ende der Sackgasse. Hatte der schon immer da gestanden? Ich war noch nie in Dares Straße gewesen und erst recht nicht vor seinem Haus.

Der Rasen hätte gemäht werden müssen und die Fliegengittertür hing schief. Unser Mietshaus war kein Palast, aber der Vermieter hatte Mom bei der Miete ein großartiges Angebot gemacht. Sie hatte seiner Frau bei der Geburt beigestanden, nachdem er im Geburtssaal ohnmächtig geworden war und mit Riechsalz hatte aufgeweckt werden müssen.

Ich stählte mich und klopfte an die Tür. Stille. Ich trat von einem Fuß auf den anderen, hob die Hand, um noch einmal zu klopfen, doch in diesem Augenblick wurde die Tür aufgerissen.

Dares Gesichtsausdruck änderte sich von wütend zu verwirrt und schockiert, bevor er wieder zu wütend zurückkehrte. »Was machst du hier?« Er lehnte die Tür hinter sich an und trat auf die oberste Stufe, wobei er mich fast wegdrängte.

»Ist das alles, was du zu sagen hast?«

»Was zur Hölle sollte ich sonst zu sagen haben?«

»Du bist aus meinem Haus geflohen, hast mein Fahrrad abgeliefert, als du wusstest, dass ich schlafe, und dann hast du mich in der Schule ignoriert.«

»Jetzt ist gerade kein guter Zeitpunkt.« Sein gesamter Körper war angespannt, und er hatte die Hände an den Seiten zu Fäusten geballt.

Ich spähte an ihm vorbei und versuchte, durch den Spalt in der Tür etwas zu erkennen, bevor er mir die Sicht versperrte.

Er trug Jeans und ein T-Shirt, also konnte ich ihn wohl kaum beim Rummachen mit einer anderen erwischt haben. Allerdings war er barfuß.

Keine Schuhe, das wäre vor einer Woche wegen der Kältewelle nicht möglich gewesen, als er unsere Einfahrt freigeschaufelt und wir einen besonderen Moment in unserer Küche geteilt hatten. Nun starrte er mich mit verschränkten Armen an, als wollte ich ihm irgendetwas andrehen.

»So ein Pech. Du kannst dich nicht einfach in mein Leben schleichen und dann wie von der Tarantel gestochen aus meinem Haus fliehen.«

»Was willst du von mir hören?« Er schaute auf mich herab, sein Blick bohrte sich in meinen.

»Die Wahrheit.«

»Es gibt keine Wahrheit. Ich wollte mit dir reden, und das habe ich getan.« Sein Ausdruck wechselte von wütend zu gelangweilt, als hätte jemand einen Schalter in ihm umgelegt.

Und das machte mich sauer. Heiße, glühende Wut stieg in mir hoch. Ich rammte ihm meinen Finger gegen die Brust.

»Du hast nicht zu entscheiden, wann das hier vorbei ist. Du hast die ganze Zeit versucht, mit mir zu reden, und gewollt, dass ich mich öffne. Und jetzt, wo ich das endlich getan habe, bist du fertig? Einfach so?« Ich starrte ihm ins Gesicht und fauchte dann: »Fick dich.«

Sein Kopf schnellte hoch und zur Seite. »Du solltest jetzt gehen, Bay.« Er trat weiter von der Tür weg und schloss sie.

»Nein, ich gehe nicht, bevor du mit mir geredet hast.« Ich stemmte die Hände in die Hüften. »Du wirst mich schon tacklen müssen, wenn du willst, dass ich mich bewege.«

Ihm entfuhr ein langes, tiefes Zischen. »Fuck.« Er ließ die Schultern hängen, und meine Augenbrauen schossen in die Höhe.

Vermutlich war mein lautes Japsen in der ganzen Nachbarschaft zu hören, als er sich vorbeugte und seine Schulter gegen meinem Bauch drückte. Nicht brutal und hart – ich war überrascht, aber es tat nicht weh. Eine Sekunde später hing ich plötzlich über seiner Schulter, mein Kopf baumelte hinter seinem Rücken herab. Seine bloßen Füße erzeugten kaum ein Geräusch, als er über den unebenen Gehweg vor seinem Haus lief.

Der Schock verflog, und ich drückte mich von seinem Rücken ab, um mir die Haare aus dem Gesicht zu streichen. »Lass mich runter.«

Ich hörte das Klimpern von Schlüsseln, und er verlagerte mein Gewicht, bevor ich auf den Beifahrersitz seines Autos plumpste.

Er warf noch einen Blick zum Haus hinüber, bevor er sich auf den Fahrersitz fallen ließ und mit einem Arm über meinen Sitz gelegt nach hinten aus der Einfahrt schlitterte. Wir hüpften über ein Loch in der Straße und fuhren um die Kurve, bevor er wie ein Formel-1-Fahrer die Straße entlangbretterte.

»Wo fahren wir hin?«

»Ich bringe dich nach Hause.« Sein Blick zuckte kurz in meine Richtung, bevor er sich wieder auf die Straße konzentrierte. Sein Oberkörper war angespannt und leicht nach vorne gelehnt, seine Finger am Lenkrad verkrampft.

»Das kannst du vergessen.« Ich schnallte mich an und verschränkte die Arme vor der Brust. »Ich steige nicht aus, bevor du mit mir geredet hast.«

»Würdest du endlich mal aufhören …«

»So frustrierend und anstrengend zu sein? Willkommen im Club. Du wirst mich schon aus diesem Auto zerren und meine Finger einzeln vom Türgriff lösen müssen, wenn du mich hier raushaben willst.«

Er knurrte grollend und raste geradewegs an meinem Haus vorbei.

»Du hast keine Schuhe an.«

Er hob den linken Fuß an, um ihn anzusehen. Dann zog er die Mundwinkel runter.

»Ist dir das vorher nicht aufgefallen?«

»Ich hatte wichtigere Dinge im Kopf.«

»Die da wären?«

»Dich von meinem Haus wegzuschaffen.«

Ich sank tiefer in meinen Sitz. So hatte ich mir das Ganze nicht vorgestellt. Die Szenarien, die ich mir vorhin in Gedanken ausgemalt hatte, hatten alle damit geendet, dass er sich entschuldigte und mich heftig küsste. Im Moment konnte ich vermutlich froh sein, wenn er mich nicht irgendwo am Straßenrand aussetzte und mich zwang, zu Fuß nach Hause zu gehen.

»Wenn du etwas Zeit brauchst, kann ich dich in Ruhe lassen.«

Er schüttelte den Kopf. »Jetzt willst du mich also in Ruhe lassen? Was war das eben noch mit deinen Fingern und der Tür?«

»Vielleicht bin ich ja dadurch zur Vernunft gekommen, dass du wie ein Berserker durch die Stadt rast.«

Er nahm den Fuß vom Gaspedal, und der Tacho sank um mindestens dreißig Stundenkilometer.

»Dare …« Ich legte die Hand auf seinen Bizeps. Er verspannte sich unter meiner Berührung. »Du kannst mit mir reden. Lass mich dir helfen.«

Sein Blick schrie jetzt nicht mehr: ›Hau verdammt noch mal ab‹, so wie vorhin, als er aus dem Haus gekommen war. Er wirkte eher verloren, als wäre die Situation mit mir aussichtslos.

»Oder auch nicht.« Wieder ließ ich mich in meinen Sitz sinken und sah aus dem Fenster. Die Bäume rasten an uns vorbei, und er machte keinerlei Anstalten, langsamer zu werden. Regen tröpfelte auf die Frontscheibe, allerdings nicht so stark, dass es nötig war, den Scheibenwischer anzuschalten.

»Als du gespielt hast …«

Er leckte sich über die Lippen und presste sie dann zusammen. »Als du gespielt hast, hat mich das erschüttert, Bay.« Sein Blick traf meinen.

Ich holte scharf Luft. Mein Mund öffnete und schloss sich wieder, ohne dass ein Laut herauskam. Schließlich nahm ich meinen ganzen Mut zusammen und fragte: »Erschüttert? Auf welche Art?«

»Ich lasse nicht viele Menschen an mich ran. Das mache ich einfach nicht. Aber du bist geradewegs in mein Leben spaziert, als wäre nichts dabei.«

»Du warst nicht ganz unbeteiligt, würde ich sagen.«

Er lachte schnaubend. »Stimmt. Als ich dich das erste Mal

spielen gehört hab, musste ich gerade mit ein paar schwierigen Sachen klarkommen.«

»Was für Sa...«

»Ist egal. Deine Stimme hat mich aus meinen düsteren Gedanken geholt, und ich musste dich einfach noch mal singen hören.«

Ich drehte mich so, dass ich ihn besser ansehen konnte. »Und als ich dann wieder für dich gespielt habe, hat dich das in die finsteren Gedanken zurückversetzt?« Bei der Vorstellung, er könnte sich wegen meiner Musik so schlecht gefühlt haben, dass er abhauen musste, zog sich mein Magen schmerzhaft zusammen.

»Nein.« Er schüttelte den Kopf und brachte den Wagen am Straßenrand zum Stehen. Obwohl er sich jetzt nicht mehr auf den Verkehr konzentrieren musste, sah er mich trotzdem nicht an. »Hat es nicht.« Er schwang seine Tür auf, stellte sich mit hinter dem Kopf verschränkten Händen an den Straßenrand und starrte in den Himmel hinauf.

Wolken zogen auf, so als wollten sie meine Verwirrung live und aus der ersten Reihe miterleben. Der Nieselregen war stärker geworden und trommelte auf das Autodach.

Allmählich war ich diesen Tanz der Fehlkommunikation leid, deshalb stieß ich meine Tür auf und rief: »Also hat es dich glücklich gemacht, mich spielen zu hören? Wollen wir nicht alle glücklich sein? Warum ist das etwas Schlechtes?«

»Weil du wie ein unberechenbarer Gegner auf dem Spielfeld bist und ich nicht weiß, wie ich meine Position gegen dich absichern soll.«

Als hätten seine Worte die Schleusen des Himmels geöffnet, verwandelte sich der Nieselregen in einen Platzregen. Ich schirmte meine Augen ab und trat näher an ihn heran.

»Ich bin jemand, vor dem du dich schützen musst?«

Er ließ die Arme sinken und drehte sich zu mir um. »Vermutlich die Einzige.«

»Hör auf, drum herumzureden. Sei ehrlich.« Das Wasser trommelte auf mich ein. Die dicken, schweren Tropfen durchnässten mein Shirt in Sekundenschnelle.

»Gehen wir zurück ins Auto.«

Ich rührte mich kein Stück. »Nicht bevor wir das geklärt haben. Erst verfolgst du mich, tauchst überall auf, wo ich dich nicht sehen will – und dann gehst du mir aus dem Weg, als wäre ich deine verrückte Ex. Ich setze mich nicht ins Auto, bis du mir alles erklärt hast.« Ich konnte ihn nur noch verschwommen erkennen. Meine Brillengläser waren nass und voller Schlieren.

»Was gibt es da zu erklären? Willst du wissen, wie ich mich wegen dir gefühlt habe?« Er kam ums Auto herum und baute sich vor mir auf. Die Straße war leer, nur er und ich waren hier, endlich bereit, alles offenzulegen. Wasser lief an seiner markanten, geraden Nase runter und tropfte unaufhörlich an der Spitze herab.

»Dass es sich angefühlt hat, als hättest du tief in meine Seele gegriffen und dort deine Spuren hinterlassen, ohne dass ich es bemerkt habe?«

Seine Haare klebten ihm an der Stirn.

Meine Brust zog sich zusammen. Ich konnte nicht atmen. Ich wagte es nicht, auch nur die kleinste Bewegung zu riskieren, die Dare davon abgehalten hätte, mir zu erzählen, was ich hören musste. Scheiß auf die Konsequenzen.

»Dass es mich wahnsinnig macht zu wissen, dass du in ein paar Monaten nach Kalifornien gehst, während ich nicht mal weiß, wo ich landen werde? Ist es das, was du hören willst?« Er stand vor mir und starrte schwer atmend auf mich herab. Als wäre das hier genauso anstrengend wie sein Training oder ein Spiel.

Ich nickte. Regen rann mir übers Gesicht, floss über mein Kinn auf mein Shirt, das sich unaufhaltsam damit vollsog. »Ja. Glaubst du, ich hätte nicht die gleichen Gedanken gehabt? Ich habe stundenlang aus dem Fenster gestarrt, um rauszufinden, warum die Begeisterung, die ich fürs College empfinde, jetzt einen bittersüßen Beigeschmack hat, nur weil du nicht dort sein wirst.«

So schnell, wie er sich bewegte, gab es sicher keinen Gegner auf dem Spielfeld, der ihn hätte aufhalten können. Allerdings wollte ich ihn gar nicht aufhalten.

Seine Lippen trafen auf meine – heftig, hungrig, unnachgiebig.

Meine Brust wurde gegen seine gedrückt, meine weichen Rundungen gegen die Härte seines Körpers und seinen entschlossenen Mund.

Dare hatte eine Hand an die Seite meines Gesichts gelegt, seine Finger umfassten meinen Nacken und sein Daumen fuhr meinen Kiefer entlang, sodass ich ihm nicht entkommen konnte. Doch ich wollte ihm gar nicht entkommen.

Der Sturm um uns herum wütete, überschüttete uns mit seinen Wassermassen, während all unsere Sinne von dem unstillbaren Durst nacheinander eingenommen wurden.

Das Hupen eines vorbeifahrenden Autos brachte uns dazu, erschrocken voneinander wegzuspringen.

Ich starrte ihn bebend und schwer atmend an, versuchte, mich zu erinnern, ob ich mich jemals so lebendig gefühlt hatte. Jede einzelne Zelle meines Körpers sehnte sich nach seiner Berührung.

Er schob sich schützend zwischen mich und die Straße und bugsierte mich zu seinem Auto.

»Ich bin klatschnass.«

»Das trocknet schon wieder. Ich bringe dich heim.« Er öffnete die Tür für mich und hielt beim Einsteigen meine Hand. Ich verzog das Gesicht, als die Nässe ins Polster sickerte.

Er schloss die Tür und ging hinter dem Auto herum.

Ich beobachtete ihn durch den Rückspiegel.

Er fuhr sich mit den Fingern durchs Haar und zögerte einen Moment, bevor er weiterging und seine Tür öffnete, um einzusteigen.

Auf dem Weg zu meinem Haus schwiegen wir, aber unsere Hände waren die ganze Zeit ineinander verschränkt.

Ich war die Neue. Niemand sah mich. Und ich wusste nicht mal, ob ich gesehen werden wollte. Doch manchmal, wenn er mich anschaute, konnte er geradewegs durch die Mauer blicken, die ich aufgebaut hatte, seitdem ich hergezogen war. Und ich hatte das Gleiche bei ihm getan.

Aber diese Gefühle, die in mir tobten, machten mir Angst. Ich war nicht sicher, ob ich es überleben würde, ihn zu verlassen.

16

Dare

Mein Herz versuchte die ganze Zeit über, aus meiner Brust und direkt aus dem Fenster zu springen, um überfahren zu werden.

Sie zu küssen war ein Fehler gewesen. Es hätte der Punkt am Ende des Satzes sein sollen, damit wir das Buch endlich schließen und diese gegenseitige Anziehung hinter uns lassen konnten. Ich hatte gedacht, sie würde mich vielleicht ohrfeigen oder von sich stoßen.

Stattdessen war sie meinen Lippen mit ihrem eigenen unkontrollierbaren Verlangen begegnet. Ich hatte meine Hand an ihren Hinterkopf gelegt und ihr Gesicht fest an meins gehalten. Während ich ihr in die Augen gesehen hatte, hatte ich gewusst, dass dies nicht das Ende sein würde.

Ich hatte ein brennendes Streichholz in ein ganzes Lagerhaus voller Feuerwerkskörper geworfen. Und ich hatte nur einen Gartenschlauch, um das Ganze zu löschen.

Ich parkte vor ihrem Haus. Statt meine Hand loszulassen, kletterte sie über die Mittelkonsole, als wäre es für sie genauso schwer loszulassen wie für mich.

Wir gingen den geraden, sauberen Weg zu ihrem Haus entlang. Das Wetter hatte wieder gewechselt. Der Platzregen hatte nachgelassen, aber der hartnäckige Sprühregen sorgte dafür, dass wir nass blieben.

Ihr weißes T-Shirt klebte ihr an der Brust und setzte ihre Silhouette perfekt in Szene. Die Hose haftete an ihren Beinen, und ihre Schuhe gaben beim Gehen ein schmatzendes Geräusch von sich.

Meine nackten Füße erinnerten mich daran, warum nach Hause gehen für mich jetzt nicht infrage kam. Warum das Ganze überhaupt erst passiert war. Als sie vor meiner Türschwelle aufgetaucht war, war mein erster und einziger Gedanke gewesen, dass ich sie dazu bringen musste, von dort zu verschwinden.

Mein Dad hatte sich zwar bewusstlos gesoffen, aber ich war schon zu oft nachlässig geworden. Daher wusste ich, wie wahrscheinlich es war, dass er plötzlich wutentbrannt aufwachen und alles zu Brei schlagen würde, was ihm im Weg stand.

Bay in Sicherheit zu bringen hatte alles andere aus meinen Gedanken verbannt, bis ich sie von unserem Grundstück fortgeschafft hatte. Sie in mein Auto zu verfrachten war nicht mein Plan gewesen, doch wann hatte ich schon mal einen guten Plan gehabt?

Sie war nicht ausgeflippt und hatte verlangt, dass ich sie nach Hause brachte. Sie war auch nicht aus dem Auto gesprungen. Stattdessen hatte sie mich nicht mit meinen Ausflüchten davonkommen lassen.

Ihre Schlüssel klimperten, als sie die Tür aufschloss. Sie öffnete sie und sah mich über die Schulter hinweg an. Ihr Haar klebte ihr im Gesicht und am Rücken.

Ihre klatschnasse Hose schmiegte sich an ihren Hintern, wodurch die Kontur ihrer Unterwäsche deutlich zu erkennen war. So weit war es jetzt schon mit mir gekommen? Ich glotzte Bays Po an? Seit ich sie auf ihrer Hintertreppe gesehen hatte, hatte es niemand anderen gegeben, für den ich mich auch nur annähernd interessiert hätte. Bay hatte meine Emotionen und meine sexuellen Wünsche so unverhofft entfacht, als hätte sie einen Überraschungsangriff auf mich verübt, und das ganz ohne Waffen – nur mit ihrer Stimme, ihren Worten, ihrem Körper.

Das Gewicht meiner durchweichten Jogginghose und den Boxershorts war das Einzige, was sich der wachsenden Erektion entgegenstellte, die allein durch den Blick in ihre Augen zu allem bereit war. Ich war kurz davor, mir in den Schritt zu schlagen, damit ich keine Grenze überschritt.

»Komm.« Sie nickte in Richtung Treppe, als hätte ich Anstalten gemacht, ihre Hand loszulassen.

Es fühlte sich an, als würde ich geheiligten Boden betreten. Während ich die Stufen erklomm, pulsierte das Blut in meinen Adern.

Sie öffnete die erste Tür links. Ihr Zimmer. Es hingen keine Poster an der Wand, nur Fotos. Notizblöcke und Schulbücher lagen überall auf ihrem Tisch und Bett verteilt.

»Du kannst hier warten. Ich hole dir ein Handtuch und was zum Anziehen.«

Wir starrten auf unsere Hände. Irgendwann würden wir loslassen müssen. Aber hier, umgeben von Bays Sachen, fühlte es sich nicht so falsch an wie in meinem Auto. Ich löste meinen Griff und sie ihren.

»Zwei Sekunden.« Und weg war sie. Türen wurden im Flur geöffnet und geschlossen; ich schaute mich in ihrem Zimmer um. Mit einem verlegenen Lächeln und einem Stapel Handtücher kam sie wieder herein.

Ich fuhr mit einem Finger an der Kante ihres Schreibtischs entlang, dabei passte ich auf, dass ich nicht noch mehr nass machte. Um meine Füße herum hatte sich bereits eine Pfütze gebildet.

Sie ging an mir vorbei zu ihrer Kommode und zog eine

Schublade auf. Mit flinken Händen holte sie sich ein Shirt und Shorts raus.

Ich schluckte schwer, als mich die Vorstellung traf, wie Bay sich die nassen Klamotten vom Körper schälte und dabei ihre perfekte, glatte Haut meinem hungrigen Blick freigab.

Mit den Kleidern an die Brust gepresst drehte sie sich zu mir um.

»Möchtest du duschen? Ich fühle mich irgendwie ekelig.« Sie zog am Kragen ihres durchnässten Shirts. »Das musst du natürlich nicht hier machen. Du kannst auch nach Hause gehen.« Mit jedem Wort wurde ihre Stimme leiser.

Ein Stechen schoss durch meine Brust, gefolgt von einem Gefühl der Wärme, das sich rasch ausbreitete. Sie wollte, dass ich blieb. Und ich wollte nicht gehen.

»Duschen wäre wunderbar.«

»Ich suche dir was zum Anziehen raus, während du im Bad bist.« Sie legte mir die weichen, flauschigen Handtücher in die Arme. Dermaßen weiche Handtücher hatte ich in meinem ganzen Leben noch nie benutzt.

»Danke.«

»Die erste Tür auf der anderen Seite des Flurs.«

Ich machte mich auf den Weg, um das Badezimmer von jemand anderem zu benutzen. Aber nicht von irgendjemandem. Von Bay. Vor mir lag eine Reise, auf die ich nicht vorbereitet war.

Das Haus war gebaut wie meins, nur spiegelverkehrt. Doch nichts davon fühlte sich wirklich ähnlich an. Die Fliesen waren leuchtend weiß. Keine Risse oder Verfärbungen, kein fehlender Spiegelschrank. Alles schrie förmlich, dass hier eine nette Familie lebte, die sich füreinander interessierte.

Ein leises Klopfen an der Tür unterbrach meine Erkundungstour.

»Alles okay da drinnen?«

»Ja, alles gut.« Ich legte die Handtücher ab und drehte das Wasser auf. »Bin in ein paar Minuten fertig.« Ich schälte mich aus meinen Klamotten und sprang unter die Dusche, um mich so schnell zu waschen wie sonst nur nach dem Training. Dass mein Schwanz halbsteif war, entging mir nicht, aber ich hoffte, Bay würde es nicht bemerken. Ihr Himbeer-Duschgel stand auf dem Regal in der Dusche.

Ihr Geruch umgab mich in einer Wolke der Glückseligkeit, und mein Blut schoss geradewegs von meinem Kopf zu meinem Schwanz. Das war nicht der richtige Zeitpunkt. Ich drehte das kalte Wasser auf und biss die Zähne zusammen, bis die unangebrachte Erektion verschwunden war.

Als ich nur mit einem Handtuch um die Hüften gewickelt vor ihrem Zimmer stand, war ich mir nur allzu bewusst, wie entblößt ich war. Umkleideräume hatten mich im Hinblick auf Nacktheit eigentlich desensibilisiert, aber Bay war noch nie mit mir in einer Umkleide gewesen.

Sie entdeckte mich und stand auf. Auch sie war nur mit einem Handtuch bekleidet, das sie neben ihrer linken Brust festgesteckt hatte. Die Rundung ihrer Brüste hinderte den Frotteestoff daran runterzurutschen, und ich war noch nie in meinem Leben so sauer auf ein paar Brüste gewesen.

»Ich habe ein paar Sachen für dich gefunden.« Sie tätschelte den kleinen Stapel auf ihrer Bettkante. »Sie haben meinem Dad gehört, aber sie sollten dir passen.« Ihre Unterlippe verschwand in ihrem Mund, während sie darauf herumkaute.

»Ich … bin gleich zurück.« Sie schnappte sich die Klamotten von ihrer Kommode und zeigte mit dem Daumen über ihre Schulter, bevor sie aus dem Zimmer eilte. Die Badezimmertür schloss sich.

Ich starrte auf das Shirt und die Shorts, die sie mir hingelegt hatte. Die Sachen ihres Vaters. So wie sie über ihn redete, musste es eine Menge bedeuten, dass sie sie mir anvertraute. Wenn auch nur für ein paar Stunden.

Nachdem ich sie angezogen hatte, faltete ich das Handtuch zusammen und setzte mich auf die Kante ihres Bettes. Ich stützte meine Unterarme auf die Oberschenkel. Das T-Shirt war etwas eng, doch die Shorts passten.

Alles hier – selbst ich – roch nach ihr. Ich musste wohl ihre Seife benutzt haben.

Ich stand wieder auf und ging durch ihr Zimmer. Die Expedition ›Bay‹ ging weiter.

Der Gitarrenkoffer lehnte neben ihrem Schrank an der Wand. Im Wäschekorb neben dem Schrank stapelten sich getragene Klamotten. Es sah aus, als würde hier jemand leben, aber es war nicht unordentlich. Ihr Bett war gemacht. Ihr Rucksack hing an ihrem Schreibtischstuhl. Neben ihrer Tür stand ein Korb mit frisch gewaschenen Kleidern.

Auf ihrem Tisch lagen Notizblöcke und Schulbücher. In welchen Kursen war sie noch, abgesehen von denen, die wir zusammen hatten? Ich hob ein Notizbuch an, auf dem vorne kein Fach stand.

Eine Hand erschien in meinem Blickfeld und schlug es mir aus den Fingern. »Guck das nicht an.«

Bay nahm das Notizbuch und schob es in die oberste Schublade ihres Schreibtischs.

»Tut mir leid.« Sie bückte sich, um ihr runtergefallenes Handtuch aufzuheben, und rieb sich damit die Haare trocken.

»Schon okay, ich hätte nicht schnüffeln sollen. Hab nicht nachgedacht. Mir tut es leid.« Was war nur los mit mir?

Sie blinzelte mich an. »Ich habe überreagiert. Das habe ich noch nie jemandem gezeigt.«

»Du musst es mir nicht zeigen, wenn du nicht willst.« Ich wandte mich vom Tisch ab und gab ihr etwas Raum. Auf der

Bettkante setzte ich mich so weit wie möglich vom Tisch entfernt hin. Dabei dachte ich darüber nach, was ich Geistreiches sagen könnte, ohne komplett dämlich zu klingen. Allerdings wollte mir einfach nichts einfallen. Genau das wäre wohl ein guter Zeitpunkt gewesen, meinen Hintern nach Hause zu bewegen.

Das nasse Handtuch landete mit einem dumpfen Geräusch im Korb. Sie öffnete die Schublade und holte das Notizbuch heraus. Die Seiten fest umklammert, setzte sie sich neben mich. Die Matratze senkte sich leicht.

Bay wollte mir etwas zeigen, was noch niemand vor mir gesehen hatte – meine Muskeln spannten sich vor Nervosität erwartungsvoll an.

»Versuch, nicht zu sehr zu lachen.« Ohne mich anzusehen, schob sie es mir zu.

»Bay …« Mit meinem Handrücken strich ich ihr sanft über die Wange, sodass sie mich ansah. Ich fing ihren Blick ein und ließ nicht zu, dass sie im Abgrund der Selbstzweifel verschwand.

Sie schaute mir tief in die Augen, doch ihr Blick war von Unsicherheit getrübt.

»Nichts, was ich hier drin sehe, könnte etwas an dem ändern, was ich über dich denke.«

Sie nickte.

Ich klappte den Umschlag um. Die Seite war gefüllt mit einem Regenbogen aus Gekritzel. Offenbar war dies Bays Funktioniert-dieser-verdammte-Stift-Seite.

Sie sprang auf, um das Zimmer aufzuräumen, als ich weiterblätterte.

Auf manchen Seiten stand oben ein Titel, auf manchen nicht.

Manche Texte bestanden nur aus ein paar Zeilen, andere erstreckten sich über mehrere Seiten.

Jede Seite erzählte mir mehr über Bay, enthüllte einige der Geheimnisse, die ich so dringend in Erfahrung bringen wollte.

Seite um Seite war gefüllt mit Songs. Bei den älteren war ihre Handschrift größer und unordentlicher, die Farben leuchtend und kräftig. Darin fand ich heraus, dass sie in der fünften Klasse *My Little Pony* geliebt und einen Jungen namens Anthony O'Connel gehasst hatte.

Die Tinte war an manchen Stellen verblasst, doch andere, neuere Einträge waren gut zu lesen. Aus der Strichstärke und dem Wechsel hin zu emotionaleren Themen schloss ich, dass einige ganz frisch waren. Darin ging es nicht länger um Ferien und Wasserschlachten. Sie handelten von ihrem Kampf, sich selbst zu finden, und davon, was ihre Familie ohne ihren Dad bedeutete.

Davon, wie sie sich abmühte, ihren Platz in einer Stadt zu finden, in der niemand ihren Namen kannte. Mir wurde das Herz schwer. Das war meine Schuld. Ich hatte ihr diese Zeit ihres Lebens noch mehr erschwert als nötig, und ich konnte mich nicht mal daran erinnern.

Im nächsten Song ging es um Verwirrung und die Suche nach einer Erklärung dafür, warum ein scheinbarer Feind plötzlich einen auf nett machte. Die letzte Seite beschrieb das Chaos in ihrem Kopf, das durch die Gefühle verursacht wurde, die durch diese Person entstanden waren. Die Gefühle, die ich in ihr hervorrief. Jedes Wort ließ ein so klares Bild entstehen, dass es sich anfühlte, als könnte ich in ihren Kopf blicken.

Mich so zu sehen, wie sie mich sah – als einstiger Bösewicht, über den sie ihre Meinung hatte ändern müssen, obwohl sie dagegen angekämpft hatte –, festigte nur meinen Entschluss. Ich würde sie nicht noch einmal verletzen. Ich klappte das Buch zu und legte es neben mich aufs Bett.

»Was denkst du?« Sie blickte von dem Korb, neben dem sie stand und Wäsche faltete, zu mir herüber.

»Du bist sehr talentiert.«

Ein schnaubendes Lachen brach aus ihr heraus. »So zerbrechlich bin ich nicht, du kannst ruhig ehrlich sein.« Sie schüttelte ein T-Shirt fünfmal aus, bevor sie es zusammenfaltete.

»Du denkst, ich lüge?« Ich öffnete eine Seite mit einem Text, für den ich ein Stück meines Herzens herausgeschnitten hätte, damit sie ihn für mich sang.

»Du würdest dein Bestes geben, meine Gefühle nicht zu verletzen. Vor allem, nachdem du ›Wrong‹ gelesen hast.« Die Schublade knarrte, als sie sie öffnete, um einen Stapel Shirts hineinzulegen.

»Wenn ich alles schlechtreden würde, was du geschrieben hast, würdest du mir dann glauben?«

Noch ein Lachen. »Wahrscheinlich. Es ist immer einfacher, die schlechten Dinge zu glauben.« Sie zupfte einen Fussel von dem Shirt in ihrer Hand.

»Vielleicht bist du diejenige, die aufhören sollte, darüber zu urteilen, was du geschrieben hast. Singst du einen davon für mich?«

»Welchen?« Sie legte das Shirt in die offene Schublade.

»›Found‹.«

»Von allen Liedern da drin willst du ausgerechnet das hören?« Sie hob eine Augenbraue.

»Was ist damit nicht in Ordnung? Verurteile meine Wahl nicht.«

Bay schüttelte den Kopf und nahm sich ihre Gitarre. Sie setzte sich auf die Kante ihres Tisches, überprüfte, ob die Saiten richtig gestimmt waren, und öffnete und schloss ihre Hand.

»Du kennst ihn nicht auswendig.«

»Den Song, den ich in der Sechsten geschrieben habe, in dem es darum geht, dass ich meine Brotdose verloren habe und deshalb dreimal das Mittagessen aus der Cafeteria ertragen musste? Nein, sorry. Den habe ich mir nicht eingeprägt.«

»Man sollte meinen, das Ganze hätte ein anhaltendes Trauma verursacht.« Ich reichte ihr das Notizbuch.

Sie schüttelte sich. »So viel Ketchup. Ich kann bis heute keinen essen.«

Ich schob mich auf ihrem Bett so weit nach hinten, dass mein Rücken die Wand berührte.

Als sie mit dem Song fertig war, liefen mir vor Lachen die Tränen übers Gesicht. Ich würde Pommes und grüne Bohnen nie wieder mit denselben Augen sehen.

Also stand ich auf, formte mit den Händen einen Trichter um meinen Mund und grölte wie ein begeisterter Band-Groupie, während sie die letzte Silbe der Worte ›Corn Dog‹ sang, bevor sie sich tief verbeugte.

Sie warf eine zusammengerollte Socke nach mir und traf mich an der Brust. »Weiß sonst noch jemand, dass du so eine Knalltüte bist?«

»Niemand außer dir, Bay.«

17

Bay

Mir tat der Nacken weh. Radiergummifussel waren über mein ganzes Bett verteilt. Die Wörter auf den Karteikarten verschwammen allmählich. Aber ich hatte es endlich geschafft. Die Ziellinie der Bio-Probearbeit war überschritten.

»Wie hältst du das bloß aus?«

»Was?« Ich streckte die Beine aus und kritzelte etwas in mein Notizbuch. Die Worte flossen nur so dahin, füllten Zeile für Zeile, Seite für Seite. Mein Bio-Buch und das dazugehörige Arbeitsheft waren vergessen. Der erste Teil der Probearbeit mit der gigantischen 92, mit der Piper in ihrer quirligen, fließenden Handschrift die komplette erste Seite bedeckt hatte, bedeutete, dass es Zeit für eine Belohnung war. Vorhin war ich nach unten gegangen und hatte eine Dose mit Köstlichkeiten – Erdnussbuttercookies mit Schokostückchen – und zwei Gläser Milch geholt.

»So nah an Dare zu wohnen.« Sie stieß ungelogen einen Seufzer aus, bei dem sie die Hand auf die Brust legte und sehnsüchtig aus dem Fenster schaute.

Einen kurzen Moment lang spürte ich bittere Empörung in mir aufwallen, doch ich unterdrückte das ungute Gefühl schnell wieder. Natürlich war sie an Dare interessiert. Wer war das nicht?

»Er ist mindestens dreißig Meter entfernt. Du hast im Unterricht schon dichter neben ihm gesessen.«

»Da ist er aber nie oben ohne.«

Ich ließ den Stift fallen und kroch über mein Bett zu ihrem Wachposten vor meinem Fenster. Nachdem wir geduscht hatten und ich ihm ein Spontankonzert gegeben hatte, war er am nächsten Tag für einen Filmabend rübergekommen. Er hatte das Wochenende unseres Beziehungs-Showdowns praktisch bei mir gewohnt und war nur gegangen, als ich für die letzte technische Probe vor den Musicalaufführungen nächste Woche zur Schule musste. Es blieb noch abzuwarten, ob das zwischen uns darüber hinausgehen würde, dass ich seinen nackten, vom Duschen tropfnassen Oberkörper anstarrte.

Wir hatten uns zwar im strömenden Regen leidenschaftlich geküsst, doch seitdem hatte er keinerlei Anstalten gemacht, das fortzusetzen. Ich hatte mich nur mit einem Handtuch bekleidet auf mein Bett gesetzt, in der Erwartung, dass er es mir vom Leib reißen und mich noch mal küssen würde. Stattdessen hatte er den Blick abgewandt und mich ins Bad gehen lassen. Als ich zurückgekommen war, hatte ich gedacht, jetzt, wo ich nicht mehr mit Schlamm übersät war, würde es vielleicht so weit sein, aber er hatte lediglich um ein Solokonzert gebeten.

»Gehst du zum Abschlussball?«

Ich schnaubte. »Viel zu teuer für ein paar Würstchen im Schlafrock und Apfelschorle, für die ich auch noch unbequeme Schuhe tragen muss.«

»Ich wette, du würdest gehen, wenn Dare dich fragen würde«, trällerte sie.

»Nicht mal dann. Er müsste mich schon kidnappen und mich in seinen Kofferraum verfrachten, damit ich mitkomme.«

»Uh, jetzt wird's schmutzig.«

Ich warf ihr ein Kissen an den Kopf.

»Ey, nicht so doll.« Sie pustete sich die Haare aus dem Gesicht. »Ich gehe auch nicht. Außer ein gewisser Typ aus der Bühnen-AG fragt mich.«

»Warum fragst du ihn nicht?«

Sie keuchte entsetzt und presste sich die Hand an die Brust, bevor sie sich mit der anderen Luft zufächelte. »Welche Lady würde denn so was tun?«

»Eine, die zum Abschlussball will.«

»Es ist eine Tradition.«

»Ich werde auch ohne dieses Brimborium auskommen.«

»Du bist doch langweilig.«

Ich stellte mir Dare in einem Smoking mit Ansteckblume und einem passenden Ansteckstäußchen für mich vor und schüttelte den Kopf. Vielleicht war das alles nur eine verdammt reale Halluzination gewesen und er hatte mich überhaupt nicht geküsst. Mein erster Kuss. Ein Kuss, klatschnass am Straßenrand, der so leidenschaftlich gewesen war, dass ich am liebsten für immer dort stehen geblieben wäre. Aber wie viele andere Lippen hatte er schon geküsst? Wie viele andere Zungen hatten schon mit seiner getanzt und genau gewusst, wie die Schritte gingen, damit sie nicht im Dunkeln tappten und versuchten herauszufinden, wo sie überhaupt waren. Das Ganze war definitiv nicht mein Fachgebiet gewesen.

Er musste gar nicht wissen, dass es mein erster richtiger Kuss gewesen war. Ich würde mich allerdings immer daran erinnern.

So wie er seine Hand zurückgerissen hatte, als unsere Finger sich berührt hatten, rechnete ich jeden Tag mit einer schonenden Abfuhr von ihm. Zumindest ging er mir nicht aus dem Weg. Er ignorierte weder meine Anrufe noch meine Nachrichten, und auch auf dem Schulflur mied er mich nicht mehr. Natürlich bedeutete Augenkontakt nicht direkt, dass wir in einer Nicht-Beziehung-Beziehung waren, doch wenigstens war ich nicht wieder unsichtbar.

Es konnte also gut sein, dass ich Dare nie wieder oben ohne sehen würde. Also lugte ich an meinem Vorhang vorbei und betrachtete ihn in all seiner muskulösen Herrlichkeit. Verschwitzt und lachend warf er Knox einen Ball zu. Er wirkte so unbeschwert. Nicht wie bei den Feierlichkeiten vor Aufwärmspielen oder so ziemlich allen anderen Momenten, bei denen ich ihn mit anderen Leuten gesehen hatte. Da hatte er immer so einen angespannten Blick drauf, als würde er jeden plattmachen, der sich ihm in den Weg stellte. Das Ganze war ein krasser Gegensatz zu unserer Popcorn-Schlacht während des Abspanns der *Goonies* – es fiel mir schwer, beides unter einen Hut zu bringen.

Aber wenn er so mit Knox herumalberte, sah er aus wie er selbst. Wie der Kerl, der mich mit einem Schluck aus dem Limonadenglas ins Straucheln brachte. Funktionierte so sein Charme? Konnte er ihn einfach anschalten, und Frauen fielen vor ihm auf die Knie?

Ich spürte ein mir unbekanntes Flattern im Magen und legte mir die Hände auf den Bauch, während ich den Blick einfach nicht von ihm abwenden konnte.

Jetzt verstand ich es. Dares zerstörerische Kraft. Sie existierte nicht nur auf dem Spielfeld. So heiß, wie er war, konnte er ohne Probleme eine Schneise durch die ganze Stadt brennen. Wie viele andere Mädchen hatten schon seine Lippen gespürt?

»Hast du noch nie darüber nachgedacht, das Licht anzulassen, wenn du dich abends umziehst?« Piper hielt sich am Vorhang fest und posierte wie ein Model. So wie sie plapperte, hatte ich wohl ein paar Minuten ihres Monologs darüber verpasst, wie ich ihn durch mein Zimmerfenster verführen könnte.

»Ich lege hier doch keinen Striptease für ihn hin.« Er hatte mich ja schon im Handtuch gesehen.

Sie musterte mich mit fassungsloser Miene. »Warum zur Hölle nicht?«

»Mein Cheerleader-Körper-Upgrade ist bei der Post verloren gegangen.« Rote Flecken an Hals und Brust waren nur ein Grund mehr, warum ich mir nicht sicher war, ob das Ganze nicht damit geendet hätte, dass ich japsend davongelaufen wäre, wenn er mir das Handtuch abgenommen hätte. Die ganzen anderen Frauen, die er geküsst hatte – wie viele davon sahen wohl so aus wie ich?

»Das interessiert Kerle gar nicht.«

»Mich aber. Können wir jetzt weiterarbeiten?«

Sie zog den Vorhang weiter auf. »Oh mein Gott, er guckt her. Und er schirmt seine Augen ab, damit er besser sehen kann.«

»Was? Nein!« Ich packte sie an der Taille und versuchte, sie vom Fenster wegzuziehen.

»Er wird denken, dass ich ihn wie eine Perverse beobachte.«

Ihre Hand an meinem Vorhang ließ nicht locker.

»Piper, hör jetzt auf!«

»Wenn er eine Show will, gebe ich ihm eine Show.«

Ich stützte einen Fuß am Bett ab und zerrte an ihr, während ich die Arme fest um ihre Mitte geschlungen hatte. Der Stoff und die Vorhangstange sprangen aus der Halterung und fielen auf uns herab. Piper landete auf mir, ihr Kopf schlug gegen meinen.

Einen Augenblick lang sah ich Sterne.

»Bay!«

»Piper! Was zur Hölle?«

»Du verstehst echt keinen Spaß.« Sie schmollte und rieb sich die Stirn.

»Am liebsten würde ich dich umbringen.« Ich schob sie von mir herunter und beäugte missmutig das Fenster, das jetzt, wo der Vorhang auf meinem Bett lag, mein Zimmer mit Licht durchflutete. Das würde ich wieder in Ordnung bringen müssen, bevor Mom nach Hause kam – allerdings würde ich das auf gar keinen Fall tun, solange Dare noch da unten war.

»Dann würde dir niemand mehr mit Bio helfen.« Sie grinste.

»Das ist auch der einzige Grund, warum du noch lebst.« Ich zeigte mit meinem Stift auf sie, als wäre er eine Waffe.

Ein dumpfes Geräusch erklang vor der Eingangstür.

Ich warf einen Blick aus dem Fenster und entdeckte Dares Auto in unserer Einfahrt. Er ging gerade am Fenster vorbei, und ich riss schnell die Tür auf.

»Warte.«

Er hielt abrupt inne und drehte sich halb zu mir um. »Deine Mom hat mir den vor Kurzem ausgeliehen. Meiner war kaputt, und ich hatte keine Gelegenheit, ihn zu ersetzen.« Er zeigte auf einen Schraubenschlüssel, der mit einer Notiz versehen auf der obersten Stufe lag.

Mom hatte Dads Werkzeug selbst drei Umzüge nach seinem Tod noch nicht weggegeben. Sie würde vermutlich ausrasten, wenn sie herausfand, dass meine komplette Vorhangstange an meiner Wand lehnte und uns wohl ein schönes Sümmchen der Kaution kosten würde.

»Danke fürs Zurückbringen.« Ich hob den Schraubenschlüssel auf und legte ihn neben der Tür in den Flur. »Warum hast du nicht … Könntest du mir vielleicht kurz helfen?« Ich kniff die Augen halb zusammen und bereitete mich darauf vor, dass er wieder weglief. Aber mir gingen allmählich die Optionen aus.

Er spähte zu seinem Auto hinüber, als könnte er vielleicht durch das offene Fenster springen und so aus meiner Einfahrt flüchten.

»Klar, wobei denn?« Er drehte um und kam auf die Tür zu.

Ich brachte ihn hoch. Die Schmetterlingskolonie in meinem Bauch spielte total verrückt, sobald er in meinem Zimmer stand. Ich ging, um das Werkzeug zu holen, das er für die Reparatur benötigen würde.

»Und die ist ganz von alleine runtergefallen?« Dare stand auf der Trittleiter und lächelte auf mich herab. Seine Worte wurden von den Schrauben gedämpft, die er sich zwischen die Lippen geklemmt hatte.

»Piper war hier. Sie hat sich im Vorhang verheddert, als sie sich ihre Bücher geschnappt hat.«

»Das warst also nicht du, die uns beobachtet hat?« Selbst mit den Schrauben im Mund klang seine Stimme eindringlich. Wollte er etwa, dass ich ihn beobachtete?

»Sie hat versucht, die Geschwindigkeit deines Wurfs zu berechnen.« Von allen Ausreden … Aber ich behielt die Arme vor der Brust verschränkt, anstatt mir gegen die Stirn zu schlagen.

»Klingt logisch.« Er schlug die Plastikdübel in die Wand, um die Löcher zu stopfen, die die herausgerissenen Schrauben hinterlassen hatten. »Nur damit du's weißt, du bist eine schrecklich schlechte Lügnerin.«

»Sie hat dich beobachtet. Dich bespannt, als du mit Knox rumgealbert hast.« Die Worte strömten aus mir heraus, als hätte er gedroht, mir die Zehennägel auszureißen.

»Und ich dachte, das warst du.« Er legte den Zeigefinger an meine Halsgrube und strich dann bis zu meiner Kinnspitze. »Oder vielleicht habe ich es auch gehofft.«

Mehr als eine gestammelte Antwort brachte ich nicht heraus: »Ich war nicht sicher, ob du das willst. Du bist die letzten Tage still gewesen.«

Er drehte sich zur Wand und hielt mir die Hand hin. »Kannst du mir den Akkuschrauber geben?«

Ich nahm das Gerät vom Bett und hielt es ihm hin.

Unsere Finger berührten sich, als er es nahm, dann machte er sich wieder an die Arbeit.

»Ich wollte dich nicht erdrücken. Mein Dad ist wieder weg, also wollte ich dir nicht die ganze Zeit auf die Nerven gehen.«

»Was hat dein Dad damit zu tun, ob wir zusammen abhängen oder nicht?«

Er schüttelte den Kopf. »Nichts. Ich dachte nur … du hättest inzwischen bestimmt die Schnauze voll von mir.«

»Hast du diese Woche irgendwas Großes vor?« Ich strich mit den Fingern über meine Bettdecke.

»Abgesehen vom Titan Combine in Chicago am Donnerstag? Nein.«

»Oh, das hatte ich vergessen. Vergiss es.«

»Erzähl's mir. Was hattest du im Sinn?« Er spähte über die Schulter.

»Bald findet die letzte Vorstellung statt. Manchmal gehen danach alle aus, um zu feiern.«

»Lädst du mich zu einer Party mit der Bühnen-AG ein?«

Er würde sich vermutlich lieber die Augäpfel herausreißen, als mit mir hinzugehen.

»Nein, bestimmt nicht. Aber vielleicht könnten wir ja Burger essen gehen oder so.«

Sein Kiefer verspannte sich, und er schaute zur Wand.

»Ist das hier gerade?« Er hielt die Stange hoch.

Wollte er nicht mit mir abhängen? So langsam bekam ich ein Schleudertrauma. Wir hatten uns geküsst. Er hatte fast achtundvierzig Stunden bei mir rumgehangen, dann war er verschwunden, und jetzt war er angepisst, weil ich ihn nicht zu einer Langweiler-Party einlud?

»Links ein bisschen höher.«

»Kannst du mir die Wasserwaage geben?« Wieder hielt er mir die Hand entgegen.

»Nach dem Combine-Ding, bist du dann fertig mit dem Training?«

»In drei Wochen findet noch der Bedlam Bowl statt.«

»Ach ja, die Banner.« Ab einem bestimmten Punkt war das doch alles das Gleiche. Ein Football, ein Schriftzug und ein Datum. Wie konnte sich irgendjemand das alles merken? »Das hatte ich ganz vergessen.«

»Ich glaube, da bist du die Einzige, Bay.«

Meine Wangen glühten.

»Bei dem ganzen Wahnsinn, den das letzte Jahr an der Highschool mit sich bringt, wer hat denn da überhaupt noch einen Blick für andere Dinge?«

Seine Augen zuckten zu mir. »Ich.«

Mein Herz machte einen Sprung.

Er balancierte die Stange in einer Hand, und der Akkuschrauber surrte, während er die letzten drei Schrauben festzog.

Die Bilderrahmen auf meiner Kommode wackelten, als er von der Leiter sprang.

»Und fertig.« Er zeigte mit dem Akkuschrauber auf die perfekt gerade hängende Stange und den Vorhang mit dem blauen Mosaikmuster.

»Mom ist gestern nicht in meinem Zimmer gewesen, aber es wäre nur eine Frage der Zeit gewesen, bis sie das hier bemerkt hätte.« Mein Bauch kribbelte vor Nervosität, und ich zog am Kragen meines Shirts. Warum fühlte es sich an, als würde es immer enger werden, bis es kurz davor war, mich zu erdrosseln?

»Sorry, wenn du wegen mir jetzt für irgendeine Verabredung zu spät bist. Oder was Besseres vorgehabt hast.«

»Bay …« Er verstummte und trat auf mich zu. Fast so, als würde er gegen seinen Willen von mir angezogen. Gestelzte, zögernde Schritte.

Der Funken hatte das Zündholz entfacht, und das Feuer kroch langsam meinen Körper empor.

Er senkte den Kopf, und ich bereitete mich darauf vor, dass er sich mit der gleichen besitzergreifenden Art auf meine Lippen stürzte wie im Regen.

Rums, die Haustür unten wurde aufgestoßen und knallte gegen die Wand. »Bay, kannst du mir mal helfen kommen?«

Sprachlos starrte ich Dare an, dann sank ich auf die Fersen zurück und ließ den Kopf hängen. Mir war gar nicht aufgefallen, dass ich mich auf die Zehenspitzen gestellt hatte, um ihm entgegenzukommen.

»Bay?«

»Komme, Mom.« Ich lief um ihn herum.

»Ich helfe auch.« Dare folgte mir die Treppe hinunter. Sein Körper warf einen Schatten auf meinen.

Ich warf ihm einen Blick über die Schulter zu.

»Da bist du ja.« Mom kam mit einem gigantischen Karton im Arm durch die Haustür. »Oh, Dare. Ich wusste nicht, dass du hier bist.« Einen Moment lang musterte sie uns beide eingehend. Keine unordentlichen Klamotten, schneller Abgang aus meinem Zimmer, nur leicht außer Atem.

»Ein frischgebackener Vater hat zwanzig Obstkörbe und Dutzende Packungen Donuts mitgebracht. Ich glaube, er wollte Donuts für das ganze Krankenhaus mitbringen. Wir mussten sie loswerden, bevor alles verkommt.«

»Ich kann dir welche abnehmen, wenn du willst. Ist der Rest im Auto? Ich gehe sie holen.« Dare legte den Akkuschrauber beiseite und eilte aus der Tür, bevor jemand etwas sagen konnte.

Ich folgte Mom in die Küche.

»Wie lange ist Dare schon hier?« Sie sah mich nicht an, aber ich wusste, dass ihr Mom-Radar gerade heftig ausschlug.

»Nicht lange. Er hat den Schraubenschlüssel zurückgebracht.« Ich hob den Deckel des Kartons, den sie auf die Arbeitsplatte gestellt hatte.

»Und hat ihn in dein Zimmer gebracht.« Sie lachte.

»Och, Mom. Wir haben nur über eine Gruppenpräsentation für Donnerstag geredet. Er ist einer der beliebtesten Jungs an der Schule.« Ich spähte kurz über meine Schulter. »Es ist nicht so, wie du denkst. Dare versucht nur, nett zu sein.«

Sie gab ein ungläubiges Geräusch von sich, wandte sich mir zu und legte mir die Hände auf die Schultern. »Du bist achtzehn und in ein paar Monaten weit weg auf dem College. Ich weiß, was ihr jungen Leute tut. Ich will nur, dass du vorsichtig und glücklich bist. Ich liebe dich.«

Sie umarmte mich und drückte mir einen Kuss auf den Kopf.

»Ich dachte mir, du könntest sicher eine Menge von dem Zeug hier heute Abend mit zum Theater-Club nehmen. Du hast in letzter Zeit viel gearbeitet und siehst immer so müde aus.« Sie strich mir das Haar aus der Stirn.

Ich schaffte es, mein Lächeln aufrechtzuerhalten.

»Du bist doch immer hinter Snacks und Süßkram her.«

Ein Blick in die Schachtel offenbarte einen Korb mit Ananas, grünen Äpfeln, Erdbeeren mit und ohne Schokoladenüberzug, allerhand anderen Beeren und Marshmallows auf Holzstäbchen, die auf grünem Styropor angebracht waren, das man unter all den Früchten kaum sah.

»Ich habe mich für eine zusätzliche Schicht heute Abend

eingetragen. Vielleicht kann ich dich etwas früher in der Schule absetzen. Mit dem ganzen Zeug kannst du nicht Fahrrad fahren.«

Hinter uns ertönte ein Räuspern. »Ich kann Bay zur Schule fahren.«

Mit meinem Rücken zu ihm erstarrte ich. Oh Gott, wie lange stand er da schon? Hatte er das ganze Gespräch belauscht?

»Du bist immer so ein Gentleman, Dare.«

Ich tarnte mein Lachen mit einem Husten. Ihr Spiel-nicht-mit-meiner-Tochter-Tonfall war nicht gerade subtil.

Er schob die Schachteln mit Donuts und noch mehr schokolierten Erdbeeren auf die Arbeitsplatte.

»Kann ich einen davon jetzt haben, Mom?«

»Na klar, die werden ja nicht besser, wenn man sie stehen lässt. Ich springe schnell unter die Dusche. Benehmt euch, Kinder.« Sie tätschelte den Türrahmen, bevor ihre Schritte erst auf der Treppe und dann über uns zu hören waren.

»Willst du einen Donut?« Ich öffnete eine Schachtel und stupste dabei Dares Brust mit meiner Schulter an.

Er wich nicht zurück und ich genauso wenig.

Mir war nur allzu bewusst, dass ich gerade mit dem Feuer spielte und der gigantische Eimer voller Eiswasser sich direkt über uns befand.

In der Schachtel waren ein Dutzend Donuts in unterschiedlichen Geschmacksrichtungen und Farben. Ich nahm mir einen mit Regenbogenstreuseln und Schokoglasur und biss hinein. In meinem Mund fand eine Zuckerexplosion statt.

»Hey, den wollte ich.«

Ich hielt mir die Hand vor den Mund, in den ich mir mindestens ein Viertel des Donuts geschoben hatte. »Sorry.«

»Warum teilen wir nicht?«

Ich hielt ihm den Donut hin. Doch anstatt ihn mir abzunehmen, legte er die Finger um mein Handgelenk und zog meine Hand zu seinem Mund.

Er beobachtete mich, während er in den Donut biss.

Ich vergaß, wie man kaute, und erstickte fast an meinem Donut. Mein Herz vollführte einen doppelten Flickflack in meiner Brust. Mein Puls raste.

Die Innenseite meines Handgelenks fühlte sich unter seinen Fingerspitzen vermutlich so an, als hätte ich eine Springbohne unter der Haut.

Sein Atem ging stoßweise, und der hungrige Blick in seinen Augen hatte nichts mit dem leckeren Gebäck zu tun.

Und ich sollte später allen Ernstes mit ihm in einem Auto sitzen? Ich war eine tote Frau. Tod durch einen mit der Hand gefütterten Donut.

18

Dare

»Wo zum Teufel willst du hin?« Knox stürzte mit dem Rest der Mannschaft aus dem Bus. Er war verschwitzt und dreckig, aber grinste bis über beide Ohren.

Mein Grinsen hatte nichts mit dem Titan Combine zu tun. Ich war noch nie so schnell gesprintet, hatte nie härter getacklet, und meine Hände waren noch nie so klebrig von Schweiß gewesen wie in Chicago. Ich hatte allerdings nur einen Gedanken: hierher zurückzukommen, um Bay abzuholen.

Donuts hatten noch nie so süß geschmeckt wie von ihren Lippen. Auf dem Weg zum Schulparkplatz, wo ich sie abgesetzt hatte, waren womöglich die Autofenster beschlagen. Zwar war sie schwer beladen mit all ihren Taschen hineingelaufen, anstatt mich beim Tragen helfen zu lassen, doch dank meiner Leistung heute und der Vorfreude, sie nach sechsunddreißig Stunden endlich wiederzusehen, war mir selbst der getrocknete, brennende Schweiß auf meiner Haut egal.

»Dare«, rief Coach Greer mir nach.

Nachdem ich mir meine Tasche geschnappt hatte, kam ich schlitternd zum Stehen, um zu ihm zurückzujoggen. Die Aufführung musste mittlerweile vorbei sein. War Bay schon längst mit den anderen Leuten von der Bühnen-AG losgezogen? Mit diesem Jon? »Coach.«

»Du hast heute eine verdammt gute Leistung gezeigt.«

Ich trat von einem Fuß auf den anderen. »Ja, ich habe mich gut gefühlt.«

»Und dann war da die Auseinandersetzung mit dem Typen aus Pennsylvania.«

Ich verkrampfte die Hände an meiner Sporttasche. Die Erinnerung an die billige Nummer, die der Kerl versucht hatte abzuziehen, versetzte mich fast wieder zurück in den Nebel der Rage.

»Ich habe ihn nicht geschlagen.«

»Nur weil jemand dazwischengegangen ist.«

Ich biss die Zähne zusammen. »Er hätte mir mit der Scheiße ein Bein brechen können.«

Coach seufzte schwer.

Mir stellten sich die Nackenhaare auf.

»Reden wir ein anderes Mal darüber.« Er schüttelte den Kopf. »Geh duschen, und schlaf dich aus.«

Ich nickte und ging zu meinem Auto. Die anderen Jungs waren noch dabei, ihre Taschen aus dem Bus zu holen. Bald würden sie meine ehemaligen Teamkollegen sein, aber jetzt gerade standen sie mir im Weg.

Wenn irgendjemand glaubte, dass meine Fähigkeit, mir einen Weg durch Hindernisse zu bahnen, sich auf das Spielfeld beschränkte, hatte er falsch gedacht. In diesem Moment waren sie Gegner, die mich daran hinderten, zu meiner richtigen Siegesfeier heute Abend zu gelangen.

Ich fuhr schnell nach Hause und dann zurück zur Schule. Schweiß lief mir den Rücken herunter. Selbst die Dusche und die frischen Klamotten hatten meinen Herzschlag nicht beruhigt. Genauso wenig hatten sie den Schweiß gestoppt, der mir aus jeder Pore strömte, als hätte er es eilig, das sinkende Schiff zu verlassen.

Nachdem ich prüfend an meinen Achseln geschnuppert hatte, startete ich das Auto, um zum Eingang der Aula auf der anderen Seite der Schule zu fahren, doch mein Handy meldete sich mit einem *Pling*:

Knox: Aussichtspunkt
Ich: Heute nicht
Knox: Wo gehst du dauernd hin?
Ich: Geht dich nichts an
Knox: Ich erzähle dir immer alles
Ich: Gegen meinen Willen
Knox: Du bist ein Arschloch
Ich: Ich weiß

Es würden scharenweise Leute beim Aussichtspunkt sein, aufgeregt am Rand des Steinbruchs stehen und Mannschaftslieder singen, über den Bedlam Bowl labern und bis Mitternacht saufen.

Ich parkte weiter hinten, wo nur noch ein anderes Auto stand. Meine Nerven spielten Pingpong in meiner Brust. Eine State Championship zu gewinnen war weniger angsteinflößend gewesen, als hier zu stehen.

Ihr Fahrrad war das Einzige, das noch am Ständer stand. Ich hatte sie also nicht verpasst.

Ich lehnte mich mit den Händen in den Hosentaschen an mein Auto und wartete. Ein wortloser Song summte in meiner Brust und spülte ein wenig der Nervosität fort.

Die Seitentür wurde aufgestoßen und Bay kam mit ein paar anderen Leuten heraus. Sie winkte ihnen zu und ging zu ihrem einsamen Rad am Fahrradständer. Ganz in Schwarz gekleidet und mit zwei geflochtenen Zöpfen sah sie aus wie eine knallharte Einbrecherin.

Es hätte mir absolut nichts ausgemacht, davon geweckt zu werden, dass sie durch mein Zimmerfenster kletterte.

Sie öffnete ihr Fahrradschloss und setzte den Helm auf. Jemand hupte. Ihr Kopf zuckte hoch, und sie winkte. Dann ließ sie den Blick über den Parkplatz schweifen, er streifte mich und kehrte wieder zu ihrem Fahrrad zurück.

Das Vorderrad gab ein dumpfes Geräusch von sich, als sie es aus dem Ständer zog und erstarrte.

Mein Lächeln wurde breiter.

Sie wirbelte so schnell herum, dass einer ihrer Zöpfe sie im Gesicht traf.

Mein Grinsen musste vom Weltall aus sichtbar sein.

»Was machst du hier?«

Sie ließ ihr Rad fallen und öffnete ihren Helm, bevor sie auch ihn fallen ließ und auf mich zueilte.

»Netter Look.« Ich hielt das Ende eines Zopfes mit zwei Fingern fest und spielte damit.

Ihr Atem ging stoßweise, und sie starrte mich an, als wäre ich mit einem Blumenkranz hier aufgetaucht.

Mist, ich hätte Blumen mitbringen sollen.

Ihre Augen funkelten erstaunt und glücklich. Und ich vergaß die welken Blumen aus dem Supermarkt, über die ich eben noch nachgedacht hatte.

Die gleichen, inzwischen wohlbekannten Gefühle hallten in meiner Brust wider. Außer uns war niemand hier. Auf einem leeren Parkplatz, nach dem Spiel, das über mein Schicksal entscheiden würde, fühlte ich mich in ihrer Gegenwart so glücklich wie nie zuvor. Und das nur, weil sie sich freute, mich zu sehen.

Sie schluckte und legte mir zögerlich eine Hand auf die Brust. »Wie war dein Football-Trip?«

»Du hast das Ergebnis nicht nachgesehen?«

»Zwei Leute aus der Bühnen-AG sind in letzter Minute abgesprungen, deshalb musste ich mich nicht nur um das Soundboard kümmern, sondern in der Pause auch noch helfen, die Bühnendeko auszutauschen. War ein stressiger Abend, aber ich schätze, das gilt auch für dich, was?«

»Drei Jahre.«

Sie kräuselte die Augenbrauen und legte den Kopf schief.

»So viel Zeit habe ich verschwendet, ohne das hier zu tun.« Ich legte ihr eine Hand auf den Rücken und eine um die Taille, um sie an mich zu pressen. Unsere Lippen trafen sich in einer hitzigen, hungrigen Kollision. Jeder Kuss mit ihr war explosiv, überwältigend und trotzdem noch zu wenig.

Sie quiekte, als sie gegen meine Brust fiel, doch dann erwiderte sie den Kuss. Ihre Arme zog sie unter meinen vor und schlang sie um meinen Nacken.

Ein Auto kam auf den Parkplatz gefahren und sie versteifte sich.

Ich packte ihren Po und sie drückte mir japsend die Handflächen gegen die Brust. Wenn ich mein Verlangen zu sehr mit mir durchgehen ließ, würde ich sie verschrecken. Also ließ ich sie los, damit sie sich von ihren Zehenspitzen wieder auf die Fersen stellen konnte, und schaute ihr in die Augen.

Sie trug ein schiefes Lächeln im Gesicht, und ihre Brust hob und senkte sich so schnell wie meine, als ich hergerast war. Das Auto parkte, und jemand sprang heraus.

Bay wich einen Schritt zurück und blickte in Richtung des Autos.

»Sorry.« Ich ließ die Arme sinken.

Sie hörte auf, auf ihrer Unterlippe herumzukauen, ließ das Auto, das mit laufendem Motor auf dem Parkplatz stand, jedoch nicht aus den Augen. »Du musst dich nicht entschuldigen. Ich hab mich nur erschreckt.« Sie nahm meine Hände in ihre und legte sie an ihren Rücken, sodass sie mir wieder ganz nah war.

Allerdings wandte sie sich mir erst dann wieder komplett zu, nachdem das Auto weggefahren war.

»Ich bin nur hergekommen, um dich nach Hause zu fahren. Mehr nicht. Ich erwarte nichts von dir, Bay.«

»Solltest du nicht auf irgendeiner Party sein? Es kommt mir vor, als würde zum Ende des Schuljahres niemand mehr was anderes machen als feiern.«

»Das ist erst nächste Woche dran, wenn die Trophäe hier ankommt. Die wird nicht vor morgen früh in Auftrag gegeben.«

Ihr blieb kurz der Mund offen stehen, und dann lachte sie. »Das war ein Scherz.«

»Oh. Ist dir nie aufgefallen, was für ein Tamtam gemacht wird, wenn wir gewinnen?«

»Ist das denn nicht normal? Ich muss zugeben, ich habe dem ganzen Football-Kram nie viel Aufmerksamkeit geschenkt, zumindest bis jetzt. Wegen dir.«

Warum weckte sie bloß so ein Gefühl in mir? Als wäre ich gebunden und trotzdem frei. Wenn sie mir in die Augen sah, erdete es mich. Und wenn ihre Lippen meine berührten, fühlte ich mich, als würde ich fliegen.

»Ab dem vierten Sieg ist es alles das Gleiche. Größtenteils ist es eine Gelegenheit für den Coach und den Bürgermeister, irgendwelche Reden zu schwingen, bis alle unruhig werden. Dann hebt unser Quarterback die Trophäe hoch und tut so, als hätte er das alles alleine geschafft. Du hast nicht viel verpasst.«

»Wenn du da bist, schaue ich mir das Ganze von der Menge aus an.«

»Warum schaust du es dir nicht als mein Date an?«

Stille. Sie blinzelte erschrocken zu mir hoch.

»Nach alldem hast du immer noch nicht gemerkt, dass ich

auf dich stehe, Bay?« Ich strich ihr mit dem Handrücken über die Wange.

»Ich hatte so ein Gefühl, aber …« Sie trat zurück.

Etwas mehr Druck von ihr, und ich ließ meine Arme sinken.

Sie ließ den Blick über den nun leeren Parkplatz schweifen. »Ich war mir nicht sicher.« Nachdem sie kurz zu mir hochgesehen hatte, fuhr sie sich mit den Händen übers Gesicht, als wäre das Ganze hier eine Qual für sie. »Ich war mir nicht sicher, was du willst. Oder was das hier überhaupt ist.« Ihre Augenlider flatterten, die langen Wimpern rahmten die champagnerfarbene Iris ihrer Augen ein, die von einem tiefen Karamellton umgeben war und durch die Straßenlaternen perfekt beleuchtet wurde.

Ich folgte dem Schwung ihrer Augenlider mit meinen Blick, bevor ich wieder zu mir kam und realisierte, was sie gesagt hatte. *Was das hier überhaupt ist.*

Ich schob die Hände in meine Taschen. Das Gefühl zu fliegen verwandelte sich in einen freien Fall. »Was denkst du denn, was ich will?«

Sie zuckte die Schultern.

»Wenn du darüber nachgedacht hast, musst du doch eine Vermutung haben.«

»Es sind nur Gedanken. Und ich weiß nicht mal, ob sie für mich Sinn ergeben, also werden sie das für dich erst recht nicht.«

»Wie wär's, wenn du mir davon erzählst und es herausfindest.« Ich ging an ihr vorbei, um ihr Fahrrad und den Helm vom Gras aufzuheben. Dann kam ich wieder zurück und öffnete meinen Kofferraum, um das Rad zu verstauen.

»Ist das jetzt unser Ding? Dass du mein Fahrrad klaust?« Sie stemmte eine Hand in die Hüfte.

Sie war genauso frustrierend wie schön.

»Manchmal krieg ich dich nur so dazu, mir zuzuhören.« Ich öffnete die Beifahrertür.

Ihr Blick verengte sich, und sie atmete lange und schwer aus, bevor sie ums Auto herumkam.

Ich bewegte mich nicht von der Stelle und versperrte ihr so den Weg. Es war ein verlockender Test.

Sie spitzte die Lippen, doch ich konnte auch ein leichtes Lächeln erkennen. »Soll ich jetzt auf deinem Schoß sitzen? Das könnte das Fahren etwas erschweren.«

»Nein, aber du sollst wissen, dass du mich nicht so einfach wegstoßen kannst.« Das hatte ich nicht sagen wollen. Die Gefühle in mir waren allerdings nur schwer zu bändigen, wenn sie in meiner Nähe war. Wie ein Glas, das bis zum Rand gefüllt und kurz davor war, überzulaufen und uns beide zu ertränken.

»Oh, wie sich unsere Rollen vertauscht haben.« Sie zog den Kopf ein und schob sich dicht an mir vorbei, bevor sie auf den Beifahrersitz kletterte.

»Vielleicht ist das unser Ding.« Ich schloss die Tür und joggte auf meine Seite. Dabei versuchte ich nicht daran zu denken, wie gut es sich anfühlte, sie neben mir im Auto sitzen zu haben. Ich fuhr vom Parkplatz.

Die Straßen waren verlassen. Alle waren entweder schon im Bett oder auf einer Party und würden erst in den frühen Morgenstunden wieder auf den Straßen unterwegs sein. Die Scheinwerfer eines einsamen Autos streiften uns auf dem Weg zu Bays Haus.

Sie legte das Kinn auf ihre Hände und blickte aus dem Fenster.

Eine Frage spukte mir schon die ganze Zeit im Kopf herum. »Warum denkst du, dass ich dich nicht bei der Parade dabeihaben will?« Ich musterte sie aus dem Augenwinkel.

»Dann würden alle über das hier Bescheid wissen, was auch immer das ist.« Sie gestikulierte zwischen uns hin und her.

Ich versuchte gar nicht erst, mein Lächeln zu unterdrücken. »Du hast ganz schön viel über uns nachgedacht, weigerst dich aber trotzdem, deine Gedanken mit mir zu teilen.«

»Warum sollten wir dieser Sache einen Namen geben?« Sie stützte den Ellbogen am Fensterrahmen ab und setzte ihren besten Ist-mir-scheißegal-Blick auf.

Ich hatte mir noch nie so sehr gewünscht, einer Sache einen Namen zu geben. Hatte noch nie den Drang verspürt, jemandem zu gehören. Hatte nie gebunden sein wollen und mir stattdessen immer gewünscht, nur nach vorn zu blicken, niemals zurück. Aber bei ihr versuchten andere Gefühle, die Oberhand zu gewinnen.

Sie warf mir einen Blick zu. »Außerdem habe ich gehört, dass du nicht gern datest.«

»Wer hat das gesagt?«

»Jedes Mädchen, das über deinen Arsch in Football-Hosen geredet hat. Darunter waren sogar einige Mütter.«

»Vielleicht hat mich ja noch nie jemand um ein Date gebeten?«

Ihre Augenbrauen schossen in die Höhe. Sie schüttelte den Kopf und sank tiefer in ihren Sitz. »Willkommen im Club.«

»Du wurdest noch nie gefragt?«

»Ich bin ›die Neue‹.« Sie hob die Finger und malte Anführungszeichen in die Luft. »Und ich bin in der Bühnen-AG. Such dir was aus.«

»Die Leute sind Idioten.«

»Das schließt dich mit ein.« Sie legte den Kopf schief. »Ich bin die ganze Zeit hier gewesen.« Ihr neckender Tonfall konnte den Schmerz in ihrer Stimme nicht überdecken. Den Schmerz, den ich verursacht hatte.

Mein Magen zog sich zusammen. Drei verschwendete Jahre. »Es vergeht kein Tag, an dem ich mir nicht dafür in den Arsch trete.«

Das entlockte ihr ein Lächeln. »Okay, jetzt fühle ich mich schon etwas besser.«

»Also, wann findet unser Date statt?« Ich fuhr in ihre Einfahrt und stellte das Auto auf Parken, ließ allerdings den Motor laufen. Ihre Mom war bei der Arbeit und Bay war alleine zu Hause, aber nach ihrem Zögern auf dem Parkplatz würde ich sicher nichts versuchen, solange sie noch nicht so weit war.

»Ich habe keinem Date zugestimmt.«

»Dann tut es mir leid, aber ich werde hier die Regeln festlegen müssen. Kein Kuss mehr von diesen Lippen, bis ich ein Date bekomme.« Ich strich mit zwei Fingern über meine Lippen, dann tat ich so, als würde ich sie abschließen und warf mir den imaginären Schlüssel über die Schulter. Sie war noch nicht so weit und ich wollte nicht der Kerl sein, der sie zu schnell zu weit drängte. Doch bei dem Gedanken daran, dass ein anderer all ihre ersten Male mit ihr teilen könnte, wollte ich jemanden schlagen. Allein wenn ich daran dachte, dass sie nicht das Allerbeste bekommen könnte, hätte ich am liebsten alles niedergebrannt. Und auch wenn sie verdammt noch mal etwas Besseres verdient hatte als mich, gewann in dem Fall mein Egoismus. Ich konnte mich einfach nicht mehr zurückhalten. Ich würde alles dafür tun, um der Kerl zu sein, den sie verdient hatte, selbst wenn ich mich nur mit einem Streichholz ausgerüstet durch einen finsteren Wald hätte kämpfen müssen.

»Du weigerst dich also, noch mal mit mir rumzumachen, bis ich einem Date mit dir zustimme?« Sie setzte sich ruckartig auf, ihre Stimme zwei Oktaven höher als normalerweise.

»Ich habe von Küssen geredet. Rumgemacht haben wir bis jetzt noch gar nicht.«

Ein leises Geräusch entfloh ihrem geöffneten Mund und ich legte einen Finger unter ihr Kinn, um ihn zu schließen. »Haben wir nicht?«, flüsterte sie hastig.

Ich schüttelte den Kopf.

»Nicht mal ein bisschen.« Mein überhebliches Grinsen kehrte zurück.

»Aber …«, stammelte sie. Ihre Augen weiteten sich. »Wie fühlt sich Rummachen dann an?«

»Erst brauche ich mehr Infos zu unserem Date.«

Sie leckte sich die Lippen. »Ist das nicht ein bisschen altmodisch? Lässt du dir jetzt einen Schnäuzer wachsen und holst mich mit deinem Hochrad ab?«

Ich lachte. »Raus aus meinem Auto, Bay. Du wurdest verbannt.«

»Du setzt mich einfach auf der Straße aus?«

»In der Einfahrt, um genau zu sein. Die sich genau vor deinem Haus befindet. Und aussetzen klingt ein bisschen hart. Ich geleite dich vielmehr aus meinem Auto und in dein Haus.«

»Meine Mom arbeitet heute Nacht.« Sie versuchte, einen sinnlichen und sexy Blick aufzusetzen, aber das nervöse Zucken in ihren Augen machte ihn zunichte.

Jetzt, wo ich gesagt hatte, dass ich die Dinge zwischen uns nicht weiter vorantreiben würde, hatte sie Mut gefasst. Ich würde jedoch nicht klein beigeben.

»Gute Nacht, Bay.« Ich stieg aus und holte ihr Fahrrad aus dem Kofferraum.

Sie stieß die Tür auf und starrte mich an, als ich den Fahrradständer ausklappte und ihr Rad vor der Garage abstellte.

»Echt jetzt?« Sie hatte die Hände in die Hüften gestemmt.

Ich sprang wieder in mein Auto und lehnte mich aus dem Fenster. »Echt jetzt. Glaub mir, ich würde gerade wahnsinnig gerne mit dir reingehen, aber nicht so gerne, wie ich ein Date mit dir will.«

Ihre Haltung entspannte sich, dennoch wirkte sie unsicher.

»Gute Nacht, Bay.«

Ich setzte zurück, fuhr allerdings nicht weg, bis sie sicher im Haus war. Wenn ich ein bisschen herumrechnete, müsste ich mir ein Date mit Bay leisten können. Irgendetwas Nettes – ich könnte den einen oder anderen Gefallen einlösen. Da es endlich wärmer war, würden mehr Leute Ausflüge mit dem Auto machen und ihre Karre vorher auf Vordermann bringen lassen wollen. Vielleicht konnte ich das Geschäft mit ein paar gut platzierten Ballwürfen am Morgen ankurbeln. Ich schüttelte den Kopf. Wollte ich jetzt ernsthaft die Autos anderer Leute kaputt machen, damit ich Bay ausführen konnte? Nein, ich würde das richtig angehen und einen Weg finden.

Zu Hause angekommen gab ich mein Bestes, sie nicht durch das Fenster zu beobachten, aber dann riskierte ich doch einen Blick. Der Vorhang war weit aufgezogen, und sie zog sich das Shirt über den Kopf.

Mein Herz raste, und ich fasste mir in den Schritt. Dabei fühlte ich mich wie ein Arschloch, bis sie herüberschaute und lächelte. Sie öffnete den Knopf an ihrer Jeans, während sie direkt vor dem offenen Fenster stand.

Meine mögliche Erektion verwandelte sich in eine handfeste Tatsache. Ich tastete nach der Schublade, um meinen Skizzenblock herauszuholen. Ihr Körper musste verewigt werden.

Sie drehte sich um und öffnete ihren BH, bevor sie den Vorhang zuzog und der Show ein Ende setzte.

Ich lachte heiser und atmete tief durch, damit sich mein Schwanz wieder beruhigte, um mich davon abzuhalten, wie ein

Hürdenläufer über den Zaun in ihren Garten zu springen und etwas monumental Dämliches zu tun.

Bay bedeutete Ärger. Wer hätte gedacht, dass meine Fahrrad fahrende, Gitarre spielende Nachbarin aus der Bühnen-AG meinen Verstand derart in Gefahr bringen könnte? Aber so war es, und ich wollte rein nichts daran ändern.

19

Bay

Ich saß an die Küchentheke gelehnt vor den Lamellenjalousien, die das Einzige waren, was mich vor Blicken verbarg. Das Surren des Rasenmähers draußen verwandelte sich in ein durchdringendes Rumpeln, das Dinge mit mir machte, von denen ich nie erwartet hätte, dass Rasenmähergeräusche sie mit mir anstellen könnten. Vielleicht hatte es aber auch etwas mit dem verschwitzten Typen zu tun, der die Maschine in unserem Vorgarten auf- und abschob und damit unseren perfekt gepflegten Rasen instand hielt.

Er bewegte sich zur letzten Reihe, und ich lief mit meiner mittlerweile kalt gewordenen Tasse Kaffee schnell ins Wohnzimmer. Vorhin hatte ich noch so getan, als würde ich daraus trinken, aber inzwischen hatte ich das aufgegeben.

Sein Mund zuckte jedes Mal, wenn er in Richtung des Hauses ging. Er wusste, dass ich ihn beobachtete. Und ich wusste, dass er es wusste, aber wir taten beide so, als mähte er unseren Rasen aus reiner Herzensgüte. Ich war außerdem furchtbar schlecht darin, ein Getränk möglichst effizient zu trinken.

Dare hatte sein T-Shirt ausgezogen und sich ein Handtuch über die Schulter geworfen, und ich war definitiv nicht die Einzige, die an diesem schönen Frühlingsnachmittag die Aussicht genoss.

»Bay?«

Ich schrie auf und kippte mir den kalten Kaffee auf das Shirt.

»Was machst du da?«

Mom lugte durch die Jalousien und bedachte mich anschließend mit einem wissenden Blick.

»Ich bin für eine Tasse Kaffee runtergekommen.« Wie zur Bekräftigung stellte ich meine leere Tasse in die Spüle.

»Klar. Das Ganze hier hat natürlich nichts mit unserem Nachbarn da draußen zu tun, der unseren Rasen mäht, richtig?« Lächelnd goss sie sich selbst eine Tasse Kaffee ein.

»Vielleicht ein bisschen.«

»Er scheint in letzter Zeit jedenfalls ziemlich häufig hier zu sein.«

»Er ist eben hilfsbereit.«

»Ich hoffe nur, dass du vorsichtig bist.«

»Mom«, rief ich genervt aus.

»Ich bin nachts arbeiten. Glaubst du, ich weiß nicht, was da so alles vor sich gehen kann?«

»Abgesehen von Piper war niemand in diesem Haus, wenn du bei der Arbeit warst.«

»Dann gehst du also zu ihm rüber?«

»Ich bin noch nie bei ihm zu Hause gewesen. Lass das, Mom.« Ich hielt mir die Ohren zu.

»Dein Dad und ich haben dich zwar aufgezogen, aber ich weiß auch, dass du kein Kind mehr bist. Das College ist nicht mehr lange hin. Du vergisst, was ich jeden Tag im Krankenhaus erlebe.«

»Ich habe nicht … Wir haben nicht … Wir sind nicht mal … Ich bin noch …« Ich schlug die Hände vor mein Gesicht. »Dare und ich sind Freunde. Das ist alles.«

»Irgendwas sagt mir, dass er das gerne ändern würde.«

»Warum denkst du das?«

»Er hat mindestens zwanzigmal hochgeguckt, seitdem ich runtergekommen bin.« Sie drückte mir im Vorbeigehen den Arm. »Pass einfach auf.«

»Das Gespräch hatten wir schon in der Sechsten.«

»Ich meinte mit deinem Herzen.« Sie drückte mir ihre Hand auf die Mitte der Brust. Bevor sie das Zimmer verließ, sah ich kurz, wie Schmerz in ihren Augen aufflackerte. Dann hörte ich ihre Schritte über mir.

Ich spähte aus dem Fenster und konnte nicht verhindern, dass mein Herz jedes Mal einen Sprung machte, wenn er aufsah und mich anlächelte. Ich holte Zutaten aus den Schränken und rührte einen Teig an, für den ich kein Rezept brauchte. Ein Spritzer Vanillearoma und ein paar Schokostückchen verwandelten meinen Pancake-Teig von »nicht schlecht« in »verdammt lecker«.

Mit drei Pfannen auf dem Herd verteilte ich schnell den Teig darin und stapelte die fertigen Pancakes auf einen Teller.

Das Dröhnen des Rasenmähers verstummte und hüllte das Haus in absolute Stille.

Dare zog den Rasenmäher hinter sich zur Garage.

Ich legte den Pfannenwender ab und lief durch die Haustür nach draußen. Das frisch gemähte Gras fühlte sich nass zwischen meinen Zehen an. »Es gibt Pancakes, falls du welche willst.« Ich zuckte mit den Schultern, wobei ich elend dabei versagte, cool zu wirken.

»Klar.« Er stellte den Rasenmäher ab und folgte mir ins Haus, während er sich den Nacken mit dem Handtuch trocknete. Die Nachmittagssonne ließ seinen Oberkörper glänzen. Unglücklicherweise blieb er jedoch nicht länger oben ohne, sondern zog sich das T-Shirt über, das er in seine Gesäßtasche gesteckt hatte. Es lag mir auf der Zunge, ihm zu sagen, dass es mir nichts ausmachen würde, wenn er es nicht anzog. Wie ein hungriger Wolf ließ ich meinen Blick über seinen Körper schweifen. Es fiel mir schwer, der Versuchung zu widerstehen.

Ich hielt ihm die Tür auf.

Er betrat das Haus, rümpfte allerdings die Nase, bevor Panik seinen Blick erfüllte.

Ich riss den Kopf herum. Aus der Küche kam Rauch. »Scheiße.« Hastig rannte ich hinein und warf den verkokelten und rauchenden Pancake in die Spüle, bevor ich das Wasser voll aufdrehte. Aus der Metallwanne stieg noch mehr Rauch auf, also schob ich die Fenster auf. Dann schnappte ich mir ein Handtuch und fuchtelte über meinem Kopf damit herum, damit der Rauch nicht zum Rauchmelder wehte.

Dare lief an mir vorbei. »Ich kümmere mich um die restlichen Pancakes.«

Noch mehr Rauch stieg von den Pfannen auf. Er stellte den Herd ab und warf die anderen verbrannten Pancake-Überreste in die Spüle. Währenddessen wedelte ich hustend weiter.

Er ließ das Wasser laufen, damit die Pancakes sich nicht komplett in Kohle verwandelten.

Meine Augen tränten wegen der verbrannten Butter und dem Rauchbomben-Teig.

Frische Luft wehte in die Küche. Jetzt roch es nicht nur nach verbranntem Frühstück, sondern auch nach frisch gemähtem Rasen. Dare öffnete zwei weitere Fenster und die Eingangstür, ließ aber die Fliegengittertür geschlossen.

»Danke.«

»Ist das Mindeste, was ich tun konnte, nachdem du extra für mich Pancakes gemacht hast.«

»Was? Hab ich gar nicht. Die hatte ich schon fertig.«

Er kam näher, stellte sich dicht neben mich. Er roch nach Gras und Schweiß. Ich hätte nie gedacht, dass ich so etwas ansprechend finden könnte, doch ich hätte ihn in diesem Augenblick am liebsten gepackt und an mich gezogen.

Mit jedem Atemzug streiften sich unsere Oberkörper. »Wann merkst du endlich, dass ich dich immer im Auge habe, Bay?« Er betrachtete mich mit einem Feuer in den Augen, das zum Löschen die Feuerwehrbesatzung von mindestens drei Städten benötigt hätte.

Mir wurden die Knie weich, aber ich blieb standhaft. Wenn ich zu Boden sank, wäre ich nicht mehr so nah wie möglich an seinen Lippen, die meinen unerträglich langsam näher kamen.

Ich sog scharf die Luft ein und begegnete seinem Blick. »Ach ja?«

Er nickte, als wäre es ein feierliches Gelöbnis. »Ich habe gesehen, wie du die Zutaten rausgeholt hast. Und deinen kleinen Tanz, immer wenn du die Pancakes gewendet hast.« Er strich mit einem Finger meinen Arm entlang.

Jetzt gesellte sich eine Gänsehaut zum Hämmern meines Herzens. Das Schlucken fiel mir schwer. »Ich dachte, du wärst vielleicht hungrig.« Meine Stimme war nur ein Flüstern.

»Ich bin immer hungrig.« Seine Lippen kollidierten mit meinen. Er legte beide Hände an meine Arme, sodass ich fest an ihn gedrückt wurde.

Die Zeit kam kurz zum Stillstand, bevor sie wie ein Schnellzug weiterlief. Ich vergrub die Fäuste in seinem verschwitzten T-Shirt, um ihn noch näher zu ziehen, obwohl das kaum noch möglich war.

Ich stieß rückwärts mit den Beinen gegen den Küchentisch, der daraufhin gegen die Wand knallte und die Tassen auf der Tischplatte klirren ließ.

»Bay, ist alles in Ordnung?«

Wir trennten uns schwer atmend voneinander. Mein Herz schlug Saltos in meiner Brust.

Dare grinste mich an, als hätte er gerade ein wichtiges Spiel gewonnen, und ich war kurz davor, die Pompons herauszuholen.

Er trat zurück, um ein bisschen Abstand zwischen uns zu bringen.

»Wow, was ist denn hier passiert? Hat es gebrannt?« Beim Reinkommen wedelte Mom mit der Hand vor ihrem Gesicht.

Ich zog den Kopf ein und strich mir die Haare hinter die Ohren.

»Bay hat mich an die Pfannen gelassen, und ich hab's versaut. Sorry, Molly.«

»Mach dir keine Sorgen deswegen. Habt ihr beide schon gegessen?«

»Ich hatte nur einen kleinen Happen und bin am Verhungern.« Dare nahm den Teller von meiner Mom entgegen und blickte zu mir herüber.

Wellen der Sehnsucht überkamen mich. Was wäre wohl passiert, wenn Mom nicht heruntergekommen wäre?

Unsere Füße streiften sich unter dem Tisch. Jedes Mal, wenn das passierte, schnellte mein Blick zu Mom.

Dare verschlang mindestens acht Pancakes, bevor er sich auf den Heimweg machte.

Ich begleitete ihn bis zum Ende unserer Einfahrt. Unsere Hände berührten sich bei jedem Schritt, und das nicht unabsichtlich. Am liebsten hätte ich seine Hand genommen und unsere Finger ineinander verschränkt, aber ich behielt meine Hände bei mir. Ich war nicht mutig genug, selbst nach dem glühend heißen Kuss, den ich immer noch auf den Lippen spürte.

»Wo fährst du nachts immer hin, Bay?« Er legte einen Arm auf das Dach seines Autos.

»Das willst du wissen?«

»Ich will alles über dich wissen.« Er strich mit den Fingern über mein T-Shirt, sodass der Stoff leicht meine Haut berührte.

»Komm um zehn her, und ich zeig es dir.«

Er atmete so scharf ein, dass seine Nasenflügel bebten, und sein Blick gewann an Intensität.

Ich zog den Kopf ein und strich mir die Haare hinter die Ohren. »Du kannst mich hinfahren, dann siehst du es.«

Er nickte und ließ die Hand sinken. Selbst der Verlust dieses Hauchs von Berührung traf mich schwer. Sein Blick zuckte zum Haus. Dann ließ er den Kopf sinken, wodurch er näher an meinen kam. »Ich werde hier sein.«

Ich blieb draußen stehen, bis der Umriss seines Autos um die Kurve verschwunden war.

Der Nachmittag wurde zum Abend. Sobald ich mit den Hausaufgaben fertig war, nahm ich mir die Gitarre und schlug die Saiten an, bevor ich die Worte aufschrieb, die jedes Mal aus mir herausströmten, wenn ich Stift und Papier vor mir hatte.

Mom stand in ihrer Arbeitskleidung in meiner Tür.

»Post für dich.« Sie legte den Brief neben mich auf das Bett.

Unter ihrem aufmerksamen Blick – auch wenn sie so tat, als würde sie woandershin schauen – riss ich den Brief mit dem UCLA-Logo auf.

Meine Hände zitterten, was es schwerer machte, die Zeilen zu lesen, da sie vor meinen Augen verschwammen. Die Geldsumme, die zwischen den Absätzen stand, ließ mich ganz schwindelig werden.

Ich hielt ihr den Brief hin.

Sie überflog das Schreiben und ein breites Grinsen eroberte ihr Gesicht. »Du hast es geschafft!« Sie drückte mich fest an sich und wiegte uns vor und zurück. »Bist du dir sicher?« Ihr Blick klebte an meinem. Stolz und Glück schimmerten in ihren Augen.

»Ja.« Mein Mund war ganz trocken. »Natürlich. UCLA, ich komme.«

»Dir wird es dort gefallen. Wie dein Dad immer über den Campus gesprochen hat … Ich wünschte, er könnte dabei sein, wenn du dorthin ziehst.«

Der Gedanke daran schnürte mir die Kehle zu. »Ich auch. Rechnungswesen, genau wie er. Du weißt, wie sehr ich Tabellen liebe.« Die konnte ich aus dem Ärmel schütteln, im Gegensatz zu den Tönen, die mir im Hals stecken blieben. Aber dass ich vor Dare singen konnte, gab mir Hoffnung. Vielleicht könnte ich es ja doch schaffen. Vielleicht während ich in L.A. war, dann könnte ich mehr aus meinem Nebenfach herausholen. Ein Praktikum in einem Studio machen. Möglicherweise hatte Freddy ein paar Kontakte.

Mom lachte, als sollte ich lieber mit einer Comedyshow auftreten und das mit dem College noch mal überdenken. »Er hat immer gesagt, dass er mit der Zeit Gefallen daran gefunden hat. Ich gehe jetzt …« Sie erstarrte, als sie die Gitarre ohne ihren Koffer an meinem Schreibtisch lehnen sah.

»Ist das seine?«

Ich nickte.

»Er hat es geliebt, mit dir zu spielen.« Ihre Stimme klang wehmütig und traurig. »Aber diese Welt hat ihm nichts geschenkt. So viele Fehlstarts und gebrochene Versprechen. Jedes Mal, wenn er aus dem Studio kam oder jemandem sein Demo-Tape gegeben hat und nichts daraus geworden ist, hat es seine Seele ein klein wenig mehr zerstört.«

»Aber er hat es trotzdem geliebt.«

»Vielleicht war das falsch.« Sie schüttelte den Kopf. »Die ganzen langen Nächte im Studio. Wenn er sich ausgeruht und mehr geschlafen hätte, anstatt sich so zu verausgaben …«

»Die Ärzte haben gesagt, es hätte jederzeit passieren können. Und er hat das Studio geliebt. Hat es geliebt, dort mit Freddy zu arbeiten.«

»Freddy.« Sie gab ein herablassendes Schnauben von sich, bevor sie die Augen schloss und den Kopf schüttelte. »Was hast du heute noch vor?«

»Hausaufgaben zu Ende machen.« Ich zeigte auf die Bücher auf meinem Tisch. »Außerdem muss ich noch die Notizen der Technik-AG für die Preisverleihung der Seniors am Mittwoch durchgehen.«

»Du bist immer so fleißig.« Sie kam noch mal zurück in mein Zimmer und küsste mich auf die Stirn. »Sei schön brav, und denk dran abzuschließen.«

Sie blieb in der Tür stehen und klopfte gegen den Rahmen. Ihr Mund öffnete sich, aber dann schloss sie ihn wieder, bevor sie mir zuwinkte und nach unten ging.

Einige Minuten später hörte ich die Eingangstür zugehen.

Ich saß auf meinem Bett und wartete auf einen Hinweis darauf, dass sie noch mal zurückkam. Noch zwei Stunden bis zu meinem Treffen mit Dare.

Schließlich schnappte ich mir die Gitarre und ließ all den Gefühlen in mir freien Lauf. Die Vorfreude. Wie sich seine Lippen auf meinen anfühlten. Sein Blick, der nie von mir abließ.

Um fünf vor zehn packte ich alles ein, was ich brauchen würde.

Als ich die Eingangstür öffnete, japste ich, weil ich fast gegen Dares ausgestreckten Arm gelaufen wäre, den er zum Anklopfen ausgestreckt hatte.

»Dare.« Ich hatte nicht vorgehabt, so atemlos zu klingen.

»Hey, Bay.« Er trug sein übliches träges Lächeln wie ein perfekt sitzendes Paar Vans.

Ich ging aus dem Haus und schloss ab.

Dare wich nicht zurück, sodass mein Rücken dabei gegen seine Brust gedrückt wurde. »Wo geht's hin?«

Ich warf ihm über meine Schulter hinweg einen Blick zu und schob die Schlüssel in meine Tasche.

Er schloss die Autotür hinter mir und setzte sich auf seinen Sitz. Der Motor heulte auf, und ich zog den Kopf ein, in der Hoffnung, dass niemand uns beobachtete.

Ich gab Dare Anweisungen, und es dauerte nicht lange, bis wir vor dem Studio hielten. »Du willst mich doch verarschen. Du fährst jede Nacht hierher? Mit dem Rad? Was zum Teufel ist hier so wichtig, Bay?!« In seinen Worten schwang Wut mit.

20

Dare

Bay starrte mich fassungslos an, und ich konnte einen Hauch von Sorge in ihren Augen erkennen, die von der flackernden Straßenlaterne erleuchtet wurden.

Ich atmete tief durch. »Bay. Das hier ist kein Ort, an dem du dich so spät noch rumtreiben solltest.«

»Dann kannst du gerne nach Hause fahren. Ich muss arbeiten.« Sie stieß die Tür auf und knallte sie dann so fest zu, dass mein ganzes Auto wackelte.

Ich sprang aus dem Wagen und folgte ihr. Der Gehweg unter meinen Füßen war nass und rutschig, trotzdem holte ich sie nach wenigen Schritten ein und stellte mich ihr in den Weg.

»Was machen wir hier?« Die Straße war verlassen. Ich rechnete fast damit, einen Steppenläufer vorbeirollen zu sehen. Das hier war ein sehr heruntergekommener Teil der Stadt, und mein Auto war nicht gerade unauffällig.

Sie presste die Lippen aufeinander und blickte mit in die Hüften gestemmten Händen zum pechschwarzen Himmel auf. »Das geht dich nichts an. Fahr nach Hause, wenn du zu große Angst hast.«

»Ich lasse dich nicht alleine hier. Wie kommst du dann nach Hause?«

»Ich will dich aber nicht mehr hier haben.«

»So ein Pech. Ich fahre nicht.« Ich sah über ihre Schulter zu meinem Auto, das genau unter der Laterne stand. Die makellose Lackierung war geradezu ein Leuchtfeuer für irgendeinen Idioten, der sich damit einen Spaß erlauben wollte.

Sie lief um mich herum. »Die Beschützernummer wird langsam langweilig. Geh einfach zurück zu deinem Auto.«

»Was treibst du hier, Bay?«

Sie blieb so abrupt stehen, dass ich sie beinahe umgelaufen hätte. Ich musste sie an den Schultern festhalten, um zu verhindern, dass wir beide vornüberkippten.

»Denkst du, ich strippe hier am Wochenende, oder was?«

»Belästigt dich der Kerl?« Ein riesiger Typ, der gleichzeitig aussah wie der Weihnachtsmann und ein Mitglied der Hells Angels, stand mit einem Baseballschläger in der Hand auf dem Gehweg. Na toll, jetzt würde ich MC Santa verprügeln müssen, um Bay hier wegzubekommen.

»Schon okay, Freddy. Er wollte gerade gehen.«

Ich hielt sie am Arm fest, als sie versuchte, an mir vorbeizugehen. Dabei ließ ich den Typen, der mindestens einen Meter neunzig groß sein musste, nicht aus den Augen. »Du kennst den?«

»Nein.« Ihre Stimme triefte vor Sarkasmus. Sie schüttelte meine Hand ab und marschierte auf das Gebäude zu.

Ich riss mich aus meiner Schockstarre und lief ihr hinterher.

Ohne sich noch einmal umzudrehen, joggte sie die Treppe hinunter, die sich hinter Freddy, dem MC Santa, befand.

Mit verschränkten Armen versperrte er mir den Weg.

Ich atmete schwer und ballte die Fäuste an meinen Seiten.

»Sie hat mir nicht erzählt, wo wir hinfahren, und ich bin ein bisschen aus der Haut gefahren, weil sie hier um diese Uhrzeit nicht alleine unterwegs sein sollte.«

Er entspannte sich sichtlich und ließ die Arme sinken. »Das sage ich ihr schon seit Jahren.« Er schüttelte den Kopf und streckte mir die Hand entgegen. »Fredrick Isaac, aber alle nennen mich Freddy.«

Bei dem Namen klingelte etwas in meinem Hinterkopf, doch im Moment war ich zu besorgt darüber, dass Bay am Ende der dunklen Treppe verschwunden war, die wer weiß wohin führte.

Ich wusste nicht mal, worauf ich mich eigentlich gefasst machen sollte, also starrte ich geradeaus und konnte mich nur schwer davon abhalten, mir über die Augen zu wischen, während wir durch die Tür am Ende der Treppe traten. Die Wände waren rot gestrichen, und es hingen Bilder von Musikern sowie jede Menge Goldene und Platin-Schallplatten daran. Der komplette Bereich war mit Parkettboden ausgelegt, und gedämpftes Licht ließ alles wie in einem Club wirken.

»Was ist das hier?« Ich folgte Freddy.

Keine Spur von Bay.

»Nur das verdammt noch mal beste Tonstudio in Chicago.« Er ratterte die Namen von Musikern herunter, die in den letzten fünf Jahrzehnten durch diese Hallen spaziert waren.

Nahm Bay heimlich ein Album auf? Ich war hin- und hergerissen, weil ich einerseits wollte, dass ihre Songs etwas waren, das nur wir miteinander teilten. Andererseits sollten sie auch niemandem vorenthalten werden.

Freddy blieb vor einer Tür am Ende eines Ganges stehen, von dem eine Menge andere Türen abgingen. »Welche Absichten hast du Bay gegenüber?«

Mein Mund öffnete und schloss sich. »Wir … sie … meine Absicht ist, sie auf keinen Fall zu verletzen.«

Sein Blick verengte sich, und er begutachtete mich von oben bis unten.

»Ihre Stimme ist unglaublich.«

Seine Augenbrauen schossen in die Höhe. »Sie hat für dich gesungen?«

»Ein paarmal.«

»Wenn du ihr so viel bedeutest, kann ich dich wohl schlecht rausschmeißen. Ich habe sie nicht einen Ton singen hören, seit ihr Vater gestorben ist.« Traurigkeit verschleierte seinen Blick, verzog sich jedoch so rasch wie ein Sommersturm.

Seine Worte trafen mich wie ein Dartpfeil in die Brust. ›Wenn du ihr so viel bedeutest.‹ Diese Aussage schwirrte mir im Kopf herum, als er die Tür aufschob.

Bay saß hinter einem riesigen Mischpult mit Knöpfen, Hebeln, Reglern und einem Computermonitor. Sie hatte die Beine untergeschlagen und thronte auf einem Drehstuhl. Ihr Blick schweifte kurz zur Tür und schoss dann wieder nach vorne, als sie mich hinter Freddy entdeckte.

»Ich überlasse es Bay, dir das Studio zu zeigen.« Er klopfte mir auf die Schulter. »Sie kommen auf ihrem Weg nach Chicago hier vorbei und werden noch mindestens eine Stunde brauchen, bis sie hier sind, Bay. Ich frage mal ihre Managerin, ob es okay ist, wenn er bleibt.«

»Er bleibt nicht.« Sie rollte mit ihrem Stuhl zum Bildschirm hinüber.

»Ich frage trotzdem mal, für den Fall, dass er doch bleiben will.« Sein Grinsen wurde breiter. »Viel Glück«, murmelte er auf dem Weg aus der Tür.

Ich atmete tief durch, schnappte mir einen Stuhl, der neben der Tür stand, und stellte ihn verkehrt herum neben sie. »Du schleichst dich nachts raus, um in einem Tonstudio zu arbeiten.«

»Herrje, wie hast du das denn nur herausgefunden?« Sie sah mich nicht an, während sie stur weiter Knöpfe und Regler einstellte.

»Der Gedanke daran, dass du jede Nacht durch eine dunkle, verlassene Straße fährst, um herzukommen, hat mir einfach eine Heidenangst eingejagt.«

»Ich mache das schon seit anderthalb Jahren. Ich brauche keinen Beschützer.«

»Du tust so, als hätte ich eine Wahl. Ich kann meine Sorge um dich nicht einfach abschalten.«

Sie schnaubte verächtlich. »Drei Küsse und schon spielst du den überfürsorglichen Freund.«

Ich sog scharf die Luft ein. Freund. Ich ließ mir das Wort durch den Kopf gehen.

»Ich meinte nicht, dass du mein Freund bist … Ich meinte nur … Ach, vergiss es, ist egal.« Selbst im gedämpften Licht des Studios war das Rot auf ihren Wangen deutlich zu erkennen.

Indem ich die Armlehnen ihres Stuhls packte, drehte ich sie um, sodass sie mich anschauen musste.

»Du gehst mir unter die Haut, Bay. Seit dem Kuss und den Pancakes will ich mehr. Und zu wissen, dass du in den meisten Nächten herfährst und dich in Gefahr begibst, macht mich ein bisschen verrückt. Und das macht mir Angst.«

»Aber Dare …«

»Ich weiß, dass du das schon lange so machst. Und ich weiß auch, dass du in ein paar Monaten aufs College gehst und wir vermutlich Tausende von Kilometern voneinander entfernt sein werden.« Meine Knie berührten die Vorderkante ihres Stuhls.

»Und ja, vor ein paar Monaten wäre mir das Ganze nicht mal aufgefallen. Aber ich war ein verdammter Idiot, und jetzt fällt es mir auf. Ich kann nicht anders. Wenn du in meiner Nähe bist, reagiere ich einfach ungewollt so. Selbst wenn du nicht in der Nähe bist.« Ihre Beine ruhten jetzt an den Innenseiten von meinen, die Anspannung war ein wenig von ihr abgefallen.

Ich beugte mich vor und hielt ihren Stuhl fest, damit er nicht wegrollte. Ich spürte die Berührung ihrer Beine am Innensaum meiner Jeans, und da, wo meine Hände den Stuhl gepackt hielten, pochte mein Puls. In diesem Moment existierte nur noch die Verbindung zwischen uns, die uns zusammenhielt, als wären wir mit einem Stromkabel miteinander verbunden.

Seit unserem letzten Kuss hatte ich kaum noch an etwas anderes denken können, und es war mir schwergefallen, mich auf mein Workout heute Nachmittag und den Bedlam Bowl in zwei Wochen zu konzentrieren. Nichts konnte mit dem Anblick ihrer vollen, geschwungenen Lippen mithalten. Oder mit der Art, wie ihre Lider geflattert hatten, als sie meinen Blick erwidert hatte. So als hätte der Kuss sie genauso überrascht wie mich.

»Dare?« Ihr Tonfall war fragend, als hätte auch sie Schwierigkeiten zu begreifen, was zwischen uns passierte. Ich wollte nicht von der magnetischen Anziehungskraft zwischen uns befreit werden.

Ein Knall hinter uns ließ uns beide auseinanderschrecken. Das schummrige Licht aus dem Gang, das in das noch schummrigere Studio fiel, ließ den Raum plötzlich verhältnismäßig hell erscheinen.

»Findet hier meine Aufnahme statt?« Ein Typ stand mit seiner Gitarre in der Hand im Türrahmen.

»Die andere …« Ihre Stimme klang heiser. Sie räusperte sich. »Die Tür nebenan.« Sie schüttelte den Kopf. »Ich zeig sie dir.«

Der Fluchtweg, den ich ihr vorher verwehrt hatte, war jetzt offen. Sie sprang auf und warf mir einen kurzen Blick zu, bevor sie hinauseilte.

Ich rieb mir mit den Händen über das Gesicht. Sie zu drängen war so gar nicht meine Absicht gewesen.

Die Sekunden tickten zäh dahin, und ich starrte durch die Glaswand auf die andere Seite des Aufnahmeraums. Dort standen ein Klavier, Gitarren und ein komplettes Schlagzeugset. Alle Knöpfe und Hebel auf dem Mischpult waren beschriftet, und der Monitor tauchte den Raum in blaues Licht. Sogar meine Gedanken wurden in der schalldichten Kabine gedämpft. Das Rauschen meines Blutes wurde leiser, und eine seltsame Ruhe hüllte mich ein. Ich verstand, warum sie gern hier war.

Manchmal fühlte es sich in meinem Kopf zu laut an, aber hier wurde alles ruhiger.

Die Tür schwang auf, und Bay kam mit mehreren Blättern in der Hand herein. »Die gute Nachricht ist, du darfst bleiben. Die schlechte ist, du musst das hier unterschreiben. Diesmal habe ich mich direkt dran erinnert.« Sie hob triumphierend die Faust, als hätte sie etwas gewonnen. Dann drückte sie mir den Stapel Papiere und einen Stift in die Hand.

»Eine Verschwiegenheitserklärung? Wer zum Teufel kommt denn her?«

»Das darf ich dir erst erzählen, wenn du unterschrieben hast.« Die Neugier machte es mir unmöglich, einfach zu gehen. Also kritzelte ich meinen Namen über die gestrichelten Linien am Ende jeder Seite. Das letzte Mal hatte ich so etwas bei der feierlichen Unterzeichnung meines Anwerbungsvertrags unterschrieben. Die Erinnerung verlieh meiner Neugier einen bitteren Beigeschmack.

Die Tür wurde wieder geöffnet. Dieses Mal kam eine Frau mit langen schwarzen Haaren, die zu einem hohen Pferdeschwanz gebunden waren, in den Raum. »Hat er unterschrieben?«

Bay nickte.

Die Frau streckte ihre Hand mit der Innenfläche nach oben aus.

Bay reichte ihr das Dokument, und sie blätterte es flüchtig durch, dabei warf sie mir bei jeder Unterschrift einen Blick zu, als könnte sie so rausfinden, ob ich unsichtbare Tinte oder einen falschen Namen benutzt hatte.

»Cool, ich sag den Jungs Bescheid.« Die Tür fiel mit einem leisen Seufzen zu.

»Die Jungs?«

Bay grinste nur.

Und so verbrachte ich meine Zeit bis etwa fünf Uhr morgens damit, mit den Jungs von *Without Grey* abzuhängen.

Sobald die Tür aufging, stieß ich einen überraschten Schrei aus, als wäre ein Clown mit einem Schlachtermesser hinter mir her, danach wechselte Geld die Hand.

Freddy bewegte sich zwischen den Reglern und Knöpfen des breiten Mischpults hin und her, wobei ich natürlich keine Ahnung hatte, was genau er da tat. Aber ich war ohnehin wie gefesselt von Bay, die auf der anderen Seite des Fensters neben Camden saß, um einen Song zu spielen, bei dem Lockwood nicht dabei war.

Sie kam aus dem Studio gehüpft und packte meinen Arm so fest, dass er mir fast aus dem Gelenk gesprungen wäre. »Sie wollen meine Gitarrenbegleitung auf dem Album verwenden.« Sie strahlte vor Freude. Und diese Freude war so ansteckend, dass ich nicht verhindern konnte, sie ebenfalls zu fühlen.

»Das ist unglaublich.« Ich strich mit der Hand über ihre Wange, wobei ihr Haar meinen Handrücken kitzelte.

Kurz darauf kamen die Jungs ebenfalls aus dem Studio.

»Haben sie dich schon mal singen gehört?«

Alle Blicke richteten sich auf uns.

»Du singst auch?« Camden stützte die Arme auf Freddys Stuhllehne ab und musterte Bay von oben bis unten.

Für den Bruchteil einer Sekunde verspürte ich das Verlangen, über die zwei Personen vor mir zu springen, um ihm den Kiefer zu brechen. Stattdessen drückte ich Bay mit dem Arm an ihrer Taille noch ein wenig fester an mich. »Das tut sie.«

»Dare«, zischte sie mit zusammengebissenen Zähnen.

»Versuch's wenigstens.« Ich küsste sie auf die Seite ihres Kopfes.

Ich hielt ihre Hand und trat hinter sie. Ihr Puls hämmerte gegen meine Finger, vielleicht lag es aber auch nur daran, dass ich sie selbst so fest hielt.

Dann öffnete sie den Mund und sang die erste Strophe und den Refrain von ›Emotional Gridlock‹.

Den Jungs blieb der Mund offen stehen. »Warum hast du uns nichts davon erzählt?« Camden richtete sich ruckartig auf.

Bay zog den Kopf ein – ihre Wangen waren roter als eine Tomate – und zuckte mit den Schultern.

»Das war der Hammer, Bay.« Er grinste, und sie grinste breit zurück.

Ich drückte das verdammte Monster in meiner Brust weit in die Tiefen. Bay hatte diese Chance zu glänzen verdient.

»Hat die Aufnahme geklappt, Jungs?«

»Hat sie, Maddy. Und du wirst nicht glauben, wer singen kann.«

Maddy legte den Kopf schief und nickte, bevor sie mit ihrem Stift etwas auf ihr Tablet schrieb. »Ich notier's mir. Da ihr fertig seid, sollten wir jetzt los. Wir kommen morgen wieder. Freddy, wie immer vielen Dank.«

»Jederzeit, Maddy.«

»Und Bay, sehen wir uns morgen?«

Bay starrte sie mit offenem Mund an. »Na klar.«

Auf dem Rückweg war ich aufgedrehter als sie.

Sie saß schräg in ihrem Sitz und beobachtete mich.

»Wieso flippst du nicht total aus? Du hast mit *Without Grey* gespielt! Du hast neben Camden Holmes gesessen und einen Song gespielt, den noch niemand vor dir gehört hat. Und du hast ihnen was vorgesungen.«

»Glaub mir, das mit dem Singen vergesse ich nicht so schnell. Aber mit ihnen zu spielen? Das fühlt sich mittlerweile ziemlich normal an. Beim ersten Mal bin ich allerdings auch total ausgeflippt.«

Ich kam fast von der Straße ab. »Du hast das schon öfter gemacht?«

»Vor einem Monat das erste Mal. Seitdem haben wir ein paar Termine zwischen ihre Auftritte geschoben.«

»Verdammt noch mal, Bay.« Wie hatte ich sie nur so lange übersehen können? Es gab Leute, die durch die Gänge stolzierten, als wären sie Götter, weil sie bei der letzten Tour dieser Band in der dritten Reihe gesessen hatten. Und Bay hatte neben ihnen in einem Raum gesessen, als würde sie genau dort hingehören. Und das tat sie auch. Sie war so verdammt gut.

»Ist schon ziemlich cool.« Sie versuchte, das Ganze herunterzuspielen.

»Das beschreibt es nicht mal ansatzweise.«

Die Morgensonne kündigte bereits ihre bevorstehende Ankunft an.

Sie hielt sich die Hand vor den Mund, um ihr Gähnen zu verbergen.

»Wirst du in der Schule überhaupt wach bleiben können?«

Sie zuckte mit den Schultern. »Ich mache das schon seit dem letzten Schuljahr. Warum sollte ich es heute also nicht schaffen?«

»Ich bringe dir einen Kaffee und fahre dich zur Schule.« Ich hatte genug Geld, um bei einem 7-Eleven zu halten und uns beiden einen Kaffee zu kaufen. Sie hatte bestimmt Lust auf einen Mokka.

»Das musst du nicht. Ich nehme mein Rad.«

»Komm schon, Bay. Lass mich dich fahren.« Wenn ich mit einem Arm um Bays Schulter gelegt in die Schule spazierte, würden alle wissen, dass wir zusammen waren.

Ich hielt in ihrer Einfahrt. Sie riss die Tür auf und sprang aus meinem Auto, als wäre es plötzlich elektrisch aufgeladen.

»Schon okay. Ich komme klar. Ich muss früher hin, um meine Bio-Notizen mit Piper durchzugehen.« Sie war bereits halb durch die Haustür verschwunden.

»Ich kann dich auch früher hinfahren.«

»Das ist wirklich nicht nötig, Dare.« Sie biss sich auf die Lippe, und da begriff ich es.

Niemand sollte wissen, dass wir zusammen waren. Deshalb hatte sie mir nicht gewunken, als Knox und ich uns im Garten den Ball zugeworfen hatten. Und deshalb sprach sie in der Schule nie mit mir, außer es musste sein, für ein Gruppenprojekt oder so. Ich hatte ein paarmal bei ihrem Spind gewartet und hätte schwören können, sie gesehen zu haben, doch dann war sie stets wieder verschwunden.

»Vielleicht könnten wi…«

»Danke, dass du heute mitgekommen bist. Wir sehen uns im Unterricht.« Sie schloss die Tür, bevor ich noch irgendetwas sagen konnte.

Auf dem Weg zu meinem stillen Haus saß ich im Auto, als würde meine ganz persönliche dunkle Wolke über mir schweben. Ich schüttete mir eine Schüssel Cornflakes ein, ließ jedoch die Milch weg, da sie schlecht geworden war. Während ich mich durch mein Frühstück knusperte, versuchte ich, die Gefühle, die mich durchfluteten, nicht zu genau auseinanderzunehmen. Das Hoch, das ich verspürt hatte, weil Bay mir endlich erzählt hatte, was sie nachts heimlich trieb. Wie wütend ich gewesen war, als wir angekommen waren. Wie gut es sich angefühlt hatte, dass sie sich mir zugewandt hatte, als es an der Zeit für sie gewesen war zu singen. Und zu guter Letzt das Gefühl, als hätte mir jemand mit nagelneuen Stollenschuhen ins Gesicht getreten, weil sie bei dem Gedanken daran, dass uns in der Schule jemand zusammen sehen könnte, wie von der Tarantel gestochen aus meinem Wagen gesprungen war.

Das Rumoren in meinem Bauch fühlte sich hässlich und wütend an. Am liebsten wollte ich mir meine Laufschuhe anziehen und rennen, bis ich umfiel.

21

Dare

Es war so weit – wieder einmal. Die Riesenparty zum Ende der Saison, um unsere Leistungen zu feiern, stand an. Das war bereits die fünfte Party in meinem Haus dieses Jahr.

Es war nicht meine Idee gewesen, sie heute zu schmeißen, doch als Knox und Bennet es vorgeschlagen hatten, hatte ich nicht abgelehnt. Allerdings ließ ich das Party-Komitee alles planen, ich gab ihnen nur wie immer Zugang zu meinem Haus.

Einen Vorteil hatte es ja, wenn man in einem Haus wohnte, das als Party-Location diente: Ich musste mir meinen Alkohol nicht selbst kaufen. Aber Dad würde bald wieder zurück sein. Diese Tatsache hing stets wie eine dunkle Wolke über mir und drohte, mein Leben zu zerreißen. Jeder weitere Tag ohne ihn ließ mich aufatmen, aber je länger er weg war, desto schwerer wurde der Stein in meiner Brust, weil ich wusste, dass es nur eine Frage der Zeit war, bis er heimkehrte.

Aber heute Nacht würde ich das alles vergessen – zumindest für eine Weile. Das war die absolut letzte Party, die wir als Highschool-Schüler feiern würden. Warum sie also nicht in einem der protzigen Häuser mit Pool veranstaltet wurde, war mir ein Rätsel.

Ich stützte mich mit einem Bier in der Hand an der Küchentheke ab. Die zerkratzte und gewellte Arbeitsplatte aus Linoleum war perfekt dafür geeignet, die zusätzlichen Bierkästen und Alkoholflaschen abzustellen, die jemand irgendwo ergattert hatte. Ich rollte die Bierflasche zwischen den Händen hin und her und tat so, als würde ich Bennet zuhören, der wieder mal irgendeine Geschichte über einen Recruiting-Trip erzählte. Ich ließ den Kopf hängen und starrte in die Öffnung meiner Bierflasche. Dieselbe Flasche, die ich schon in der Hand hatte, seitdem vor drei Stunden das Bierfass hereingerollt worden war.

Es war einfach, solche Partys auszurichten, wenn man einen Vater hatte, dem alles egal war oder der dreihundert Tage im Jahr nicht zu Hause war. Meiner Meinung nach waren das allerdings noch fünfundsechzig Tage zu wenig. Ein weiterer Vorteil war, dass es im ganzen Haus nichts von Wert gab. Es war auf ein Minimum an Ausstattung reduziert und damit perfekt für illegale Saufgelage von wilden Highschool-Schülern, die bis spät in die Nacht laute Musik laufen ließen.

Vom Küchenfenster aus hatte ich freie Sicht auf Bays Haus. In ihrem Zimmer war das Licht aus, und Erleichterung machte sich in mir breit. Sie hatte erwähnt, dass sie heute Abend nach der Bühnen-AG wieder ins Studio fahren würde. Das hieß, sie würde nicht vor Tagesanbruch zu Hause sein.

Ich wollte sie nicht in der Nähe dieser Arschlöcher haben. Abgesehen von Knox wollte ich nicht mal, dass die Typen hier dieselbe Luft atmeten wie sie. Ein Teil von mir hatte diese Party aus reiner Wut zugelassen, obwohl ich das ganze Theater hier eigentlich gar nicht wollte. Als Bennet mir geschrieben hatte, hätte ich ablehnen können. Ich hätte einfach sagen können, dass ich die nächste Party ausrichten würde, aber das hatte ich nicht getan.

Bay war mir aus dem Weg gegangen. Am Tag nachdem wir im Studio gewesen waren, hatte sie es immer geschafft, nicht dort zu sein, wo ich gerade war. Im Unterricht hatte sie stur geradeaus gestarrt und sich Notizen gemacht, obwohl alle anderen der Senioritis schon lange nachgegeben hatten.

Ich kippte den Rest meines warmen Biers hinunter und warf die Flasche auf den Haufen aus Dosen und Plastikbechern, der aus dem Mülleimer quoll. Die Freshmen hatten nach Mannschaftsfeiern immer die Aufgabe, alles wieder aufzuräumen. Ich nahm mir noch ein Bier und öffnete es. Dann trank ich alles auf einmal, bevor ich mich davon abhalten konnte. Jemand verteilte rote Plastikbecher mit Punsch, und anstatt abzuwinken, wie ich es vorhin getan hatte, nahm ich mir einen und kippte mir sofort die Hälfte davon in den Hals.

Der harte Alkohol summte durch meine Adern und stieg mir direkt zu Kopf.

Der Rausch war wie Salbe auf der Wunde, die Bay verursacht hatte, als sie aus meinem Auto geflohen war. Vor mir geflohen war. Vielleicht konnten ihre Gefühle für mich im hellen Tageslicht nicht mit den langen Nächten mit *Without Grey* mithalten.

Und sie hatten sie singen gehört. Ihre Managerin hatte sich deswegen sogar eine Notiz gemacht. Was würde passieren, wenn sie irgendwann groß rauskam? Sie spielte ja jetzt schon mit einer der größten Bands, die mit jedem Hit die Spitze der Charts anführte. Ihr Leben hatte eine Bahn eingeschlagen, die ich mir für meins nicht einmal vorstellen konnte.

Im Moment konnte ich gerade mal darauf hoffen, einen Platz als Ersatzspieler in irgendeiner College-Mannschaft zu ergattern, um eventuell auftretende Lücken in ihrer Aufstellung zu füllen und auf diese Weise am Ende doch noch Profispieler zu werden. Wenn ich das schaffte, war ich ihrer dann wert?

Um mich herum lachten und grölten die Leute, bewarfen sich mit Eiswürfeln und rutschten auf Bier- und Wasserpfützen herum, die aus den Kühlboxen ausgetreten waren. Schiefer Gesang begleitete die Musik, die die Theke hinter mir rattern ließ.

Jetzt wo ich von Menschen umgeben war, wollte ich nur noch weg. Raus aus meinem Haus und raus aus diesem Leben, das ich so lange gelebt hatte. Ich konnte mir nicht einmal vorstellen, wie ich es hinbekommen sollte, neu anzufangen. Wie ich aus dem Ganzen hier ausbrechen sollte.

Ich wusste nicht, warum ich die Nachricht schrieb – vielleicht vertrug ich nichts mehr, weil ich so wenig feiern gewesen war, seitdem ich angefangen hatte, mit Bay abzuhängen. Womöglich lag es aber auch an etwas anderem, etwas, das ich mir nicht eingestehen wollte.

Ich: Was machst du so?

Wie dumm war ich eigentlich? Wollte ich mir heute auch noch selbst ans Bein pissen? Während ich auf eine Antwort wartete, trank ich den Rest des Punsches und verzog wegen des beißenden, penetranten Geschmacks das Gesicht. Es hätte mich nicht überrascht, wenn jemand Reinigungsalkohol in den Mülleimer gekippt hätte, der als Punschschüssel diente.

Mein Handy vibrierte, wodurch mein Becher das Gleiche tat. Ihr Name erschien auf dem Display und unterbrach die Gedanken, die mir durch den Kopf geschwirrt waren.

Bay: Mache mich gleich von der AG auf den Weg ins Studio. Und du?
Ich: Kommst du direkt nach Hause, wenn du fertig bist?

Oder war einer der Jungs so hin und weg von ihrem Talent, dass er während der letzten Nacht in der Stadt versuchen würde, noch ein bisschen mehr als nur Gesangstipps zu geben?

Bay: Wo sollte ich sonst hin? Bist du zu Hause?

Jemand lief mit einer Wasserpistole um sich schießend an mir vorbei und aus der Hintertür in den Garten. Ich wischte mir das Gesicht mit einer Hand ab.

Ich: Nein, bin feiern. Wollte nur sichergehen, dass du sicher nach Hause kommst.
Bay: Süß, wie du dir Sorgen machst. Du kannst mich ja abholen kommen, wenn du dir später immer noch Sorgen machst.

Ich starrte den Becher in meiner Hand an. *Fuck!* Jetzt bereute ich es noch mehr, das ganze Zeug getrunken zu haben.

Ich: Geht nicht. Hatte schon ein Bier.
Oder auch fünf.
Bay: Kein Problem. Grüß Knox von mir.

Mir kam die Galle hoch, aber das hatte nichts mit der Batteriesäure zu tun, die ich eben heruntergekippt hatte.

Ich: Mach ich. Viel Spaß, und pass auf dich auf.
Bay: Du auch auf dich. Bis morgen.

Ich lehnte mich gegen das Fenster, das den Blick auf den Garten freigab, und kniff die Augen zusammen, bevor ich mir mein Handy gegen die Stirn schlug. Was für ein Idiot. Wenn ich das alles hier nicht zugelassen hätte, hätte ich in ein paar Stunden auf dem Weg sein können, um Bay abzuholen.

Jemand drehte die Musik auf, und einige Mädels saßen singend und schwankend auf den Schultern von Typen, obwohl kein Pool in Sicht war. Wenigstens gab es hier nichts, was kaputtgehen konnte. Nichts, was unersetzbar oder nicht ohnehin schon kaputt war. Wie konnten Knox und Bennet es über sich bringen, Leute in ihr Haus zu lassen? Mein ganzes Zeug war sowieso Schrott. Ich würde niemanden in die Nähe von Dingen lassen, die mir wichtig waren.

Mein Zimmer war abgeschlossen, und ich würde ganz bestimmt niemanden da reinlassen.

Sorge kroch mir den Rücken hoch, zuerst noch langsam und dumpf. In meiner Bude wimmelte es nur so vor Leuten, sie saßen auf jedem Stuhl, auf der Couch, der Theke, einfach überall. Was würde passieren, wenn Bay nach Hause kam?

Knox prallte gegen meinen Rücken und warf mir einen Arm über die Schulter. »Du musst mir einen Gefallen tun.«

»Du darfst mein Zimmer nicht benutzen.«

Er drückte mir seine kalte Bierdose an den Nacken. »Ich habe Rebecca gesagt, ich glaube ihr nicht, dass ihr BH zu ihrem Höschen passt, und jetzt will sie es mir beweisen.« Er rüttelte an meinen Schultern, wodurch mein Kopf vor- und zurückpendelte.

»Du wirst keinen Sex auf meinem Bett haben.«

»Auf dem Boden?« Er legte den Kopf schief, als wäre das hier eine Verhandlung.

»Nimm sie mit in dein Auto.«

»Es kommen immer noch Leute an, und wenn wir es irgendwo anders versuchen, könnte uns jemand sehen. Bitte, Mann.« Er presste flehend die Handflächen aneinander. »Wie oft habe ich dich schon aus der Scheiße gezogen? Das ist vielleicht meine letzte Chance vor dem Abschluss. Du weißt, dass ich schon auf sie stehe, seit wir Freshmen waren.«

Er war mein bester Freund, und sein Haus war immer wie eine Zuflucht für mich gewesen. Während ich darüber nachdachte, wurde der Drang, alle Feiernden so schnell wie möglich loszuwerden, schier überwältigend. Normalerweise gingen solche Partys bis vier Uhr nachts, doch heute musste das Ganze schon um zwei vorbei sein. Das würde mir genug Zeit geben, alle rechtzeitig loszuwerden und sicherzugehen, dass die Nachbarschaft wieder ruhig und normal war, so wie Bay sie kannte, bevor sie nach Hause kam.

Aber eine Party aufzulösen, die in vollem Gange war, konnte Schlägereien verursachen oder dafür sorgen, dass auf der Straße weitergefeiert wurde. Das Letzte, was ich gebrauchen konnte, war, dass Bay nach Hause kam, während hier ein Autokorso um den Block fuhr.

»Ich hab einen Deal für dich. Du hilfst mir, bis zwei Uhr alle hier loszuwerden. Wir gehen zusammen sicher, dass niemand mehr hier rumlungert, sondern alle in Taxis verfrachtet oder von ihren Eltern abgeholt werden oder was auch immer. Ist mir egal, sie sollen bloß verschwinden. Wenn du mir damit hilfst, kannst du mein Zimmer haben.«

»Ich schwör's dir. Verdammt, ich schmeiß sie sogar um eins schon raus.« Seine Miene wirkte wild entschlossen. Natürlich ließ sich unmöglich feststellen, ob seine Entschlossenheit mir oder Rebecca galt, aber ich nahm, was ich kriegen konnte.

Ich nickte und griff in meine Tasche.

»Fass nichts an und kein Sex auf meiner Bettwäsche.« Ich ließ den Schlüssel vor seinen Augen baumeln.

Er schnappte ihn sich. »Versprochen. Ich kauf dir neue Bettwäsche.« Sein Kopf verschwand in der Menge und tauchte kurze Zeit später bei der Treppe wieder auf. Knox hielt Rebeccas Hand so weit nach oben, als würde er sie beim Gesellschaftstanz in eine Drehung führen wollen.

»Dare, warum tanzt du nicht?« Eines der Junior-Mädels legte mir die Hände um die Schultern, wobei sein Getränk auf den Boden schwappte.

»Nicht mein Ding.« Ich löste ihre Arme von mir und schob sie in Richtung eines zukünftigen Juniors.

Den Rest der Nacht war ich kurz davor, einfach die Cops zu rufen und alle aus der Tür zu schieben.

Wie versprochen tauchte Knox rechtzeitig wieder auf, um mir dabei zu helfen, sämtliche Feiernden loszuwerden.

Ich führte die Freshmen in den Garten, damit sie dort anfangen konnten, ihre eigene Kotze aufzuwischen und alles aufzuräumen.

Bei Tagesanbruch sah alles wieder normal aus, jedenfalls von außen. Drinnen herrschte nach wie vor Chaos, aber wenigstens war mein Zimmer relativ unberührt davon. Was auch immer Knox dort angestellt hatte, mein Bett hatte er in Ruhe gelassen.

Ich knipste das Licht aus, das Knox angelassen haben musste, und ließ mich nur mit Boxershorts bekleidet auf mein Bett fallen. Wären die Vorhänge nicht zugezogen gewesen, hätte ich eine perfekte Sicht auf Bays Haus gehabt. Als ich hochgekommen war, war das Licht drüben immer noch aus gewesen. Katastrophe abgewandt.

Während ich so im Bett lag, schwor ich mir, dass der Mist, der mir durch den Kopf ging, die Sache mit Bay nicht kaputt machen würde. Die Wochen bis zu unserem Abschluss wurden jedoch immer weniger, und diese Tatsache lastete schwer auf meiner Brust. Der Gedanke daran, dass ich es irgendwie hinbekommen musste, die Zeit zu nutzen, die wir noch hatten, ohne alles kaputtzumachen, beunruhigte mich.

War ich dabei, die Sache mit ihr zu versauen?

Morgen würde alles so sein, als wäre hier nie etwas passiert. Bay musste davon gar nichts wissen.

22

Bay

Meine Lenkstange wackelte, als mir für einen kurzen Moment die Augen zufielen. Ich packte die Gummigriffe fester.

Es wäre wirklich super gewesen, wenn Dare mich heute hätte fahren können. Aber wenn er etwas getrunken hatte, wollte ich nicht dafür verantwortlich sein, dass er sich hinters Steuer setzte.

Wir waren früher fertig geworden, weil wir die Songs mit nur einem oder zwei Takes fertiggestellt hatten. Lockwood war noch dazugekommen, und Riffs, die vorher Schwierigkeiten gemacht hatten, ergaben sich plötzlich wie von selbst.

Ich hatte ein wenig Zweifel, ob ich der Band überhaupt eine Hilfe gewesen war. Die langen Nächte und stressigen Tage forderten allmählich ihren Tribut. Sollten Seniors ihr letztes Schuljahr nicht eigentlich langsam ausklingen lassen, indem sie so ziemlich nichts mehr machten?

Im Studio hatte ich noch total unter Strom gestanden, aber jetzt musste ich mich wahnsinnig zusammenreißen, um es bis nach Hause zu schaffen.

Ich gähnte, während ich mein Fahrrad abstellte, und mein Kiefer knackte. Meine Füße schlurften über den Boden und die Stufen hoch zur Eingangstür.

Drinnen war es still. Beim Betreten unseres leeren Hauses

fühlte ich mich unwohl und spürte leichte Panik in mir aufwallen.

Früher hatten Mom und Dad ferngesehen, wenn ich nach Hause gekommen war. Oder Dad hatte sich eine Sportsendung angeschaut, während Mom ausgegangen war. Nach Hause zu kommen und niemanden vorzufinden war Teil meiner neuen Realität, und ich hasste es. Zwar würde es auch nicht anders sein, wenn ich auf dem College war, doch dafür hatte ich mich selbst entschieden.

Wenn einem etwas entrissen wurde, war es ein ganz anderes Gefühl, als wenn man selbst entschied, es zurückzulassen.

Am Fuß der Treppe zum ersten Stock blieb ich kurz stehen.

Laute Musik ließ die Fenster wackeln.

Mit der Hand am Geländer stand ich wie erstarrt da und weigerte mich nachzusehen. Er hatte nicht … Er würde doch nicht …

Oben in meinem Zimmer zog ich mir meine Schlafsachen an und scheiterte an dem Versuch, seinem Haus keine Beachtung zu schenken. Es war wahrscheinlich jemand anderes aus der Nachbarschaft, vielleicht kamen die Geräusche sogar aus einer ganz anderen Straße. Allerdings hatte ich nichts gehört, während ich nach Hause gefahren war.

Ich ließ das Licht in meinem Zimmer aus – auch wenn das feige war. Stattdessen hätte ich die Fenster aufreißen und über unsere Gärten hinweg schreien sollen, dass er leiser sein soll, während ich die Partygäste mit wütenden Blicken bedachte.

Dass er mich gefragt hatte, wo ich heute Abend war, machte alles nur noch schlimmer. Hatte er nur sichergehen wollen, dass ich nicht zu Hause war und eine Einladung erwartete? Und wenn ich gesagt hätte, dass ich früher zu Hause sein würde? Hätte er mich dann eingeladen oder die Party woanders hinverlegt? Vielleicht hatte er auch nur herauszufinden versucht, ob ich Lust auf eine Party hatte, hatte aber auch nicht gewollt, dass ich mich schlecht fühlte, falls ich nicht konnte?

Ich öffnete mein Fenster und ließ die kühle Frühlingsluft herein, während ich nach draußen blickte. Jetzt war die Musik noch lauter und der Boden unter mir vibrierte. Von überall schallten Gelächter und Schreie herüber. Autoscheinwerfer blitzten zwischen den Häusern auf, alle bewegten sich Richtung Dares Haus.

Oben in seinem Zimmer konnte ich zwei Schatten wahrnehmen, die sich hinter dem Vorhang bewegten. Ein Kerl und ein Mädchen. Ihre kurvige Silhouette wiegte sich tanzend vor ihm hin und her, während er auf der Bettkante saß und darauf wartete, dass die Show ein Ende nahm. Nachdem er mir erzählt hatte, dass er nie jemanden in sein Zimmer ließ, weil das für ihn eine ganz große Sache war, hatte ich mich irgendwie besonders gefühlt. Nun wurde mir bei dem Gedanken daran schlecht. Anscheinend war ich wohl doch nicht so besonders.

Ich konnte einfach nicht wegsehen, und so spielte sich alles genau vor meinen Augen ab. Wie er die Hand nach ihr ausstreckte. Wie sie sich auf seinen Schoß setzte und hinter ihn griff, um das Zimmer in Dunkelheit zu hüllen.

Mein Magen verkrampfte sich, und meine Brust fühlte sich an, als hätte jemand einen schweren Sandsack darauf platziert. In der Dunkelheit meines Zimmers legte ich mich aufs Bett und umarmte fest mein Kissen. Ich vergrub das Gesicht in dem weichen, nach Blumen riechenden Stoff, und die Tränen flossen einfach, egal wie sehr ich die Augen zusammenkniff.

Das Hämmern der Musik hörte erst um zwei Uhr auf.

Fühlte es sich so an, wenn einem das Herz herausgerissen wurde? Als hätte jemand einem die Brust aufgeschnitten und das noch schlagende Herz entfernt? Ich war stets davon ausgegangen, dass es sich dabei bloß um eine Redewendung handelte, aber gerade fühlte es sich so real an. Es war ein intensiver, schneidender Schmerz, und ich kam kaum zu Atem zwischen den Tränen, die meinen Körper schüttelten. Drüber hinwegkommen? Wie sollte ich überhaupt morgen noch die Augen öffnen?

Mein Hals und meine Augen waren wund und pochten schmerzhaft – es fühlte sich an, als würde ich durch eine Salzgrube laufen. Ich hatte heute nur ein Ziel: Dare so gut wie möglich aus dem Weg zu gehen. Ich schnappte mir meine Bücher aus dem Spind, bevor Piper auftauchte. Je länger ich mich hier draußen aufhielt, desto höher war die Wahrscheinlichkeit, ihn zu treffen.

Anrufe und Textnachrichten hatte ich blockiert. Was sollte ich ihm auch sagen? *Ich weiß, dass du am Samstag jemanden gevögelt hast, also verschwinde! Was waren wir überhaupt? Nachbarn. Freunde? Oder doch mehr?* Offensichtlich nicht.

»Bay.« Ich knallte meinen Spind zu und lief mit meinen Heften und Büchern im Arm den Gang entlang.

Hastig drängte ich mich an allen anderen im Flur vorbei. Köpfe drehten sich, aber nicht in meine Richtung, sondern in Richtung der Stimme, die mir nachrief.

Ernsthaft, stellten die sich mir mit Absicht in den Weg, damit ich langsamer wurde? Ich schob sie alle zur Seite, um dem eins neunzig großen Tight End zu entkommen, der mir auf den Fersen war.

»Ich weiß, dass du mich hören kannst.«

»Und ich will ganz offensichtlich nicht mit dir reden.« Meine Stimme war in dem Getümmel so kurz vor dem Klingeln kaum zu hören.

Der sichere Hafen war bereits in Sicht. Nur noch eine Person im Weg, dann kam die rettende Tür der Damentoilette.

Ich schob sie auf und ließ sie zufallen, bevor er mich erreicht hatte. Doch er war nicht umsonst so ein guter Spieler und bahnte sich ohne Probleme einen Weg durch die Menge. Alle traten für den großartigen Dare zur Seite, aber mir stellten sie sich in den Weg, als wäre ich gar nicht da.

Ich ließ mir kaltes Wasser über die Handgelenke laufen und schloss die Augen. Plötzlich wurde die Toilettentür aufgestoßen.

»Warum gehst du mir aus dem Weg?«

Ich kniff die Augen noch stärker zusammen, bevor ich den Wasserhahn abstellte. »Ich gehe dir nicht aus dem Weg.« Ich zog dreimal am Papiertuchhalter und war so fasziniert von meiner eigenen Technik, mir die Hände abzutrocknen, dass der Vorgang meine gesamte Aufmerksamkeit erforderte – jedenfalls hoffte ich, dass es so aussah.

»Nachdem du gestern nach Hause gekommen bist, habe ich dir geschrieben und bin bei dir vorbeigekommen.«

»Ich war gestern nicht zu Hause.« Ich warf das zerknüllte Papier in den Mülleimer und drehte mich zu ihm. »Ich bin am Samstag früher nach Hause gekommen.«

Es hätte fast witzig sein können, wenn es nicht so traurig gewesen wäre. Sein Ausdruck wandelte sich von Verwirrung über Schrecken zu Schuldgefühlen, weil er erwischt worden war. »Du hast die Party gesehen.«

»Gesehen, gehört und gefühlt, wie die Musik meine Fenster durchgerüttelt hat. Ich bin überrascht, dass du nicht immer noch verkatert bist, wo die Party doch so lange im Gange war.«

»Ich habe nicht viel getrunken, aber ich wollte lieber kein Auto fahren.«

»Gut zu wissen. Dann wirst du wohl auch nicht versuchen, dich rauszureden, indem du mir erzählst, du wärst zu betrunken gewesen, um zu wissen, was du tust.« Ich drückte mir meine

Bücher an die Brust, als könnten sie mich beschützen. All die Gedanken, die mir im Kopf herumschwirrten, darüber, dass er mich betrogen hatte … Ha! Hatte er das denn getan? Waren wir überhaupt zusammen? Ich hatte immer wieder angedeutet, dass ich zu mehr bereit war, aber er hatte mich auf Abstand gehalten und meine Andeutungen ignoriert. Vielleicht war es gar nicht so, dass er sie nicht wahrnahm. Möglicherweise hatte seine Faszination gar nichts damit zu tun, dass er mir an die Wäsche wollte. In dem Fall wäre es kein Wunder, dass ein heißblütiger Football-Spieler wie er sich ganz dringend die Hörner abstoßen musste.

»Es war scheiße von mir, dich nicht zur Party einzuladen.« Er sah mich an, als müsste ich angesichts seines Eingeständnisses vor Freude außer mir sein.

»Ohne Scheiß.« Über seine Schulter hinweg fixierte ich die Tür: Mein Fluchtweg und die einzige Möglichkeit, wie ich bei Verstand bleiben würde. Ihm so nahe zu sein bedeutete für mich nichts als Ärger.

»Ich möchte nicht, dass du bei solchen Partys dabei bist.« Er hob die Hand, aber ich trat einen Schritt zurück, damit er mich nicht berühren konnte.

»Die Botschaft ist mehr als deutlich angekommen.« Ich salutierte und versuchte, mich an ihm vorbeizuquetschen.

Aber er versperrte mir den Weg. »Die Leute dort saufen sich besinnungslos. Es wird gekotzt, und manchmal gibt es auch Schlägereien. Auf der Championship-Party letztes Jahr mussten zwei Leute mit gebrochenem Arm ins Krankenhaus, weil sie vom Dach in den Pool springen wollten und daneben gelandet sind. Nachdem der erste vom Krankenwagen abgeholt worden war, hat irgendein Idiot es ihm nachgemacht. Das ist einfach bescheuert.«

»Und Leute haben Sex.«

Er sog scharf die Luft ein und nickte. »Ja, und Sex.«

»So wie du«, sagte ich betont, wissend, wütend. Ich starrte zu ihm hoch und versuchte, die Kälte in meinem Blick zu bewahren und meine Worte entschieden klingen zu lassen.

Innerlich raste ich jedoch auf den Abgrund zu. Ich konnte mich kaum noch beherrschen, aber ich wollte auf keinen Fall vor ihm zusammenbrechen.

»Nein.« Seine Augen weiteten sich, und er machte eine Handbewegung, als würde er den Weg für noch mehr Lügen freimachen. »Ich hatte keinen Sex.«

Mein Griff an meinen Rucksackgurten wurde fester, und ich drückte die Ellbogen eng an meinen Körper, so als würde ich mich auf einen weiteren emotionalen Schlag gefasst machen. »Willst du nicht wenigstens mit einem reinen Gewissen hier rausgehen?«

Die Toilettentür wurde aufgedrückt.

Dares Stimme dröhnte in dem kleinen Raum. »Raus. Wir führen hier ein Gespräch.«

Ich hörte ein Japsen, und wer auch immer das war, dachte nicht mal daran, Dare mit der Tatsache zu konfrontieren, dass er derjenige war, der hier drinnen nichts zu suchen hatte.

»Tun wir nicht.« Ich versuchte erneut, an ihm vorbeizukommen.

Aber er stützte einen Arm gegen die Wandfliesen und den anderen gegen die Klokabine, wodurch mir der Weg versperrt wurde. »Ich habe mit niemandem geschlafen, Bay.«

Mein Lachen klang hohl und wütend. »Ich bin sicher, dass keiner von euch beiden viel Schlaf bekommen hat. Ich hab dich gesehen. In deinem Zimmer. Das Zimmer, das immer abgeschlossen ist – erinnerst du dich?«

»Wärst du überhaupt gekommen, wenn ich dich eingeladen hätte?« Ich schaute hastig zur Seite. Bei einer seiner Partys aufzutauchen hätte nur für Fragen, Blicke und Gelächter gesorgt, ganz zu schweigen von all dem Spott, der mich erwartet hätte.

Die Schulglocke schrillte durch den beengten Raum.

»Tja, das werden wir wohl nie erfahren, oder?« Ich verschränkte die Arme vor der Brust. »Wenn du es nicht warst, wer war es dann?« Ich fixierte ihn mit zorniger Miene. All die Gedanken, mit denen ich mir innerlich einzureden versucht hatte, das alles würde einfach an mir abprallen, waren totaler Blödsinn. Ich war wütend, aber noch schlimmer war, dass ich verletzt war. Ein heftiger, tiefer, schneidender Schmerz pochte in meiner Brust.

»Knox. Er ist mit einem Mädchen hochgegangen, auf das er schon steht, seitdem wir Freshmen waren.« Sein Kiefer spannte sich an.

»Und du hast ihn in dein Zimmer gelassen.«

»Er ist mein bester Freund. Wir sind Seniors. Es war seine letzte Chance, und er hat mir versprochen, dass sie es nicht auf meinem Bett treiben würden.«

Ich drückte meine Schulbücher noch fester an mich. Es brachte mich fast um, wie sehr ich ihm das glauben wollte. Mein Wie-datet-man-einen-Bad-Boy-Ratgeber war anscheinend bei der Post verloren gegangen.

»Du hast mich trotzdem angelogen.«

Seine Schultern sackten herab, ob vor Erleichterung oder als Schuldeingeständnis, wusste ich nicht. Er nickte. »Ich weiß.«

Ich ließ den Kopf hängen und zupfte an den ausgefransten Enden meines Rucksacks. »Wolltest du mich nicht einladen? Wolltest du nicht, dass jemand weiß … Willst du nicht, dass alle über uns Bescheid wissen … was auch immer das heißt?«

Er ging ein Stück in die Knie, um mir in die Augen sehen zu

können, und kam dann langsam wieder hoch, damit ich meinen Blick hob. »Ich würde es von den Dächern der Schule schreien. Ich habe niemandem was gesagt, weil du mich in der Schule immer ignorierst. Hast du Piper überhaupt davon erzählt?«

Ich biss mir auf die Lippe und schaute weg. »Nein.«

»Wenn sich hier jemand schämt, dann bist das ja wohl du. Im Studio hast du allen erzählt, ich wäre nur ein Freund. Nicht mal deine beste Freundin weiß von uns.«

»Ich wusste nicht, ob du überhaupt eine Freundin willst. Es gibt ein ›uns‹?«

»Natürlich gibt es das. Und nein, bis jetzt wollte ich keine Freundin, aber mit dir bin ich zu allem bereit. Jetzt fragt sich nur, ob du willst, dass alle über uns Bescheid wissen. Ich wäre zu hundert Prozent dafür bereit, es allen zu sagen. Du solltest aufhören, dir auf die Lippe zu beißen.« Er hielt mein Kinn fest und strich mit dem Finger über den Rand meiner Unterlippe, bis ich sie endlich losließ.

»Wir ... Was zwischen uns läuft, geht niemanden was an.«

Er seufzte und legte den Kopf in den Nacken.

»Ich will nur nicht, dass alle mich anstarren.« Und auf mich zeigten und lachten.

»Und wenn schon?« Er breitete die Arme aus.

»Du bist das gewohnt. Aber wenn die Leute dich anstarren, dann weil sie dich bewundern. Bei unserer ersten Begegnung waren alle Blicke auf mich gerichtet, genau wie beim Talentwettbewerb. Für mich sind das ziemlich miese Erinnerungen, und ich kann jetzt schon hören, was alle sagen werden.«

»Scheiß auf die anderen. In ein paar Monaten bist du auf dem College.«

»In einem Monat.«

Er atmete scharf ein, als hätte ich ihn mit einer Bowlingkugel in den Bauch getroffen.

»Es gibt ein paar Einführungsveranstaltungen, zu denen ich dank meines Stipendiums eingeladen wurde.«

»Ein Monat«, würgte er keuchend hervor. Er trat auf mich zu und legte mir eine Hand an den Nacken. Ich ließ die Berührung zu.

»Ich würde diesen Monat lieber mit dir verbringen, ohne mir Sorgen darüber machen zu müssen, was die anderen sagen oder denken. Das würde mich total wahnsinnig machen.« Ich wünschte, ich wäre stärker. Mutiger. Ich wünschte, ich hätte nicht so große Angst vor dem, was passieren würde, nachdem wir mit unserem Diplom die Bühne verlassen würden.

Und dann wurde mein Gesicht gegen seine Brust gepresst, als er seine Arme um mich schlang und mich ganz festhielt. »Du machst mich wahnsinnig, Bay. Wenn irgendwas nicht in Ordnung ist, dann rede bitte mit mir. Ich kann es nur geradebiegen, wenn ich weiß, was ich verbockt habe.« Sein Gesicht hatte er in meiner Halsbeuge vergraben.

»Du hast nichts verbockt.«

Er bedachte mich mit einem vielsagenden Blick aus dem Augenwinkel.

»Okay, wir haben es beide verbockt. Aber was, wenn du es nicht geradebiegen kannst?« Manche Dinge konnte man nicht wieder hinkriegen.

Er lehnte sich zurück, um mir in die Augen zu sehen. Dabei hatte er die Hände an beide Seiten meines Gesichts gelegt und strich mit den Daumen sanft über meine Wangen. »Für dich würde ich alles geradebiegen.« Der stürmische Kuss wurde von der Tür unterbrochen, die abrupt aufgestoßen wurde.

Wir sprangen auseinander.

Eine Stimme hallte von den Wandfliesen wider. »Dare. Ms Bishop.«

»Tut uns leid, Mrs Turner. Wir gehen schon.«

Mrs Turner stand mit verschränkten Armen da, wich jedoch zur Seite, damit wir vorbeikonnten. Der Flur draußen war vollkommen leer.

»Es wird Fragen geben, wenn wir zusammen reinkommen.« Die Vorstellung davon, dass alle über Dare und mich Bescheid wussten, war nicht so schlimm. Die Realität, in der mir abfällige Blicke zugeworfen wurden und ich hörte, wie sie flüsternd über uns spekulierten, dagegen schon.

»Ich schwänze. Ich muss sowieso mit Coach Greer sprechen.« Er ging den Gang entlang, beobachtete mich allerdings noch, bis ich den Klassenraum betreten hatte.

»Ms Bishop, Sie sind zu spät.« Mr Mercanti bedachte mich mit einem flüchtigen Seitenblick, als ich die Tür hinter mir schloss.

»Notfall beim Theater-Club.«

Er schnaubte desinteressiert. »Setzen Sie sich.«

Ich schlüpfte in meinen Stuhl und legte meine Bücher auf den Tisch. Der restliche Tag zog sich wie Kaugummi, in der siebten Stunde hätte ich sogar schwören können, dass der Zeiger sich ein paarmal rückwärtsbewegte.

Nach dem Unterricht hielt ich nach Dare Ausschau, konnte ihn jedoch nirgendwo entdecken. Nach ihm zu fragen hätte mir nur seltsame Blicke eingebracht, also ging ich zur Bühnen-AG und machte mich danach auf den Heimweg. Dabei fragte ich mich, was das zwischen uns jetzt eigentlich war.

Und die Überraschung in meiner Einfahrt brachte die Fragen, die in meinen Gedanken brodelten, regelrecht zum Überkochen.

23

Dare

Ich sprang von den Stufen hoch, als ich die quietschenden Bremsen ihres Fahrrads am Ende des Blocks hörte.

Als sie mich entdeckte, blieb sie wie erstarrt in der Einfahrt stehen und schob ihr Fahrrad dann mit einem zögerlichen Lächeln zur Garage.

Seit unserem Gespräch in der Toilette hatte ich nur noch daran denken können, dass ich alle Bedenken, die sie noch haben könnte, irgendwie ausräumen musste. Ich wollte nicht, dass sie auch nur den Hauch eines Zweifels an mir hegte.

»Was machst du hier?« Sie warf sich ihren Rucksack über die Schulter.

»Ich will dir was zeigen.«

»Was denn?« Sie kam vorsichtig näher und lehnte sich etwas zur Seite, als würde sie versuchen, an mir vorbeizuspähen.

»Es ist bei mir zu Hause.«

Sie zog die Augenbrauen zusammen. »Bringst du es her?«

»Du musst mit rüberkommen, um es zu sehen.«

Ihre Augenbrauen entspannten sich nicht, aber sie nickte. »Gib mir eine Sekunde.«

Sie lief ins Haus, die Fliegengittertür knallte hinter ihr zu. Kurz darauf schwang sie wieder auf, und Bay gesellte sich auf dem Gehweg zu mir.

»Ich musste Mom eine Nachricht hinterlassen, damit sie weiß, dass ich noch mal raus bin. Ich muss mein Rad mitnehmen, für den Fall, dass wir noch nicht zurück sind, wenn sie aus dem Laden zurückkommt und zur Arbeit fährt.«

»Lass mich schieben.« Ich griff nach dem Lenker.

»Ich kann das selbst.« Also schob sie ihr Rad, und wir machten uns schweigend auf dem Weg.

Mir mussten plötzlich zusätzliche Poren gewachsen sein, denn ich schwitzte, als würden wir einen Spaziergang durch das Death Valley machen.

Als wir das Haus betraten, führte ich sie schnell nach oben. Ich wollte nicht, dass der Geruch von abgestandenem Bier und Zigaretten und die veraltete und kaputte Einrichtung – na ja, eigentlich alles hier – diesen Moment kaputtmachten. Außerdem hielt mich die Eile davon ab, die Nerven zu verlieren.

Das Vorhängeschloss an der Tür zu meinem Zimmer klickte, das einzige Geräusch im Haus, abgesehen vom dumpfen Knarzen der Holzdielen unter dem verschlissenen Teppich.

»Du hast das ernst gemeint«, flüsterte sie hinter mir.

Ich verzog das Gesicht und drückte die Tür auf. Ich schloss sie schnell wieder hinter uns, um den ganzen Mist außerhalb meiner Zuflucht auszublenden. Der Raum erschien mir so viel kleiner mit einer zweiten Person darin. Ich öffnete das Fenster, um dem Gefühl entgegenzuwirken, dass die Wände immer näher kamen. Und auch, um einen Teil der Angst rauszulassen, die sich in mir angestaut hatte.

Ich ging vor meiner Schreibtischschublade in die Hocke und griff nach dem Vorhängeschloss. Meine Hände waren feucht vom Schweiß, und ich hatte einen metallischen Geschmack im Mund.

Bay schaute sich in meinem Zimmer um und nahm alles in sich auf. Es mit ihren Augen zu sehen ließ mich innerlich zusammenzucken. Gebrauchte Möbel, die ich am Straßenrand aufgegabelt hatte, waren alles, was ich besaß: ein Schrank, ein Tisch und mein Bett – das war alles. An jedem Möbelstück waren die Ecken abgeschlagen, und sie sahen aus, als würden sie bald auseinanderfallen. Ihr Zimmer passte zu ihr … und ich schätzte, mein Zimmer passte zu mir.

Nervös wischte ich mir die schwitzige Hand an der Jeans ab und schloss die Schublade auf. Das Vorhängeschloss schabte dabei über den abgeplatzten Lack.

Ich spannte die Brust an und atmete noch einmal tief durch. Es kam mir so vor, als wäre das Blut in meinen Adern dickflüssig geworden, gleichzeitig fühlte ich mich, als hätte mir jemand pures Adrenalin gespritzt. Mein ganzer Körper summte vor Anspannung.

Ich unterdrückte das Zittern meiner Hände und holte den obersten Skizzenblock aus der Schublade, bevor ich aufstand.

Meine Finger verkrampften sich. »Ich wollte dir was zeigen.«

Bay atmete lang und tief aus. »Wenn ich ehrlich bin, machst du mir ein bisschen Angst. Aber ich freue mich sehr darüber, dass du gerade nur einen Notizblock rausgeholt hast und keine abgetrennte Hand. Ich hatte schon befürchtet, du willst, dass ich dir helfe, den Rest der Leiche zu vergraben.« Ihr Lächeln wurde schwächer, als ich schwer schluckte und mich dazu zwang, einen Schritt auf sie zuzugehen. Es war, als hielte ich die Waffe für meinen Untergang in der Hand, bereit, sie ihr zu überreichen.

Ich umklammerte den Block so fest, dass ich meinen Puls in den Fingerkuppen spüren konnte. Die Seiten flatterten in der Brise, die durch das offene Fenster hereinwehte. »Du kannst danach gerne gehen, aber ich will, dass du die Welt mit meinen Augen siehst.«

Sie zog den Kopf zurück und die Augenbrauen zusammen. Dann löste sie ihre Arme aus der Verschränkung und streckte eine Hand aus.

Ich gab ihr das Skizzenbuch und wartete. Mir drehte sich der Magen um, und Galle stieg in meiner Speiseröhre hoch. Ihr den Block zu geben hatte sich angefühlt, als hätte ich meine Brust aufgeschnitten und ihr mein Herz auf einem Silbertablett gereicht, damit sie sich mit einer Rasierklinge daran austoben konnte.

Meine Kehle war wie zugeschnürt, ich bekam kaum Luft. Es war, als wollte mein Körper mich von der Qual erlösen, bevor sie mich ausweidete.

Ihre Miene blieb skeptisch, und sie ließ mich nicht aus den Augen, während sie den Pappdeckel des Blocks aufklappte. Ihre Mundwinkel zogen sich nach unten, und sie ließ den Blick endlich auf das erste Bild sinken.

Sie keuchte, und ihre Pupillen huschten über die Seite, als könnte sie nicht glauben, was sie da sah.

In der Ferne wurde eine Autotür zugeschlagen, und Vögel zwitscherten, aber jedes Umblättern dröhnte wie ein Hornissennest in meinen Ohren. Das Rauschen des Blutes in meinen Adern blendete alles andere aus.

Meine Hände waren feucht, und es fiel mir schwer zu atmen, so als wäre ich eine Stunde lang gerannt. Dazu gesellte sich noch der Schweiß auf meiner Stirn und der Oberlippe. Am liebsten hätte ich irgendwas kaputt gemacht und wäre dann abgehauen, um mich zu verstecken. Ich legte mir die Hände in den Nacken und atmete die Angst weg.

Bay war der erste Mensch, der meine Skizzen sah, und sie würde vermutlich auch der einzige bleiben.

Ihr Blick zuckte nach oben, und sie musterte mich, bevor sie sich wieder auf den Block konzentrierte und weiterblätterte.

»Dare.«

Sie trat zurück und setzte sich auf mein Bett. Die alten Federn in der Matratze ächzten. »Du hast das alles gezeichnet?«

Ich nickte, hielt den Blick allerdings stur auf den Schlitz im Teppich gerichtet, der sich durch das ganze Zimmer zog. Ich hatte mir noch nie zuvor so sehr gewünscht, dass sich ein Portal in eine andere Dimension unter meinen Füßen auftun und mich verschlingen würde. Das Hämmern in meiner Brust war so stark wie noch nie, so als würden Fäuste gegen eine abgeschlossene Tür schlagen. Wollte ich entkommen oder ins Innere gelangen? Da war ich mir nicht sicher. Meine geschlossene Zimmertür bereitete mir Unbehagen, aber ich hielt mich davon ab, durch das Zimmer zu tigern.

Sie war noch nicht fertig. Ich bereitete mich auf den Aufprall vor. Das war ein relativ neues Skizzenbuch. Ich hatte nur einen Monat gebraucht, um es zu füllen. Die meisten Zeichnungen stellten Szenen nach, die ich in meinem Kopf aufbewahrte. Schnappschüsse, die ich in der Stille meines Zimmers nachbilden konnte. Aber nach ein paar Seiten hatte es nur noch ein Motiv gegeben, das meinen Kopf mit Bildern ausfüllte, die ich unbedingt zu Papier bringen musste.

»Alles Skizzen von mir?«

Ich hätte einen anderen Block nehmen sollen. Dieser machte ihr vermutlich Angst. »Nicht alle.«

»Versuch nicht auszuweichen.« In ihren Worten schwang eine gewisse Eindringlichkeit mit.

»Ja.«

Sie hielt ein Bild hoch. »War das während Mrs Turners Unterricht?«

Ich musste gar nicht hinschauen. Obwohl ich es gezeichnet hatte, um die Erinnerung zu bewahren, musste ich lediglich die Augen schließen, um die Szene vor mir zu sehen. Ich nickte, bevor ich den Skizzenblock oben anstupste, damit er wieder zu ihr zeigte, und spähte kurz über meine Schulter, als würde uns jemand durch ein Teleskop beobachten.

Mit rumorendem Magen setzte ich mich zu ihr aufs Bett. Dieses Mal klang das Ächzen mehr wie ein Stöhnen.

Ihr Knie streifte meins. »Du siehst nie so aus, als würdest du im Unterricht zeichnen.«

»Dieses Skizzenbuch hat noch nie mein Zimmer verlassen.«

»Aber du zeigst es mir.« Ihre Augen glänzten feucht.

»Du solltest es einfach wissen.« Mein ganzer Körper brach in Schweiß aus.

Ihre Kehle wurde eng, und ihre Finger zitterten. »Was wissen?«

»Dass ich nur noch an dich denken kann.« Ich presste die Hände an meine Oberschenkel und versuchte, die Nervosität abzuschütteln. Ich bereitete mich auf einen Schlag mitten ins Herz vor.

»Ich muss auch sehr viel an dich denken. Alle meine Songs handeln von dir.« Sie zog den Kopf ein und strich sich die Strähnen, die aus ihrem Pferdeschwanz entkommen waren, hinter die Ohren. Dabei entblößte sie den Schwung ihres Kiefers und ihre Ohrmuschel.

Es juckte mich in den Fingern, mir ein Blatt Papier zu schnappen, damit ich all ihre Linien und Kurven vor dem Hintergrund des hereinströmenden Lichts einfangen konnte.

»Scheint so, als hätten wir beide das gleiche Problem.«

Ihr Mundwinkel zuckte, und sie warf mir einen Seitenblick zu. »Und was ist das für ein Problem?«

»Wissen zu müssen, dass das hier echt ist. Ich brauche diese Gewissheit. Und ich befürchte, wenn niemand außer uns davon weiß, dann vergesse ich, wie es sich anfühlt, dich zu berühren. Ich würde mir Sorgen machen, ob ich mir das alles nicht bloß eingebildet habe. Und am Ende wäre alles, was mir bleibt, diese Zeichnungen und die Angst, dass nichts davon real war.«

Sie legte den Block auf das Bett und drehte sich so, dass sie mich anschauen konnte, dann legte sie die Hand um meinen Kiefer. »Egal, was passiert, das hier wird immer real sein. Kalifornien ist am anderen Ende des Landes, aber du weißt noch nicht, wo du landen wirst, oder? Und selbst wenn du an der Ostküste landest, leben wir ja nicht mehr im neunzehnten Jahrhundert, wo ich dir nur Briefe hätte schreiben können.« Sie gab mir eine Kostprobe ihres besten Südstaatenakzents. »Mein liebster Dare, dein mir höchst willkommener Brief hat mich heute per Post erreicht.«

»Meine liebste Bay, meine Zugreise brachte mich geschwind nach Philadelphia. Und es dauerte nur drei Wochen.«

»Oh Beauregard.« Sie legte sich den Handrücken an die Stirn, und wir mussten beide lachen. »E-Mails, Videochat. Ich spare seit einer Weile für ein Auto. Wir kriegen das schon hin.«

»Meinst du das ernst?«

Unsicherheit huschte über ihre Züge. »Wenn du das willst.« Sie versuchte, ihre Hand von meinem Bein zu nehmen.

Aber ich griff danach und zog sie näher, drückte sie an meine Brust. »Natürlich will ich das. Sobald ich weiß, wo ich lande, überlegen wir uns was.« Selbst der Gedanke hierzubleiben erschien mir nicht mehr so Furcht einflößend. Mit Bay war die Leere, die mein Leben nach der Greenwood Senior High ausfüllte, kein Abgrund der Verzweiflung mehr. Sondern ein Tunnel, auf dessen anderer Seite ich wieder herauskommen würde.

Ich legte ihr meine Finger unter das Kinn, um ihren Kopf anzuheben und ihre Lippen mit meinen zu bedecken. Das elektrische Knistern, das ich sonst nur Sekunden vor Beginn eines Spiels fühlte, floss durch meinen Körper.

Das Summen ihres leisen Stöhnens hallte in meinem Körper wider und brachte meinen Motor auf Hochtouren.

Als sich ihre Hände unter mein T-Shirt stahlen, unterbrach ich den Kuss. Während ich ihr in die Augen sah, packte mich die Angst mit einem Würgegriff und warf mich so hart gegen die Wand, dass meine Ohren klingelten.

Das hier war zu schön. Sie war zu perfekt. Wann würde mir das alles entrissen werden?

Sie strich mit den Fingern an der Seite meines Gesichts entlang und blickte mir in die Augen, als würde ich den Schlüssel des Universums in den Händen halten. Als wäre ich jemand, der alles schaffen konnte. Während ich sie an mich gedrückt hielt und noch den zuckersüßen Geschmack ihrer Lippen schmeckte, glaubte ich ihr.

Wenn ich sie im Arm hielt, war das Unbekannte kein Monster, das in der Dunkelheit auf mich lauerte und nur darauf wartete, mich geschlagen und verletzt zurückzulassen. Es war ein Ort, an dem ich endlich meine Schutzmauern senken konnte.

Aber was würde nach unserem Abschluss passieren? Wenn ihr Abenteuer in Kalifornien ihre Meinung über mich änderte? Wir waren noch frisch. Das hier war frisch, und so sehr ich auch einen bleibenden Eindruck in ihrer Seele und ihrem Herzen hinterlassen wollte, konnten wir das Ende dieses Kapitels unseres Lebens wirklich überstehen?

Das College mit einer Beziehung im Anfangsstadium zu starten klang nach einem Rezept für ein absolutes Desaster.

Ich legte ihr eine Hand in den Nacken und küsste sie noch einmal. Bevor sie sich zu weit von mir entfernte, musste ich das Loch in ihrem Herzen vergrößern und mich reinschleichen.

Der Zug raste auf einen Abgrund zu, und ich war dabei, die Gleise so schnell zu verlegen, wie ich konnte. Aber was würde passieren, wenn ich nicht schnell genug war?

24

Bay

Er unterbrach den Kuss und betrachtete mich mit sorgenvollen Augen. Als wir uns schwer atmend auf sein Bett legten, konnte ich immer noch den verzweifelten Drang seiner Lippen und die scharfen Kanten seiner Zähne spüren.

Ich legte die Arme um ihn und drückte ihn, so fest ich konnte, an mich. Sein muskulöser Körper gab kaum nach, aber ich wollte, dass er meine Arme auch dann noch spürte, wenn ich weg war. Warum war ich nicht an dem Tag, an dem wir umgezogen waren, mit meiner Gitarre nach draußen gegangen? Oder besser noch, warum hatte ich sie nicht an meinem ersten Tag an der Highschool mitgenommen und vor allen gespielt? Jetzt, wo sein Kinn auf meinem Kopf ruhte und ich seinen Herzschlag an meiner Wange spüren konnte, erschien mir die Vorstellung, vor der ganzen Schule zu singen, gar nicht mehr so schrecklich. Nicht dass ich es tatsächlich tun würde, aber der Gedanke ließ mich nicht mehr in Panik ausbrechen.

Dare schien jedoch schrecklich nervös zu sein. Er strömte immer noch Angst und Unsicherheit aus. Die Seiten des Skizzenblocks raschelten unter meinem Bein, und ich konnte ihn verstehen. Tief in meinem Herzen wusste ich, wie angsteinflößend es war, jemandem einen Teil seines Selbst zu zeigen, den man sonst versteckt hielt. Mein Football-Spieler, der jedem auf dem Spielfeld in den Hintern treten konnte, hatte Angst vor dem, was ich über etwas dachte, das ihm offensichtlich sehr viel bedeutete. Mein Football-Spieler. Mein Dare.

Nachdem ich ihn mit ins Studio genommen hatte, war er endlich bereit gewesen, mir das hier zu zeigen. Ich sah zu ihm hoch und strich ihm das Haar aus der Stirn. »Die Zeichnungen sind unglaublich. Danke, dass du sie mir gezeigt hast.«

Er kniff die Augen zu und lehnte sich zurück, wobei er mich mit sich zog. Ein Schaudern durchfuhr seinen Oberkörper. Seine Decke roch genau wie er: nach einem Hauch von minziger Muskelentspannungssalbe und frisch gefalteter Wäsche. Die meisten Jungs wechselten ihre Bettwäsche vermutlich nicht öfter als einmal im Monat, aber seine roch, als käme sie gerade frisch aus dem Trockner.

Unsere Beine baumelten immer noch an der Seite des Bettes herab. Ich hatte nach wie vor meine Schuhe an, aber die Nacktheit und Verletzlichkeit dieses Moments trieben mir Tränen in die Augen. Ich zog den Kopf ein.

Mit der Wange an seiner Brust lauschte ich seinem Herzschlag. Er hatte die Arme um mich gelegt, und ich merkte, dass auch ich Gewissheit brauchte, dass das hier real war. Ich umarmte ihn fester und kuschelte mich an seine Seite.

Er seufzte zufrieden, und sein Griff an meinem Arm wurde fester, so als wollte er mich noch näher an sich ziehen.

Plötzlich machte mir das, was als Nächstes kommen würde, Angst.

Bis jetzt hatte das immer bedeutet, dass etwas Größeres und Besseres kam.

Nun hieß es jedoch, dass ich etwas verlieren würde, das ich noch nicht ganz verstand.

Die emotionale Achterbahnfahrt forderte ihren Tribut, und

mir fielen die Augen zu. Nur ein paar Minuten. Mehr brauchte ich nicht.

Ich schreckte hoch.

In Dares Zimmer war es dunkel, Geräusche drangen durch das offene Fenster herein. Nur war es nicht Sonnenuntergang, sondern fast schon Sonnenaufgang.

Ich sprang auf und fuhr mir mit den Fingern durch das Haar, bevor ich mein Handy hervorkramte. »Mist! Mist! Mist!«

Dare gähnte und rieb sich die Augen, dabei streckte er sich wie eine zu groß geratene Katze. Aber die Sexy-Typ-Show wurde von kaltem Grauen unterbrochen.

Mein Handydisplay zeigte nur eine Nachricht an.

Mom: Habe deine Nachricht gesehen. Pass auf dich auf. Wir sehen uns morgen früh.

Ich fasste mir ans Herz und stützte mich an der Wand ab, um nicht umzufallen.

Mit vor Adrenalin zitternden Fingern schickte ich Mom eine kurze Nachricht.

Ihre erleichterte Antwort, in der sie mich wissen ließ, dass sie in ein paar Stunden zu Hause sein würde, jagte mir Schuldgefühle durch die Brust.

Lügen über Lügen. Mittlerweile fiel es mir so leicht, ihr etwas vorzumachen, dass es mich erschreckte. Wie lange noch, bis ich meine eigenen Lügen glaubte?

Jetzt, wo ich nicht länger fürchten musste, von meiner wütenden und besorgten Mutter umgebracht zu werden, sah ich mir das Zimmer und das Bett genauer an. Das Bett, in dem ich die ganze Nacht mit Dare geschlafen hatte. Seine Lippen waren hungrig und fordernd wie immer gewesen, aber auch sanft und zärtlich.

Er rutschte vom Bett und legte die Arme um mich, bevor er auf mich herabblickte. »Alles okay?«

Ich nickte und strich mir eine Haarsträhne hinter das Ohr. »Mom wird bald zu Hause sein. Ich muss zurück.«

Er nickte kurz, seine Miene war trübsinnig. Aber er hielt mich weiterhin fest, und wir wiegten uns in der frühen Morgensonne hin und her.

Dann begleitete er mich nach draußen, und ich war immer noch so verloren im Kampf zwischen Traum und Wirklichkeit, dass ich nicht sicher war, was ich glauben sollte.

»Ich bring dich noch nach Hause.«

Ich schüttelte den Kopf. »Keine Sorge. Ich verlaufe mich schon nicht. Ich will nicht, dass sie uns sieht, falls sie heute gut durch den Verkehr kommt.«

»Ich will nicht, dass du gehst.« Er verschränkte seine Finger mit meinen.

Mein Herz beschleunigte sich. »Komm doch heute Abend zum Essen. Mom arbeitet zwar wieder, aber ich koche vorher noch Shrimp-Risotto für sie, und es bleibt bestimmt viel übrig. Ich weiß, es ist nichts Aufregendes wie Filet Wellington oder Hummer Thermidor oder so, aber …«

Seine Augen wurden groß.

Hitze stieg mir in die Wangen. Klang das wie ein Angebot? Wollte ich, dass es so klang? »I… Ich dachte nur, es bleibt viel übrig, und du hast bestimmt Hunger.« Ich zog den Kopf ein und fühlte mich wie eine Idiotin dafür, dass ich ihn zum Essen einlud, als wäre er mein Freund. »Das ist kein Date oder so. Wir sind ja gar nicht zusammen.«

»Was glaubst du eigentlich, wo ich aufgewachsen bin, Bay? Ich weiß nicht mal, was das für Gerichte sind. Aber was auch immer du kochst, wird bestimmt das Leckerste sein, was ich je essen werde.« Er hob mein Kinn an und drückte seine Lippen auf meine, bevor er an meinem Mund weitersprach: »Ich würde sofort auf ein Date mit dir gehen, aber ich glaube, du bist noch nicht bereit dazu. Außerdem liegst du falsch, Bay. Wir sind definitiv zusammen.«

Ich versuchte, ihm mein Gesicht zu entziehen. Mein fleckiges, verlegenes und vermutlich vom Schlaf zerknautschtes Gesicht.

Eine Sekunde hielt er mich noch fest, bevor er losließ. »Das meine ich ernst.« Die Intensität seines Blicks löste einige meiner Sorgen in Luft auf.

Doch der Kloß in meinem Hals hinderte mich am Reden. Ich brachte nur ein Nicken zustande. Ein verblüfftes, holpriges Nicken.

Er gab mir einen weiteren leidenschaftlichen Kuss, der viel zu schnell wieder vorbei war, und ließ mich dann gehen. Unsere Finger blieben ineinander verschränkt, bis sie sich durch die Entfernung lösten und sich nur noch unsere Fingerspitzen berührten, bevor die Verbindung ganz unterbrochen wurde.

Ich schaute noch mindestens zwanzigmal über die Schulter zurück, bevor ich die Kurve am Ende des Häuserblocks nahm und eilig nach Hause radelte.

Nachdem ich geduscht und Schlafsachen angezogen hatte, machte ich mein Bett unordentlich, damit es so aussah, als hätte ich die ganze Nacht darin geschlafen. Dann ging ich nach unten, um Würstchen anzubraten und Frühstücks-Enchiladas zuzubereiten. Würstchen, Käse, Bacon und Eier in Tortillas gewickelt – dabei konnte man kaum etwas falsch machen, und es war allemal besser als früher, wo wir Schmorbraten oder Chicken Alfredo zum Frühstück gegessen hatten. Ich hatte schon früh kochen gelernt und Kompromisse für uns beide gefunden, damit ich nicht um acht Uhr morgens schon Steak und Mom

French Toast zum Abendbrot essen musste. Obwohl ich nicht verstand, wie man damit ein Problem haben konnte.

Mom kam nach Hause, und wir aßen unser Abendbrot/Frühstück, bevor sie hochging, als wäre nichts Ungewöhnliches passiert.

Trotzdem fühlte ich mich die ganze Zeit über wegen meiner Lügen so schuldig, dass es mir vorkam, als würde mein verräterisches Herz den Boden unter meinen Füßen zum Beben bringen. Am Nachmittag kam sie wieder nach unten, weil wir zusammen noch die Dinge besorgen wollten, die ich im Wohnheim brauchen würde. Jeden Tag flatterten irgendwelche Checklisten und Fragebögen für den Einzug per E-Mail herein. Sie füllten unsere Postfächer und machten die Tatsache, dass ich bald weg sein würde, immer realer.

Der Würgegriff, der mein Herz gefangen hielt, löste sich etwas, als wir den Einkaufswagen zum Auto schoben. Zu Hause beendete ich noch die Recherche für meine Englisch-Abschlussarbeit. Dann begann die Uhr wieder zu ticken. Dare würde in weniger als zwei Stunden rüberkommen.

Ich fing mit dem Risotto an und bereitete mich auf die qualvolle Zeit vor. Er würde hier mit mir im Haus sein. Am Tisch sitzen. Und wir würden nur zu zweit sein. Schon wieder. Diesmal würden wir allerdings beide hellwach sein. In meinem Kopf drehte sich alles, wie der Holzlöffel, mit dem ich in der Pfanne rührte. Ich fügte noch etwas Brühe hinzu, in der Hoffnung, dass ich irgendwie das Hämmern in meinem Kopf ausblenden konnte.

Die Tür fiel hinter Mom ins Schloss, und ich beeilte mich mit dem Abwasch und dem ganzen Rest. Als alles abgetrocknet und weggestellt war, nahm ich immer drei Stufen auf einmal auf dem Weg nach oben.

Ich entschied mich für einen grün-weiß gepunkteten Rock und ein weißes T-Shirt. Darin sah ich etwas schicker aus als sonst, aber nicht zu aufgebrezelt. Ich wollte nicht den Anschein erwecken, als hätte ich nur für ihn gekocht und darauf geachtet, genug Shrimps zu kaufen, bevor ich fünf verschiedene Outfits ausprobiert und mich dann endlich für diese lockere Kombination entschieden hatte.

Nachdem ich noch einmal auf die Uhr geguckt hatte, holte ich zwei Teller heraus und schaltete den Herd wieder an, wobei ich hoffte, dass das Aufwärmen das Risotto nicht verdarb. Dass Dare an kleisterartigem Essen erstickte, gehörte definitiv nicht zu meiner Vorstellung, wie dieser Abend laufen sollte. Die Stimme in meinem Hinterkopf fragte mich, wie genau ich mir den Abend denn sonst vorstellte. Aber ich schloss diese Stimme in meinem mentalen Schrank ein und klemmte einen Stuhl unter den Türknauf, damit sie ja nicht herauskam.

Ich fügte noch Butter und Knoblauch zu der Pfanne mit den Shrimps hinzu. Brutzel- und Zischgeräusche gesellten sich zu den zunehmend köstlichen Gerüchen in der Küche.

Das kräftige Klopfen an der Eingangstür riss mich aus meinem Gedankenrausch. Ich wischte mir die Hände an dem Handtuch ab, das an der Ofentür hing, und lief aus der Küche.

Vor der Tür angekommen, atmete ich tief ein und strich meinen Rock mit den Händen glatt. Erwartung und Aufregung rauschten durch meine Adern, als hätte mich jemand ohne meine Zustimmung beim Leichtathletikkurs angemeldet.

Erneutes Klopfen.

Ach ja, ich musste die Tür schon öffnen, damit Dare hereinkommen konnte. Ich warf noch einen Blick hinter mich und griff dann den Türknauf, wobei ich versuchte, so locker wie möglich zu wirken. Doch als ich ihn dann endlich vor mir stehen sah, schlug mir das Herz bis zum Hals.

Sein Haar war an den Seiten zurückgegelt, wodurch sein Haupthaar oben voller aussah. Er hatte es mit dem Gel aber nicht so übertrieben, dass es schmierig aussah. Er trug Jeans und ein Hemd, dessen Stoff sich an seiner Brust und den Armen spannte. Sein Lächeln und das einzelne Gänseblümchen, das er mir hinhielt, sorgten dafür, dass ich mir vorkam, als müsste ich auf einem Balkon stehen und nicht auf der obersten Stufe unserer Vordertreppe.

Ein albernes, absolut unangebrachtes Lachen brach aus mir heraus.

Sein Lächeln schwand.

»Sorry. Bitte, komm doch rein.« Ich winkte ihn herein und wich zur Seite, um ihm Platz zu machen.

Er trat zögernd über die Türschwelle. »Das … Das ist für dich.« Er hielt mir das Gänseblümchen entgegen und kniff dabei den Mund zusammen, als würde er mir einen Fischkopf reichen.

Nachdem ich einen prüfenden Blick nach draußen geworfen hatte, schloss ich die Tür hinter ihm.

Dare stand weniger als einen halben Schritt von mir entfernt, er schien aufgeregt und nervös. Völlig anders als vorher, wo er im Stil eines Teenie-Filmhelden bei mir aufgetaucht war.

»Wie süß.« Ich nahm ihm das Gänseblümchen ab und legte meine Hand an seinen Handrücken. »Danke. Und ich habe dich nicht ausgelacht. Ich habe nur gelacht, weil mich das hier so sehr an ein erstes Date erinnert und ich so was noch nie erlebt habe.«

Er zog mich an sich, die Blume zwischen unseren Körpern gefangen. »Wenn du mir erlauben würdest, dich auszuführen, würde ich sofort mein Auto holen.« Seine Finger spielten mit meinen Haaren. Dabei strichen seine Fingerknöchel über die nackte Haut an meinen Schlüsselbeinen, was mir sanfte Stromstöße durch den Körper jagte.

»Vielleicht später.« Mein Flüstern war glücklicherweise lauter als mein Herzschlag.

Er nickte und strich mit dem Mund über meinen. »Das Essen riecht wunderbar.«

Ich räusperte mich und trat einen Schritt zurück, bevor ich in die Küche rannte. Vom Boden der Pfanne stiegen blubbernde Blasen in dem Risotto auf. Ich fügte noch etwas Brühe zu der Mischung aus Reis und Käse hinzu.

»Hast du schon Hunger?«

»Klar.«

Als mir Dinge durch den Kopf gingen, die nichts mit Essen zu tun hatten, erschauderte ich.

Ich schnappte mir die Shrimps und warf sie mit etwas mehr Butter in die Pfanne. »Super, das Essen ist in ein paar Minuten fertig.«

»Kann ich irgendwie helfen?« Er stand mit hochgekrempelten Ärmeln neben mir, wodurch seine sehnigen, muskulösen Unterarme zum Vorschein kamen.

»Wenn du willst, kannst du das Risotto schon mal auf die Teller verteilen.« Ich nickte in Richtung der Teller, die neben dem Herd standen. »Ich mache noch schnell die Shrimps fertig.«

Sie brauchten nur ein paar Minuten. Mit dem Pfannenwender schob ich den Großteil der Shrimps auf seinen Teller und gab mir die restlichen fünf auf meinen. Dann goss ich die Knoblauchbutter über beide Hügel aus cremigem Reis.

Er nahm die Teller und stellte sie nebeneinander auf den Tisch. Anschließend blieb er hinter seinem Stuhl stehen.

»Möchtest du Wasser, Limo oder Saft? Wir haben Cola, Sprite, Cherry-Cola, Cherry-Cola mit Limette und Cola Vanille. Man könnte sagen, wir sind ein bisschen colasüchtig.«

Dare lachte. »Wasser reicht.«

»Sicher?« Ich hob eine Augenbraue und wackelte vorsichtig mit zwei Coladosen, achtete jedoch darauf, sie nicht zu schütteln. »Die Cherry-Cola ist der Hammer.«

Seine Lippen zuckten amüsiert. »Überredet. Ich nehme die Cherry-Cola.«

Ich stellte die Dosen auf den Tisch, und Dare zog meinen Stuhl zurück und schob ihn mir heran, während ich mich setzte. »Danke.«

Er setzte sich neben mich, wobei sein Knie gegen meins stieß.

»Tut mir leid, dass wir kein Bier oder Wein haben. Mom ist nicht so die Trinkerin.«

»Keine Sorge. Ich brauche nicht zu jeder Mahlzeit Alkohol. Ich trinke nicht mal halb so viel wie die meisten anderen aus der Mannschaft.«

»Wirklich?« Das eine Wort triefte nur so vor Skepsis.

»Wirklich. Hältst du mich für einen Partyverrückten, der sich jedes Wochenende besäuft?«

Ich warf ihm einen vielsagenden Blick zu, und er zog den Kopf ein.

Sein Mund öffnete und schloss sich. »Das waren außergewöhnliche Umstände. Normalerweise feiere ich nicht so. Football war viel zu wichtig für mich, als dass ich es wegen Alkohol aufs Spiel setzen würde – das habe ich schon auf andere Weise genug getan.« Er nahm seine Gabel und schob sich eine Ladung Risotto in den Mund, bevor ich weitere Fragen stellen konnte.

»Du hast das gekocht?« Seine Stimme klang undeutlich hinter seiner vorgehaltenen Hand.

»Ja, habe ich. Kling nicht so überrascht.«

»Ich bin schockiert. Was kannst du eigentlich nicht?«

»Kochen ist nicht *so* schwer, wenn man sich ans Rezept hält. Und da Mom so viel arbeitet, wollte ich etwas tun, um sie zu unterstützen. Am Anfang ist auch mal was schiefgegangen, aber es ist kein Hexenwerk.«

Ihm dabei zuzusehen, wie er das Essen verschlang, erfüllte mich mit Stolz und Freude. Ich war mir sicher, dass er nicht oft Leuten die Chance gab, etwas für ihn zu tun. Daher war ich froh, dass er mich so nah an sich herangelassen hatte. Zwei zusätzliche Portionen für ihn und noch eine Dose Cola, dann war das Essen vorbei.

»Wolltest du direkt nach Hause?« Ich räumte unsere Teller ab und stellte sie in die Spüle.

»Schmeißt du mich raus?«

»Nein, ich wusste nur nicht, ob du heute noch was vorhast.« Ich nahm unsere Gläser.

Er legte die Hand an mein Handgelenk und strich mit dem Daumen über meine Haut. »Ich würde gerade nirgendwo lieber sein.«

Ein nervöses, leicht dämliches Lachen blubberte über meine Lippen. Das war die Art Lachen, die nicht aufzuhalten war, egal wie sehr man es versuchte. »Sollen wir einen Film gucken?«

Er nickte und bedachte mich mit seinem hypnotisierenden Blick und einem Lächeln, das drohte, mich vor seinen Augen dahinschmelzen zu lassen.

Während ich vor der Spüle stand, sprach ich mir selbst Mut zu. *Du schaffst das, Bay. Wir gucken nur einen Film. Bei mir zu Hause. Die ganze Nacht. Alleine. Kein Ding.*

25

Dare

Die aufmunternden Worte, die Bay sich zusprach, waren nicht so leise, wie sie dachte.

Ich ging ins Wohnzimmer, um ihr einen Moment Zeit zu geben. Sobald ich mein Haus verlassen hatte, war mir leichter ums Herz geworden, und als ich sie dann berührt hatte, war die ganze Welt in Flammen aufgegangen, und es existierte nichts mehr außer uns im sicheren Hafen dieser vier Wände. Hier fühlte ich mich mehr zu Hause als bei mir daheim, obwohl ich bisher nur ein paarmal hier gewesen war.

Die Saison der Autoreparaturen stand bevor und bald würde ich genug angespart haben, um sie schick auszuführen. Ich wollte mit ihr an einen Ort, den sie nie vergessen würde und an dem ich mich schrecklich fehl am Platz fühlen würde. Vermutlich würden sie mich dafür rauswerfen, dass ich die Ellbogen auf dem Tisch ablegte.

Egal, wo ich mit Bay war, es fühlte sich stets an wie der Ort, an dem ich für immer sein wollte.

Ich schnappte mir die Fernbedienung von der Sofalehne und ging auf Bays Account. Nach einem kurzen Blick über meine Schulter sah ich mir die Sendungen auf ihrer Liste an. Gameshows, ein paar Romcoms und Fernsehsendungen von vor zehn Jahren, die so gut waren, dass man sie auch heute noch in einem Rutsch angucken konnte. Actionfilme und Komödien waren für die nächsten Monate vorgemerkt. Nichts wäre mir lieber gewesen, als die Zeit, die uns noch blieb, hier mit ihr auf dem Sofa zu verbringen und ihre Liste abzuarbeiten.

Jetzt überkam mich die gleiche Nervosität, die sie gerade mit ihrem aufbauenden Selbstgespräch loszuwerden versuchte.

Mit ihr in meinen Armen auf meinem Bett einzuschlafen war eine der besten Nächte meines Lebens gewesen – Championship miteingerechnet. Ich war mitten in der Nacht aufgewacht und hatte sie betrachtet, wie sie entspannt geatmet und sich noch enger an meine Brust gekuschelt hatte, als könnte nur ich für die Wärme sorgen, die sie brauchte.

Anstatt das Fenster zu schließen, hatte ich die Decke um uns gelegt. Warm eingewickelt und sicher – so fühlte ich mich mit ihr im Arm. Mir kam eine Landschaft in den Sinn, mit einem Sonnenuntergang, der Ruhe und Frieden im Herzen aufkommen ließ.

Ich hatte vollkommen bekleidet, mit Schuhen an den Füßen neben ihr gelegen und mich ihr näher gefühlt als je einem anderen Menschen. Die gemeinsame Nacht war allerdings nur ein Versehen gewesen. Wir hatten das Ganze nicht geplant.

Mit dem ganzen Vorlauf heute Abend hatte die Nervosität genug Zeit gehabt, sich einzuschleichen und in mir breitzumachen. Auf dem Feld und vor einem Spiel hatte ich keine Probleme damit, die überschüssige Energie loszuwerden. Aber ich glaubte nicht, dass Bay es gutheißen würde, wenn ich durch das Haus joggte oder meinen Helm anzog, bevor ich den Kopf ein paarmal gegen die Wand stieß.

»Hast du was gefunden?« Sie tauchte plötzlich neben mir auf.

Ich zuckte zusammen, mein Herz raste und ich hätte ihr um ein Haar die zwei Gläser Cola und die Schüssel Popcorn aus der Hand geschlagen, die sie mitgebracht hatte.

Mein Körper erholte sich schneller als mein Hirn, und ich schnappte mir die Gläser, damit sie die Schüssel Popcorn retten konnte.

Sie beugte sich mit der Schüssel an die Brust gedrückt nach vorne und lachte nervös. »Hast du gedacht, ich wäre ein Serienkiller, oder was?«

Ich stellte die Gläser auf den Couchtisch und nahm ihr die Schüssel ab. »Sorry, hab dich nicht reinkommen gehört.«

»Habe ich gemerkt.« Sie lachte schnaubend und vergrub die Finger in der Schüssel mit Schoko-Erdnüssen, die in der Mitte der Popcornschüssel platziert war. »Goobers, Popcorn und Cherry-Cola – mein Nirwana. Hast du was gefunden, das wir gucken können?«

Ich lehnte mich zurück und legte den Arm auf der Rückenlehne der Couch ab. »Noch nicht. Ich wusste nicht, wonach dir ist.« Der buttrige Geruch des Popcorns ließ meinen Magen knurren. Ich machte den Ton lauter, damit sie es nicht hörte.

Sie zuckte nur mit den Schultern und ließ sich neben mich auf die Couch fallen, dabei landete sie genau in meiner Armbeuge. Der Himbeerduft ihres Duschgels stieg mir in die Nase.

Als sie über mich hinweggriff, um die Fernbedienung zu nehmen, streifte ihre Brust gegen meine und sie rutschte noch näher an mich heran.

Jeder meiner Sinne war von ihr eingenommen, und ich wollte noch mehr.

Während sie die Sendungen durchsuchte, blickte sie zu mir hoch.

Ich ließ den Kopf etwas sinken, als müsste ich näher an sie herankommen, um sie zu hören. Damit versuchte ich zu überspielen, dass ich kein Wort von dem gehört hatte, was sie gesagt hatte, weil ich ins Traumland abgedriftet war.

»Klar, klingt gut.« Ich sah auf den Bildschirm, und mein Lächeln wurde breiter.

»Willkommen auf unserer Party, Bruder.« Sie drückte auf Play und legte die Fernbedienung beiseite, bevor sie die Schüssel nahm und sie auf ihrem Schoß abstellte.

Ich beugte mich vor und zog den Tisch näher an die Couch, sodass die Getränke in Reichweite waren.

Auf dem Fernseher erschien die erste Szene von *Stirb Langsam*. Erst als ich merkte, dass sie genau wie ich den Text mitsprach, fing ich an, die Sätze laut auszusprechen. Und so begann unser Zitier-Wettstreit, der dazu führte, dass wir noch mehr lachten und uns immer wieder unwillkürlich berührten. Ich hatte absolut nichts dagegen.

Nach der Hälfte des Films setzten wir uns so hin, dass ich ein Bein auf dem Sofa hatte und eins auf dem Boden, während Bay sich dazwischensetzte.

Ihr Rücken war nicht mehr an meiner Seite, sondern komplett an meine Brust gepresst. Und ihr Hintern, der nur von dem fast knielangen Rock bedeckt wurde, schmiegte sich an meinen jeansbedeckten Schritt. Zum Glück war der Film so verdammt gut und ich so fest entschlossen, die angenehme Stimmung zwischen uns nicht kaputtzumachen, dass ich meine Erektion unter Kontrolle hatte. Ich schaffte es, meine Gedanken und meinen Körper fest im Zaum zu halten – fast schon zu fest –, damit die Atmosphäre so locker blieb, wie sie war.

Bis zu der Szene, in der McClane beim Nakatomi Plaza ankam, hatte sich Bays Nervosität endgültig in Luft aufgelöst, und es wurde richtig gemütlich.

»Jetzt kommt meine Lieblingsstelle.« Sie hielt mein Kinn mit der Hand fest Richtung Bildschirm gerichtet, als hätte ich nicht die ganze Zeit schon aufmerksam zugeguckt. Na ja, ich hatte nebenher auch sie beobachtet.

Ein Kugelhagel traf das Polizeiauto, als der Cop den Rückwärtsgang einlegte und über den Asphalt flog, bevor er ausstieg und überall Twinkie-Verpackungen verteilte.

Sie legte ihre beste McClane-Stimme auf und hieß ihn auf der Party willkommen.

Ich lachte und nahm mir noch eine Handvoll Popcorn.

Bay seufzte und ließ einen Arm auf mein Bein fallen. Ich war ihr persönlicher Sessel und hatte absolut nichts zu beanstanden.

Immer wenn sie darauf bestand, dass ich bei bestimmten Szenen ganz besonders gut aufpasste, musste ich so breit grinsen, dass mir die Wangen wehtaten.

Sie setzte sich ruckartig auf. »Woher wusste er, dass er nicht Bill Clay war? Den Teil habe ich nie verstanden. Das ergibt überhaupt keinen Sinn. In dem Verzeichnis stand W.M. Clay. Wie zum Teufel hat er das rausgefunden?«

»Er ist eben einfach so verdammt gut.«

Aber sie murmelte weiter vor sich hin, dass es keinen Sinn ergab.

Ihr welliges Haar kitzelte mich an Hals und Kinn. Ihr Kopf passte perfekt in meine Halsbeuge. Ich fühlte mich so zufrieden wie nie zuvor. Das kam so unerwartet, als hätte ich meinen Kopf unter Wasser gehalten und plötzlich festgestellt, dass ich Kiemen hatte.

Irgendwann hatte sie mich so weit, dass ich ihre abartige Goober-Popcorn-Kombination probierte. Es war gar nicht so schlecht, doch das Leckerste daran waren ihre Finger, die über meine Lippen strichen, als sie mich mit dem salzig-süßen Snack fütterte.

Es juckte mich in den Fingern, sie zu berühren. Ich wollte sie streicheln, schmecken, zwischen ihren Beinen versinken und ihr zeigen, dass ich alles tun würde, um sie glücklich zu machen. Ich wünschte mir, ich hätte mein Skizzenbuch mitgenommen, um kurz aus mir herauszugehen und diesen Abend auf den zerfledderten Seiten festzuhalten.

Der Abspann lief über den Bildschirm, doch Bay rührte sich nicht vom Fleck. Stattdessen drückte sie sich noch fester an mich.

»Das ist einfach ein Klassiker.« Meine Stimme klang angespannt. Also räusperte ich mich.

Sie lachte. »Als ich die unzensierte Version zum ersten Mal gesehen habe, war ich ganz schön schockiert.«

Ich wickelte die Arme um sie. »Oder einfach nur schön.«

Ihre Mundwinkel bogen sich nach oben.

Das nahm ich als Einladung und drehte sie zu mir. Unsere Lippen trafen sich, als hätten wir beide den ganzen Film über versucht, locker zu bleiben. Sie vergrub die Hände in meinen Haaren, und ich vergrub meine in ihren.

Sie hielt mich fest, als wollte sie mich nie wieder loslassen.

Das war auch gut so, denn ich wollte sie ebenfalls nie wieder loslassen. Ich erkundete ihren Mund tiefer. Ihre Lippen waren so weich, und sie schmeckten nach einer selbst gekochten Mahlzeit und einem dekadenten Dessert in einem. Ich wollte jedes Stöhnen und Keuchen auskosten. Die Art, wie sie an meiner Lippe knabberte, jagte fast unerträgliche Wellen des Verlangens durch den Körper.

Es war zu viel.

Sie war zu viel.

Ich unterbrach den Kuss, der fünf Minuten oder auch eine Stunde gedauert haben konnte. Schwer atmend drückte ich meine Stirn gegen ihre, bevor ich Küsse auf ihrer Wange und weiter unten an ihrem Hals entlang verteilte. Ich ließ meine Lippen über ihre Schulter wandern und zog an dem weiten Ausschnitt ihres T-Shirts, um noch mehr Haut freizulegen.

Sie erschauderte in meinem Schoß, und ich lächelte an ihrer Haut.

»Das wollte ich schon tun, als ich reingekommen bin.«

»Warum hast du dann so lange gewartet?« Ihre Stimme hörte sich zittrig und belegt an. Ich stellte mir vor, dass sie genauso klingen würde, wenn sie sich mit vom Sex verwuschelten Haaren und verschwitzter Haut an meine Brust schmiegte, während wir beide befriedigt an die Decke starrten. »War das jetzt Rummachen?«

Ich schüttelte den Kopf.

Ihre Finger kitzelten mich am Bauch, während ihre Handflächen genau unter meinen Rippenbögen lagen. Unter meinem Hemd. An meiner nackten Haut. Sie musterte mich erwartungsvoll. Ihre Augen waren lustverhangen.

Ich leckte mir die Lippen. Mein Schwanz war definitiv mit dem Sexplan einverstanden, aber Kopf und Herz traten heftig auf die Bremse.

Unabhängig davon, dass es ihr erstes Mal war, wollte ich, dass *unser* erstes Mal etwas Besonderes war. Ich wollte Rosenblätter, romantische Musik und die perfekte Atmosphäre, um daraus eine Erfahrung zu machen, die sie nie vergessen würde. Es sollte keine schnelle, schmutzige Nummer auf der Couch mit einem Typen aus der Highschool sein.

Also zog ich ihre Hände unter meinem Hemd hervor und legte sie mir wieder auf die Brust.

Sie legte den Kopf schief wie ein verwirrter Welpe. »Aber ich dachte … willst du nicht …« Sie zog den Kopf ein.

»Natürlich will ich, Bay. Mehr als alles andere will ich dich auf diese Couch drücken, deinen Rock über deinen Hintern schieben und das Kondom aus meinem Portemonnaie holen, bevor ich dich dazu bringe, meinen Namen zu schreien.«

Ihr Kopf schnellte hoch, die Augen geweitet. Ein Hauch von Sorge funkelte darin.

Und genau da wusste ich, dass ich das Schwierigste tun musste, was ich je getan hatte. Ich musste gehen, bevor ich etwas tat, von dem ich wusste, dass ich mich allein für den Gedanken daran anschließend selbst schlagen wollen würde.

Mit dem Handrücken strich ich an ihrem Kiefer entlang, bevor ich sie näher an mich zog und küsste. Mein Körper vibrierte. Er war mehr als bereit, ihr mein ganzes Können zu beweisen. Die tickende Uhr über unseren Köpfen wetteiferte mit dem Wunsch danach, das hier perfekt zu machen. Mein Körper wollte, dass ich jeden Zentimeter ihres Körpers mit der Zunge erkundete. Stattdessen bündelte ich mein gesamtes Verlangen und vertiefte den Kuss so, dass es ihr den Atem raubte.

Ihre Hände gruben sich in den Stoff meines Hemds, wodurch die Knöpfe in meine Brust gedrückt wurden.

Ich legte eine Hand an ihren Hintern, da, wo ihr Rock hochgerutscht war. Der weiche Baumwollstoff ihrer Unterwäsche holte mich zurück in die Realität und brachte mich von der Mission ab, die mein Körper gestartet hatte.

Ich stand auf. Bay kam mir ein Stück entgegen und wäre fast auf den Boden gefallen, bevor ich sie auffing. Ich half ihr hoch.

»Ich muss gehen.«

»Dare …«

»Alles in Ordnung.« Gehen war mir fast unmöglich. Ich drehte ihr den Rücken zu und rückte meine Erektion zurecht. Dabei verfluchte ich die Tortur, der ich dank Jeansstoff und Reißverschluss da unten ausgesetzt war.

»Warum kommt es mir so vor, als würdest du ständig weglaufen?«

Mit der Hand am Türgriff hielt ich inne. »Weil dich zu verletzen das Letzte ist, was ich tun will, Bay.«

Sie strich mit den Fingern über meine Schultern. »Ich habe keine Angst.«

»Das würde sich ändern, wenn du wüsstest, was ich gedacht habe, als du auf meinem Schoß gesessen hast.«

»Ich bin mutiger, als du denkst.«

»Das bezweifle ich kein bisschen.« Ich schluckte schwer, bevor ich meinen Griff um den Türknauf lockerte und mich zu ihr umdrehte.

»Aber wenn du wüsstet, wie schwer es mir gefallen ist, mich davon abzuhalten, dir die Unterwäsche vom Leib zu reißen, dich auf die Couch zu werfen und meinen Schwanz in dir zu vergraben, bis du mir deine Nägel in den Rücken gerammt und aus voller Kehle geschrien hättest, dann würdest du es auch für eine gute Idee halten, dass ich jetzt gehe. Du bist noch Jungfrau, Bay.«

Das Blut hämmerte mir in den Ohren wie das Trampeln einer aufgeschreckten Pferdeherde. Mein Körper heulte vor Verlangen nach der dunkelhaarigen jungen Frau auf, die vor mir stand und aussah, als hätte ich ihr eine Scheißangst eingejagt.

Sie atmete scharf ein und starrte mich ohne zu blinzeln an.

»Ja, daran erinnere ich mich noch. Ist schwer, so was zu vergessen.« Ich umarmte sie fest und drückte ihr einen Kuss auf den Kopf. »Wir sehen uns.«

Lief ich wie ein verängstigtes Arschloch davon? Absolut. Das kam in Bays Gegenwart wesentlich häufiger vor, als mir lieb war.

Versau es nicht.

Mach nichts kaputt, was nicht wieder repariert werden kann.

Lass sie niemals bereuen, dich kennengelernt zu haben.

26

Bay

Nach Dares Geständnis fühlte ich mich noch lange nachdem er gegangen war wie benommen. Ich stand wahrscheinlich mindestens zehn Minuten da und starrte die geschlossene Tür an.

Er hatte mir damit keine Angst eingejagt – okay, vielleicht ein kleines bisschen. Allerdings nur, weil ich nicht wusste, was ich hier eigentlich tat. Das Flattern in meinem Bauch war mit jedem Kuss weiter nach unten gewandert. Seine Fingerkuppen hatten sich auf meiner Haut rau und kraftvoll angefühlt.

Wenigstens ging er mir nicht aus dem Weg. Mom hatte vier Tage frei, was bedeutete, dass es keine weiteren Filmabende geben würde. Haufenweise Textnachrichten hatten jedoch dafür gesorgt, dass ich bis spät in die Nacht hinein wach blieb.

Wir schrieben uns ständig, und ich war sehr bemüht, dabei sämtliche Flirt-Knöpfe zu drücken, und jedes Mal, wenn Dare versuchte, in neutraleres Gewässer abzudriften, korrigierte ich den Kurs. Jedenfalls versuchte ich es. Mein Repertoire an Verführungstricks war nicht sonderlich gut ausgebaut.

Neuerdings hatte er es sich zur nervigen Gewohnheit gemacht, nur dann herüberzukommen, wenn Mom zu Hause war. So konnte er sichergehen, dass ich nicht über ihn herfallen würde.

Piper kam vorbei und lieferte mir damit dringend notwendige Ablenkung.

»Warum gehst du nicht zum Abschlussball?«

»Damit ich das fünfte Rad am Wagen sein kann? Nein, danke. Geh mit Jon. Amüsiere dich. Ich werde währenddessen hier sein und mein Spinnrad ganz alleine aufpolieren.« Ich stieß ein gackerndes Hexenlachen aus.

»Hör auf, mir ein schlechtes Gewissen zu machen.«

»Das war ein Scherz. Es ist alles gut. Ich habe nicht mal ein Kleid.«

»Du kannst dir eins von mir leihen. Oder wir gehen zusammen shoppen.« Bei dem Gedanken hüpfte sie auf und ab.

»Nein, auf keinen Fall. Ich bin einfach nicht der Typ für Abschlussbälle.«

»Das ist unser letztes Schuljahr.« Sie jammerte, als hätte ich gerade eine Nierentransplantation abgelehnt.

»Ich werde es überleben.«

Ihr Blick verengte sich. »Du machst mich ganz verrückt. Ich brauche eine Limo und was zu knabbern, um klarzukommen.«

»Bitte.« Ich deutete in Richtung Küche.

Sie stand mit einem missbilligendem Brummen auf und stapfte aus dem Zimmer.

Ich hörte, wie Schränke und der Kühlschrank geöffnet wurden, bevor sie wieder zurückkam.

»Das sind hammergeile Cookies. Vielleicht kannst du dir ja mit Backen was dazuverdienen, wenn du am College bist. Ich kann nicht glauben, dass wir bald getrennt sind.« Sie setzte sich mit untergeschlagenen Beinen neben mir auf die Couch und schlug ihr Notizbuch auf.

»Ich kann nicht glauben, dass wir immer noch lernen müssen.« Ich stibitzte mir einen Cookie von ihrem Teller.

»Die gehören mir.« Sie drückte sich den Teller an die Brust.

»Ich habe sie gebacken.«

»Und das bedeutet, dass du dir mehr davon machen kannst. Meine Mom ist auf einem Gesundheitstrip, seit ich fünf bin. Das hier ist einer der wenigen Orte, an dem ich raffinierten Zucker essen kann.« Sie knabberte wie ein Biber an ihrem Keks und verteilte überall Krümel.

»Du isst jeden Tag eine Zimtschnecke und trinkst Limonade zum Mittagessen.« Ich wischte die Krümel vom Sofa.

»Aber es ist Wochenende. Ich bin auf Entzug, Bay. Tu mir das nicht an.« Vor lauter Knuspern konnte ich sie kaum verstehen.

»Na gut, aber hör auf, alles vollzukrümeln.« Ich wischte noch mehr Krümel vom Sofa und holte einen Besen. Ein Bild von meinem Dad hing neben dem Wandschrank. Mehr als alles andere wünschte ich mir, mit ihm reden zu können. Ich würde ihn fragen, was er von meinen Zukunftsplänen hielt, ihn um Rat bitten, was ich bezüglich der Musik machen sollte, und was er über das College dachte. Einfach zu allem, was gerade los war. Würde er mir raten, es mit der Musik zu versuchen, obwohl es bei ihm nie geklappt hatte? Waren die Nächte im Studio und der regelmäßige Gehaltsscheck ihm genug gewesen?

Ich ließ den Besen und das Kehrblech neben Piper fallen und funkelte sie an, bevor ich mich wieder auf meinen Platz setzte.

Die Tür ging auf, und sie holte überrascht Luft, wobei sie sich vor Schreck an ihrer gestohlenen Beute verschluckte.

Dare kam herein und schloss die Tür hinter sich, als hätte er das schon tausendmal so gemacht. Gut, vielleicht nicht tausendmal, aber definitiv häufiger in den letzten paar Wochen. Wie hinterhältig von ihm. Er hatte bestimmt Pipers Auto draußen gesehen. Cleveres Mädchen.

»Ich bin auf dem Weg zum Training und wollte nur fragen, ob du danach Lust hast, was essen zu gehen.«

Piper starrte ihn mit offenem Mund an. Dabei fiel der halbe Cookie herunter und plumpste direkt in ihr Milchglas. Weiße Tröpfchen spritzten auf ihr Shirt, aber sie rührte sich nicht.

»Würde ich gerne, aber ich kann leider nicht, sorry. Ich habe Piper versprochen, dass sie mir mit meiner letzten Prüfung helfen darf.«

Seine Augenwinkel kräuselten sich, und er lächelte sie an. »Nett, dich zu sehen, Piper.«

Sie keuchte und presste sich eine Hand an die Brust. Dare hatte ihren Namen gesagt.

Und dann rief er mir nicht einfach »Bis später« zu oder winkte auf dem Weg zur Tür – nein, nichts so Unverfängliches. Er kam zur Couch, wo er über mir aufragte, bevor er die Hände auf die Rückenlehne stützte und mir somit den Fluchtweg versperrte.

Er bedachte mich mit einem glühenden Blick und lächelte mich schief an. Dann legte er die Finger unter mein Kinn und senkte den Kopf, um meine Lippen mit seinen zu bedecken. Die Funken sprühten nur so, als seine Zunge meine streifte. Eine Sekunde später war es auch schon vorbei.

Mein Körper reagierte ohne mein Zutun, und ich bewegte mich vorwärts, als wären wir durch eine unsichtbare Schnur verbunden.

»Bis später, Bay.«

Die Tür schloss sich hinter ihm, und ich legte die Finger an die Lippen.

Nach einem Augenblick drehte ich den Kopf und fand mich einer fassungslosen Piper gegenüber, die mich mit immer noch offenem Mund wie erstarrt anglotzte.

»Oh. Mein. Gott.« Sie schob sich mit dem Handrücken

die Brille hoch und wiederholte dieses Mantra, als wäre es das Einzige, was sie vom Rand des Wahnsinns trennte. Die Sofakissen hüpften, als sie aufsprang und vor mir hin und her tigerte.

»Bitte erzähl keinem davon.« Ich machte mich innerlich auf alles gefasst.

»Dare ist gerade hier reingekommen und hat dich geküsst!« Die Lautstärke, mit der sie das kundtat, sorgte vermutlich dafür, dass in der ganzen Stadt gerade Hunde aufgeregt durch die Straßen rannten. Dare hatte es vermutlich ebenfalls gehört, selbst wenn er schon in seinem Auto saß. Dabei würde das Grinsen, das nur für mich bestimmt war, in voller Wattstärke leuchten. So ein Arsch. Er wusste, dass meine Sorge darüber, was andere über uns dachten, nicht für Piper galt. Damit hatte er bei unserem Beziehungs-Tauziehen dem Seil einen ganz schön heftigen Ruck verpasst.

Ich lachte. »Ich weiß, aber bitte erzähl es niemandem.«

Ihr fiel die Kinnlade herunter, und sie stammelte: »Aber warum? Du gehst mit Dare?« Sie quietschte so laut, dass ich beinahe taub wurde.

Mein Kopf wackelte ruckartig vor und zurück, als sie mich an den Schultern packte und schüttelte, wobei sie nach Luft schnappte, als würde sie gleich ohnmächtig werden. »Schhh!« Ich drückte mir den Finger an die Lippen, als könnte uns jemand hören, hier reinplatzen und mich allein für den Gedanken in eine Nervenheilanstalt stecken.

»Wir sind alleine hier. Oh mein Gott.« Sie fuhr sich mit den Fingern durchs Haar. Dann schnellte ihr Kopf hoch. »Du hast gesagt, du hast niemanden, mit dem du zum Abschlussball gehen könntest.« Diese Anschuldigung klang, als hätte ich gerade einen Mord gestanden. »Deshalb hattest du kein Interesse an Jon.« Sie klang, als hätte sie endlich ein großes Geheimnis gelüftet, an dem sie schon seit Monaten rätselte.

»Nein, ich bin einfach nie an ihm interessiert gewesen.«

»Warum auch, wenn Dare einfach in dein Wohnzimmer spaziert?« Sie hüpfte kreischend auf und ab. »Ich meine, echt mal.« Sie biss sich auf die Fingerknöchel und starrte die Eingangstür an, als könnte sie ihn immer noch sehen. »Ich bin absolut zufrieden mit Jon. Er ist einfach mehr meine Kragenweite, aber heilige Scheiße, Bay. Die Leute werden ausflippen.«

»Niemand wird ausflippen.« Ich ließ meinen Stift fallen und schob mein Notizbuch vom Kissen neben mir. »Niemand wird ausflippen, weil es niemand herausfinden wird.«

Ihr blieb der Mund offen stehen. »Wie sollten sie das nicht? Er hat noch nie jemanden ernsthaft gedatet. Keiner wird mehr über was anderes sprechen.«

»Eben, Dare datet die Neue. Und genau das will ich nicht. Ich werde nicht das Mädchen sein, das mit Dare ausgeht. Mir ist es lieber, alle behalten mich als die Neue in Erinnerung. Dabei geht es wenigstens um mich und nicht um ihn.« In mir regte sich Unsicherheit, was es für mich bedeuten könnte, das Mädchen an Dares Arm zu sein. Bis jetzt hatte ich es durch die Highschool geschafft, ohne Opfer eines gemeinen, eifersüchtigen Mädchens zu werden. Ich konnte es wirklich nicht gebrauchen, dass die Hälfte meiner Mitschüler so kurz vor Ende der Vorstellung noch stinksauer auf mich war.

»Ach, komm schon. Ich habe nie was zu erzählen. *Wir* haben nie was zu erzählen.« Sie fuchtelte mit der Hand zwischen uns hin und her.

»Also wird es auch nie jemand erfahren. Außerdem sind wir sowieso in ein paar Wochen fertig. Wozu also das Ganze? Ich gehe ohnehin bald nach Kalifornien.«

»Aber es geht doch um Dare«, jaulte sie, verzweifelt darüber, dass ich ihr den saftigsten Greenwood-Tratsch ihrer Highschool-Laufbahn verwehrte.

»Wenn du das noch einmal sagst …«

»Sorry, ich heb nur schnell mein Gehirn auf, dann können wir mit den langweiligen Bio-Aufgaben weitermachen.« Sie hockte sich hin, klaubte ihr imaginäres Gehirn vom Boden auf, von dem sie ein paar imaginäre Fussel pflückte, bevor sie es wieder in ihren Kopf steckte und sich die Hände abstaubte. »So, jetzt ist es besser.«

»Nur dass du Bescheid weißt: Du bist verrückt.«

»Ach, das weiß ich doch.«

Ich schnappte mir meinen Stift und mein Notizheft.

»Nachdem wir diese Aufgabe hier gelöst haben, musst du mir aber alles erzählen.« Sie ließ sich neben mir hinplumpsen und nahm sich das Biologiebuch.

»Es gibt nichts zu erzählen.«

Sie fixierte mich mit einem vielsagenden Blick, bevor sie sich blitzschnell zu mir herüberbeugte und mir extra fest in die Seite kniff.

»Autsch!«

»Alles. Du hast mir das Ganze verheimlicht seit dem Tag, an dem er dich zum ersten Mal so angeguckt hat, oder?« Sie haute mich mit ihrem Notizblock auf den Arm. »Ich wusste, da war was im Gange, und du hast so getan, als wäre nichts.«

Lachend blockte ich ihre Schläge und versuchte, ihr den Block aus der Hand zu reißen. »Da war auch nichts.«

»Lügnerin!« War ihre Stimme bis nach Chicago zu hören gewesen? »Du bist so ein Arschloch! Erzähl mir jedes Detail, bevor ich dir den Arm abreiße!«

»Wenn wir hier fertig sind, dann erzähle ich dir alles, okay? Aber es gibt nicht viel zu erzählen.«

»Ich will jedes schmutzige Detail. Jedes Zwinkern, jeden Blick, jeden Kuss, jeden Ausflug ins Bumsland.« Sie griff sich mit den Händen ans Herz, klimperte mit den Wimpern und verzog ihren Mund zu einem T-Bone-Steak-großen Grinsen.

»Sorry, dass ich dich enttäuschen muss, aber das wird eine kurze Liste. Es hat keine Abstecher ins – wie sagtest du so schön? – Bumsland gegeben.«

»Er ist eine Statue des sexuellen Wahnsinns, und du wirfst dich ihm nicht an den Hals?«

»Wir gehen es langsam an.« Ich zog den Kopf ein und versuchte, nicht darüber nachzudenken, dass ich mich ihm durchaus an den Hals geworfen hatte. Er nahm jedoch immer den Umweg ins Kuscheldorf. Nicht dass es mich störte, dass er süß und sanft war, aber es würde mir auch nichts ausmachen, wenn wir auf dem Weg dorthin einen kleinen Boxenstopp im Bumsland einlegen würden.

Vielleicht nach dem Bedlam Bowl. Der Plan nahm in meinem Kopf Gestalt an. Er war nicht perfekt, aber sehr nah dran. Wenn mich das Verlangen nicht vorher umbringen würde.

27

Dare

»Ich wette, du zeichnest alle Mädchen, die du mit auf dein Zimmer nimmst.« Sie stützte den Kopf in die Hände. Ihre welligen Haare umrahmten ihr Gesicht und flossen an ihren Armen herab, bevor sie sich auf der Decke ausbreiteten.

Sie klang weder wütend noch schnippisch. In Anbetracht der Gerüchte, die an der Schule über mich kursierten, war ihre Annahme, dass ich als eine Art postsexuelles Ritual mein Skizzenbuch zückte, gar nicht so weit hergeholt. Bis jetzt waren mir die Gerüchte immer egal gewesen. Aber ich wollte nicht, dass sie mich für eine männliche Schlampe hielt und dachte, dass ich nur darauf aus war, alles flachzulegen, was mir in den Weg sprang.

Ihr schwarzes Rolling-Stones-Shirt passte zu ihren schwarzen Shorts, die – obwohl sie ihren halben Oberschenkel bedeckten – dazu führten, dass ich meine Libido an der kurzen Leine halten musste, während ich jede Linie und Kurve ihres Körpers nachzog. Von der Hüfte über die Knie bis hin zu den von Socken bedeckten Zehen.

Wir hatten bis jetzt noch keinen Sex gehabt. Neben ihr zu schlafen und meine Hände nicht über ihren Körper wandern zu lassen, ihr nicht zu geben, was sie wollte, war mit das Schwerste, was ich je getan hatte.

Ich hielt die Zügel fest in der Hand und tat alles, was ich konnte, um es langsam angehen zu lassen. Vermutlich zu langsam. Und es brachte mich fast um. Doch wenn ich erst einmal anfing, würde ich nicht mehr aufhören können. Tief in meinem Inneren wusste ich, dass es so wäre, als würde man die Notbremse eines Zugs ziehen, der mit hundertsechzig Sachen unterwegs war. Man konnte niemals sicher sein, ob das gut ausging. Und das Risiko – die Angst –, ihr mit dem ganzen Mist, der mir durch den Kopf ging, wehzutun, war einfach zu groß.

Ich wollte *der Eine* für sie sein. Aber ich war immer noch ich, selbst wenn ich diese Sehnsucht und das Verlangen nach ihr verdrängte. Wegen dieser hungrigen, fast schon ungezähmten Naturgewalt in mir, die all ihre ersten Male beanspruchen wollte, musste ich die Zügel weiterhin fest in der Hand halten, während ich mich auf Zehenspitzen über einen gefrorenen Teich bewegte, der jeden Moment einzubrechen und mich zu verschlucken drohte.

Und ihr Herz. Mein Herz. Ihr dabei zuzusehen, wie sie aufs College ging, während ich in dieser Scheißstadt versauerte und irgendeinem Scheißjob nachging. Bis sie ihren Abschluss in der Tasche hatte und sich dazu verpflichtet fühlen würde, meinen Loser-Arsch hier zu besuchen. Wenn ich ihr nicht das Herz brach, indem ich das Ganze hier versaute – denn das würde ich –, dann würde sie mir meins brechen.

Wie konnte ich sie einerseits bei mir behalten und sie andererseits gehen lassen?

Bei so vielen Dingen in meinem Leben lief mir die Zeit davon. Die Leistung vom Titan Combine letzten Monat und die vom Bedlam Bowl in einer Woche waren alles, was mir noch blieb. Das war meine letzte Chance. Jedenfalls meine letzte Chance auf eine Zukunft, in der ich nicht an einer Tankstelle arbeitete.

Es waren nur noch sechzehn Tage, bis das Schuljahr endete und sämtliche Leute sich in alle Winde zerstreuten. Manche würden nie wieder hier auftauchen. Und das würden auch meine letzten Tage mit Bay sein. Wenn sie mit ihren großen braunen Augen zu mir hochsah und ein paar Strähnen ihres Haars an ihrer Stirn hängen blieben, weil sie sie nicht erwischte, wenn sie sich die Haare aus dem Gesicht strich, konnte ich es kaum noch ertragen.

Bay war … sie war einfach Bay. Sie ging mir unter die Haut und füllte meinen Kopf mit der Schönheit der Welt und ihren Blicken und ihren Songs. Ein Teil von mir wollte, dass all das mir allein gehörte. Wollte, dass sie ihre Songs und ihre Blicke nur mir widmete. In einem Schlafzimmer, das wir uns teilten und in dem ich sie so glücklich machte, wie sie es noch nie gewesen war. Verrückte Träume, die dazu verdammt waren, nie Realität zu werden.

Sie lächelte mich mit fragendem Blick an, da ich ihre Frage noch nicht beantwortet hatte.

Ich schnaubte. »Nein.« Dann wischte ich die Radiergummireste von der Seite und rieb mit dem Zeigefinger über die Schattierung um ihr Gesicht.

Andere Mädchen wollte ich gar nicht zeichnen. Ich blieb nicht über Nacht bei ihnen, hielt sie nicht an mich gedrückt oder atmete ihren Geruch ein, während ich versuchte, mich aus meiner beunruhigenden Schwärmerei zu befreien. Das Wort alleine fühlte sich an wie ein Betrug. Ich schwärmte nicht für sie. Ich war auch nicht verknallt. Ich war verliebt.

Das war ein angsteinflößendes Gefühl, das sich angeschlichen und mich wie ein Tackle nach dem Abpfiff getroffen hatte.

Meine Hand flog geradezu über das Papier, während ich versuchte, diesen Moment in Grafit festzuhalten, als könnte er mir gestohlen oder aus meinem Gedächtnis gelöscht werden.

Jede Stunde, die mich vorher näher an meine Freiheit und Zukunft gebracht hatte, katapultierte mich jetzt in Richtung einer trostlosen Zeit, in der Bay nicht mehr nur einen wackeligen Holzzaun entfernt sein würde.

Ich war mit ihr zu *Ruby's* gefahren, aber sie hatte nicht nach drinnen gehen wollen. Sie hatte sich in dem Versuch, von niemandem aus unserer Schule, der möglicherweise auf dem Parkplatz abhing, gesehen zu werden, so tief in den Beifahrersitz meines Autos gedrückt, dass er fast kaputt gegangen wäre.

Während unser Essen zubereitet worden war, hatte ich ein paar Hände geschüttelt und mit Leuten herumgealbert. Als ich dann zum Auto zurückgegangen war, hatte ich beinahe damit gerechnet, dass sie sich im Kofferraum versteckt hatte.

Anschließend waren wir zu mir gefahren, weil ihre Mom heute nicht arbeiten musste.

»Deine Mom glaubt, du bist bei Piper, oder?«

Die Spitzen ihrer Ohren wurden rot, und sie nahm einen großen Schluck von ihrem Vanillemilchshake. Dabei zog sie die Wangen ein wie ein Fisch, der an einem Staubsauger befestigt war. »Vielleicht.«

»Hätte sie was dagegen, dass du hier bist?« Nicht dass ich ihr einen Vorwurf deswegen machen würde.

»Sie würde sich Sorgen machen. Wie Eltern halt sind, oder?«

Ich nickte. *Gute Eltern* waren so. Schlechte taten wesentlich schlimmere Dinge. Ich umklammerte meinen Bleistift so fest, dass das Holz knackte.

Bevor ich mich wieder auf das Papier konzentrieren und mich in die Zeichnung vertiefen konnte, atmete ich einmal tief ein. Ich schattierte die Falten, die ihr T-Shirt an ihren Schultern warf.

»Kann ich schon gucken?« Bay lehnte sich vor und drückte die obere Kante des Blocks mit dem Finger herunter.

Ich zog den Block zurück und hielt ihn nah an meine Brust, wobei ich mein Handgelenk verdrehen musste, um weiterzeichnen zu können. »Erst wenn ich fertig bin.« Warum hatte ich überhaupt damit angefangen? Ich hatte noch nie jemanden wissen lassen, dass ich ihn gerade zeichnete. Sonst schaute ich beim Zeichnen immer durchs Fenster oder war irgendwo, wo mich niemand kannte. Es war eine ganz neue und intime Erfahrung, so vor ihr zu sitzen, während ich jeden Zentimeter ihres Körpers, den ich mittlerweile so gut kannte, aufs Papier brachte.

Doch die Art, wie sie mich ansah, hatte mir keine Wahl gelassen – ich musste diesen Blick einfach zeichnen. Nachdem wir gegessen hatten, hatte ich die Finger schlicht und ergreifend nicht mehr stillhalten können.

Sie rümpfte die Nase. Die Abdrücke ihrer Brille, die sie auf meinem Tisch abgelegt hatte, waren noch auf beiden Seiten ihres Nasenrückens zu sehen.

Ich lehnte mich nach vorne und stupste sie zurück aufs Bett. Dabei klapperte meine Gürtelschnalle und ihr Blick schoss zu meinem Schritt. Warum zog sie nicht einfach ihr Shirt aus und setzte sich auf meinen Schoß?

Ich unterdrückte ein Stöhnen. Sie führte mich auf eine Art in Versuchung, die mich alle meine Entscheidungen hinterfragen ließ. Warum hatte ich mich noch nicht an sie rangemacht? Durch ihr Fenster zu klettern oder die Hintertür zu benutzen, um einen Film mit einem Mädchen zu gucken und anschließend mit ihr im Arm einzuschlafen, war nicht unbedingt das, wofür ich bekannt war. Aber es fühlte sich einfach richtig an.

Ihre Andeutungen waren nicht gerade subtil gewesen, doch ich spielte nicht zum ersten Mal den dummen Sportler.

»Werde ich auf dem Bild einen riesigen Kopf haben und mit einem Lolli in der Hand auf einem Skateboard stehen?« Sie machte es sich wieder auf meinem Bett bequem. Normalerweise zeigte ich niemandem meine groben Skizzen, aber für sie würde ich es tun. Für sie würde ich alles tun.

Lachend begutachtete ich die Linien und Kurven, die nicht mal ein Zehntel ihrer echten Schönheit einfangen konnten. Dieses Mädchen hatte irgendwas Verrücktes mit mir angestellt. Sie ließ mich über verrückte Dinge nachdenken – was ich wirklich mit meinem Leben anfangen wollte, wer ich sein wollte und mit wem ich dieses Leben verbringen wollte.

Allerdings würde ich niemandem einen Gefallen tun, wenn ich als Tankwart endete und Bay daran hinderte, das zu tun, was sie liebte.

Der Coach hatte bis jetzt noch nichts gesagt, und ich hatte noch nie gehört, dass jemand so spät noch einen Vertrag angeboten bekam.

Anscheinend hatten die Infos über mich inzwischen die Runde gemacht, denn selbst nach der Nachfrage, ob ich schon irgendwo unterschrieben hatte, kamen keine weiteren Anrufe. Das Team, das mich wollen würde, musste schon ziemlich verzweifelt sein – aber das war ich auch. Bay half mir allerdings, diese Sorgen für eine Weile zu vergessen.

Ihre Stimme war einfach vollkommen. Sie brachte Dinge zum Vorschein, die so tief versteckt waren, dass sie einem Angst einjagten. Wenn sie für mich spielte, waren die Gefühle dabei so rein und unverfälscht, dass der Grat zwischen Vergnügen und Schmerz hauchdünn war. So sehr ich dieses Gefühl auch für mich behalten wollte, andere Leute mussten ebenfalls daran teilhaben können. Wenn Bay sie nur lassen würde.

Ich beugte mich zu ihr hinüber und küsste ihren Mund. Wie jedes Mal war ein Kuss nicht genug. »Hungrig« war das einzige Wort, mit dem ich beschreiben konnte, wie ich mich fühlte, wenn wir uns berührten.

Ihre Lippen schmeckten sündhaft gut, genau wie die Mahlzeit, die sie für mich gekocht hatte, und die Lieder, die sie für mich sang. Bay verdarb mich für jede, die nach ihr kommen würde, und ich wollte nicht, dass irgendjemand nach ihr kam. Es war, als wäre sie mir als Wiedergutmachung geschenkt worden, nachdem ich so viele Jahre in der Dunkelheit hatte verbringen müssen. Ein strahlendes, wärmendes Licht, das mich aus der Grube meines Lebens leiten sollte.

Sie setzte sich rittlings auf meinen Schoß und ließ ihr Becken auf meinem kreisen.

Mein Schwanz legte sich mächtig ins Zeug bei dem Versuch, aus seinem beengten Gefängnis meiner Jeans mit Reißverschluss auszubrechen – und versagte dabei kläglich. Der genüssliche Schmerz breitete sich von meinem Schritt aus im Rest meines Körpers aus. Ich unterdrückte ein Stöhnen.

»Bist du nervös wegen des Spiels?«

Ich hielt sie an der Taille fest, um sie daran zu hindern, sich zu bewegen. Anders würde ich nie gegen den Sex-Nebel in meinem Hirn ankommen. Meine Erektion hatte nur ein Ziel, und das hatte nichts mit Football zu tun. Ich biss die Zähne zusammen und riss meinen Blick von der Stelle los, wo mein pochender, jeansbedeckter Schwanz sich an ihr rieb. »Ich muss nur das tun, was ich immer tue.«

»Und das wäre?« Sie legte mir die Arme um den Hals und spielte mit den Haaren in meinem Nacken.

Mir lief ein Schauer über den Rücken. Der animalische Teil in mir flüsterte mir zu, dass jetzt der richtige Zeitpunkt war. Scheiß auf meine Pläne, ich sollte sie einfach auf das Bett werfen und ihr zeigen, wie sehr sie mich in den Wahnsinn trieb.

»Spielen, als wäre es mein letztes Spiel.«

Ihre Finger brachten mich um den Verstand. Sie waren so

sanft, aber ab und zu zupften sie leicht an einer Strähne. »Wie lange willst du noch den Gentleman spielen?«

Ich schluckte schwer und erstickte fast an der Luft, weil meine Lungen offensichtlich vergessen hatten, wie man atmete.

»Lass uns ein Spiel spielen.« Ihre Finger hatten sich zu meinem Schritt hinabgestohlen und knöpften meine Hose auf.

Ich legte meine Hände auf ihre. »Wir …«

Sie drückte mir den Zeigefinger an die Lippen. Er schmeckte nach den sauren Gummiwürmern, die sie vorhin genascht hatte. »Das Spiel heißt: Bay darf machen, was sie will.« Sie schob ihre Hand in meine Jeans und hielt über dem Bund meiner Boxershorts inne.

In meiner Brust wand sich die Anspannung erwartungsvoll wie eine Schlange, die sich auf den Angriff vorbereitete.

Dann wickelte sie die Finger um meinen Schaft und ich musste mich schwer zusammenreißen, sie nicht wie ein buckelndes Pferd abzuwerfen.

Sie befreite meinen Schwanz aus der Hose, bevor sie ihre Hand auf und ab bewegte. Dabei hatte sie einen Ausdruck des Staunens auf ihrem Gesicht, ihre Unerfahrenheit war nicht zu übersehen, was mein Verlangen nur noch stärker machte. Ich wollte ihr zeigen, wie schön es sein konnte. Niemand sollte ihre ersten Male verderben, indem er sie drängte und sie zu Dingen zwang, zu denen sie noch nicht bereit war.

Sie pumpte einmal kräftig, und ich warf sie tatsächlich fast ab. Ihr Griff war fest und sanft zugleich. Ich biss die Zähne so stark zusammen, dass mein Kiefer schmerzte.

»Mache ich es richtig?« Sie sah zu mir auf, während ihre Hand mich weiter in den Wahnsinn trieb. Die Ekstase wuchs rasch in ungeahnte Höhen. »Kannst du mir zeigen, wie du es magst?«

Meine Brust zog sich so heftig zusammen, als hätte ich eine Interception ausgeführt und wäre auf dem Weg in die Endzone. Ich nickte und bedeckte ihre Hand mit meiner, bevor ich sie an meinem gesamten Schaft entlangbewegte.

Der entschlossene Ausdruck in ihrem Gesicht hätte mich zum Lachen gebracht, wenn ich nicht kurz davor gewesen wäre, von diesem verdammten Stuhl aufzuspringen.

Es brauchte nur noch ein sanftes Streichen ihres Daumens über die Spitze meines Glieds, und das war's mit mir. Ein wildes Zucken überkam mich, als wäre das mein erstes Mal. Und das war es auch – mein erstes Mal mit Bay.

Sie rieb und pumpte weiter, bis alles vor Überempfindlichkeit prickelte. Unsere Hände waren bedeckt mit dem Beweis dafür, wie sehr sie mich angetörnt hatte. Mir war schwindelig, und das warme Kribbeln in mir drohte, mich zu verschlingen. Aber ich würde das Spiel jetzt nicht so enden lassen.

Während ich uns sauber machte, versuchte ich mich unter Kontrolle zu kriegen. »Jetzt bin ich an der Reihe.«

Sie musterte mich mit leicht verwirrtem Blick. »Was meinst du?«

»Hast du echt gedacht, ich würde hier meinen Spaß haben und dich dann hängen lassen?«

»Ich hab das nicht gemacht, damit du das Gleiche für mich machst, sondern einfach, weil ich es wollte.« Die Röte auf ihren Wangen und wie sie ihren Kopf einzog, bestätigten mir, dass es das Richtige gewesen war, nicht direkt mir ihr ins Bett zu hüpfen. Damit hätte ich ihr nur eine Scheißangst eingejagt und dafür gesorgt, dass sie auf Nimmerwiedersehen verschwunden wäre.

»Vielleicht will ich es ja auch einfach.« Ich zog sie am Bund ihrer Shorts näher.

Ihre Lippen öffneten sich, und sie keuchte.

Meine Finger wanderten zu den Knöpfen an ihren Shorts. Als ich sie einen nach dem anderen öffnete, erschauderte Bay.

Ich schlang einen Arm um sie, während ich die Hand in ihren Hosenbund schob.

Sie legte ihre Hand auf meine und hielt sie dort fest. »Ich … Ich glaube nicht.«

»Nur so weit, wie du es willst.« Ich wechselte vom Stuhl auf das Bett.

Sie zog die Augenbrauen hoch.

Ich drehte sie um und zog sie zu mir heran, bis sie zwischen meinen Beinen saß und sich ihr Rücken an meine Brust schmiegte.

Sie spähte mit fragendem Blick über die Schulter zu mir hoch.

Also drückte ich ihr einen Kuss in den Nacken und streichelte ihren Oberschenkel, bevor ich am Saum ihrer Shorts entlangfuhr.

Meine andere Hand strich über ihren Bauch, verschwand dann in ihren aufgeknöpften Shorts und bahnte sich den Weg unter ihre Unterwäsche, bevor sie über die Härchen streichelte, die den Ort bewachten, an dem ich ihr mindestens genauso viel Freude bereiten würde wie sie mir.

Sie ließ ihren Oberkörper gegen meinen fallen, als ich sie teilte und meine Finger in ihr vergrub. Zuerst nur einen, dann einen zweiten.

»Dare!«, japste sie und krallte die Finger in meinen Oberschenkel.

Ich wünschte mir nur, dass ich ihr Gesicht hätte sehen können, da allein der Blick auf ihr Profil atemberaubend war. Ihre Augen waren geschlossen, die Lippen geöffnet, während sie leise keuchte und stöhnte.

Mein Schwanz meldete sich erneut, aber ich hatte nur ein Ziel.

Sie packte meine Oberschenkel fester, während ich meine Finger und den Daumen benutzte, um ihr Zittern und Keuchen weiter Richtung Ekstase zu treiben. Sie spannte die Beine an, wobei sie meine Hand zwischen ihnen gefangen hielt. Ich streichelte weiter über ihren empfindsamsten Punkt, bis sie den Rücken durchbog und nach vorne schnellte.

Ich hielt sie mit einem Arm fest und ließ sanfte Küsse auf ihren Nacken regnen. Die Tränen, die sich in meinen Augenwinkeln sammelten, blinzelte ich fort. Sie hatte mir genug vertraut, um ihr Vergnügen in meine Hände zu legen. Ich liebte sie mit jeder Faser meines Herzens.

Und mir hatte noch nie im Leben etwas so viel Angst bereitet. Sie war mein Herz. Zuzusehen, wie sie mich verließ, würde so schmerzhaft sein, wie wenn es mir aus der Brust gerissen würde.

28

Bay

»Die Aufnahme hat vor neunzig Sekunden angefangen.« Freddys Stimme drang knisternd durch die Sprechanlage ins Studio. Er machte das Licht nicht an, aber ich konnte seinen ungeduldigen Blick auf mir spüren.

Hatte jemand die Heizung hier drinnen aufgedreht? Ich zog an meinem Kragen.

Ich musterte die Gitarre auf meinem Schoß, weil ich nicht die Glaswand anschauen wollte, denn dann würde ich mein Spiegelbild und Freddy dahinter sehen. Ich stieß einen zittrigen Atemzug aus, bevor ich mir über die Lippen leckte. Mein Mund war staubtrocken.

Warum hatte ich dieser Sache zugestimmt? Freddy hatte mich praktisch hier eingesperrt, bis ich zugestimmt hatte, mich an wenigstens einem Track zu versuchen.

»Was ist los, Kleine? Du hast wochenlang da drinnen mit einer weltbekannten Band gespielt und kein Lampenfieber gehabt. Und du hast vor ihnen gesungen.«

Die Vorstellung, auf der Bühne zu stehen, drehte mir so abrupt den Magen um, dass ich beinahe aufgesprungen wäre und nach einem Mülleimer gesucht hätte. »Das war kein Song, den ich selbst geschrieben habe. Und man konnte das auch kaum Singen nennen.«

Er schüttelte den Kopf. »Ich mache eine kurze Pause und gebe dir Zeit, dich zu sammeln. Wir haben nur eine Stunde, bevor der nächste Kunde kommt.« Er schob seinen Stuhl zurück und gab mir ein Daumen hoch, bevor er den Raum verließ.

Ich kniff die Augen zusammen und dachte an den Tag auf meiner Hintertreppe. Ich erinnerte mich an die Hitze von Dares Blick, auch wenn ich zuerst nicht gewusst hatte, dass er es war. Ich hatte für ihn gespielt. Also stellte ich ihn mir vor und lockerte meine Finger, bevor ich sie auf die Gitarrensaiten legte, als wären sie nie woanders gewesen.

Bei ihm zu Hause hatte ich einen Rückzieher gemacht. Ich konnte mir nicht oft genug gegen die Stirn hauen, für das, was ich da abgezogen hatte. Ich war so entschlossen gewesen, auf dem Dare-Express das Steuer zu übernehmen, doch als er nur erwähnt hatte, dass er sich revanchieren wollte, hatte ich beinahe einen Herzinfarkt bekommen. Aber seine Finger waren magisch gewesen, und ich würde ihm jederzeit wieder die Gelegenheit dazu geben.

Die Tür im Studio öffnete sich wieder, und Freddy kam herein. Einen Augenblick lang erhellte das Licht aus dem Flur Dare, der wartend dort saß und mich beobachtete.

Vielleicht hatte ich mich mit dieser fixen Idee, meine Jungfräulichkeit zu verlieren, etwas übernommen, aber er war nur meinem Beispiel gefolgt und hatte mich nicht gedrängt, obwohl ich ihn definitiv gedrängt hatte. Ich senkte den Kopf wieder und ließ die Noten vor meinem inneren Auge erscheinen.

Es begann mit einem Summen in meiner Brust, bevor ich den Mund öffnete und die Zeilen hinausließ, die ich schon lange auswendig konnte.

Das Lied handelte von der einzigen Person, über die ich in

den letzten Monaten hatte schreiben können. Die einzigen Liedtexte, die sich nicht albern und banal anhörten, waren die über ihn.

Die Vibration der Saiten hallte in meinen Armen nach, als ich den letzten Ton hielt und die Augen öffnete.

Das Licht hinter der Glasscheibe wurde angeschaltet, und ich keuchte erschrocken.

Dare stand mit verschränkten Armen hinter Freddy.

Mein Herz raste wie wild. Ich leckte mir über die Lippen und streifte mir den Gitarrengurt von der Schulter.

Als ich den Raum verließ, fühlte ich mich dabei, als würde ich durch Schlamm waten oder mit fünf Kilo schweren Gewichten an den Knöcheln schwimmen. Vorsichtig trat ich durch die Tür, damit die Gitarre nicht an den Rahmen knallte.

Dare stand im spärlich beleuchteten Flur, die Tür zur Tonkabine schloss sich sanft hinter ihm. Er hatte meinen Gitarrenkoffer in der Hand.

»Wie viel hast du gehört?« Meine Finger umklammerten den Hals der Gitarre. Ich hielt sie zwischen uns, als könnte sie mich vor diesem peinlichen Moment bewahren.

»Jeden Ton.« Er nahm mir die Gitarre ab und hockte sich auf den Boden, um sie bedächtig ins mit Samt ausgekleidete Innere des Koffer zu legen, als könnte nur der kleinste Stoß schon ein Desaster bedeuten.

Die Verschlüsse klickten, und er sah mit einem kleinen, traurigen Lächeln zu mir hoch. Schließlich stand er mit dem Koffer in der Hand auf und legte einen Arm um mich, seine große Hand lag auf meinem Rücken.

»Eines Tages wirst du sie alle vom Hocker hauen.«

Er verschwamm leicht vor meinen Augen, und ich blinzelte einmal, während ich schwer atmete und ein leises Wimmern aus meiner Kehle kam.

»Ich wünschte, du könntest fühlen, was ich bei deinen Songs fühle. Es ist, als würdest du mir die Brust aufreißen und mein Herz rausholen.«

»Das klingt nicht sehr positiv.«

»Es ist absolut verrückt. Und ich vergesse zu atmen, wenn ich dir zuhöre. Ich habe noch nie jemanden wie dich kennengelernt.«

Ich schnaubte verächtlich. »Da sind noch eine Menge Leute wie ich, die versuchen, groß rauszukommen. Und das ist nicht so mein Ding. Ich singe lieber für wen ich will und über was ich will.«

»Ich stehe auf dieser Liste.«

»Diese Liste hat so ziemlich nur einen einzigen Eintrag.«

Sein Grinsen war hypnotisierend. Selbst im gedimmten Licht des Flurs strahlte er noch wie ein Filmstar und traf mich direkt ins Herz. Warum war er der Einzige, bei dem ich mich so fühlte?

Freddy trat durch die Tür, hielt mir die CD von der Aufnahme hin und sagte, dass er die Audiodateien später bereinigen und sie mir digital schicken würde.

»Das hast du gut gemacht, Kleine. Sag Bescheid, und ich lasse alle meine Verbindungen spielen, um dir was zu ermöglichen.«

Ich schüttelte den Kopf. »Das ist nicht meine Welt. Vielleicht finde ich ja in Kalifornien ein Studio, in dem ich arbeiten kann.«

Er grummelte, als wäre er ganz und gar nicht zufrieden damit. »Wie du willst, Kleine.«

Dare und ich gingen hinaus zu seinem Auto, er hatte den Arm um mich gelegt.

»Lass uns direkt reinhören.« Er nahm die CD und wollte sie gerade einlegen.

Aber ich schnappte sie ihm weg und legte sie aufs Armaturenbrett. »Auf gar keinen Fall. Ich finde es schon schrecklich, mich da drinnen zu hören, ich werde mir das ganz bestimmt nicht über deine Stereoanlage anhören.«

Er lachte und verschränkte für den Rest der Fahrt seine Finger mit meinen.

»Fuck.« Dares Kopf senkte sich, und meiner schoss hoch.

Mein Herz rutschte mir in die Hose. Das hatte ich nicht erwartet, und es war ungefähr der schlechteste Zeitpunkt überhaupt.

Aber in unserer Einfahrt stand der grüne Wagen meiner Mom.

Und als wäre das nicht schon schlimm genug, öffnete sich die Tür genau in dem Moment, als wir die Einfahrt erreichten.

Noch in ihrer Arbeitskleidung kam meine Mom auf das Auto zu, ihre Schritte wirkten, als könnten sie mit Leichtigkeit durch den Boden brechen.

»Bay Eleanor Bishop, hast du auch nur die geringste Ahnung, wie spät es ist?«

Die Scheinwerfer von Dares Auto beleuchteten sie wie Flutlichter, sodass ihr finsterer Blick durch die Windschutzscheibe unübersehbar war.

Wir tauschten einen Blick, und eine Sekunde lang zog ich es in Erwägung, ihm zu sagen, er solle einfach den Rückwärtsgang einlegen, damit wir abhauen konnten. Ich könnte als Straßenmusikerin Geld verdienen.

Er stellte den Motor ab.

So viel also zu einer schnellen Flucht.

Sie kam zur Beifahrertür gestapft und riss sie auf. »Kannst du dir eigentlich vorstellen, was für Sorgen ich mir gemacht habe? Ich bin seit fast zwei Stunden zu Hause. Wie lange geht das schon so?«

Ihr Blick fiel auf die Gitarre auf dem Rücksitz, die Dare dort abgestellt und sogar angeschnallt hatte.

»Du bist im Studio gewesen?«

Bevor ich es abstreiten konnte, rutschte die CD vom Armaturenbrett und fiel mir auf den Schoß – wie ein Geschenk an die Götter der elterlichen Bestrafung.

Ihr Blick zuckte zwischen mir, Dare, der Gitarre und der CD, die durch das Licht im Auto beleuchtet wurde, hin und her. »Ins Haus, jetzt sofort.« Jedes Wort war so geladen, dass ich befürchten musste, nie wieder das Haus verlassen zu dürfen. Sie würde alle Türen verbarrikadieren, und ich würde erst zu meinem zweiten Semester am College wieder nach draußen dürfen.

»Und Dare, ich habe wirklich gedacht, du hättest etwas mehr Verantwortungsbewusstsein.«

Seine Hände verkrampften sich am Lenkrad. Die Muskeln an seinem Kiefer pochten, als wäre er kurz davor zu explodieren. Aber er schaute weiter stur geradeaus.

Ich holte schnell meine Gitarre aus dem Auto, um zu verhindern, dass er auch nur eine Sekunde länger Zeuge dieser peinlichen Show sein musste, und folgte Mom. Als ich vor dem Auto vorbeiging, formte ich ein »Tut mir leid« mit den Lippen. Das Licht blendete mich so, dass ich sein Gesicht nicht erkennen konnte. Aber der Motor wurde gestartet und heulte auf, bevor Dare den Rückwärtsgang einlegte und aus der Einfahrt schoss, während die Eingangstür sich hinter mir schloss.

»Ich kann das einfach nicht glauben. Wie lange geht das schon so, Bay?« Sie stand mit verschränkten Armen vor mir. »Wie lange?«

»Seit Januar.«

»Du machst das seit fünf Monaten?«

Ich zog den Kopf ein. »Januar des letzten Jahres.«

Sie keuchte. »Du lügst mich seit fast eineinhalb Jahren an. Du fährst regelmäßig ins Studio. Ich dachte, wir hätten eine Abmachung. Ich dachte, ich könnte dir vertrauen.«

»Ist ja nicht so, als würde ich Drogen nehmen oder trinken. Ich arbeite im Studio, um mir ein bisschen Geld dazuzuverdienen. Und ich … ich spiele.«

»Und Dare?«

Ich ließ die Schultern hängen. »Manchmal fährt er mich, damit ich so spät nicht mehr mit dem Fahrrad unterwegs bin.«

»Er fährt dich? Das ist alles?«

Mein Kopf schnellte hoch. »Ja.«

Ihr Blick verengte sich. »Ich weiß nicht mal, ob ich dir glauben kann, Bay. Wer weiß, was du die letzten Monate alles getrieben hast, während ich davon ausgegangen bin, dass du sicher zu Hause bist.«

»Es gibt kein ›sicher zu Hause‹, Mom. Es ist nirgendwo sicher. Ich bin in ein paar Monaten weg und könnte da genau das Gleiche tun. Und du würdest nichts davon wissen. Ich war so vorsichtig wie möglich. Aber glaubst du wirklich, dass irgendwer noch irgendwo sicher ist?«

»Ich will nicht mal daran denken, dass du bald weg bist.«

»Bin ich aber, ob du willst oder nicht. Genau wie Dad weg ist. Du kannst noch so viel arbeiten, aber das wird sich niemals ändern.«

»Jetzt machst du mir Vorwürfe, weil ich arbeite, damit du etwas zu essen und ein Dach über dem Kopf hast?«

»Nein, Mom, so ist es nicht. Aber die Musik … Du hast das noch nie verstanden. Sie ist meine einzige Verbindung zu Dad, und du erträgst es nicht, sie zu hören. Jedes Mal, wenn du die Gitarre siehst, hast du einen Ausdruck im Gesicht, als würdest du den Tag, an dem er gestorben ist, noch mal erleben. Natürlich musste ich dir das Ganze verheimlichen. Und natürlich mache ich trotzdem weiter, weil es das Einzige ist, was ich habe. Und manchmal ist Musik zu machen die einzige Möglichkeit, wie ich atmen kann.« Ich brach zusammen. Meine Tränen drohten, mich zu ersticken, und meine Schluchzer pochten mir so stark in den Schläfen, dass ich dachte, mir müsste der Kopf platzen.

Sie legte die Arme um mich und drückte meinen Kopf an ihre Brust. »Ich hatte Angst. Ich habe Angst, dich genauso zu verlieren wie ihn. Wie du für die Musik empfindest? So empfinde ich für dich. Du bist alles, was mir von ihm noch geblieben ist. Und bald bist du weg.«

Ich klammerte mich an sie. »Ich vermisse ihn so sehr.«

»Ich auch, mein Schatz.« Wir saßen mitten im Wohnzimmer auf dem Boden und weinten, bis wir beide blutunterlaufene Augen hatten und meine Stimme ganz heiser war.

Sie legte mir einen Arm um die Schulter und brachte mich nach oben. Nachdem ich meine Schlafsachen angezogen hatte, setzte sie sich auf meine Bettkante und strich mir das Haar aus dem Gesicht.

»Wir hatten beide einen aufregenden Abend. Ruh dich etwas aus.«

»Ich habe Hausarrest, oder?«

Sie lächelte. »Oh ja, aber so was von.« Ihr Lachen verstummte, und sie küsste mich auf die Stirn. »Aber darüber reden wir morgen.«

Sie machte das Licht aus und schloss die Tür hinter sich.

So leise wie möglich holte ich mein Handy aus meiner Tasche.

Eine Nachricht von Dare erschien auf dem Bildschirm, sobald ich auf den Home-Button drückte.

Dare: Alles okay?
Ich: Alles gut. Hab aber Hausarrest.
Dare: Wie lange? Wir haben weniger als einen Monat, bis das Schuljahr zu Ende ist.
Ich: Das teilt mir die Gefängniswärterin erst morgen mit. Tut mir leid, dass Mom dich angeschrien hat.
Dare: Das war doch nichts. Ich bin froh, dass es dir gut geht.
Ich: Morgen sieht die Welt schon anders aus.
Dare: Du hast deine CD im Auto vergessen.
Ich: Ist wahrscheinlich besser, wenn du die erst mal behältst.
Dare: Gute Nacht, Bay.
Ich: Nacht, Dare.

Während ich von Kopfschmerzen geplagt in den Schlaf abdriftete, hatte ich einen Alptraum. Ich stand mitten auf der Bühne und wusste den Text meines Songs nicht mehr. Die Leute buhten mich aus und warfen Dinge nach mir. Aber dann sah ich Dare vorne in dem Meer aus Menschen, als wäre ein Scheinwerfer auf ihn gerichtet. Nur ein Blick und ich erinnerte mich wieder an den Text. Nicht den, den ich eigentlich singen wollte, sondern einen völlig neuen. Und er besänftigte das erzürnte Publikum so sehr, dass mir am Ende Blumen vor die Füße geworfen wurden. Wenn es doch nur so einfach gewesen wäre. Wenn er doch bloß immer mein Anker auf stürmischer See sein könnte.

29

Dare

Bay nicht sehen zu dürfen fiel mir schwerer als alles, was ich je getan hatte. Ihr Hausarrest würde so lange bestehen bleiben, bis ihre Mom entschied, dass er zu Ende war. Und es gab keinerlei Anzeichen dafür, dass er enden würde, bevor Bay die Stadt verließ.

Sie durch mein Fenster oder über den Gartenzaun hinweg sehen zu können und ihr Nachrichten zu schreiben hatte mir ein wenig von meiner Nervosität genommen. In der Schule wollte sie aber, dass alles so weiterlief wie bisher. Ich fand es schrecklich, sie auf den Gängen nicht umarmen zu können oder mit ihr unter den Tribünen zu verschwinden. Mir blieben nur flüchtige Berührungen, wenn sich beim Vorbeigehen auf dem Flur unsere Hände streiften, und anhaltende Blicke im Unterricht. Aber das war einfach nicht genug.

Ich war so auf Bay fixiert, dass ich die Veränderung auf der Straße vor meinem Haus nicht bemerkt hatte. Aber als ich die Tür öffnete, haute mich der Geruch fast um.

Mein Dad saß in seinem verdammten Sessel und war schon total betrunken. Ich wäre sofort nach oben gegangen, hätte ich nicht das leuchtend weiße Blatt Papier in seiner Hand gesehen, das einen starken Kontrast zu der Dunkelheit um ihn herum bildete.

Mein gesamter Körper versteifte sich in Sekundenschnelle zu einer harten Mauer, und in meinem Magen brodelte es wie in einem Hexenkessel.

Alkohol schwappte auf Bays Wange und tropfte am Rand des Papiers herab auf sein Shirt.

Und da stürzte die Mauer ein.

»Nimm deine dreckigen Pfoten da weg.« Ich stürmte durch das Zimmer. Dabei verfluchte ich mich selbst dafür, dass ich den Skizzenblock offen hatte herumliegen lassen. Ich griff danach. Das waren meine persönlichen Gedanken. Persönliche Momente. Dass er auch nur einen Hauch meines wahren Ichs sah, machte mich krank.

»Sieh einer an, du kritzelst Bildchen von all den kleinen Schicksen, die du vögelst. Ich dachte immer, du suchst dir nur die Hübschesten aus.« Er wehrte die Hand ab, mit der ich nach dem Block gegriffen hatte, und hielt meinen Unterarm fest.

Das war ein Fehler. Mit meinem unbedachten Griff nach dem Block hatte ich mir eine Blöße gegeben, meine gesamte Flanke war ungeschützt.

»Fick dich. Guck dir das nicht an, es gehört nicht dir.«

Selbst nach vier Jahren Gewichtheben war er immer noch größer als ich. Vielleicht fühlte es sich auch einfach nur so an, als wäre er größer. Jedes Mal, wenn sein Whiskyatem mich im Gesicht traf, war ich plötzlich wieder der langsame, schwache elfjährige Junge.

»Alles in diesem Haus gehört mir, Junge.« Der Schlag traf mich hart, er war schnell und präzise. Gerade so, als hätte er in einer Anleitung nachgeschlagen, welche Treffer bei einem Gegner im Boxring besonders effektiv waren. Mir stockte der Atem, als hätte mich ein Hurrikan mitten in die Brust getroffen.

»Das nicht.«

Mit den Fingern erwischte ich den Block und riss ihn ihm aus der Hand, bevor ich ihn Richtung Treppe warf. Meine Lungen brannten und schrien nach Luft. Ich fühlte mich, als hätte jemand dem Raum den gesamten Sauerstoff entzogen. Meinen Lippen entrang sich ein erstickter Laut.

Ich stolperte rückwärts, vor meinen Augen tanzten Sterne.

»Glaubst wohl, du wärst besser als ich, nur weil du aufs College gehst, um Football zu spielen, was?«

Er stemmte sich aus dem Stuhl hoch und baute sich zu seiner vollen Größe auf. Immer noch drei Zentimeter größer als ich. Ein grausames, selbstgefälliges Grinsen breitete sich in seinem Gesicht aus, so als hätte er seit unserem letzten Streit nur darauf gewartet, mir eins auszuwischen.

Der Witz ging auf seine Kosten. Ich wusste nicht mal, ob ich einen Platz am College bekommen würde. Meine Gedanken sprangen sofort zu dem Spiel, das in weniger als vierundzwanzig Stunden stattfinden sollte.

Ich würde nicht weglaufen. Ich würde nicht noch einmal zulassen, dass er mir diese Chance nahm.

Er drang unnachgiebig auf mich ein, aber ich war stärker und schneller als er. Das Training als Tight End hatte mich gelehrt, meine explosive Energie zu bündeln und auf einen Gegner loszulassen, aber irgendwas in mir ging daran zugrunde, dass der Gegner mein eigener Vater war.

Ich stand mitten im Zimmer und fühlte mich auf einmal, als würde die ganze Welt über mir zusammenbrechen, während er auf mich zukam. Ich war bereit, meine Fäuste erhoben. Noch einmal würde ich nicht zulassen, dass er mich unvorbereitet traf.

Die Arme hatte ich fest an meine Seiten gedrückt und steckte den Schlag ein, wobei mein Rücken gegen die Wand prallte. Die Gipsplatte in der Wand gab unter unserem vereinten Gewicht nach, sie verbog sich und brach.

Ich stieß ihn zurück und blockte den nächsten Schlag.

Dann suchte ich mir einen sichereren Stand und rang schnaufend um Atem. Von meiner Nase tropfte Blut auf meine Oberlippe.

»Sieht aus, als hättest du endlich gelernt, wie man auch ohne die ganzen Polster einen Schlag einsteckt.«

Ich sah rot, in mir brannte eine Wut, die von meiner Seite aus über den Arm in meine Faust ausstrahlte, als sie mit seinem hämischen Grinsen kollidierte.

Eine Sekunde bevor ich ihn traf, weiteten sich seine Augen, als wäre er überrascht, dass ich mich so schnell erholt hatte.

Der Boden unter mir erbebte, als er auf den zerrissenen, alten Teppich prallte.

Ich atmete schwer und hielt mir die Seite, während ich mir hastig den Block schnappte und die Treppe hochrannte.

In der Hoffnung, dass Bay zu mir kommen würde, hatte ich mir abgewöhnt, mein Zimmer abzuschließen. Ich war aus der Übung geraten und hatte vergessen, für meine eigene Sicherheit zu sorgen. Er hatte bereits mein ganzes Zimmer durchsucht, aber das Vorhängeschloss an der untersten Schublade war noch intakt. Er hatte zu viel Zeit darauf verwendet, meine Klamotten zu durchwühlen, und dabei mein Versteck übersehen.

Mein ganzer Körper brannte vor Schmerz, aber ich öffnete das Schloss. Abhauen war meine einzige Möglichkeit. Ich hatte es so lange wie möglich hinausgezögert, doch ich konnte es nicht eine Sekunde länger ertragen, hier in diesem Haus zu bleiben.

Eilig zog ich meine Tasche hervor und packte meine Klamotten ein, während jede Bewegung mir wie Feuer durch die Seite schoss. Meine Skizzenblöcke kamen als Nächstes.

Von unten hallte ein Stöhnen die Treppe herauf.

Ich schob meine Hand in den Lüftungsschlitz an der Decke über meinem Bett und holte mein Geld heraus. Dafür musste ich mich so weit strecken, dass es sich anfühlte, als hätte mich jemand mit einem Schürhaken in die Seite gestochen. Das Geld, die Blöcke und ein paar Klamotten waren alles, was ich mitnahm. Noch ein letzter Blick durch das Zimmer – das Einzige, was ich vermissen würde, war der Ausblick.

Meine Füße ließen die Treppenstufen erbeben wie die Hufe einer aufgeregten Herde von Tieren, die aus dem Zoo ausbrach. Der Platz, an dem er gelegen hatte, war leer. Ich packte meine Tasche fester. Alles, was mir wichtig war, befand sich darin.

Das Klirren von Gläsern und Flaschen drang aus der Küche, aber das war mir egal. Er konnte meinetwegen da drin versauern, ich war weg.

Als die Tür hinter mir mit einem lauten Knall ins Schloss fiel, fühlte es sich an, als wäre dadurch ein Tresorraum geschlossen worden, der nie wieder geöffnet werden sollte. Draußen schaute ich mich kurz zur Orientierung um. Mein Auto stand in der Einfahrt, also fischte ich die Schlüssel aus meiner Hosentasche und warf mein Zeug auf den Beifahrersitz, bevor ich im Rückwärtsgang ausparkte und die Straße entlangdüste.

Mein Rücken tat weh. Meine Seiten brannten. Und mein Kopf war wie benebelt.

Ich brauchte Bay.

Ich wollte den Kopf in ihren Schoß legen, damit sie mein Haar streicheln und meine Lippen küssen konnte und mir versicherte, dass alles wieder gut werden würde. Wenn sie das sagte, dann würde ich ihr glauben. Im Rückspiegel konnte ich erkennen, wie blutverschmiert mein Mund und meine Nase waren. Blut tropfte auf mein Shirt.

Ich würde ihr diesen Mist nicht vor die Haustür bringen. Ich würde nicht geschlagen und blutend vor ihr auftauchen.

Also gab es nur einen anderen Ort, der infrage kam. Ich hielt an und schickte eine Nachricht.

»Fuck, Mann. Bitte lass mich jemanden anrufen.« Knox kam auf mich zugerannt, sobald ich aus dem Auto stieg.

Ich schüttelte den Kopf. »Es ist vorbei. Ich gehe nie wieder zurück. In zwei Wochen ist unser Abschluss. Wenn es sein muss, schlafe ich im Auto.«

»Sei kein Idiot. Du kannst natürlich hierbleiben. Wäre ja nicht das erste Mal, dass ich das anbiete.« Er schäumte vor Wut. Mit dem Wissen, dass mein Kumpel sich um mich sorgte, fühlte ich mich direkt ein bisschen besser. Wenigstens gab es ein paar Leute auf der Welt, denen ich etwas bedeutete.

Ich machte einen Schritt vorwärts und hielt mir zischend die Seite.

»Bringen wir dich erst mal rein.« Knox schnappte sich meine Tasche und führte mich ums Haus herum zur Kellertreppe. »Müssen wir ins Krankenhaus?«

»Nein. Ich muss morgen beim Bedlam Bowl mitspielen.«

»So kannst du unmöglich spielen.«

»Werde ich aber. Ich lasse nicht zu, dass er mir das noch mal kaputtmacht.« Jeder Schritt war eine Qual.

»Wie willst du das hinkriegen?«

»Morgen geht's mir schon besser.«

»Du humpelst und kannst nicht mal gerade stehen.«

Ich stellte mich aufrecht hin und unterdrückte den Schmerz, indem ich die Lippen zusammenpresste. »Alles gut.« Das klang eher wie ein Röcheln.

»Es geht um alles oder nichts, was?«

Ich blieb stehen. Mein Kopf schnellte hoch, und ich sah ihm in die Augen.

Knox stand mit verschränkten Armen da und schüttelte den Kopf. »Ich hole dir etwas Eis.« Er joggte die Stufen hoch und ich setzte mich vorsichtig auf die Couch, indem ich mich mit den Händen an der Arm- und Rückenlehne abstützte.

Er kam mit Eisbeuteln, Handtüchern, Tapeverband und einem Erste-Hilfe-Kasten zurück. Er reichte mir die Eisbeutel zusammen mit einem Handtuch.

»Warum hast du mir nichts erzählt?« Er gab mir den Rest der Handtücher, damit ich mich etwas sauber machen konnte.

»Was hätte ich denn erzählen sollen?«

»Das Spiel, das du letztes Jahr verpasst hast?«

Ich nickte grimmig.

»Ist da das Gleiche passiert?«

Noch ein Nicken.

»So ein verdammter Scheißkerl.« Er sprang auf. »Warum hast du niemandem davon erzählt?«

»Was hätte ich denn sagen sollen?« Ich biss die Zähne zusammen und hob mein Shirt an, während er vor mir auf und ab lief. »Mein Dad schlägt mich, bitte helft mir? Was hätte das gebracht? Mir geht's gut.«

»Willst du mich verarschen? Dir geht's verdammt noch mal nicht gut.« Er zeigte auf die Prellung, die sich als dunkler Fleck auf meiner Seite ausbreitete.

Ich legte die Eisbeutel drauf und benutzte das Tape, um sie zu fixieren. »Du hättest hier wohnen können. Du weißt genau, dass meine Eltern dich sogar noch lieber mögen als mich. Oder du hättest bei jemand anderem aus dem Team unterkommen können.«

»Ich bin doch kein Fall für die Wohlfahrt.«

»Fick dich. Du bist mein Freund, und du weißt, dass das Bullshit ist.«

»Das Ganze ist doch sowieso vorbei. Wofür müssen wir jetzt noch drüber reden?« Ich musste in Topform sein, damit ich allen beweisen konnte, dass ich ein Gewinn für jedes Team war, das mich nehmen würde. Wieder einmal hatte mein alter Herr eine Möglichkeit gefunden, mir alles zu versauen.

»Wie willst du morgen spielen?«

»Der Schmerz geht vorbei. Morgen wird alles ein bisschen empfindlich sein, aber ein paar Stunden halte ich das aus.« Es gab keine andere Möglichkeit. Eine andere Wahl hatte ich einfach nicht.

»Das sollte gar nicht nötig sein. Ich kann einfach nicht glauben, dass du mir das verheimlicht hast.« Er schlug sich mit der Hand gegen den Kopf. »Wie konnte ich das nicht merken?« Das war mehr an ihn gerichtet als an mich.

»Es ist nicht deine Schuld, dass ich nichts gesagt habe. Das ist keine große Sache.«

Knox blieb stehen und ließ sich dann mir gegenüber auf den Stuhl fallen. Er rutschte an den Rand und presste die Handflächen aneinander.

»Die Tatsache, dass du das glaubst …« Er schüttelte den Kopf, sein Mund war eine harte Linie. »Was stimmt nicht mit dir?«

Wut brodelte in mir hoch. »Ich hab doch gesagt, es ist nichts. Sobald ich mich umgezogen habe, bin ich hier weg.« Ich griff nach meiner Tasche und zuckte vor Schmerz zusammen.

Knox nahm sie vom Tisch und stellte sie hinter seinen Stuhl. »Du gehst nirgendwo hin.« Er verschränkte die Arme vor der Brust.

Auf der Treppe waren Schritte zu hören.

Rasch zog ich mein Shirt über die Eisbeutel.

»Dare, ich habe gar nicht gehört, wie du reingekommen bist. Ich dachte, ich hätte Stimmen gehört. Seid ihr hungrig, Jungs?«

»Mom, Dare braucht für ein paar Tage eine Bleibe.« Sein Kiefer verspannte sich, als hätte er in das trockenste Stück Beef Jerky gebissen, das existierte.

Ich war nicht der Typ, der andere anbettelte, aber in diesem Moment starrte ich ihn flehend an.

Sein Blick verengte sich. »Sein Haus wird gerade vom Kammerjäger ausgeräuchert.«

»Dare, wir haben ja immer schon gesagt, dass du so lange bleiben kannst wie nötig. Dein Dad ist immer unterwegs, und du bist ganz alleine, da machen wir uns natürlich Sorgen um dich.« Sie bedachte mich mit einem derart herzerwärmenden Blick, dass ich mir wünschte, meine Mom wäre noch am Leben. Wäre sie auch so gewesen? Oder wäre sie genauso schlimm gewesen wie Dad? Oder wäre sie nur eine Person mehr gewesen, die ich nicht beschützen konnte – genau wie mich selbst?

»Ich hole noch ein Steak mehr für das Abendbrot aus dem Gefrierschrank.«

»Danke, Mrs Knight«, rief ich ihr trotz Kloß im Hals nach.

»Ich hole mehr Eis. Denk nicht mal dran, zurück nach Hause zu gehen. Ich bin gleich wieder da.« Er verschwand auf der Treppe.

Aus dem gedämpften Gespräch und den leicht erhobenen Stimmen, die von oben zu hören waren, schloss ich, dass er seinen Eltern gerade alles erzählte. Sein Mund war wie ein Sieb, aber ich war so müde, dass es mir egal war.

Ich lehnte den Kopf an die Sofalehne und schloss die Augen.

Eine schwere Hand auf meiner Schulter ließ mich hochschrecken. Ich verzog das Gesicht und fasste mir an die Seite.

Der Geruch eines perfekt gewürzten und gebratenen Steaks wehte von dem Teller, der auf dem Tisch stand, zu mir herüber.

»Nachdem du gegessen hast, kannst du zwei von denen hier nehmen. Und nur damit du's weißt: Wenn du nicht richtig atmen kannst oder sich irgendwas komisch anfühlt, bringen wir dich ins Krankenhaus.«

Ich nickte.

Wir aßen zusammen im Keller, während Knox mich genaustens beobachtete. Was für Tabletten er mir da auch gegeben hatte, sie ließen den Schmerz abklingen, und das Sofa rief nach mir. Ich war mehr als bereit, in den dunklen Abgrund des Schlafs abzudriften.

»Hast du hier irgendwo einen CD-Player?«

Knox beäugte mich, als hätte ich nach einem Kassettenrekorder oder einem Plattenspieler gefragt. »Vielleicht. Ich frage mal meine Eltern.«

Er kam mit einem Discman und Kopfhörern zurück.

»Danke.« Ich klopfte leicht mit dem schwarz-silbernen Gerät gegen meine Hand.

»Du hättest nur fragen müssen, Mann. Ist doch selbstverständlich, dass ich immer für dich da bin.«

Ich nickte und legte mich auf die weiche, bequeme Matratze – auf einer besseren hatte ich nie gelegen, bis ich mich auf Bays Bett gelegt hatte. Aber das lag vielleicht auch einfach daran, dass es ihre war.

Beim Durchwühlen meines Rucksacks fand ich die durchsichtige CD-Hülle. Der Lichtstrahl, der oben an der Treppe durch den Spalt unter der Tür schien, wurde von der CD reflektiert, als ich sie herausholte und in den CD-Player steckte.

Ich setzte die Kopfhörer auf und schloss die Augen, um mir Bays Gesicht vorzustellen. Als ich auf Play drückte, schlug mein Herz so schnell, dass es einen Schlag aussetzte. Ihre Stimme hüllte mich ein, entspannte mich und löschte auch das letzte Fünkchen Schmerz aus. Im Schlaf konnte ich alles vergessen, außer ihren Song, der allein für mich bestimmt war.

Morgen musste ich mich um einiges kümmern, aber heute Nacht konnte ich Ruhe finden – mit Bay in meinen Gedanken, auch wenn sie nicht in meinen Armen sein konnte.

30

Dare

Knox und ich fuhren zusammen zum Trainingsspiel. Er behielt mich genau im Auge, so als würde er damit rechnen, dass ich jeden Moment vor Schmerzen umfiel. Dank der Schmerztabletten hatte ich die letzte Nacht erholsam schlafen können.

Meine Seite war zwar super empfindlich, aber ich zog trotzdem meine Trainingssachen an und freute mich, dass wir nur Touch Football spielten, da Saisonpause war. Das hier war bloß Training. Ich war auch früher schon blutend und mit Prellungen zum Training erschienen. Dies war nichts anderes. Nur ein Übungsspiel. Ein glorifiziertes Übungsspiel, von dem meine gesamte Karriere abhing.

Der Bildschirm meines Handys, das auf meiner Sporttasche lag, leuchtete auf. Die Nachrichten rollten nur so herein, und bei jeder ertönte der Ton.

Bay: Hals und Beinbruch.
Bay: Aber nicht wirklich. Ich hänge zu viel mit Theater-Leuten ab.
Bay: Tritt den Juniors beim Bedlam Bowl in den Arsch. Ich arbeite noch daran, meine Freiheit zurückzuerlangen. Die Gefängniswärterin hat noch kein Datum festgelegt. Wahrscheinlich

darf ich genau dann wieder raus, wenn alles Interessante in unserem letzten Jahr vorbei ist.
Bay: Sei nicht nervös.
Bay: Ich hoffe, damit habe ich es nicht schlimmer gemacht.
Bay: Ich höre jetzt auf.
Bay: Du schaffst das.

Das Lachen, das mich überkam, löste ein wenig die Anspannung, die in meiner Brust brannte. Während ich in die Umkleide ging, antwortete ich ihr noch schnell, bevor ich meine Tasche abstellte.

Ich: Ich wünschte auch, du wärst hier.

Bennet zog sich die Schulterpolster über den Kopf. »Da hat jemand aber gute Laune.«

Ich öffnete meinen Spind. »Warum sollte ich auch nicht gut gelaunt sein?«

Knox warf mir einen vielsagenden Blick zu, bevor er sein Zeug in den Spind warf und sich seine Polster schnappte.

Bennet dehnte den Arm vor der Brust und drückte die Schulter gegen die Wand. »Ich freue mich schon darauf, einen ganzen Monat nur Gewichtstraining zu machen. Wenn ich in North Carolina ankomme, werde ich das vielleicht bereuen, aber es wird sich gelohnt haben. Außerdem werde ich als Freshman sowieso nicht als Starting Quarterback eingesetzt.« Er zuckte die Schulter, als wäre das halb so schlimm, schließlich hatte er seinen Platz im Team ja sicher.

Als er die Seite wechselte, zuckte sein Blick zu mir herüber. »Sorry, Alter.« Er zog den Kopf ein und lehnte sich in meine Richtung. »Hör mal, ich weiß, was letztes Jahr abgegangen ist, und ich weiß auch, dass du nicht drüber reden willst.

Wenn dich nach heute keiner anwirbt, dann haben die alle den Verstand verloren. Wir halten dir da draußen den Rücken frei.«

Mit einem knappen Nicken zog ich mir die Sommerpolster an. Sie waren nicht annähernd so massig, wodurch man mehr Bewegungsfreiheit genoss und dank weniger Gewicht auch nicht so viel schwitzte.

Der Umkleideraum erschien mit nur sieben Typen ziemlich verlassen. Womöglich war das hier heute mein letztes Mal in diesem Raum. Ich schaute mich um, und mein Blick blieb an dem Logo mit dem Löwen hängen, das auf die Betonziegelwand gemalt worden war. In dem fast leeren Raum hallten die Stimmen und andere Geräusche laut wider. Spinde wurden klappernd zugeschlagen, und die Jungs testeten ihren Mundschutz, der bei Touch Football streng genommen nicht nötig wäre.

Knox zog sich die Polster über die Schultern und ging Richtung Ausgang.

In diesem Moment wurde die Tür vom Coach aufgedrückt. »Wartet ihr auf eine Einladung? Das andere Team wartet schon an der Seitenlinie.«

Bennet, Knox und ich tauschten Blicke aus und stießen unsere Fäuste gegeneinander, bevor wir dem Coach nach draußen folgten.

Draußen auf dem Feld brachte der Geruch von Schweiß, frisch gemähtem Gras und schmerzlindernder Salbe Erinnerungen an mein erstes Spiel an der Greenwood zurück. Die Tribünen waren gut gefüllt – nicht bis zum Anschlag, aber voller, als man bei einem freundschaftlichen Sieben-gegen-Sieben-Spiel erwarten würde.

Fans in Football-Trikots schwenkten Banner durch die Luft. Überall waren Kameras. Ein Meer aus Leuten in Sportkleidung benutzte Handys zum Filmen, doch es waren auch Kameras auf Stativen aufgestellt, um das ganze Feld aufzunehmen. Wir hatten vier Jahre hintereinander die State Championship gewonnen, und mit jedem Jahr waren es mehr Kameras geworden.

Der Coach hatte Trainingsaufnahmen losgeschickt, die sich die Teams angeschaut hatten, aber alle hatten ihre eigene Methode, finale Entscheidungen zu treffen. Manche kamen persönlich her, andere schickten ihre Scouts.

Der Coach rief uns zusammen. »Heute sind eine Menge Leute hier, aber das hat nichts zu bedeuten. Einige von euch haben schon Verträge unterschrieben, trotzdem sind wir heute alle hier, um unser Bestes zu geben. Wir brauchen jeden Einzelnen für beide Hälften des Spiels. Gebt alles. Macht euren Job, und tut nichts Dummes.«

Knox lehnte sich zu mir herüber und murmelte: »Was für eine Motivationsrede.«

»Sei froh, dass er nicht dein Dad ist.« Bennet schüttelte den Kopf und setzte seinen Helm auf. »Hab definitiv nichts dagegen, nächstes Jahr mal einen neuen Coach zu haben.« Er zog am Kragen seiner Schulterpolster.

Knox ging neben mir her. »Bist du bereit?«

»Ich habe keine Wahl. Jetzt oder nie.« Ich setzte meinen Helm auf.

Der Coach zog mich zur Seite und packte meinen Helm mit beiden Händen, damit ich ihm ins Gesicht sehen musste. »Ich will, dass du vom ersten Schritt an alles gibst. Heute musst du egoistisch sein und jeden Pass da draußen an dich reißen.« Er schaute mir so intensiv in die Augen wie noch nie zuvor.

Ich warf einen Blick über die Schulter zum Rest meines Teams.

Er gab meinem Kragen einen Ruck, damit ich wieder ihn

ansah. »Alle anderen haben entweder schon einen Vertrag oder noch ein bis zwei Jahre Zeit, um einen zu ergattern. Das ist deine letzte Chance, Dare. Ich weiß, dass du mit mehr zu kämpfen hattest als nur mit den Spielern anderer Teams.«

Ich öffnete den Mund, um wie immer alles abzustreiten.

Er knurrte und schüttelte den Kopf. »Das ist deine Gelegenheit, endlich zu bekommen, was du verdient hast, nachdem du so hart gearbeitet hast. Lass sie nicht wieder verstreichen. Nicht jeder bekommt eine zweite Chance, aber das hier ist deine. Das ist *dein* Leben. Verstehst du mich?«

Er gab mir noch einen Klaps auf den Helm, bevor er sich zu den anderen Trainern an den Rand des Spielfelds gesellte.

Ich joggte zu den Jungs und unserer abgespeckten Line of Scrimmage hinüber, wo mir alle zunickten, bevor ich meinen Platz am Ende einnahm.

Ich vergrub die Finger im warmen Boden und konzentrierte mich auf mein Ziel.

Adrenalin rauschte durch meine Adern. Das waren nicht meine Teamkollegen. Das waren Hindernisse, die mir auf dem Weg aus dieser beschissenen Stadt und meinem beschissenen Leben im Weg standen.

Die Sonne brannte mir im Nacken, und ich fing an zu schwitzen.

Der Center rief den ersten Spielzug aus, und ich schlug mich so explosiv durch die nicht existente Defense, als hätte ich einen hundertdreißig Kilo schweren Linebacker umnieten müssen. Meine Seite brannte, als wäre ich erneut geschlagen worden. Ich rammte meine Stollenschuhe in den Boden und preschte los, dabei kam ich bis kurz hinter die Wide Receiver, bevor ich mich umdrehte und nach dem Pass Ausschau hielt.

Bennet ließ den Ball fliegen, und er schoss durch die Luft wie eine Kanonenkugel. Mit schnellen Schritten schüttelte ich die Defense ab und schnappte mir den Ball, bevor ich ihn an die Brust presste und auf die Endzone zustürmte.

Der erste Spielzug war vorbei; ich konnte spüren, dass die gesamte Aufmerksamkeit im Stadion auf mir lag. Ich warf dem Schiedsrichter den Ball zu und lief zu meinem Platz zurück. Mein Spielfeld. Endlich war meine Zeit gekommen.

Ich stieß die Fahrertür auf und verzog das Gesicht, als ich mich vorbeugte, um auszusteigen. Das Adrenalin von gestern Abend und dem Spiel heute war abgeklungen und hatte mich ausgelaugt zurückgelassen, doch Bay durch das Küchenfenster zu sehen ließ mich trotzdem lächeln. Meine Rippe war nicht gebrochen, würde allerdings noch ein paar Wochen lang wehtun, vor allem nach der heutigen Anstrengung.

Der Coach hatte mich anschließend zur Seite genommen und gesagt, alle, die mich nach diesem Spiel nicht unter Vertrag nehmen wollen würden, seien verdammte Idioten. Allein diese Worte waren jedes schmerzerfüllte Keuchen wert gewesen. Und jetzt konnte ich auch noch Bay sehen, was ohnehin jeden Tag tausendmal schöner machte.

Ich holte den Schlüssel unter dem Blumentopf auf der Hintertreppe hervor und trat ein. Vorsichtig schloss ich die Tür hinter mir und ging durch die überdachte Veranda ins Wohnzimmer. »Bay?« Ich hatte nicht nachgesehen, ob ihre Mom zu Hause war. Ich wollte Molly nicht wecken, falls sie noch schlief.

Die Stille und Friedlichkeit im Haus beruhigten mich. Hier wütete niemand. Es lagen keine vergessenen Rumflaschen auf dem Boden, die umherrollten und klirrten. Mehr als je zuvor hegte ich eine große Wertschätzung für dieses Haus – denn ich hatte kein Zuhause mehr.

Ihre Stimme lockte mich tiefer ins Haus.

Die Worte waren undeutlich und verloren sich in der Entfernung zwischen uns. Aber wie jedes Mal trafen mich die Gefühle trotzdem. Sie wärmten und beruhigten mich wie Balsam für meine Seele.

Ich schloss die Augen und gab mich der sorglosen Melodie hin, die immer lauter wurde.

»Dare!«, schrie Bay.

Ich riss die Augen auf.

Ihr flog ein Löffel aus der Hand, und ich fing ihn auf.

»Hast du mich gerade mit einem Löffel angegriffen?« Ich wedelte damit vor ihrer Nase herum.

Sie griff danach, aber ich hielt ihn außer Reichweite und fuhr mit dem Finger durch die Erdnussbutter.

»›Angreifen‹ klingt sehr dramatisch. Es war eher so, dass ich geschrien und vor Schreck rumgefuchtelt habe, wobei mir der Löffel runtergefallen ist.« Ihre Lippen zuckten, weil sie versuchte, sich das Lachen zu verkneifen.

Sie hielt eine Schüssel mit Erdnussbutter und grünen Apfelschnitzen in der Hand, zusammen mit einem Notizblock.

»Du schreibst.« Ich nickte in Richtung des abgegriffenen grünen Umschlags.

»Ein bisschen.« Sie schnappte sich den Löffel aus meiner Hand, drehte sich um und ging zurück in die Küche. »Willst du auch was?«

»Natürlich.« Ich sah ihr nach, während sie sich entfernte, und hasste es, obwohl sie nur in ein anderes Zimmer ging.

Kurz darauf saßen wir mit den Rücken an die Wand gelehnt nebeneinander auf ihrem Bett und vernichteten die Schüssel mit Erdnussbutter und Apfelspalten. Dabei fühlte ich mich, als wäre ich wieder sieben und würde mit Knox im Keller abhängen.

»Du bist schon die ganze Zeit hier und hast noch gar nichts vom Spiel erzählt.«

Ich stibitzte mir den letzten Apfel aus der Schüssel und zuckte mit den Schultern. »War okay.«

»Okay? Das ist alles, was du mir dazu zu sagen hast?«

»Na, du weißt schon. Durchschnittlich.«

»Erzähl's mir.«

Sie drückte mir die Finger in die Seite, um mich zu kitzeln, und schob dabei mein T-Shirt hoch.

Ich sprang vom Bett, während mir der Schmerz durch Brust und Bauch schoss. Das Hämmern ließ mir die Galle in der Kehle hochsteigen.

Ich ließ mich in den Stuhl neben ihrem Tisch fallen und hielt mir die Seite, während ich mir so hart auf die Wangen biss, dass ich Blut schmeckte.

Zum Teufel mit dem alten Scheißkerl und zum Teufel mit mir, weil ich nicht schnell genug gewesen war. Er hätte nicht in der Lage gewesen sein sollen, mir einen so kräftigen Schlag zu verpassen.

Bays Blick ruhte auf mir. Sie schwang die Beine vom Bett und stützte die Hände auf der Bettkante ab.

»Hast du dir das beim Spiel zugezogen?« Sie musterte mich auf diese besondere Art, wie nur sie es konnte. Durch diesen Blick fühlte ich mich, als würde ich nackt vor ihr stehen und sie könnte alle meine Prellungen und Narben sehen.

»Ich sollte gehen. Du hast zu tun.« An diesem Punkt hätte ich aufstehen sollen. Aufstehen, das Zimmer verlassen und verdammt noch mal sichergehen, dass sie nicht mehr in meiner Reichweite war, bis meine Prellung abgeklungen war.

»Tu das bitte nicht. Mach nicht dicht und schließ mich aus deinen Problemen aus.«

»Ich sollte überhaupt nicht hier sein. Deine Mom wird ausflippen, wenn sie mich hier sieht.«

Ihr Mund öffnete und schloss sich. »Er hat dich geschlagen … schlägt dich.« Sie ließ sich vom Bett auf die Knie fallen und strich leicht mit ihrer Hand über meinen Arm.

Ich zischte und zog ihn weg. »Ist nicht wichtig. In ein paar Wochen bin ich ohnehin hier weg.«

»Es ist wichtig. Natürlich ist es wichtig, Dare.« Ihre Hand schwebte über meinem Bein, bevor sie sie in ihren Schoß fallen ließ.

»Na und? Was wäre denn passiert? Ich wäre bloß in ein Heim gekommen. Er ist sowieso die meiste Zeit weg. Normalerweise schlafe ich einfach woanders, wenn er zu Hause ist. Und jetzt, wo ich älter bin …« Ich ballte die Hände zu Fäusten. »Es ist nicht mehr wie früher.«

Ich wandte den Blick von Bay ab, starrte an ihre fröhlich gestrichene Wand und die gerahmten Bilder von ihr und ihren Eltern. »Es ist nicht mehr wie damals, als ich noch ein Kind war.«

»Und das macht es jetzt okay?«

Ich schoss von ihrem Stuhl hoch. Schmerz strahlte von dem Punkt an meiner Seite aus, als wäre dort ein leuchtender Knopf mit der Aufschrift »Nicht berühren« angebracht. Der Stuhl knallte gegen den Tisch, wackelte und fiel dann um. »Warum versuchen alle, so eine große Sache daraus zu machen? Denkst du, ich weiß das nicht? Aber es ist vorbei. Das war's. Ich gehe nicht zurück, um alles in Ordnung zu bringen. Und das College bedeutet, dass ich ihn nie wiedersehen muss. Ich werde Profisportler, und er kann von mir aus Scheiße fressen und daran ersticken.«

»Nur weil du gehst, heißt das nicht, dass du das alles hinter dir lässt. Wegziehen lässt die Dinge in unserem Kopf nicht verschwinden.«

»Für mich schon. Ich muss ihn endlich nicht mehr sehen. Und falls doch …« Meine Hände verkrampften sich bei der Vorstellung.

»Vielleicht solltest du mit jemandem reden.« Sie stand vom Bett auf und kam durchs Zimmer auf mich zu.

»Und was sollte ich bitte erzählen? Ja, mein Dad hat mich windelweich geprügelt, aber ich habe mir im Kraftraum den Arsch aufgerissen, um stärker zu werden als er. Und jetzt wirft er mir nur noch aus sicherer Entfernung Schraubenschlüssel an den Kopf, weil er weiß, dass ich ihn fertigmachen würde, wenn er näher käme?«

»Offensichtlich nicht.«

»Gut. Dann halt, dass ich nur dann vorsichtig sein muss, wenn er unerwartet nach Hause kommt. Ich gehe dort nicht mehr hin, solange er da ist, Bay. Keine Sorge. Ich verlasse die Stadt, sobald ich kann.« Ich würde am Straßenrand in meinem Auto schlafen, wenn es sein musste. Noch ein paar verbeulte Autos und Stoßstangenreparaturen, dann hätte ich genug zusammen, um mich ein paar Monate über Wasser halten zu können.

»Du kannst dieses Kapitel nicht beenden, indem du das Buch zuklappst und es in ein Regal schiebst. Es wird dich immer begleiten.«

»Ich wusste gar nicht, dass man an der Greenwood Senior High einen Abschluss in Psychologie machen kann.«

»Ich will nicht …« Sie fuhr sich mit den Fingern durchs Haar. »Ich versuche nicht, dich zu drängen.«

»Aber genau das tust du. Ich schlage niemanden, außer auf dem Spielfeld.« Die wenigen Schlägereien, in die ich abseits des Spielfelds verwickelt gewesen war, waren alle gerechtfertigt gewesen. Ich schlug niemanden, der sich nicht wehren konnte. Aber Bay musste nicht sämtliche schmutzigen und blutigen Details meiner Lebensgeschichte kennen.

Sie musste nicht wissen, dass der Großteil meiner Prellungen nicht vom Football kam. Oder dass ich praktisch alleine lebte, seitdem ich zwölf war. Es war um einiges leichter gewesen, Geld fürs Rasenmähen zu bekommen, als ich noch ein süßes Kind gewesen war.

Als ich mit der Highschool angefangen hatte, hatte ich die schwere Entscheidung treffen müssen, zum Training zu gehen oder zu arbeiten, um Geld für Essen zu verdienen. Es hatte viele Nächte gegeben, in denen ich gezwungen gewesen war, hungrig ins Bett zu gehen, bei jemandem geschnorrt hatte oder nur zu einer Party gegangen war, um dort etwas zu essen. Ich war mir nicht zu fein, mir von einem Fan Essen ausgeben zu lassen, damit ich meinen hungrigen Magen nicht mit Wasser füllen musste, um nachts überhaupt schlafen zu können.

»Das habe ich auch nicht behauptet, aber … Du solltest nicht das Gefühl haben, das vor mir verheimlichen zu müssen. Du musst dich nicht schämen.«

»Du willst also die ganzen schmutzigen Details.«

»So meinte ich das nicht!«

Ich zog mein Shirt hoch, bevor ich sie wieder ansah und die Zähne zusammenbiss. »Wie wäre es damit? Einmal hat er mich so heftig geschlagen, dass ich eine Woche lang auf einem Auge nichts sehen konnte, nur weil ich um Geld für einen Schulausflug gebeten habe. Als ich in der sechsten Klasse war, hat er mir den Arm gebrochen. Und in der zehnten waren die Rippen dran.«

Ihre Hand zuckte zu ihrem Mund, und sie hatte die Augen so weit aufgerissen wie in einem Horrorfilm.

Die fleckige Prellung war größer geworden. Meine Seite pochte und schmerzte. Sie fühlte sich heiß an, und Bays Blick machte das Ganze schier unerträglich.

»Jetzt siehst du es. Jetzt weißt du es. Ich kann gerne noch weitermachen.« Ich ließ das Shirt los und ballte die Hände an meinen Seiten immer wieder zu Fäusten, während in mir der Drang, einfach abzuhauen, immer stärker wurde.

In ihren Augen glitzerten Tränen.

Und sie taten weh. Ihre Tränen und ihr Schrecken. Es tat weh, dass sie, wenn sie mich ansah, ab jetzt jedes Mal nur diese Seite von mir vor Augen haben würde.

»Bist du jetzt zufrieden?« Die Worte klangen scharf.

Sie schüttelte energisch den Kopf. »Nein! Natürlich nicht. Ich weiß nicht, wie ich dir helfen soll.«

»Kannst du nicht. In ein paar Tagen bin ich wieder in Ordnung. Vielleicht in einer Woche.«

Sie legte eine zitternde Hand an meine Wange und musterte mein Gesicht mit eindringlichem Blick. »Ich meine nicht die blauen Flecken.« Sie schluckte schwer und strich mit der Handfläche über meine Brust. »Ich meine das, was er dir angetan hat, und dass du denkst, es würde vorbeigehen, wenn die Flecken weg sind.«

Mein Herz pochte wie wild.

Ich wich zurück und sah zu Boden. »Wie oft muss ich dir denn noch sagen, dass alles okay ist?«

»Du kannst es so oft sagen, wie du willst. Aber davon wird es nicht wahr.« Der flehende Tonfall ihrer Stimme erschütterte mich bis ins Mark.

Ich war noch nie gut darin gewesen, meine Schutzmauer fallen zu lassen. Wenn man von Football-Spielern umgeben war, ging niemand davon aus, dass man über solche Dinge sprach. Meine Mauer war immer präsent, außer bei Bay. Ihr musste ich nichts vormachen. Ich hatte jedoch einfach nicht den Luxus, ein Leben zu leben, in dem die Steine dieser Mauer nicht im Feuer aus Zorn und Blut gebrannt worden waren. Sie fallen zu lassen hatte zu diesem Moment geführt, in dem ich mich fühlte, als hätte jemand mir eine Lanze in die Seite gerammt. Ich stand ungeschützt und mit offenen Armen vor ihr. Aber ich konnte das nicht ertragen, nicht mit ihr. Ich wollte es nicht.

Ich wollte nicht, dass meine Zeit mit ihr von dieser Dunkelheit berührt wurde.

Mein Rücken stieß gegen ihren Schrank. »Hör auf, mich zu drängen. Würdest du einfach damit aufhören?«

»Dare.« Sie hielt eine Hand ausgestreckt. Tränen verschleierten ihren Blick. Ohne Vorwarnung warf sie sich nach vorne und schlang die Arme um mich, wobei sie auf die Prellung an meiner Seite achtgab.

Meine Arme waren unter ihren eingeklemmt. Ich atmete schwer und versuchte, mich zusammenzureißen. Ich wollte sie fortstoßen. Ich wollte zu meinem Auto rennen und so lange fahren, bis der Tank leer war. Ein Laut entrang sich meiner Kehle, doch sie hielt mich weiterhin fest. Hielt mich fest und ließ mich nicht gehen.

Schließlich hob ich die Hände und legte sie ihr an den Rücken, krallte die Finger in ihr Shirt und vergrub mein Gesicht in ihrer Halsbeuge.

Sie presste sich mit ihrem gesamten Gewicht an mich, und plötzlich war nicht mehr ich derjenige, der gehalten wurde. Ich hielt sie fest, als hätte ich Angst, dass die kleinste Windböe sie wegwehen könnte.

Ich packte sie fester. Tränen liefen mir das Gesicht herunter und auf ihre Haut, als hätte mir jemand nach einem Sieg Wasser über den Kopf gegossen.

Ihre sanfte, zärtliche Stimme holte mich aus dem Schmerz zurück, und ich klammerte mich daran, als wäre sie meine Rettungsleine. Sie streichelte mir über den Rücken, und ich drückte sie an mich, bis mir die Hände wehtaten.

Sie sagte nichts, hielt mich nur fest, bis mich irgendwann die Erschöpfung überkam.

»Bay.« Ein kurzes Klopfen an ihrer Tür und die Stimme ihrer Mom unterbrachen den Moment. »Dare?«

Ich zuckte zurück, ließ die Arme sinken und wandte mich ab, damit die beiden mein Gesicht nicht sehen konnten.

»Bin gleich zurück.« Bay huschte aus dem Zimmer und schloss die Tür hinter sich.

Ich rieb mir die Hände über das Gesicht. Was für ein verdammter Idiot ich doch war. Ich mied den Blick in ihren Spiegel – da ich wirklich nicht wissen wollte, wie ich gerade aussah – und setzte mich auf die Bettkante. Meine Augen zuckten zum halb geöffneten Fenster. Am liebsten wäre ich hinausgeklettert, damit ich nie wieder jemandem ins Gesicht sehen musste.

Die Tür ging auf, und ich hob den Kopf. Meine Augen fühlten sich an, als hätte jemand sie mit einem Topfschwamm geschrubbt.

Bay kam herein und schloss die Tür hinter sich. Sie hatte einen Waschlappen, ein Handtuch und ein Glas Wasser in der Hand.

Meine Sicht trübte und klärte sich im Takt zum hämmernden Puls in meinem Schädel.

»Ich habe dir etwas Wasser mitgebracht.«

Ich nahm das Glas entgegen und kippte es herunter, als hätte ich zwei Wochen auf dem Spielfeld verbracht und nicht zwei Stunden.

»Leg dich hin.«

»Deine Mom …«

Sie nahm mir das leere Glas ab und stellte es auf den Tisch neben ihrem Bett.

»Alles gut, sie hat gesagt, du kannst bleiben, solange es nötig ist.«

Ich öffnete den Mund.

Sie setzte sich neben mich. »Ich habe ihr nichts erzählt. Nur dass du nicht nach Hause kannst und eine Weile hierbleiben musst.« Sie hielt mir den feuchten Lappen hin. »Solange es nötig ist.«

Ich wischte mir übers Gesicht und ließ das kühle Wasser meine Haut beruhigen. »Ich schlafe bei Knox. Ich muss nicht hierbleiben.«

»Aber würdest du?« Sie nahm mir den Waschlappen ab und rieb mir die Handrücken. Ihre Finger strichen über meine Sehnen und Muskeln. »Leg dich neben mich.«

Mein Blick zuckte zur Tür.

Sie legte die Arme um mich und zog mich mit sich nach unten.

Ich hielt sie fest, atmete ihren frischen Duft ein, der sich mit dem Geruch von Papier und Holz vermischte. Ihre Gitarre stand neben dem Bett. »Kannst du etwas für mich singen?«

Ihre Finger strichen mir über die Stirn. »Ich kann so lange singen, wie du willst.«

Ich schlief in ihren Armen ein, mit unserer Geschichte, die in meinen Ohren summte. Egal, was als Nächstes passierte, ich konnte sie nicht loslassen.

31

Bay

Ich war die ganze Zeit über wach geblieben, während Dare geschlafen hatte. Als ich endlich aufgehört hatte zu singen, war meine Stimme rau und heiser.

Er war kurz vor fünf gefahren, da Knox' Eltern ihn zum Abendbrot erwarteten. Die Art, wie er sich an mich geklammert hatte, hatte mir fast das Herz gebrochen.

So viele Dinge, die ich über Dare zu wissen geglaubt hatte, waren falsch. Und ich war mir nicht sicher, wie ich diese neuen Informationen verarbeiten sollte. Mein Hirn kam nach wie vor nicht damit klar, das, was ich unter seinem Shirt gesehen hatte, mit dem großspurigen Typen in Verbindung zu bringen, der Teil der Herrscherklasse an der Highschool war.

Als ich ihm dabei zugesehen hatte, wie er aus der Einfahrt fuhr, wäre ich am liebsten hinterhergerannt, um ihm zu sagen, er solle wieder zurück ins Haus kommen, wo er sicher war.

Aber es gab noch andere Menschen, die sich um ihn sorgten. Vielleicht konnte Knox ihm ins Gewissen reden.

Ich hatte noch lange in der Tür gestanden, nachdem er weggefahren war. Mom hatte mir das ganze Abendessen über besorgte Blicke zugeworfen.

Irgendwann legte sie ihre Hand auf meine. »Braucht er Hilfe? Hat er dir erzählt, was passiert ist?«

Meine Gabel quietschte über den Teller. »Ich … weiß nicht. Er hat mir nichts erzählt.« Ich wollte nicht, dass sie sich gezwungen fühlte, etwas zu tun, was Dare nicht wollte. Also blieben meine Lippen versiegelt. »Es kam mir nur so vor, als hätte er einfach für eine Weile einen ruhigen Ort gebraucht.«

Sie kniff die Lippen zusammen, und ihre Augen huschten zur Wand, so als könnte sie mit ihrem Laserblick direkt in Dares Haus hineinsehen.

Wir verbrachten den Rest des Abends in Stille, und als ich mich endlich ins Bett quälte, fühlte ich mich, als wäre ich spontan einen Marathon gelaufen.

Drei Tage waren vergangen, seit Dare bei mir aufgetaucht war und ich das schreckliche Geheimnis erfahren hatte, das er vor allen verheimlichen wollte. Er war nicht zur Schule gekommen, und auf meine Nachrichten hatte ich nur kryptische Antworten bekommen.

Also vertraute ich meine Sorgen meinem Notizblock an und hielt mich davon ab, zu seinem Haus zu fahren. Das gelang mir allerdings auch nur, weil dort kein Licht an war – nie. Dort hatte seit dem Bedlam Bowl kein Licht mehr gebrannt.

Wenn Mom nicht zu Hause war, nahm ich meine Gitarre und ging leise meine Liedtexte durch, während ich mir passende Noten dazu aufschrieb. Ihm fernzubleiben war nicht einfach gewesen, aber ich hatte einen Großteil der Tage ohnehin in eine Decke eingewickelt verbracht und dabei Cookies und Ibuprofen in mich hineingestopft. Dass ich ihm nicht erklären musste, warum ich einen Hoodie trug und jede Minute, die ich zu Hause war, mit einer Wärmeflasche verbrachte, war ein kleiner Trost gewesen.

Jetzt, wo er weg war, konnte ich nicht mal in der Schule Zeit mit ihm verbringen. Keine verstohlenen Blicke, kein Lächeln während des Unterrichts, keine flüchtigen Begegnungen im Flur, um mich über Wasser zu halten.

Die Flyer vom Talentwettbewerb erschienen mir allmählich nicht mehr wie reiner Spott, sondern fast schon wie ein Pfeil, der mir die Richtung wies, wie ich hier am Ende doch noch einen bleibenden Eindruck hinterlassen könnte. So würde ich ›die Neue‹ vielleicht für immer aus den Annalen der Highschool löschen können.

Möglicherweise spürte Mom, dass ich mal das Haus verlassen musste, und ließ mich deshalb Piper besuchen, um ihr bei ihrer Vorbereitung für den Abschlussball zu helfen. Während Fotos von ihr und Jon gemacht wurden, trat ich zur Seite, aber irgendwann bestand sie darauf, dass ich wenigstens auf einem dabei sein sollte. Außerdem wollte sie mich unter ihrem Kleid mit reinschmuggeln. Da es ein Kleid im Meerjungfrauen-Stil war, wäre das vermutlich schwierig geworden.

»Oh Mist! Mein anderes Kleid. Ich muss es bis morgen um zehn zurückgebracht haben, sonst bekomme ich bei der Rückgabe nur einen Gutschein. Mom wird mich umbringen, ich hätte es schon vor Wochen zurückbringen sollen.« Sie starrte die Treppe in der kleinen Eingangshalle ihres Hauses hoch.

»Ich kann es zurückbringen. Dann habe ich wenigstens einen Grund, meiner Gefängniszelle noch mal zu entkommen.«

»Du bist die Beste.« Sie drückte mich und holte das Kleid, das in einem Kleidersack steckte.

Auf dem Weg zum Tanzspektakel, das die ganze Nacht andauern würde, nahmen sie mich in ihrer Limo mit und setzten mich zu Hause ab.

Während ich beobachtete, wie sie wegfuhren, spürte ich ein Stechen in der Brust. Es war nicht unbedingt so, dass ich traurig war, ein überteuertes Teenie-Ritual zu verpassen, von dem die meisten anschließend behaupteten, dass es ohnehin überbewertet wurde. Aber ein Teil von mir fragte sich, wie es wohl gewesen wäre.

Ich ging ins Haus und schrieb Dare eine Nachricht.

Er hatte sich den ganzen Tag noch nicht gemeldet.

Ich hatte nicht gedacht, dass ich die Worte finden würde, um ihm bei dem zu helfen, was er durchgemacht hatte, doch jetzt kamen sie mir in den Sinn, zusammen mit einer passenden Melodie. Ich lief nach oben. Leise zupfte ich die Saiten und schrieb all die Gedanken auf, für die ich nicht mutig genug war, sie ihm persönlich zu sagen.

Die Stufen knarrten, als Mom die Treppe hochkam. Ich schob die Gitarre mit dem Fuß unter mein Bett, bevor sie an meine Tür klopfte und sie komplett aufmachte.

»Genau genommen hast du immer noch Hausarrest.« Sie hatte die Arme vor der Brust verschränkt.

Ich schaute auf mein Notizbuch hinab. Ein neuer Song hatte sich in meiner Brust verankert, als ich mit Dare hier auf dem Bett gelegen hatte. »Ich weiß.«

»Aber ich weiß, wie wichtig solche Highschool-Meilensteine sind.« Sie ließ die Arme sinken und streckte dann einen zur Seite aus.

Dare trat aus dem Schatten in den Türrahmen neben Mom – in einem Smoking.

Ich schnellte vom Bett hoch. »Dare! Du bist hier. Wo warst du? Warum bist du hier?«

»Ich beantworte das mal der Reihe nach. Ich war bei einem Last-minute-College-Besuch.«

Ein College-Besuch. Ich grinste ihn breit an, während die Aufregung darüber, dass sein Traum vielleicht doch noch wahr werden würde, mit einem wunderbaren Kribbeln in mir hochstieg. »Das hättest du mir doch erzählen können.«

»Ich weiß, aber ich wollte nichts heraufbeschwören. Und was deine letzte Frage angeht … Ich bin hier, um dich zum Abschlussball mitzunehmen.« Er hielt mir ein Ansteckstäußchen hin.

Mom legte sich die Hände aufs Herz und sah aus, als wäre sie den Tränen nahe.

Die Erleichterung darüber, dass ihm nichts passiert war, übertraf den Drang, ihn dafür zu schütteln, dass er sich einfach in Luft aufgelöst hatte. Ich blickte an mir herunter. »So werde ich vermutlich nicht reingelassen.«

Er beäugte den Kleiderbügel, der an meiner Tür hing.

Mir fiel die Kinnlade herunter. »Du hast das alles geplant.«

»Piper hat geholfen.« Er befreite das Kleid aus der Plastikhülle, an die eine Notiz angepinnt war.

Darauf standen drei Worte in Pipers großer, quirliger Handschrift: *Keine Ausreden mehr!*

Ich war ausgetrickst worden.

»Komm, wir machen dich fertig.« Mom kam mit ihrem gesamten Make-up in mein Zimmer.

Mit so wenig Vorbereitungszeit konnte sie nicht viel ausrichten, aber wir machten das Beste draus. Sie benutzte ihren Schmuckkamm, um mir die Haare halb hochzustecken, benutzte nur ganz wenig Mascara und legte einen Hauch von Lippenstift auf. Wahrscheinlich würde ich das meiste davon wieder abgewischt haben, bis wir bei dem Country-Club ankamen, in dem der Ball stattfand.

»Perfekt.« Sie trat einen Schritt zurück und wischte sich eine Träne aus dem Augenwinkel. »Du siehst bezaubernd aus, meine Süße.« Eine kurze Umarmung war alles, was wir uns gestatteten, sonst hätten wir uns beide zweifellos in Tränen aufgelöst.

Mein Outfit wurde mit einem Paar geliehener Pumps abgerundet.

»Ich warte mit meiner Kamera unten an der Treppe.«

Ich drehte mich zum Spiegel und betrachtete mich selbst. Das blassgrüne Kleid verfügte über einen V-Ausschnitt, auf einem der ellbogenlangen, fließenden Ärmel waren kleine Blumen aufgenäht. Der Chiffonstoff ließ mich ein bisschen wie eine Elfe wirken, die einer verwunschenen Waldlichtung entsprungen war und auf ihren Prinzen wartete. Nur dass meiner unten auf mich wartete.

Da das Kleid über den Boden streifte, ging ich vorsichtig die Treppenstufen hinunter, damit ich nicht stolperte.

Dare lief im Wohnzimmer auf und ab, und Mom stand mit ihrem Handy unten an der Treppe, um Fotos zu machen.

Er blieb stehen, als ich auf die zweite Stufe von oben trat, und starrte mich an, als hätte er eine vollkommen neue Version von mir vor sich. Und so war es auch – die Version von mir, dic sich in seinem Blick widerspiegelte.

Ich kam unten an, und mit den Absätzen meiner Pumps war ich fast mit ihm auf Augenhöhe.

Er klappte die Schachtel auf, in der das Ansteckstäußchen lag, und nahm es raus, um es an meinem Handgelenk zu befestigen.

Mom verbrachte die nächsten zehn Minuten damit, uns aus jedem Winkel zu fotografieren, als müsste sie die Fotos anschließend für eine Ermittlung der Polizei überreichen.

»Hab dich lieb. Pass auf dich auf.« Sie drehte sich um und zeigte mit dem Finger auf Dare. »Und du bringst sie bis Mitternacht nach Hause.«

»Natürlich, Molly. Bei mir ist sie sicher.«

In meinem Bauch flatterte es, als müsste ich gleich vom Zehnmeterturm springen.

Er schloss die Beifahrertür hinter mir und ging vor dem Auto auf die andere Seite.

Ich winkte Mom zu, während wir uns vom Haus entfernten.

Wir verließen unsere Nachbarschaft in Richtung des Country-Clubs, doch dann nahm Dare eine Abzweigung, und wir fuhren in die entgegengesetzte Richtung.

Ich spähte nach hinten. »Wo fahren wir hin?«

Er löste den Blick kurz von der Straße und lächelte mich an. »Siehst du gleich.«

»Wir fahren also nicht zum Ball?«

»Doch.«

»Erst verschwindest du für eine Woche, und dann tauchst du für eine kleine Entführung wieder auf. Was ist hier los?« Mein Herz raste, und das Flattern in meinem Bauch fühlte sich an, als würde ich gleich abheben.

»Es gibt was, das nennt sich Überraschung. Lehn dich zurück, und genieß die Fahrt.«

Das Auto fuhr einen steilen Anstieg hoch. Die Scheinwerfer erhellten einen unbefestigten Weg, der an meiner Seite von einer Steinmauer begrenzt wurde, sodass ich nicht viel sehen konnte. Er schaltete das Licht aus und fuhr weiter vor.

Ich stützte mich am Armaturenbrett ab.

Kurz darauf parkte Dare den Wagen. »Das ist für dich.«

Wärme umfing meine Hand, als er sie anhob und zu seinem Mund führte, um einen Kuss auf meinen Handrücken zu drücken. Er legte sie wieder ab und öffnete seine Tür.

Als er die Tür zuwarf, wackelte das ganze Auto, und ich wurde erneut in Dunkelheit gehüllt. Dann wurde meine Tür geöffnet, und ich fasste mir japsend ans Herz.

Er half mir aus dem Auto und küsste mich flüchtig auf die Lippen. »Warte genau hier.« Nachdem er kurz meine Schultern gedrückt hatte, war er auch schon in der Dunkelheit verschwunden, und ich stand alleine in der pechschwarzen Nacht. In der Ferne konnte ich die Lichter der Stadt ausmachen, die mir wie ein Alien-Raumschiff erschienen, das gerade zur Landung ansetzte. Grillen zirpten, und ich trat unruhig von einem Fuß auf den anderen. Wo zum Teufel waren wir?

Die Schmetterlinge in meinem Bauch waren kaum noch zu bändigen. Ich zupfte am Gummiband meines Ansteckstäußchens.

Ein Poltern durchbrach die unheimliche Stille, und ein metallisches *Klonk* ertönte in dem Moment, als die Stelle, wo ich stand, in warmes, glitzerndes Licht getaucht wurde.

Überwältigt schlug ich die Hände vor den Mund.

Lichterketten waren um eine Metallvorrichtung gewickelt worden, die ich nicht genau erkennen konnte. An einer Stelle waren sie wie ein Vorhang angebracht worden und blinkten in einem langsamen Rhythmus. Die Lämpchen wirkten wie funkelnde, glänzende Sterne, die nur für heute Nacht vom Himmel geholt worden waren, damit sie sie zu etwas ganz Besonderem machten.

Dare ging durch den erhellten Bereich und machte Laternen an, bevor er zu mir zurückkam.

»Überraschung.«

»Du hast das alles vorbereitet?« Ich starrte ihn an, weil ich einfach nicht glauben konnte, dass er das alles geplant und auf die Beine gestellt hatte.

»Ich dachte mir, du hast mehr als nur einen normalen Abschlussball verdient. Außerdem gab es keine Karten mehr, und ich wusste nicht, wie du dich fühlen würdest, wenn du dort zusammen mit mir auftauchen würdest.« Er verschränkte die Hände hinter seinem Rücken.

Meine Angst, was die Leute sagen würden, hatte dazu geführt, dass er meine Zuneigung zu ihm infrage stellte. »Ich wäre sehr gerne dein Date gewesen. Aber das hier ist definitiv besser. Ich kann nicht glauben, dass du das alles vorbereitet hast.«

»Wollen wir?« Er hielt mir den Arm hin.

Ich schlang meinen um seinen und ging neben ihm her.

Wir schoben den Lichtervorhang zur Seite und betraten unsere eigene kleine Welt. Es war, als würde man einen magischen Wandschrank auf dem Dachboden finden.

»Wie lange hast du dafür gebraucht?« Die weißen Klappstühle aus Holz waren mit Blumengirlanden geschmückt.

»Piper hat mir geholfen. Sie hat irgendwas davon geredet, dass ich dich kidnappen müsste, damit du mit mir zum Abschlussball kommst.« In seinem Lächeln konnte ich Unsicherheit erkennen.

Mir stand der Mund offen, und ich stammelte: »Ich … Nicht speziell mit dir, es ging eher um den Ball im Allgemeinen.«

»Ich habe dich zwar nicht in meinen Kofferraum geworfen, aber ich hoffe, das hier reicht.« Er sah hoch zu den Lichtern.

Ich musste den Blick von ihm losreißen, um mir alles genau anzugucken. Das perfekte Date. Der perfekte Zeitpunkt. »Es ist wunderschön.«

»Und Knox wollte sichergehen, dass ich auch seine Hilfe erwähne. Er hätte das alles nicht ohne ein paar Details gemacht, also habe ich ihm nur gesagt, es ist für jemanden, den ich wirklich beeindrucken will.«

»Das hast du.«

Er tippte auf seinem Handy herum und steckte es dann wieder in seine Hosentasche.

Der Song ›Arms of a Woman‹ von Amos Lee begann zu spielen, der sanfte Klang von Gitarrensaiten erfüllte die Luft.

»Darf ich um den ersten Tanz bitten?« Er zeigte auf die kleine Tanzfläche, die aus überlappenden Teppichstreifen bestand, und gerade genug Platz für uns beide bot.

»Wer hätte das gedacht? Auf meiner Tanzkarte ist noch ein

Platz frei.« Ich nahm seine Hand und legte die andere auf seine Schulter.

Er legte die Hand an meine Taille und führte mich über die provisorische Tanzfläche.

Ich sah ihm in die Augen und konnte die Gefühle, die in mir aufstiegen, nicht länger zurückhalten – die Liebe, die ich so lange zu verleugnen versucht hatte. Nun wusste ich jedoch, dass es so war. Nicht weil er diesen unglaublich schönen Abend für mich geplant hatte, sondern weil er mich anschaute, als würde es keine andere für ihn geben.

Ich war bereit gewesen, diese Stadt zu verlassen; meine Taschen waren quasi schon seit der zehnten Klasse gepackt gewesen. Doch jetzt stand ich hier, in weniger als einer Woche würden wir unseren Abschluss machen, und ich dachte darüber nach, wie ich die Zeit anhalten konnte. Ich wollte, dass dieser Moment ewig dauerte und ich ihn nie würde loslassen müssen.

Aber genau das würde ich tun müssen, genau wie er mich gehen lassen müssen würde. Jetzt, wo wir uns unter den funkelnden Lichtern befanden und dem sanften Klang der Gitarre lauschten, mit seiner Hand in meiner, wusste ich tief in mir drin, dass wir es schaffen konnten. Dare hatte sich so vollkommen mit meiner Seele verflochten, dass ihn zu verlassen gleichbedeutend damit wäre, einen Teil von mir zurückzulassen. Direkt nach dem Abschluss würden wir zwar keine dreißig Meter voneinander entfernt sein, aber zu gehen würde sich anfühlen, als würde mir ein Arm abgetrennt werden.

»Wieso machst du so ein Gesicht?« Er strich mit dem Finger über meine Augenbraue.

»Nur so.« Mein Lächeln wurde breiter. »Gibt es bei diesem außergewöhnlichen Date auch was zu essen? Vielleicht ein paar Snacks?«

»Was wäre das ohne Essen denn für ein Date?« Das Lied

war zu Ende, und er küsste mich, bevor er zu seinem Auto ging.

Der Kofferraum wurde geöffnet und wieder zugeschlagen.

Mit einer silbernen Isoliertasche kehrte er aus der Dunkelheit zurück. Bevor er mich zu sich herüberwinkte, holte er zwei Behälter raus.

»Ich habe mir gedacht, du magst eins von diesen Gerichten vielleicht.«

Auf dem durchsichtigen Deckel des einen Behälters stand *F. Well* und auf dem anderen *H. Thermidor*.

»Ach was. Wie bist du denn auf die gekommen?«

»Ich habe sie mir gemerkt, als du mich zum Abendessen eingeladen hast. Du hast gesagt, es wäre ja nicht so, als hättest du Filet Wellington oder Hummer Thermidor gemacht. Da dachte ich, wenn du diese speziellen Gerichte erwähnst, magst du sie bestimmt gerne. Zumindest hast du schon mal über sie nachgedacht.«

Er zog den Stuhl für mich heraus und öffnete alle Behälter, die zu den Gerichten gehörten.

»Mein Dad und ich haben immer Kochsendungen zusammen geguckt. Immer wenn er von der Arbeit gekommen ist, haben wir uns auf die Couch gekuschelt und zugesehen, wie Chefköche köstliche Gerichte zubereitet haben, während Mom neben uns gelesen hat. Und in einer haben sie diese beiden Gerichte gemacht. Dad hat gesagt, wir würden zu meinem Geburtstag ein Restaurant finden, das so was anbietet, und uns was gönnen.«

Ich senkte den Blick auf die Stoffserviette auf meinem Schoß und spielte daran herum. »Aber dann ist er gestorben, und wir sind nie dazu gekommen. Ich habe mir immer geschworen, beides irgendwann zu probieren, wenn ich etwas Großes zu feiern hätte.«

Dare bedeckte meine Hand mit seiner. »Ich wusste nicht, dass du sie dir für einen besonderen Anlass aufsparst.« Er beäugte das Essen, als wollte er alles zurück in die Tasche packen und sie verstecken.

Ich drehte meine Hand um und verschränkte meine Finger mit seinen. »Ich kann mir keinen Anlass vorstellen, der besonderer ist als dieser.«

Sein Nacken wurde rot, und er hob seine Gabel. »Wir sollten vermutlich anfangen zu essen. Der Hummer hat schon eine Weile in meinem Kofferraum gelegen. Ich will nicht, dass einer von uns heute Nacht wegen Kofferraum-Hummer flachliegt.«

Ich lachte und schnappte mir meine Gabel, um den ersten Bissen zu nehmen. Dann schloss ich die Augen und summte zufrieden, als die cremig-buttrige Köstlichkeit meinen Gaumen kitzelte. »Das ist das Leckerste, was ich je gegessen habe.«

Er lachte und schob mir seine Hälfte des Fischgerichts auf den Teller.

»Nicht. Du musst es auch probieren.« Ich versuchte, seinen Löffel abzuwehren.

»Habe ich schon. Es ist lecker, aber ich sehe dir viel lieber dabei zu, wie du es genießt. Außerdem ist noch genug von dem Rindfleisch für mich da.«

Ich war ganz kurz davor, mit ihm darüber zu diskutieren, aber dann nahm ich noch einen Bissen, und meine Geschmacksknospen gewannen die Oberhand.

Als wir mit dem Essen fertig waren, gab es noch Schokoladenkuchen, und die ganze Zeit über lief Musik. Im Anschluss setzten wir uns in die kuschelige Ecke, in der ein Bildschirm stand. Dare zog seine Jacke aus und legte sie mir über die Schultern.

Ich setzte mich zwischen seine Beine und lehnte mich an seine Brust.

Das kleine Gerät erwachte zum Leben, und der Bildschirm füllte sich mit einem blauen Rechteck.

»Was gucken wir?

»Da du ein Fan von Klassikern bist, habe ich mir gedacht, wir gucken uns die beste Fortsetzung aller Zeiten an.« Er drehte die DVD-Hülle um, und mir blickte ein halb-kybernetisches, halb-menschliches Gesicht entgegen.

Ich streckte die Hand aus und sagte in meiner besten Arnold-Schwarzenegger-Stimme: »Komm mit mir, wenn du leben willst.«

Dare lachte und drückte einen Knopf auf der Mini-Fernbedienung, um den Film zu starten.

Als er dann noch eine Schüssel mit Popcorn und Goobers zusammen mit einer Flasche Cherry-Cola hervorzauberte, war ich mir sicher, der Abend könnte nicht mehr besser werden.

Unter dem Meer aus blinkenden Lichtern hätte ich schwören können, dass Dare sich eine Träne aus dem Augenwinkel wischte, als Arnold im geschmolzenen Metall versank. Ich kuschelte mich näher an ihn, während der Abspann lief.

»Ich könnte mir den Film in Dauerschleife angucken.«

»Es gibt so einiges, das ich mir angucken könnte, bis ich sterbe.«

Ich lächelte. »Wieso sagst du eigentlich immer genau die richtigen Dinge?«

»Du wärst die Erste, die das behauptet.«

»Vielleicht kennt dich niemand so gut wie ich.« Ich schlang die Arme um seine Taille. Seine steinharten Muskeln wurden durch das Hemd kaum weicher gemacht.

»Und niemand kennt dich so gut wie ich.« Er wickelte sich eine meiner Haarsträhnen um den Finger. »Es gibt eine ganze Welt an Menschen da draußen, die nicht die geringste Ahnung haben, wie unglaublich du bist.«

Ich sah ihm in die Augen und fühlte mich immer noch, als könnte ich jede Sekunde aufwachen und feststellen, dass die letzten drei Monate nur ein Traum gewesen waren. »Die wichtigsten Leute wissen es.«

Er lächelte auf die Art, bei der ich immer zu atmen vergaß. Die winzigen Grübchen in seinen Wangen, die er bis zu seinem Tod verleugnen würde, ließen den harten Gesichtsausdruck, den er die meiste Zeit trug, weicher wirken.

Doch dann wurde seine Miene ernst. Er blickte mir in die Augen und leckte sich die Lippen.

»Ich will nicht, dass du was sagst, okay?«

»Niemals wieder?« Ich lächelte, aber er wirkte immer noch so ernst, dass mir beinahe das Herz in die Hose rutschte.

Er strich mit dem Finger über meine Lippen. »Klugscheißerin.«

Ich nickte.

Er stieß so schwer den Atem aus, dass es klang, als hätte er ihn schon eine ganze Weile angehalten. »Ich liebe dich, Bay.«

Mein überraschtes Keuchen wurde von einem langen, intensiven Kuss auf unserem ganz persönlichen Abschlussball am Aussichtspunkt verschlungen. Das L-Wort.

Mir blieben die Worte in der Kehle stecken. Ich hatte schon so viel verloren, und in zwei Wochen fand unser Abschluss statt, wo ich noch mehr verlieren würde. Natürlich musste ausgerechnet Dare derjenige sein, der mich dazu brachte, dass ich mir wünschte, länger in Greenwood bleiben zu können.

Wir tanzten wieder, und jedes Mal, wenn ich den Mund öffnete, um etwas auf seine Worte zu erwidern, küsste Dare mich stattdessen. Es war zugegebenermaßen nicht die schlimmste Methode, mir den Mund zu verbieten. Auf dem Weg zurück zu mir nach Hause hielten wir uns an den Händen, und es fühlte sich an, als wollte er niemals loslassen.

Und ich wollte nicht, dass er mich losließ.

Nachdem ich aus dem Auto gestiegen war, nahm ich seine Hand, damit er mich zur Tür begleitete.

Mit seinem Jackett über den Schultern legte ich die Hände an seinen Hals, wo ich mit den Daumen seine Haut streichelte. Sein Puls raste unter meiner Berührung wie verrückt.

Also lehnte ich mich vor und drückte meine Lippen auf seine. Ich vertiefte den Kuss, um sicherzugehen, dass ich das komplette Dare-Menü ausgekostet hatte.

In diesen Kuss legte ich die drei Worte, die ich nicht sagen konnte – noch nicht.

Er hielt mein Gesicht mit beiden Händen fest, seine Lippen waren hungrig, suchend. Er küsste mich so intensiv, dass mir schwindelig wurde und ich mich an ihn klammern musste, um nicht umzufallen.

Schließlich drückte er seine Stirn an meine und küsste mich noch ein letztes Mal, bevor ich ins Haus ging und die Tür hinter mir schloss.

Ich sah noch, wie die Scheinwerfer seines Autos die Hausfront erhellten, dann war er fort. Auf dem Weg die Treppe hinauf fragte ich mich, ob es da nicht noch ein weiteres erstes Mal gab, das wir heute irgendwie ausgelassen hatten. Er war der perfekte Gentleman gewesen. Wenn er meiner Mutter jetzt noch einen Brief schrieb, um sie zu fragen, ob sie uns bei unserem nächsten Spaziergang durch die Gärten des Anwesens, das keiner von uns besaß, begleiten wollte, dann würde ich den Verstand verlieren. Meine ganzen Pläne, endlich flachgelegt zu werden, fruchteten einfach nicht. Also würde ich mir wohl einen direkteren Weg einfallen lassen müssen, mit dem ich meinen footballspielenden Freund davon abhalten konnte, die Stadt zu verlassen, ohne dass wir vorher die Frage geklärt hatten, mit wem ich denn nun mein erstes Mal erleben würde.

32

Bay

»Dare, willst du mit mir schlafen?« Ich stützte den Kopf in die Hand. In meinem Zimmer war es von Minute zu Minute, die wir hier drinnen verbracht hatten, wärmer geworden.

Ihm fiel der Stift aus der Hand und rollte über sein Notizbuch auf den Boden.

»Bay.« Eine neckende Warnung schwang in seiner Stimme mit.

»Dare«, imitierte ich ihn. »Ich hatte gedacht, dass wir es beim Abschlussball tun würden.«

»Ich habe das alles nicht gemacht, um mit dir zu schlafen.«

Ich kroch über mein Bett auf seinen Schoß. »Warum dann? Du weißt, dass uns nicht mal mehr eine Woche bis zu unserem Abschluss bleibt.«

Mir stockte der Atem, als ich sein Shirt hochschob. Da er seine Meinung darüber, es langsam angehen zu lassen, anscheinend nicht ändern würde, musste ich das Ganze wohl selbst in die Hand nehmen.

»Weil du zu stur gewesen bist, mit mir auf den richtigen Abschlussball zu gehen.«

Er hielt mich nicht davon ab, als ich seinen Oberkörper mit den Fingern erkundete und das Shirt mit meinen tastenden Berührungen immer höher schob.

»Weil er zu teuer war.« Und es waren zu viele Leute da gewesen. Wenn ich dort an Dares Seite aufgetaucht wäre, hätte jeder gewusst, wie ich hieß, aber aus dem falschen Grund.

Er ließ zu, dass ich ihm das Shirt über den Kopf zog.

Dann ließ ich es auf den Boden fallen. Das Herz schlug mir bis zum Hals, ein stetiges Hämmern im Einklang mit dem Pochen zwischen meinen Beinen. Das Ziehen wurde mit jeder Sekunde stärker, solange ich seine Hände nicht auf meinem Körper spüren durfte.

Er legte den Kopf schief und beobachtete jede meiner Bewegungen, als wäre er ein Dokumentarfilmer, der sich nicht einmischen wollte. Aber ich wollte, dass er sich einmischte. Ich wollte, dass er mehr tat als das. Ich wollte ihn.

Also rutschte ich nach vorne, bis mein Becken über seinem ruhte. Die Beule in seiner Jeans verriet mir, dass ich auf dem richtigen Weg war. Vielleicht brauchte er nur einen kleinen Schubs.

Ich legte die Ellbogen auf seine Schultern und schlang die Finger um seinen Hinterkopf, wo ich mit den Nägeln sanft seine Kopfhaut massierte.

Er ließ den Kopf nach hinten fallen und stöhnte auf.

»Du machst es mir gerade verdammt schwer, Bay.«

Ich ließ die Hüften kreisen, was seinen Lippen ein weiteres Stöhnen entlockte. »Das ist auch der Sinn des Ganzen.« Grinsend presste ich die Lippen auf sein Kinn, bevor ich seinen Kiefer mit Küssen übersäte.

Er legte die Arme um mich und drückte mich fest an sich.

Ich führte meine Attacke auf ihn fort. Erst küsste ich sein Ohr, dann die Seite seines Halses und bahnte mir schließlich einen Weg hinab zu seiner Brust. Jedes Mal, wenn ich die Stelle wechselte, wanderten seine Hände an meinem Rücken höher. Mit einem Handgriff öffnete er meinen BH.

Also ließ ich meine Finger zwischen uns gleiten und knöpfte seine Jeans auf.

Er drückte seine Hände fest an meinen Rücken, um mich an Ort und Stelle zu fixieren.

Ich blickte in seine Augen. Darin tobte ein wunderschönes Chaos aus widersprüchlichen Gefühlen und dem Sturm des Verlangens, der langsam aufzog.

Da ich beschlossen hatte, die Dinge in die Hand zu nehmen, zog ich mein Shirt aus und ließ es neben seinem auf den Boden fallen.

Er atmete schwer, und sein Blick fiel auf die Rundungen meiner Brüste, die jetzt nur noch von dem gelösten BH bedeckt wurden. Seine Finger schlängelten sich an meinem Rücken empor, bis er an meinen Schultern ankam und die Träger zur Seite schob.

Ich ließ die Arme fallen, sodass der schlichte lilafarbene Stoff folgte.

Dare sog scharf die Luft ein und hob die Hände. Sie zitterten, bevor sie sich auf meine erhitzte Haut senkten.

Wir stießen beide einen Laut aus, der sich irgendwo zwischen Befriedigung und Frust befand. Seine rauen Hände spielten mit meinen Brustwarzen, er rollte sie, neckte sie und kniff sie sanft.

Er senkte den Kopf, um sie nacheinander in den Mund zu nehmen, und ich schlang die Arme um seinen Nacken. Das Kreisen meiner Hüften brachte mir nur einen Hauch von Erlösung. Das Pulsieren zwischen meinen Beinen wollte sich nicht mit weniger als dem Gesamtpaket zufrieden geben – seinem Gesamtpaket. Verlangen raste durch meinen Körper.

Mein zufriedener Seufzer wurde abrupt unterbrochen, als seine Hände an meine Taille schnellten.

Im einen Moment befand ich mich noch auf seinem Schoß, im nächsten saß ich mit dem Hintern auf meinem Bett und starrte seinen Rücken an.

Er stand da und raufte sich die Haare.

»Dare …«

»Ich habe nichts davon getan, um dich ins Bett zu kriegen.«

Ich kam auf die Knie und bewegte mich auf die Kante meines Bettes zu. »Das habe ich auch nicht gedacht. So wie ich mich dir an den Hals geworfen habe, wäre das nämlich nicht sonderlich schwer gewesen. Obwohl ich vermutlich nicht die Erste bin, die das getan hat.«

Plötzlich überkamen mich Unsicherheit und Zweifel. Stand er bloß auf den Nervenkitzel, den er empfand, wenn er anderen nachjagen musste? Die hormongesteuerte, irrationale Achtzehnjährige kam in mir durch.

»Dir das zu verderben …« Sein Bizeps spannte sich an, und er ließ die Hände sinken.

»Du verdirbst es mir nicht.«

Er drehte sich mit einem hungrigen Blick zu mir, doch auch Zurückhaltung war darin zu lesen. Eine Zurückhaltung, die ich nicht besaß. Er schluckte schwer.

»Bist du sicher, Bay?«

Ich zog ihn an den Knöpfen seiner Jeans zu mir heran.

Seine Knie stießen an die Bettkante. Mit einem sanften Ruck meiner Schultern ließ ich mich nach hinten fallen, mein Rücken landete auf der kühlen Decke.

Er kletterte an meinem Körper entlang, bis seine gebräunte Brust über meiner schwebte.

Ich kam kaum noch zu Atem. Würde auf meinem Grabstein stehen: *Hier ruht Bay, verstorben wegen sexueller Anspannung*? Ich war auf bestem Weg dahin, jede Minute wurde es schlimmer.

Sein Gürtel hing aus seiner Jeans und die Schnalle strich über meinen nackten Bauch.

»Dann machen wir das auf meine Art.«

Ich legte die Hände an seine Wangen. »Ich will, dass du es bist.«

Er erschauderte unter meiner Berührung und drückte seine Wange in meine Hand. Und dann war da ein kalter Luftzug, als er sein Gewicht verlagerte und vom Bett stieg.

Hätte ich das nicht sagen sollen?

Dare holte sein Portemonnaie aus seiner Gesäßtasche und fischte ein glänzendes Päckchen raus.

In meinem Bauch herrschte Chaos. Mein Herz drohte mir aus der Brust zu springen, und mein Hirn war auf seinen verheerenden Blick fixiert.

»Erst muss ich dafür sorgen, dass du bereit bist.«

Ich legte den Kopf schief, wobei ich vermutlich aussah wie ein verwirrter Welpe. »Was meinst du mit …«

Als Antwort setzte er sich vor meinem Bett auf den Boden und zog mich näher zu sich heran.

Mit den Fingern zupfte er an meiner Unterwäsche, bevor er sie unerträglich langsam Zentimeter für Zentimeter über meine Beine zog.

»Du musst nicht …« Meine Worte verloren sich in einem Keuchen. Er strich mit den Fingerknöcheln an meinen Oberschenkeln entlang und hinab zu meinen Waden.

»Ich will es, Bay. Ich muss.« Er presste die Finger in meine Oberschenkel, mit genug Druck, um sie auseinanderzuschieben, war jedoch gleichzeitig so sanft, dass ich ihn jederzeit hätte stoppen können. Aber das wollte ich gar nicht. Ich wollte, dass er weitermachte.

Er schob sich meine Beine über die Schultern und positionierte seinen Mund genau vor dem Scheitelpunkt meiner

Schenkel. Das pulsierende Pochen des Verlangens hämmerte in meinen Adern und kam genau an der Stelle zusammen, mit der er gleich auf intimste Weise Bekanntschaft machen würde.

»Bist du sicher?« Er ließ seine Hände an den Außenseiten meiner Oberschenkel auf und ab streichen, was mich einerseits beruhigte und andererseits nur das unstillbare Verlangen, das sich in mir aufbaute, weiter befeuerte.

»Ja.«

Er lächelte. Es war das Limonaden-Lächeln. Das Lächeln, das mir fast die Luft zum Atmen raubte. Diesmal hatte ich allerdings bereits von diesen Lippen gekostet. Und diese Lippen würden jetzt mich kosten. Er ließ sich Zeit dabei, mich mit den Fingern leicht zu öffnen, bevor er den Kopf senkte. Dabei ließ er mich nicht aus den Augen. Wollte er mich mit seinem Blick hypnotisieren oder nur sichergehen, dass ich zu einhundert Prozent an Bord war? So oder so, er musste mich endlich von diesem qualvollen Gefühl befreien, das mich an den Rand der Selbstbeherrschung brachte, die ich so verzweifelt aufrechtzuerhalten versuchte.

Ich krallte die Finger in die Decke unter mir und stöhnte.

Es war, als würde Dare mit der Zunge auf der zarten Haut meiner intimsten Stelle malen. Ich bog den Rücken so weit durch, dass er sich von der Bettdecke hob, während er mich mit wohl platzierten, rhythmischen Bewegungen seiner Zunge um den Verstand brachte.

Er saugte an meiner empfindlichsten Stelle, und meine Hände schnellten an seinen Kopf. Diese Empfindungen waren überwältigend – zu viel und trotzdem nicht genug. Mein Körper stand in Flammen, wurde von einem wahnsinnigen Feuer verschlungen, das durch meine Adern raste – unlöschbar und unaufhaltsam.

Und dann summte er. Der Scheißkerl summte, während er

mich im Mund hatte und an mir saugte. Ich schoss seinen Namen schreiend in die Höhe und fühlte mich, als wäre ich nur Sekunden davon entfernt, an diesem exquisiten Verlangen zu vergehen. Es war eine stechend scharfe Erfüllung. Mein Körper zitterte unaufhörlich.

Ich ließ mich zurück aufs Bett fallen, und in meinen Ohren rauschte es, aber ich spürte jeden seiner Atemzüge, jede Berührung seines Körpers an meinem. Und mein wild schlagendes Herz.

Er strich mit den Fingern an meinem Haaransatz entlang und sah mir in die Augen. »Alles okay?«

»Wird das jetzt die Frage des Abends?« Ich kicherte.

Besorgt zog er die Augenbrauen zusammen. »Ich will nichts tun, was dir wehtun könnte, Bay.«

Seine Worte holten mich ein Stück weit von meinem orgastischen Hoch herunter. »Du tust mir weh, indem du mir nicht vertraust. Ich sage dir doch, dass alles gut ist. Ich will das hier. Ich will dich. Ich liebe dich.«

Sein Griff an meinen Wangen wurde fester, und seine Augen glänzten. »Manchmal glaube ich, dass mich niemand so lieben kann, wie ich bin.«

»Ich sehe dich, Dare. Ich liebe dich, und ich will dich. Diese Nacht ist besonders, allein schon, weil du hier bei mir bist.«

Ich ließ meine Hand zwischen unsere Körper und in seine geöffnete Jeans gleiten, bevor ich den Körperteil von ihm umfasste, der mir mehr als deutlich zeigte, wie sehr auch er mich wollte.

Er küsste mich auf die Schläfe und kletterte wieder vom Bett herunter. Dieses Mal allerdings nur, um seine Hose auszuziehen. Die Jeans fiel zu Boden, und er stand in seiner ganzen muskulösen Herrlichkeit vor mir. Er war so perfekt und wunderbar, dass ich kaum glauben konnte, dass ich wirklich hier war.

Während er das Kondom überzog, fesselte er mich mit seinem Blick.

Ich breitete die Arme aus. »Ich brauche dich, Dare.«

Die Worte durchbrachen sein Zögern, und er bedeckte meinen Körper mit seinem. Er ließ seine Hüften zwischen meinen gespreizten Schenkeln ruhen, und ich verschränkte meine Füße an seinen Beinen, um ihn fest an mich zu pressen.

»Sag mir sofort Bescheid, wenn ich dir …«

Ich brachte seine Besorgnis mit einem Kuss zum Verstummen. Seine Zunge erforschte meinen Mund, und ich trieb ihn an, indem ich meine Hüften wiegte.

Sein Schwanz glitt an meiner Öffnung entlang und der erregte Laut, den ich ausstieß, machte mich kein bisschen verlegen. Ich wollte einfach nur, dass Dare der Erste für mich war.

Er holte schaudernd Atem, löste seine Lippen jedoch nicht von meinen. Mit einer kleinen Bewegung seiner Hüften drang seine Spitze in mich ein.

Ich schlang die Arme um ihn und unterbrach den Kuss mit einem heiseren Schrei, während er sich tiefer vorwagte. Ein stechender Schmerz durchzuckte mich. Obwohl er mich so sorgfältig vorbereitet hatte, überwältigte mich der Schmerz so sehr, dass ich meinen Aufschrei nicht hatte unterdrücken können.

Er erstarrte. Sein Vordringen kam ins Stocken, und er zog sich zurück.

Mein Wimmern wurde zu einem Stöhnen, und ich hielt ihn stärker fest. »Warte einfach kurz.« Ich klammerte mich mit Armen und Beinen an ihn, während ich wartete, bis der Schmerz nachließ.

Er hatte beide Arme an meinen Seiten aufgestützt, sie zitterten.

Der anfängliche Schreck ließ nach, und das wärmende, leuchtende Gefühl kehrte zurück. Das gleiche Gefühl, das mir seine Zunge bereitet hatte.

»Du kannst dich jetzt bewegen.«

»Bay.« Er klang, als würde er sich schwer zusammenreißen, gleichzeitig schwang Sorge in seiner Stimme mit. »Wir sollten nicht …«

Ich legte die Hände an seinen Hals und hob seinen Kopf, damit ich ihm in die Augen sehen konnte. »Alles ist gut. Aber ich will, dass du dich bewegst.« Als ich meine Hüften verlagerte, glitt er wieder tiefer in mich hinein.

Wir stöhnten beide auf. Meine Augenlider flatterten. Ich wiederholte die Bewegung, und er sog zischend die Luft ein.

»Bay.« Sein warnender Tonfall machte mich nur noch entschlossener.

»Dare«, erwiderte ich herausfordernd, bevor ich ihm wieder und wieder meine Hüfte entgegenhob.

Seine Hände schossen an meine Taille, um mich auszubremsen, doch er zog sich nicht wieder zurück oder lief schreiend aus dem Zimmer.

Ich verhakte meine Füße über seinen Hüften und knetete seinen Hintern mit meinen Fersen.

Sein Kopf zuckte hoch, und er starrte mich mit einer Intensität an, die ich nicht verstand. Er nahm meine Hände von seinem Rücken und hielt sie über meinem Kopf fest, wodurch meine Brüste höher gehoben wurden, näher zu seinem Mund.

»Ich habe versucht, langsam zu machen.«

»Langsam haben wir abgehakt, jetzt will ich's mit schnell versuchen.« Ich klang flehend, atemlos und fordernd zugleich.

Sein Griff um meine Handgelenke wurde fester. Er bäumte sich auf und stieß leidenschaftlich in mich. Meine Muskeln zogen sich mit jedem seiner ehrfürchtigen und fordernden Stöße enger um ihn zusammen. Mein Stöhnen verwandelte sich in gebrochenes Keuchen. Ich versuchte, mich am Rand der Realität festzuhalten, die dahinschmolz, während ich mich unaufhaltsam auf meinen Höhepunkt zubewegte.

Mein Orgasmus erschütterte meinen ganzen Körper und verwandelte mich in ein bebendes, sich windendes Gefäß, das dank all der Gefühle, mit denen Dare mich erfüllte, schier überfloss.

Er hielt mich fest, schlang die Arme um mich und drückte mich energisch an seine Brust. Seine abschließenden, unregelmäßigen Stöße zögerten meinen Höhepunkt hinaus, und ich sah ein strahlend weißes Licht vor meinen Augen.

Zusammen fielen wir in einem Gewirr aus Armen und Beinen auf das Bett. Verschwitzt, erschöpft und überglücklich. Der Nachhall von dem, was wir gerade getan hatten, wärmte mich.

»So fühlt sich also Sex an.« Ich blickte an die Decke und das übermütige Gefühl in meiner Brust brachte mich zum Lächeln. Hätte mir vor zwei Monaten jemand erzählt, dass das hier passieren würde, dann hätte ich ihm den Mund mit Isolierband zugeklebt. Aber hier war ich nun. Ich lag im Bett neben Dare und konnte seinen Geruch auf meiner Haut wahrnehmen. Eine minzig-frische Mischung aus Muskelsalbe, einem Hauch Motoröl und frisch geschnittenem Gras.

Er strich mit den Fingern über meinen Arm. »Nein, Bay. So fühlt es sich an, wenn man Liebe macht.«

Dann legte er die Finger an mein Kinn und hob meinen Kopf, bevor er meine Lippen mit seinen einfing.

Ich hätte nichts an diesem Abend ändern wollen – abgesehen von dem Teil, als Dare sagte, dass er wohl besser gehen sollte, bevor meine Mom nach Hause kam.

Mein Herz würde nie wieder wie vorher sein. Ein Teil davon würde für immer ihm gehören, und ich war nicht sicher, ob ich ihn je würde loslassen können.

33

Dare

Egal, wie überzeugt ich gewesen war, dass wir noch hätten warten sollen, gegen Bays Überfall hatte ich keine Chance gehabt. All meine Pläne, es mit ihr richtig anzugehen, hatten sich in Luft aufgelöst, sobald sie mich berührt hatte. All meine Liebe für sie hatte sich darauf konzentriert, ihr jeden Teil von mir zu geben und sicherzugehen, dass sie ihr erstes Mal nie vergaß.

Uns blieb nur noch weniger als eine Woche. Ein Grund dafür, warum ich mit dem Sex hatte warten wollte, war, dass es mir jetzt noch schwerer fallen würde, sie gehen zu lassen.

Aber sie würde gehen und mich zurücklassen, uns zurücklassen, es sei denn, ich würde mein Zeug ins Auto packen und vor ihrem Wohnheim in Kalifornien campen.

Mein Coach hatte sich eine Weile nicht gemeldet und dann gestern Abend noch spät angerufen, um mich wissen zu lassen, dass es keine Neuigkeiten gab. Drei Juniors und ein Sophomore hatten nach unserem Spiel Angebote bekommen, aber für mich war nichts im Postfach.

Ich rollte mich auf der Schlafcouch auf die andere Seite und zuckte zusammen, als mein Skizzenblock mich in die Seite stach.

Nachdem ich Bay gestern Nacht noch eine Nachricht geschickt hatte, war ich in den Wald hinter Knox' Haus gegangen und hatte etwas Dampf abgelassen. Ich wusste nicht mehr, was genau ich getan hatte, doch meine Fingerknöchel taten weh, meine Schulter pochte, und mein Kopf dröhnte.

Ich musste ihr süßes Lächeln sehen, ihr fröhliches Lachen hören und ihre zärtliche Berührung spüren. Ich brauchte Bay.

Ich: Ich hol dich um sieben ab.
Bay: Ist schon ok. Wir sehen uns in der Schule.
Ich: Warum willst du nicht mit mir fahren?
Bay: Natürlich will ich das, aber ich muss vor der Schule noch was mit Piper besprechen. Also, wir sehen uns in der Schule.

Das verursachte mir ein ungutes Gefühl in der Brust. Es machte mich nervös. Ich hatte mich damit abgefunden, dass andere nicht von uns wissen sollten, doch gerade jetzt wollte ich mich an ihr festhalten und niemals wieder loslassen.

Meine Prellungen waren inzwischen eine Ansammlung an grün-gelben Flecken und immer noch empfindlich – nichts, was ich nicht schon einmal durchgemacht hatte. Ich würde definitiv nicht nach Hause gehen, um mir noch mehr davon einzuhandeln, meine jetzigen Schmerzen waren allerdings meine eigene Schuld. Ich drückte auf den Schnitt an meiner Lippe. Was auch immer ich gestern gemacht hatte, die Bäume schienen sich gewehrt zu haben.

Das coole Getue auf dem Schulparkplatz hatte noch mehr an Glanz verloren, jetzt wo ich wusste, dass alle hinter vorgehaltener Hand über mich reden und Gerüchte verbreiten würden, wenn ich nach dem Sommer noch hier wäre. Mein Nacken wurde warm, und ich ballte die Hände zu Fäusten. Ich wäre nur ein weiterer Name auf der Liste von Kleinstadthelden, die zu Kleinstadt-Losern geworden waren.

Ich parkte mein Auto.

»Wenigstens fällt alles ab der dritten Stunde aus«, rief Knox über sein Autodach hinweg.

»Warum?« Ich holte meinen Rucksack von der Rückbank.

»Heute ist die Talent-Freak-Show. Erinnerst du dich noch an letztes Jahr, wo Bobby McMillan fast die ganze Bühne in Brand gesetzt hätte?«

Meine Highschool-Erinnerungen waren nie so detailliert wie die von Knox. Vielleicht konnte ich das ja darauf schieben, dass ich als Tight End wesentlich öfter was auf die Nuss bekam als er als Receiver.

Er blieb neben mir stehen. »Was zur Hölle ist denn mit deiner Hand und deiner Lippe passiert?«

Ich blickte an mir herunter und spannte die Hände an. Ein Bluttropfen lief an meinem Finger herab.

»Nichts. Wir sehen uns drinnen.«

Ich ging, bevor er etwas sagen konnte, und ignorierte alle um mich herum. Meine Hände vergrub ich in meinen Taschen, die sich anfühlten, als würde ich Rasierklingen darin herumtragen.

Bay war nicht an ihrem Spind. Und auch nicht im Unterricht. Was zur Hölle war los? Es fühlte sich an, als würde ich mich in einer Abwärtsspirale befinden, alles fiel zusammen, und ich konnte kaum noch Luft holen.

»Dare, du blutest«, rief mir jemand hinterher.

Wieder musterte ich meine Hand und ging in eine der Toiletten. Dort hielt ich die Hände unter fließendes Wasser und wickelte Papiertücher darum.

Die Glocke zur zweiten Stunde läutete, und ich suchte die Gänge nach Bay ab, bevor ich zum Unterricht ging.

Ich schrieb ihr unter meinem Tisch eine Nachricht, aber bekam keine Antwort.

»Dare.« Coach stand in der Tür meines Klassenzimmers für die zweite Stunde und winkte mich zu sich herüber.

Ich hob meinen Rucksack vom Boden auf und eilte aus dem Raum, machte allerdings abrupt halt, als ich sein grimmiges, ernstes Gesicht sah.

»Komm, wir gehen ein Stück.« Er nickte in Richtung Turnhalle. »Es wird langsam eng, und ich wollte dich nicht damit alleine lassen.«

Ich leckte mir über die staubtrockenen Lippen. »Keine Neuigkeiten von irgendeinem College.« Er hätte es mir direkt erzählt, wenn es anders gewesen wäre.

Er hob seine Baseballmütze an und setzte sie wieder auf, so als wäre sein Kopf überhitzt.

Das Gefühl kannte ich nur zu gut.

»Wir haben von fast jedem College etwas gehört, und meistens melden sich nicht alle, die Interesse bekundet haben. So spät gibt es nicht mehr viel Hoffnung. Du könntest noch versuchen, dich bei den Teams der Colleges vorzustellen, die dich angenommen haben.«

»Ich bin nirgendwo angenommen worden.«

Er presste die Lippen aufeinander und schüttelte grimmig den Kopf. »Du kannst es nächstes Jahr noch mal versuchen. Deine Trainingsaufnahmen sind gut, und wenn du fit bleibst, hast du noch eine Chance. Nimm noch mal an den Tests teil. Schreib deine Bewerbungen neu. Wenn du die Football-Trainer auf deiner Seite hast, sind die Zulassungsstellen vielleicht gnädiger mit dir. Du hast dich in den letzten zwei Jahren aus Ärger herausgehalten. Mach das weiterhin.«

Als ich aufschaute, standen wir vor seinem Büro.

Die Glocke, die die zweite Stunde beendete, ertönte.

»Du kannst hierbleiben, wenn du willst.« Er zeigte auf sein Büro.

Ich schüttelte den Kopf. Ich musste Bay finden. »Nein.« Ich leckte mir über die Lippen – es fühlte sich an, als hätte ich keinen Tropfen Wasser mehr im Körper. Genauso sah es mit meiner Hoffnung aus. »Ich komm schon klar.« Wohl eher nicht.

Der Weg zurück zu den Klassenzimmern wurde durch das Meer an Menschen erschwert. Alle drängten Richtung Aula, nur ich schwamm gegen den Strom. Knox' Kopf tauchte in der Menge auf. Er winkte und signalisierte mir, dass ich zur zweiten Tür gehen sollte. Aber dann erregte ein dunkler Schopf mit welligem, glänzendem Haar, der gerade durch die Tür zur Bühne der Aula verschwand, meine Aufmerksamkeit.

»Bay.«

Sie erstarrte und blickte über ihre Schulter zu mir, bevor sie von anderen Leuten durch die Tür geschoben wurde.

Ich stürzte vorwärts und schob alle beiseite, wobei ich mir Mühe gab, niemanden mit dem Ellbogen zu treffen und auf den Boden zu befördern.

Als ich die Tür aufstieß, sah ich mich dem missbilligendem Blick von Mrs Tripp gegenüber. »Dare, dieser Eingang ist nur für die Bühnen-AG und Darsteller.

»Ich muss nur kurz …«

»Wir fangen jetzt an. Alles, was du zu sagen hast, kann bis nach den Auftritten warten.« Sie schloss die Tür vor meiner Nase.

Ich knallte mit der Faust gegen die Holztür, während ich mich umsah. Dann atmete ich einmal tief durch, weil ich kurz davor stand, die Beherrschung zu verlieren. Ich sollte gehen. Einfach in mein Auto steigen und eine Runde drehen, bis Bay wieder zu Hause war. Aber ich musste sie jetzt einfach sehen.

»Dare, ich kann dir immer noch eine Stunde Nachsitzen aufbrummen.« Mr Rourke klopfte mit dem Notizblock, auf dem er die Nachsitzstunden vermerkte, gegen seine Handfläche. Das Letzte, was ich jetzt noch gebrauchen konnte, war, die restlichen Tage der Highschool in einem stickigen Raum zu sitzen und zuzusehen, wie die Uhrzeiger sich quälend langsam vorwärtsbewegten.

Mein Kiefer verspannte sich, und ich öffnete die Tür zur Aula. Der Raum brummte vor lauter Geplapper und Gelächter. Alle freuten sich über einen Grund, nicht in den Unterricht gehen zu müssen. Doch meine Muskeln zuckten, als würde mir jemand Stromschläge verpassen. Nur mit einer ganz geringen Stromstärke, aber gerade genug, damit es unangenehm war.

Ich hätte außerhalb von Bays Klassenzimmer campen sollen. Ich musste sie sehen, mich auf ihr Gesicht konzentrieren, die Hände auf ihre Wangen drücken und sie küssen. Ich musste an den Ort gelangen, an dem ich wusste, dass alles wieder gut werden würde, wenn sie mich nur berührte.

Knox winkte mich zu dem leeren Platz neben sich in der zweiten Reihe. Alle standen auf, um mich vorbeizulassen. Die zu klein geratenen Holzstühle mussten als Folterinstrumente entworfen worden sein. Ich quetschte mich auf den Sitz, der unter mir ächzte und genauso unglücklich darüber zu sein schien, dass ich da war, wie ich.

»Wer wird wohl dieses Jahr alles in Flammen setzen?« Knox stützte die Füße an dem Stuhl vor sich ab und schob sich nach hinten, so als versuche er, den Sitz durchzubrechen.

Meine Augen suchten die Tonkabine und die Seiten der Bühne nach Bay ab, doch es war zu dunkel, um irgendwas zu erkennen.

»Wen suchst du?« Knox trommelte mit zwei Bleistiften auf seine Beine.

»Niemanden.«

Mrs Tripp klopfte aufs Mikrofon, wodurch eine laute Rückkoppelung durch den Raum jaulte. Bay wäre das nie passiert. Sie stellte die ersten Darsteller vor. Schiefer Gesang und eine kaum erträgliche Breakdance-Vorführung. Jemand versuchte sich an ein paar Zaubertricks, was damit endete, dass ein Kaninchen über die Bühne hoppelte.

Jedes Mal, wenn mein Handydisplay dunkel wurde, tippte ich drauf, damit es wieder anging. Ich wartete sehnsüchtig darauf, dass Bay endlich auf ihr Handy guckte und mir antwortete. Mein Knie wippte nervös auf und ab.

»Und als Nächstes hören wir einen selbst geschriebenen Song von Bay Bishop.«

Ich riss den Kopf hoch und konnte mich gerade davon abhalten, einfach aufzuspringen.

Niemand betrat die Bühne. Vielleicht hatte sich jemand vertan?

Doch dann kam sie mit gesenktem Kopf heraus, in der einen Hand die Gitarre, in der anderen einen Hocker. Der Typ, mit dem ich sie vor der Aula gesehen hatte, lief neben ihr her und schloss ein Mikrofon an. Er drückte ihr die Schulter und flüsterte ihr etwas ins Ohr.

Mein Blutdruck stieg an und rauschte mir in den Ohren.

»Dieser Song heißt ›Hurt‹, und ich habe ihn für jemanden geschrieben, der mir sehr wichtig ist.« Sie räusperte sich und fing an, eine bekannte Melodie zu spielen, allerdings waren die Worte anders. Es waren nicht jene, die sie vorher schon einmal für mich gesungen hatte.

Wenn du mich ansiehst
Fühle ich mich vollständig
Du hast mir meine Stimme zurückgegeben
Das Feuer in deinen Augen
Das Feuer in deiner Seele
Die Wunden auf deinem Körper
Lagen außerhalb deiner Kontrolle

»Oh Scheiße.«

Das Lied ging noch weiter, aber in meinen Ohren kam nichts mehr an.

Alles in mir erstarrte, wie ein Reh im Scheinwerferlicht eines Autos.

Das Meer aus Menschen, das mich umgab, wurde gerade in die Tiefen meiner ganz persönlichen Hölle hineingezogen. Einige drehten den Kopf in meine Richtung. Geflüster ging durch die Menge, und ich hatte das Gefühl, dass alle mich ansahen. Alle redeten darüber. Jahrelang hatte ich es geheim gehalten, nie ein Wort darüber verloren, doch jetzt peitschte sie mich in aller Öffentlichkeit auf der Bühne aus und riss mir zur Belustigung der Leute die Seele aus dem Leib.

Ich schoss von meinem Platz hoch. Die leichten Elektroschocks, die ich vorher gespürt hatte, waren zu ausgewachsenen Stromstößen geworden.

34

Bay

Kotzen war keine Option. Nicht jetzt, wo ich mit der Gitarre auf der Bühne stand. Allerdings fühlte es sich verdammt noch mal so an, als wäre es eine Option. Mir kam die Galle hoch.

Ich hatte Dare nur deshalb nichts von der ganzen Sache erzählt, weil ich Angst gehabt hatte, dass ich am Ende doch noch kneifen würde. Er hätte sicher versucht, mich aufzumuntern, wenn ich tatsächlich in dem Chorraum hinter der Bühne verschwunden wäre, um mich zu verstecken, statt meinen Hintern nach draußen zu bewegen.

»Du wirst das ganz toll machen, Bay.« Jon stand mit dem Mikrofon neben mir.

Während ich mich vorbereitete, versuchte ich, niemanden anzusehen. Ich setzte mich mit geschlossenen Augen auf die Kante meines Hockers, tat jedoch nicht so, als wären alle anderen nicht da, sondern als wäre nur Dare hier. Niemand würde wissen, über wen ich sang, aber ich wollte, dass er es wusste.

Nach dem Auftritt würde ich nicht mehr »die Neue« sein. Ich würde Bay sein.

Meine Fingerkuppen schmerzten vom ganzen Üben in den letzten zwei Tagen. Seit der Nacht, in der sich alles verändert hatte, wollte ich ihm unbedingt mit diesem Song zeigen, dass er mir den Mut gab, mich hier hinzustellen und das hier durchzuziehen.

Je länger ich spielte, desto weniger fühlte ich mich, als müsste ich mich übergeben. Mit jeder Note, die stärker wurde, strömten auch die Emotionen klarer aus mir heraus. Nicht jeder Ton war perfekt, doch aus allen sprach die Wahrheit. Die Musik war echt und roh und enthielt so viel Gefühl, wie man in einen dreiminütigen Song eben hineinpacken konnte.

Ich hielt den letzten Ton und ließ die Melodie ausklingen, bis zum Ende der letzten Note. In der Aula war es totenstill. Ich öffnete die Augen und fühlte mich freier und stärker als je zuvor.

»Danke Bay, für dieses wundervolle Lied.« Mrs Tripp nahm das Mikrofon und klatschte, aber niemand tat es ihr nach.

Dare stand am Bühnenrand, und alle Augen waren entweder auf ihn oder auf mich gerichtet.

Jede Faser meines Körpers strahlte Zufriedenheit aus. Ich hatte es geschafft. Ich hatte vor der ganzen Schule gesungen. Und er hatte es gesehen. Ich hatte gewusst, dass er hier war, sonst hätte ich das Ganze nicht über mich gebracht. Ich hatte ihn nicht sehen können, aber ich hatte gewusst, dass er da war.

Hatte auch er die Spannung gespürt? Die Magie im Raum und die Art und Weise, wie ich den Text, den ich für ihn geschrieben hatte, hinausgeschmettert hatte? Niemand sonst wusste es, außer mir und ihm. Es war ein Lied, um ihm zu sagen, wie sehr ich ihn liebte. Und wie stark er war, nach allem, was er durchgemacht hatte.

Schwer atmend kam ich langsam von meinem Hoch herunter und schaute mich im Raum um.

Verwirrung machte sich in mir breit. Warum stand Dare einfach nur so da? Warum war es so still?

»Die Neue ist heiß auf Dare?«

Jemand lachte.

»Ist sie besessen von ihm, oder was?«

»Verdammt, er hat eine Stalkerin.«

Mehr Stimmen gesellten sich dazu, die Lautstärke stieg an, das Gelächter und die starrenden Blicke brannten mir in der Brust.

Dare stieg die Treppe an der Bühnenseite hoch und kam auf mich zu, bis er genau vor mir stand.

Er nahm mir die Gitarre ab und packte meinen Arm, um mich von der Bühne zu ziehen.

Der Lärm der Menge wurde lauter, als wir über den Seitenabgang verschwanden. Alle, die hinter der Bühne standen, teilten sich wie das Rote Meer, um uns vorbeizulassen. Niemand sagte etwas, man beobachtete uns lediglich. Plötzlich wünschte ich mir, ich wäre wieder unsichtbar.

»Dare, was zur Hölle soll das?«

Ich versuchte, ihm meinen Arm zu entziehen, doch er hielt ihn fest – nicht so fest, dass es wehtat, aber fest genug, dass ich ihn nicht abschütteln konnte.

Er zog mich durch den Chorraum und in das grüne Zimmer, in dem während der Auftritte normalerweise rege Hektik herrschte. Die wenigen Leute, die jetzt hier drin waren, bedachten uns mit einem einzigen Blick und liefen dann hastig an uns vorbei, wobei sie Dares einschüchternde Präsenz weitläufig umschifften.

»Schließ die Tür.«

Ein Typ im Hamilton-Shirt japste und warf die Tür hinter sich zu.

Endlich ließ Dare meinen Arm los.

Ich rieb mir das Handgelenk und trat ein paar Schritte zurück. »Was zur Hölle, Dare? Deine Lippe blutet.« Ich hob die Hand, um mit dem Daumen über seine Lippe zu streichen.

War er wieder nach Hause gegangen? Hatte sein Dad das getan? Wut stieg in mir hoch.

Aber er wich zurück, um sich meiner Berührung zu entziehen. Er stand stocksteif da, sein Blick bohrte sich in meinen, und sein Griff lag immer noch fest um den Hals von Dads Gitarre.

»›Was zur Hölle, Dare?‹ Das ist alles, was du mir zu sagen hast, nach dem, was du da draußen abgezogen hast?«

Gedämpfte Musik drang durch die Tür. Irgendeiner unserer Mitschüler hatte seinen Auftritt begonnen.

»Was ich abgezogen habe? Was zur Hölle habe ich denn abgezogen?«

Die Tür wurde hinter ihm geöffnet. »Ist hier drinnen alles okay?« Knox steckte den Kopf herein. Das Schlagzeugsolo hallte von der Bühne in den kleinen Raum, der anfing, mich klaustrophobisch zu machen.

»Raus«, knurrte Dare. »Niemand kommt hier rein, verstanden?« Sein stürmischer Blick fixierte mich. Er hatte nicht mal gewusst, wer da an der Tür gewesen war. Es hätte eine Lehrkraft – oder sogar der Direktor – sein können, und Dare hätte ganz genauso reagiert.

Knox erwiderte nichts. Das Klicken der Tür war das einzige Geräusch neben Dares schweren Atemzügen. Wie ein wildes Tier ging er auf und ab, dabei ließ er mich nicht aus den Augen.

Jetzt wo die Verwirrung von vorhin nicht mehr meine Gedanken vernebelte, erkannte ich, wie er aussah. Ich bemerkte die zerschundenen Hände, die Dads Gitarre hielten.

Ich schluckte und versuchte immer noch zu verstehen, warum alles so wahnsinnig schiefgelaufen war. Ich machte einen Schritt nach vorne und hielt die Hände ausgestreckt.

»Dare …«

»Nein!«

Ich schrak zusammen, der Schrei in dem leisen Zimmer machte mir Angst.

»Wer hat dir das Recht dazu gegeben?« Sein Kiefer war angespannt. Sein ganzer Körper fest, als wäre er zu Stein erstarrt.

»Du hast da draußen über mich gesungen.«

Mir kam die Galle hoch. Er war sauer, weil ich über ihn gesungen hatte? Ich hatte doch schon tausendmal für ihn gesungen. Er hatte mich sogar darum gebeten. Warum war er jetzt wütend darüber? Die meisten meiner Lieder handelten doch von ihm.

»Warum ist das ein Problem?«

»Du hast vor der ganzen Schule über mich gesungen.« Er hielt mir die Gitarre entgegen, als wäre sie ein Beweis für meinen Frevel.

»Niemand weiß, dass ich über dich gesungen habe. Obwohl sie es jetzt sicherlich vermuten, weil du plötzlich am Bühnenrand aufgetaucht bist. Bis dahin hat niemand gewusst, dass wir uns überhaupt kennen.«

»Das ist *mein Leben*, über das du da gesungen hast. Ich habe dir nicht die Erlaubnis dazu gegeben.« Er schlug sich so hart auf die Brust, dass ich zusammenzuckte.

»Ich habe schon früher über dich gesungen.«

»Wenn wir alleine waren«, brüllte er und rang nach Luft, als hätte er den ganzen Nachmittag auf dem Spielfeld verbracht.

Ich schluckte, mein Mund fühlte sich an wie eine Speichelfabrik.

»Du haust ab, und ich werde mit all diesen Leuten hier festsitzen. Und jetzt wissen sie über mich Bescheid.« Sein Körper wurde von etwas erschüttert, das zwischen einem Schaudern und einem Krampf lag.

»Dare, bitte gib mir die Gitarre.« Ich streckte die Hand aus und bemühte mich, das Zittern aus meiner Stimme zu verbannen, versagte jedoch kläglich. Sie bebte wie ein Blatt in einem Hurrikan.

Die Gitarre meines Vaters. Er hatte sie in der Hand, und er war offensichtlich völlig in Rage. Alles, was ich über ihn zu wissen geglaubt hatte, war eine Lüge. Wenn es anders gewesen wäre, dann wäre ich nicht mit einem Typen in einem Zimmer eingesperrt gewesen, der vor mir aufragte und mich anschrie, als hätte ich ihm das Herz herausgerissen. Nein, er war derjenige, der gerade genau das tat.

»Die Gitarre.« Er starrte sie an, und sein Kopf zuckte zurück, als hätte er gerade erst realisiert, dass er sie immer noch in der Hand hielt. »Diese Gitarre ist dir wichtiger als unsere Unterhaltung? Als das, was du mir gerade angetan hast? Alle da draußen haben mich angestarrt, mir Fragen zu meiner Lippe gestellt – und du scherst dich nur um diese verdammte Gitarre? Das Instrument, mit dem du mich eben gefoltert hast?«

Sämtliche Luft wich aus meiner Lunge. Ich spürte die Bewegung, die Veränderung in der Atmosphäre, noch bevor er es tat. Es war wie die Stille vor einer Schockwelle; ich hielt mir die Ohren zu.

»Dare, nein!« Mein Schrei verlor sich, wurde übertönt vom Splittern des Holzes auf dem Betonboden. Ich konnte nicht atmen. Punkte schwammen vor meinen Augen. Ich stützte mich an einem Schminktisch neben mir ab.

Sein Kopf schnellte in meine Richtung, er sah aus wie ein Raubtier auf der Suche nach seiner nächsten Beute. Ich war als Nächstes dran. Ich ließ mich auf den Boden fallen und hoffte, dass mich irgendjemand finden würde. Und dass es nicht annähernd so schmerzhaft sein würde wie das, was er gerade meinem Herzen angetan hatte.

35

Dare

»Dare!« Bays Schrei durchbrach den Schleier der Wut, der mich vor dem Schmerz und der rohen Gefühlsgewalt beschützt hatte, die in meiner Brust tobten.

Ich wurde aus dem Nebel gerissen, in dem ich nichts sah, nichts hörte oder fühlte, und landete wieder in dem kleinen Raum hinter der Bühne. Meine Finger umklammerten den zersplitterten Hals der Gitarre.

Die Saiten standen in alle Richtungen ab. Der Korpus des Instruments, mit dem sie auf der Bühne gestanden hatte, war zerstört, die Stücke lagen vor mir auf dem Boden.

Sie hatte die Hände vor den Mund geschlagen und versuchte, die Schluchzer, die ihren Körper schüttelten, zu unterdrücken. Mit vor Angst geweiteten Augen saß sie zusammengekauert in der Ecke, so weit wie möglich von mir entfernt.

Das war nicht der Ort, an dem man sich befinden sollte, wenn jemand hinter einem her war. Ich musste das schließlich wissen.

Ich öffnete die Hand, und das gesplitterte Holz fiel klappernd zu Boden.

Sie schreckte angesichts des lauten Geräuschs in dem sonst stillen Raum zusammen. Das Einzige, was man daneben hören konnte, waren unser Atem und das sanfte Murmeln aus der Aula.

»Bay.« Ich trat einen Schritt nach vorne.

Sie zuckte und bedeckte ihren Kopf und das Gesicht mit den Händen. Sie schützte sich.

Ich trug die Schuld dafür. Mir wurde schlecht, und ich konnte mich kaum noch aufrecht halten, geschweige denn sie ansehen. Ich wirbelte herum und sah mich plötzlich meiner eigenen Reflexion gegenüber, die mir aus einer Reihe von Spiegeln entgegenstarrte, die an der Wand neben der Ecke angebracht waren, in die ich sie gedrängt hatte.

Ich floh aus dem Raum, platzte durch Türen, um in den Flur zu gelangen. Die kühle Luft half mir kein bisschen, das Brodeln in meinem Bauch und meiner Brust zu besänftigen. Es fühlte sich an, als versuche ein Tier, mithilfe von Klauen und Zähnen aus meinem Inneren ins Freie zu gelangen, wobei es meinen Torso mit jedem Atemzug ein Stück weiter aufriss.

Als ich das Ende des Flurs erreichte, stützte ich mich mit zitternden Händen an einem Mülleimer ab und übergab mich. Ich würgte so stark, dass mir die Augen wehtaten. Eine pochende, pulsierende Wunde schien sich grell und blutend in meinem Bauch zu öffnen und sich als Riss den Weg bis zu meinem Herzen zu bahnen.

Turnschuhe quietschten auf dem Linoleumboden. Genauso klang es, wenn Knox und ich zu spät zum Training kamen.

»Da bist du ja, Junge.«

Mir gefror das Blut in den Adern, aber es war nicht die Stimme meines Vaters.

Der Coach kam auf mich zugejoggt, Schweiß lief ihm über das Gesicht, und seine Wangen waren gerötet. »Alles okay?«

Ich stand wie erstarrt da, konnte nicht mal nicken, während mir die Spucke von den Lippen tropfte. Ich wischte mir den Mund mit dem Handrücken ab. Der saure, beißende Geruch erfüllte meine Nase.

»Du siehst nicht besonders gut aus.« Er zog besorgt die Augenbrauen zusammen und stützte sich dann an der Wand ab, als wäre er den ganzen Weg von seinem Büro hierher in vollem Tempo gerannt. War er das?

Er zog ein Stofftaschentuch aus der Innentasche seiner Jacke und reichte es mir. »Hör mal, geh nach Hause, und ruh dich aus.« Er drückte mir die Schulter. »Sie schicken deinen Vertrag per Post.« Sein Lächeln wurde breiter. »Ich bringe ihn dir, sobald ich ihn habe. Schlaf, und kurier dich aus, was auch immer du dir eingefangen hast.« Er zeigte auf meinen Körper, der kurz davor stand, komplett zusammenzubrechen.

»Du kannst froh sein, dass das College auf Vergebung und zweite Chancen steht. Morgen um diese Uhrzeit wirst du das neuste Mitglied im Team der University of Notre Dame sein.«

Er musste meinen benebelten Blick als Schock interpretiert haben. Und das war er auch, aber nicht, weil der Traum, an dem ich mich so lange festgehalten hatte, endlich wahr wurde. Nein, es lag daran, dass sich meine wahre Natur offenbart hatte.

Ich war ein Monster. Genau wie mein Vater. Schlimmer noch, denn ich glaubte, dass er mich nie wirklich geliebt hatte. Ich war nie mehr als ein Kind gewesen, dass ihm aufgehalst worden war. Aber Bay ... Ich hatte sie geliebt. Liebte sie. Und ich hatte die Schönheit zerstört, die sie in mein Leben gebracht hatte.

»Die Deadline für die Angebote der Trainer war heute Mittag, und niemand hatte mir geschrieben. Aber dann ist mir aufgefallen, dass ich seit gestern keine Mails mehr bekommen habe. Also habe ich den Computer aus- und wieder angeschaltet und festgestellt, dass ich um 11:59 Uhr eine Mail bekommen habe. Ich muss mich für den Schrecken entschuldigen, den ich dir eingejagt habe.«

Ich drehte mich um und ging.

»Dare?«

Ich schaute nicht zurück. Stattdessen rannte ich aus dem Gebäude zu meinem Auto. Meine Reifen quietschten, als ich vom Parkplatz raste.

Das Gefühl, als die Gitarre in meiner Hand zersplittert war – sämtliche Details stürmten auf mich ein, als wollten sie mich für mein Verbrechen bestrafen, für das, was ich getan hatte. Jede qualvolle Sekunde spielte sich erneut vor meinem inneren Auge ab, und der Ausdruck auf ihrem Gesicht brannte sich in meine Seele ein.

Ich riss die Autotür am Straßenrand auf und würgte nichts als Galle hoch.

Wie sollte ich das wieder hinkriegen? Wiedergutmachen, was nicht wiedergutzumachen war?

36

Bay

Er war die Inkarnation der Zerstörung gewesen, ungezügelt und wild, und ich sein Ziel. Er hatte das Holz zertrümmert. Die Gitarre meines Vaters lag in Stücken auf dem Boden, nachdem Dare aus dem Raum gestürmt war.

Mit der Hand an die Brust gepresst hatte ich geweint und dabei kaum atmen können. Ich konnte mich nicht mehr daran erinnern, ob ich das Bewusstsein verloren hatte. Doch jetzt stemmte ich mich langsam aus der Ecke hoch, in der ich gekauert hatte, und ging auf den Tatort zu, den er hinterlassen hatte.

Ich hockte mich hin, klaubte die Holzstücke mit zitternden Fingern auf und hielt sie schützend an meine Brust, als wären sie ein sterbendes Lebewesen. Aber es war fort, keine Reanimation würde es zurückbringen. Der Hals und der Korpus waren zersplittert, geradezu zerschmettert. Scharfe Kanten stachen mir in die Handflächen. Tränen liefen mir übers Gesicht und tropften auf die kaputte Gitarre. Das Instrument meiner Zerstörung.

Auf der anderen Seite der Wand verstummte die Musik, und das gedämpfte Gelächter und der Applaus holten mich aus dem Nebel des Untergangs zurück.

Ich sammelte die Einzelteile auf und hielt sie den ganzen Weg nach Hause im Arm.

Betäubt und nicht in der Lage, das zu verarbeiten, was gerade passiert war, sehnte ich mich nur noch nach meinem Bett. Meinem Zuhause. Meiner Mom. Und meinem Dad.

Auf dem Weg den Hügel hinauf brach ich erneut zusammen. Mit jedem Schritt stürmten Erinnerungen an Dare auf mich ein. Ich ging an der Stelle vorbei, an der ich mit meinem Fahrrad gestürzt war, bevor er mich nach Hause gebracht hatte. An der Stelle, an der er Mom geholfen hatte, indem er ihr Auto geschoben hatte. Und an der Stelle, an der ich ihm das Limonadenglas gegeben und er mich so angelächelt hatte, dass mir die Knie weich geworden waren.

Das Holz stach mir in die Handflächen, also verlagerte ich die Stücke, wobei ich mir einen Splitter durch die Haut rammte. Mit vor Schmerz verzogenem Gesicht betrachtete ich das kaputte Instrument. Es war kaum noch wiederzuerkennen. Es würde sich definitiv nicht reparieren lassen. Nicht ein Teil, auf dem man hätte aufbauen können, war mehr intakt. Er hatte es zerstört.

Er hatte mich zerstört. Ich hatte mir so viele Gedanken darüber gemacht, wie ich ihn retten konnte. Dabei hätte ich mich auf den Moment vorbereiten sollen, an dem er mich zerschmetterte. Unbarmherzig. Brutal. Grausam.

Ich fürchtete, an meinen eigenen Schluchzern zu ersticken. Meine Finger ließen sich einfach nicht von dem geschundenen Kadaver der Gitarre lösen. Ich starrte auf die zersplitterten Teile hinab, und die Tränen wurden noch stärker. Die Stellen am Bund, die mit Perlmutt besetzt waren und an denen Dad seine Finger über das Metall hatte fahren lassen, waren noch zu erkennen. Aber nun war es kein Instrument mehr. Jetzt war es ein weiterer toter Körper, den ich zur Ruhe betten musste. Meine Finger zitterten, während ich die Überreste der Gitarre in den Müll warf.

Mom musste das nicht sehen. Sie musste nicht noch einen Teil von Dad verlieren. Ich würde den Koffer mit aufs College nehmen und so tun, als hätte jemand die Gitarre gestohlen. Es wäre besser für sie, wenn sie glauben konnte, dass jemand sie mitgenommen hatte und sie immer noch irgendwo existierte.

Ich schloss den Deckel der Mülltonne und schob sie vor das Haus. Die Müllabfuhr würde sie abgeholt haben, bevor Mom am Morgen von der Arbeit kam.

Ich schlüpfte ins Haus und schälte mir die Kleider vom Leib, bevor ich unter die Dusche ging. Das laufende Wasser und der heiße Dampf konnten die erstickten Schluchzer, die sich meiner Kehle entrangen, kaum übertönen.

Als ich nach dem Handtuch auf der Ablage griff, kam ich an mein Handy. Ich konnte mich gar nicht daran erinnern, es mit ins Bad genommen zu haben, doch jetzt schlitterte es ins Waschbecken. Nachrichten von Piper und Knox ließen mein Display aufleuchten, aber keine von Dare. Nun schickte er also seinen besten Freund vor, um seine Drecksarbeit zu leisten.

Hastig lief ich nach unten und holte den Notfallschlüssel unter dem Blumentopf hervor, bevor ich die Tür zuschlug, abschloss und mit der Sicherheitskette verriegelte.

Das Haus Dare-sicher zu machen verbrauchte die letzten Kraftreserven, die ich noch aufbringen konnte.

In meinem Zimmer rollte ich mich auf dem Bett zu einer Kugel zusammen und drückte mir das Kissen an die Brust, bevor ich mein Gesicht darin vergrub. Der Geruch von Moschus, Seife und einem Hauch von Rasierwasser drang mir in die Nase. Mein Kopf zuckte unwillkürlich zurück. Es roch nach ihm. Alles hier roch nach ihm. Die Kissen, die Decken, sogar meine Klamotten.

Also riss ich alles herunter und warf es auf einen Haufen in der Mitte meines Zimmers. Dann legte ich mich immer noch in mein Handtuch gewickelt auf die nackte Matratze, zog die Knie bis ans Kinn und schlang die Arme darum, bevor ich mich vor und zurück wiegte.

Dare war nicht da gewesen. Ich hatte ihm in die Augen gesehen, und mein Dare war nicht darin zu erkennen gewesen. Er war nicht der Mensch gewesen, der mich berührt hatte, als hätte er Angst, mich zu zerbrechen. Und auch nicht der, der auf mich herabgeblickt und mir noch eine Haarsträhne hinters Ohr geschoben hatte, bevor ich nachts die Augen schloss. Das war nicht der Mensch gewesen, mit dem ich backstage gewesen war.

Vielleicht hatte ich mir aber auch die ganze Zeit selbst etwas vorgemacht. Wer immer er auch war, ich konnte ihn nicht heilen. Ich würde meine ganze Kraft brauchen, um mich selbst zusammenzuhalten. Um die letzte Schulwoche hinter mich zu bringen und unversehrt auf der anderen Seite wieder herauszukommen.

Ich betete darum, dass mein Körper und mein Verstand taub werden würden. Ich wünschte, dass mir jemand diesen Schmerz nahm und mich in einen gefühllosen Zombie verwandelte, der sich durch den Alltag schleppte, ohne sich dabei zu fühlen, als würde er mit jedem Schritt aufgeschlitzt werden. So viel Glück hatte ich jedoch nicht. Ich schlief ein, während das Krachen und Splittern der Gitarre in jeder Faser meines Körpers nachhallte.

Ich hatte mit dem Feuer gespielt und war davon verschlugen worden – zuerst von den Flammen des Verlangens und dann von denen des Schmerzes.

All die kleinen Hinweise, die sich auf dem Weg befunden hatten, ergaben nun eine Karte, die mich dorthin geführt hatte, wo ich mich nun befand.

Ich hatte angenommen, ein dummer Song könnte irgendwas richten, könnte einen kleinen Teil der Wunden heilen, die ihm zugefügt worden waren.

Doch ich war nichts weiter als ein dummes Mädchen mit einem noch dümmeren Herzen. Und ich hatte den Preis dafür bezahlt.

37

Bay

Am Freitag nach dem Talentwettbewerb saß ich auf dem Football-Feld, das für unseren Abschlusstag umgebaut worden war. Es war ein bewölkter Tag, was bedeutete, dass wir nicht von der Sonne geschmolzen wurden. Aber mein aufgesetztes Lächeln fühlte sich spröde und zerbrechlich an. Ich hockte neben Piper und achtete darauf, gleichmäßig zu atmen, während schier endlose Reden gehalten wurden. Mom befand sich mit einer Sonnenbrille auf der Nase auf der Tribüne und wedelte mit dem Wimpel, auf dem mein Name stand, um meine Aufmerksamkeit zu erlangen, genau wie es Dutzende andere Eltern taten.

Es gelang mir, nicht die Fassung zu verlieren – allerdings nur um Haaresbreite. Das Glas war immer noch zerbrechlich und der Kleber noch nicht getrocknet. Vielleicht würde er das nie. Aber ich hatte mich damit beeilen müssen, mein Innerstes so weit zusammenzusetzen, dass es von Weitem betrachtet einigermaßen heil aussah.

Alle in meiner Sitzreihe erhoben sich, und wir gingen den Weg entlang, um uns hinter der vorherigen Reihe von Mitschülern aufzustellen, die teilweise schon wieder Platz nahmen, nachdem sie die Bühne verlassen hatten.

Eine Hand ergriff meine.

Mein Herz hämmerte mir in den Ohren. Die rauen Schwielen seiner Hand strichen über die Innenseite meines Handgelenks.

Ich riss mich los und ging weiter, ohne ihn anzusehen. Dare befand sich in der Reihe vor mir. Ganz am Rand. Drei Plätze weiter und er hätte in meiner Reihe sitzen müssen, nur wenige Meter von mir entfernt, nachdem ich seit diesem Tag darauf geachtet hatte, den Abstand zwischen uns zu wahren.

Oben auf der Bühne ließ ich mein Lächeln für die Fotos strahlen, schüttelte Hände und nahm mein falsches Diplom entgegen, bevor ich Mom auf der Tribüne zuwinkte. Sie hüpfte auf und ab, während sie sich die Tränen von den Wangen wischte. So sehr ich mir auch gewünscht hatte, heute nicht hierherzukommen, Mom brauchte das hier. Und ich vielleicht auch. So konnte ich wenigstens auf eine gewisse Art und Weise mit dem Ort abschließen, an dem ich immer nur »die Neue« gewesen war. Ich würde nie wieder zurückkehren.

Auf dem Weg zur anderen Seite der Bühne kam ich nicht umhin, in die Richtung zu schauen, wo sich der dritte Platz am Ende der Reihe vor mir befand.

Dare blickte mir entgegen, so als hätte er nur darauf gewartet, dass ich meinen Schutzwall sinken ließ, damit er mich mit seinen Augen anflehen konnte.

Sie waren nicht wie vorher mit Zorn erfüllt. Stattdessen war darin nun eine Trauer zu erkennen, die einem das Herz brach. Seine Lippen waren geöffnet, um Worte zu sagen, die ich niemals über den Lärm der Menge, die Rückkoppelung des Mikrofons und die Glückwünsche hören können würde.

Und ich musste sie auch nicht hören.

Das war das Ende des Kapitels. Das Ende für uns.

Ich kehrte an meinen Platz neben Piper zurück, atmete jedoch schwer. Ich musste den Drang unterdrücken, ihn anzusehen.

All die Gründe, die von Anfang an gegen uns gesprochen hatten, standen mir jetzt deutlicher vor Augen als je zuvor. Ich würde die Stadt verlassen, genau wie er. Was würde der Auslöser für seinen nächsten Ausraster sein? Ein verpasster Anruf? Ein Bild in den sozialen Medien? Ein anderes Lied von mir?

Piper drückte meine Hand. Auf Anweisung von Michelle, unserer Jahrgangsbesten, die gerade ihre Abschlussrede hielt, schoben wir die Quaste auf die andere Seite unserer Abschlusskappen.

Dann warfen alle außer mir ihren Hut in die Luft – ich konnte diesen Tag einfach nicht feiern. Hier gab es kein Happy End, nur zwei gebrochene Menschen, die es geschafft hatten, einander noch mehr zu brechen.

Sein Blick ruhte auf mir. Selbst durch das Meer unserer feiernden Mitschüler konnte ich spüren, wie er mich versengte.

In der letzten Woche waren mein Fenster und die Türen verschlossen geblieben. Ich war viel öfter bei Piper gewesen als üblich. Und hatte lange, verschlungene Wege zur Schule genommen.

Heute gab es allerdings keinen Fluchtweg für mich.

»Bay …« Seine Stimme brach, und das eine Wort strahlte unendlich viel Schmerz aus.

Das Gefühl traf mich mitten in die Brust. Ich musste mich am Plastikstuhl neben mir abstützen, um nicht zu schwanken.

Mein Name hatte seine Lippen verlassen, wie so oft zuvor. Nun hatte ich allerdings den wahren Dare gesehen – den, über den auf dem Spielfeld geredet wurde. Der einen anderen Spieler krankenhausreif geschlagen hatte. Der Wut in den Augen hatte und sich nicht dafür interessierte, wer ihm den Weg versperrte. Der die Autos anderer Leute zerstörte und Dinge, die andere Menschen liebten. Ich war davon ausgegangen, all das wären nichts als Lügen gewesen. Menschen, die nicht verstanden, wer er wirklich war. Aber ich hatte mich geirrt.

Ich drehte mich um und duckte mich durch die Menge, die Umarmungen und High Fives verteilte, um zu Mom zu gelangen. Noch immer spürte ich seine Gegenwart wenige Schritte hinter mir, also beeilte ich mich, durch die jetzt leeren Stuhlreihen zu gehen.

Auf der anderen Seite sammelten sich die Leute, die beiseitetraten, um Platz für Fotos zu machen.

Mein Fluchtweg war in alle Richtungen versperrt, und er stand am Ende der Reihe. Ich war gefangen, es sei denn, ich zog meine Robe hoch und kletterte über die Stühle, wobei ich mir vermutlich beide Knöchel brechen würde.

»Bay.« Er kam mit ausgestreckten Armen auf mich zu, als wäre ich ein verängstigter Hase, dessen Fuß sich in einer Falle verfangen hatte.

Ich hielt die Hand hoch, um ihn abzuwehren. Noch immer konnte ich ihm nicht in die Augen sehen. »Nicht, Dare. Lass gut sein.«

»Das kann ich nicht.« Den flehenden Tonfall seiner Stimme hatte ich schon auf Voicemails und der anderen Seite unserer Tür und des Fensters gehört.

»Doch. Ich lasse dir keine andere Wahl.«

»Lass es mich erklären.« Seine Augen waren gerötet, sein Blick wild und elend.

»Es gibt nichts zu erklären. Du hast die Gitarre meines Dads genommen«, meine Stimme brach, »nachdem du diese ganzen schrecklichen Dinge gesagt hast, und hast sie zerstört.« Meine Hände schnellten zu meinen Ohren, als könnte ich die Worte ausblenden, die in meinem Kopf widerhallten. »Du hast nicht das Recht zu tun, was du getan hast, und dann vorzugeben, derjenige zu sein, der verletzt worden ist«, fauchte ich ihm entgegen. Am liebsten hätte ich mit den Händen um mich geschlagen, um mir den Weg aus meinem Gefängnis freizukämpfen, damit ich nicht mehr dem Jungen gegenüberstehen musste, von dem ich gedacht hatte, dass ich ihn liebte. Damit ich so tun konnte, als würde ich ihn nicht immer noch lieben.

Der Ausdruck in seinem Gesicht wirkte, als hätte ich genau das getan, als hätte ich einen der Stühle genommen und ihm über den Kopf gezogen. »Dein Dad«, flüsterte er schmerzerfüllt. »Ich verdiene deine Vergebung nicht.« Seine Stimme brach. Er trat einen Schritt näher, sodass er jetzt weniger als einen Meter von mir entfernt stand.

Von hier aus konnte ich seinen Geruch wahrnehmen. Den Geruch, der mich früher beruhigt hatte, drohte jetzt, mich zu ersticken. Tränen traten mir in die Augen und ließen meine Sicht verschwimmen. In meiner Brust brannte ein Feuer. »Hau ab.« Ich drückte ihn von mir weg, um etwas Abstand zwischen uns zu bringen.

Er umfasste meine Handgelenke, legte die Hände flach auf meine Fäuste, die sich in seiner Robe vergraben hatten. »Es tut mir leid, Bay.« Er strich mit dem Finger über den Rücken meiner geballten Hände, über meine Fingerknöchel.

Ich stieß den Atem aus, den ich angehalten hatte, und riss zitternd meine Hände zurück. Den Blick hielt ich stur auf seine Brust gerichtet. Doch dann biss ich die Zähne zusammen und sah ihm in die Augen. »Ist mir egal. Ich werde dir nicht sagen, dass es okay ist. Oder dass ich dir vergebe, denn das wäre gelogen. Du kannst für den Rest deines Lebens an deinen Worten und Taten ersticken. Als ich gesagt habe, du irrst dich, habe ich gelogen. Niemand könnte dich so lieben, wie du bist. Denn du bist ein Arschloch, das nicht anders kann, als die Menschen um sich herum zu zerstören.«

»Bay!« Moms Stimme durchbrach den Lärm der Menge um uns herum.

Ich warf mehrere Stühle um und lief zu ihr, um mein Gesicht an ihrer Brust zu vergraben.

Sie schlang die Arme um mich und drückte mich. »Dein Dad wäre so stolz auf dich, Süße. Er ist heute bei uns.«

Das ließ den Damm vollends brechen. Ich klammerte mich mit aller Kraft an ihr fest. Den ganzen Tag über hatte ich nicht an Dad gedacht. Was für eine miese Tochter war ich eigentlich? Stattdessen war ich so fixiert auf den Jungen gewesen, der mich gebrochen hatte. Während alle anderen um ihn herum feierten, saß er mit dem Kopf in die Hände gestützt auf einem Stuhl. Ich erlaubte mir noch einen letzten Blick. Das würde das Letzte sein, was er je von mir bekam.

38

Bay

Vier Jahre später.

»Dare.« Meine Lippen fühlten sich taub an. Mein ganzer Körper war wie betäubt. Er stand vor mir, als hätte ich ihn aus der Vergangenheit heraufbeschworen, als ich seinen Namen ausgesprochen hatte. Als wäre er eine Erinnerung, die nur durch pure Willenskraft zum Leben erweckt worden war. Aber er war keine Illusion oder ein Traum. Er war tatsächlich hier.

So schnell, wie all die glücklichen Erinnerungen an ihn mich überschwemmten, so schnell folgten auch der Schmerz und der Kummer. Die Stelle, an der einmal mein Herz gewesen war, brach auf wie eine unverheilte Wunde. Alles nur wegen ihm.

»Bay.« Es klang wie ein Stoßgebet.

Ein nasses Platschen riss mich aus den Erinnerungen, die mich zu ersticken drohten.

»Oh Scheiße.« Felicia fasste sich an den Bauch. Ihre Beine und mein Fußboden waren komplett nass. Aber das war nicht einfach nur Wasser, sondern etwas viel Schlimmeres. »Das war meine Fruchtblase.«

»Oh Scheiße.« Ein Chor aus Stimmen gesellte sich zu ihrer.

Dann brach Chaos aus. Hastig schrieb ich ihrem Mann eine Nachricht. Er kam in dem Moment ins Gebäude gerannt, als der Krankenwagen ankam, um sie ins Universitätskrankenhaus zu bringen.

Als er ihr beim Einsteigen half, drehte sie sich um und verzog das Gesicht.

»Bay. Hier sind die Schlüssel.« Sie klatschte mir die Schlüssel der Heimleitung in die Hand.

»Keine Sorge. Ich kriege alles geregelt. Keine Sorge.«

Wieder zog sie eine Grimasse. Ihr Ehemann japste, als sie nach seiner Hand griff und erstarrte. »Scheiße, tut das weh.« Sie atmete schwer aus. »Danke, Bay. Du hattest wohl doch recht. Oder du hast mich verhext.« Mit einem gespielten vorwurfsvollen Blick verschwand sie hinter der Tür des Krankenwagens.

Ich drehte mich um, nachdem mein Herz endlich aufgehört hatte, mir bis zum Hals zu schlagen, und sah mich dem Mann gegenüber, der meine Welt auf den Kopf gestellt hatte.

Er stand neben einigen Leuten aus dem Team, die schon früher angekommen waren, und dem Assistenztrainer Hank. Unsere Blicke trafen sich. Er würde die nächsten vier Wochen in meinem Gebäude sein. Vier Wochen in einem Gebäude, zu dem ich jetzt buchstäblich die Schlüssel in der Hand hielt.

Ich dachte an die letzten Worte, die ich in mein grünes Notizbuch geschrieben hatte, bevor ich es geschlossen hatte und davon ausgegangen war, dass ich es nie wieder öffnen würde.

Deine Liebe war wie ein Geschenk, das in Stacheldraht eingewickelt war, und ich war dumm genug zu glauben, dass ich es auspacken könnte, ohne mich daran zu stechen. Ich weiß nicht, ob die Wunden jemals verheilen werden. Denn du hast mich zerrissen, Darren Keyton.

Sich in ihn zu verlieben stand nicht auf ihrer To-Do-Liste

Maya Hughes
THE MEMORIES WE MAKE
Aus dem amerikanischen
Englisch von
Katrin Reichardt
400 Seiten
ISBN 978-3-7363-1449-8

Persephone ist ein Mathegenie, liebt Organisation – und hat das „normale" Collegeleben irgendwie verpasst. Daher hat sie sich vorgenommen, bis zum Ende des Semesters unvergessliche Erinnerungen zu sammeln. Seph will feiern gehen, Freunde finden, sich verlieben – ihr erstes Mal erleben. Doch dafür braucht sie den richtigen Partner. Kurzerhand veranstaltet sie ein Casting und ist überrascht, als ausgerechnet College-Football-Star Reece Michaels sich dazu bereit erklärt, ihr zu helfen – ausgenommen beim Verlieben und dem Sex …

»Ein Football-Hottie mit einer süßen Seite? Nichts wie her damit!« KERI LOVES BOOKS

LYX

Regeln sind dazu da, um gebrochen zu werden

Kristen Callihan
GAME ON – MEIN
HERZ WILL DICH
Aus dem amerikanischen
Englisch von
Christian Bernhard
512 Seiten
ISBN 978-3-7363-1301-9

Anna Jones will vor allem eins: einen guten Collegeabschluss. Dass sie sich in den Star-Quarterback Drew Baylor verliebt, passt daher ganz und gar nicht in ihren Plan. Auch nach der ersten gemeinsamen Nacht mit ihm ist Anna sich sicher, dass daraus nicht mehr als ein One-Night-Stand werden darf. Daher stellt sie gleich ein paar Regeln auf, um ihr Herz vor dem charmanten Footballspieler zu schützen. Aber Drew will Anna für dich gewinnen. Und wenn er beim Football eins gelernt hat, dann, dass man hartnäckig bleiben muss, wenn man den Sieg davontragen will.

»Sexy und sehr gefühlvoll. Uneingeschränkt empfehlenswert!«
DEAR AUTHOR

LYX